KB207128

설탕 쿠키

SUGAR COOKIE MURDER

살인사건

주앤 플루크 지음 / 박영인 옮김

해문

설탕 쿠키
SUGAR COOKIE MURDER
살인사건

조앤 플루크 지음 / 박영인 옮김

해문

등장인물

....

한나 스웬슨	'쿠키단지' 라는 베이커리 카페 운영
마이크 킹스턴	위넷카 카운티의 경찰관
노먼 로드	레이크 에덴의 치과의사
안드레아 토드	한나의 여동생, 부동산 중개인
미셸 스웬슨	한나의 막냇동생
딜로어 스웬슨	한나의 엄마, 그래니의 앤티크점 운영
트레시	안드레아와 빌의 딸
리사 허머	한나의 어린 동업자
마틴 듀빈스키	회계사, 밥스의 아들
밥스 듀빈스키	마틴의 엄마이자 딜로어 스웬슨의 친구
셜리	마틴의 전 부인
브랜디 와인	마틴의 새 아내
에드나 퍼거슨	조단 고등학교 조리사
로라 로젠슨	마틴의 비서
쇼우나 리 퀸	위넷카 경찰서의 행정직원
윈슬롭 해링턴 2세	딜로어 스웬슨의 남자 친구

그건 미트볼이었다, 그것도 어마어마하게 큰 미트볼. 그런 미트볼이 한나의 옷장에서 떼굴떼굴 굴러 나오고 있었다. 침대 끝머리에 닿을 듯 말듯 가까스로 멈춘 미트볼에게는 얼굴도, 눈도 달렸다.

미트볼은 실망의 빛이 가득한 두 눈으로 한나를 한참 쏘아보더니 이내 구슬 같은 눈물을 뚝뚝 흘리기 시작했다. 그 모습이 어찌나 가련한지 한나는 얼른 다가가 살포시 안아주고 싶은 마음이 들었다.

"날 잊어버렸어." 미트볼이 말했다.

"난 주요 요리야. 근데 내가 듣기로 네가 뽑은 주요 요리는 아주 형편없다고 하던데."

"아냐, 그렇지 않아. 우리한테는……."

"이런 식으로 날 모욕하다니 참으려고 애써 봐도 도저히 안 되겠어." 미트볼이 한나의 말을 가로막았다.

"네 엄마가 만든 하와이언 항아리 로스트 따위보다 내가 훨씬 맛있다구. 내가 정말 화가 나는 건 네가 날 빠뜨렸다는 사실이야. 안드레아의 젤로 요리는 무려 네 개나 넣었으면서 말이야. 과일 젤로 몇 개 넣는 게 무슨 요리야? 정말로 네 동생 이름을 요리책에 싣고 싶다면 먼저 요리하는 법부터 가르쳐."

미트볼이 도대체 무슨 말을 하는 거야? 이 세상에서 안드레아에게 요리를 가르칠 수 있는 사람은 없다. 천성적 요리 장애를 앓는 안드레아이지 않은가.

한나는 침대에 벌떡 일어나 앉아 진하디 진한 커피를 몇 모금 삼켜야겠다고 생각했다. 하지만 황갈색의 둥근 주요 요리는 한나의 눈앞에서, 침대 발치에서, 그리고 옷장에서도 어느새 사라지고 없었다.

특유의 버섯과 소고기 냄새도 날아가 버렸다. 한나의 발치에서 평화롭게 잠들어 있는 모이쉐를 제외하고는 방에 아무도 없었다. 한나는 눈을 몇 번 껌뻑이다가 마침내 현실을 깨닫고 말았다. 꿈을 꾼 것이다. 말하는 미트볼은 한나의 무의식이 만들어낸 창조물이었다.

하지만 미트볼이 가져다준 메시지는 한나에게 충분히 각인되고도 남았다. 한나가 그만 실수로 에드나 퍼거슨의 미트볼 레시피를 오늘 밤 열릴 포트럭에 시식용 메뉴로 올리는 것을 깜빡 잊어버린 것이다.

"어-오."

한나가 침대 부근 어딘가에 떨어져 있을 슬리퍼를 찾아 헤매며 신음 소리를 냈다.

발가락으로 간신히 슬리퍼를 더듬어 꿰어 신으며 한나는 지난 일 년 반 동안 룸메이트로 지내온 오렌지 빛 고양이를 깨우기 위해 매트를 툭툭 두드렸다.

"어서, 모이쉐. 이제 일어날 시간이야. 밥 먹어야지."

모이쉐가 노란 눈을 뜨더니 원망스러운 눈빛으로 한나를 쳐다보았다. 하지만 '밥' 이라는 단어가 녀석의 신경을 깨우기엔 충분했는지 모이쉐는 한나가 보기에도 부러울 정도의 활력으로 침대에서 펄쩍 뛰어내려 주방으로 향하는 한나의 옆을 졸졸 따라왔다.

모이쉐에게 먹이와 물을 주고 나서 한나는 진한 커피를 한 잔 따라 탁자 앞에 앉아서 에드나 퍼거슨의 미트볼에 대해 고심했다.

메뉴에 포함하지 못한 건 순전히 한나의 잘못이었다. 그러니 혼자서라도 시식해 보아야 할 터였다. 게다가 한 가지 확실한 것은……, 자신이 아끼고 아끼는 레시피가 요리책에서 빠져버린 것을 그냥 이해하고 넘어갈 에드나가 아니라는 사실이었다.

한나는 물끄러미 커피잔을 내려다보았다.

잔은 어느새 비어 있었다. 내가 언제 이걸 다 마셨지? 잠이 덜 깼더라도 이쯤에서 서둘러 샤워를 하고 옷을 갈아입지 않으면 두 번째 커피는 여유롭게 마시지 못하게 될 것이 뻔했다.

사과모양 벽시계의 분침이 채 한 바퀴를 돌기도 전에 한나는 다시 주방으로 돌아왔다. 잠옷 대신 청바지와 진한 녹색의 풀오버스웨터 차림이었고, 발에는 털이 달린 슬리퍼 대신 12월 첫주의 맹추위에도 끄떡없을 사슴가죽 부츠를 신고 있었으며 머리카락은 드라이기로 뽀송뽀송하게 말려 컬이 제대로 살아나고 있었다.

"커피."

한나는 나지막이 중얼거리며 커피를 따라 마음껏 향을 음미하고서 한 모금을 마셨다.

"이 기가 막힌 맛은 정말이지……."

하지만 한나가 말을 채 마치기도 전에 전화벨이 울렸다.

"엄마!"

한나는 모서리에 발가락을 부딪쳤을 때 내지르는 비명과 똑같은 톤으로 외치며 수화기를 들었다.

자동응답기가 받게 내버려두어 봤자 어차피 언젠가는 겪어야 할 일이었다. 엄마는 집요한 사람이다. 장녀와 꼭 통화를 해야 하겠다고 마음먹었다면 성공할 때까지 결코 포기하는 법이 없었다.

"좋은 아침이에요, 엄마."

한나는 최대한 기운찬 목소리로 인사를 건네며 의자에 풀썩 가라앉았다. 엄마와의 통화는 보통 한 시간은 걸린다.

"좋은 아침이구나, 얘야. 근데 방금 일어난 것 같은 목소린데."

한나의 음성을 읽은 엄마가 말했다.

"크리스마스 포트락을 준비하느라 네가 영 정신이 없을 것 같아서 내가 뭐 도울 일이 없는지 물어보려고 전화했다."

한나의 머릿속에서 경고의 벨이 울렸다. 엄마가 이렇게 나오는 건 뭔가 다른 꿍꿍이가 있다는 것이다.

"정말 고마워요, 엄마. 근데 혼자서도 괜찮아요."

"그럴 거라고 생각했단다. 네가 좀 꼼꼼해야지 말이다. 근데 루앤이 레전시 시대에 사용했던 은으로 된 케이크 나이프를 찾아냈다는 거, 내가 얘기했던가?"

"아뇨, 안 하셨어요."

한나가 자리에서 일어나 커피를 한 잔 더 따랐다. 그 바람에 전화기의 구불구불한 코드는 제 역량보다 더 늘어나 버렸다.

루앤 행크스는 엄마와 로드 부인이 운영하는 그래니의 앤티크에서 일하는 직원이었는데, 경매장에서 값진 물품을 찾아내는 데 꽤 소질이 있었다.

"오늘 밤에 쓰면 어떨까 싶구나. 손잡이에 아주 사랑스러운 크리스마스트리 문양도 새겨져 있단다."

"레전시 시대 거라면서요?"

"맞단다, 얘야."

"영국의 레전시 시대에 크리스마스트리가 있었단 말이에요?"

"그땐 없었지. 하지만 레전시 시대 사람들이 독일에서 왔다는 걸 잊지 말아라. 게다가 궁중에서 쓰던 이주 귀한 나이프니까 독일식 크리스마스트리가 새겨져 있다고 해도 이상할 것이 없지 않니."

"그럼, 사용하도록 할게요." 한나가 대답했다.

"오늘 밤 분위기와 잘 어울리겠어요."

"내 생각도 그렇단다. 어젯밤에 윈슬롭에게 보여줬는데 정말 그 시대에 케이크 자르는 데 썼던 나이프 같다고 하더구나."

'특정 인물'의 이름이 언급되자 한나는 얼굴을 찌푸렸다.

조카인 트레시까지 '위니'라는 애칭으로 부르는 듯한 윈슬롭이란 사람은 확실히 귀족가문 출신은 아니었다.

로드 부인의 아들인 노먼에게 윈슬롭이란 성에 대해 인터넷을 통해 찾아달라고 부탁했는데, 영국의 귀족이 '유랑 삼아'서라도 레이크 에덴을 방문했다는 기사는 어디서도 찾아볼 수가 없었다.

한나는 윈슬롭에 대한 생각에서 퍼뜩 깨어났다.

"어쨌든 오늘 밤에 나이프를 사용하는 건 좋은 생각인 것 같아요. 하지만 기억하기론 레전시 시대에 맞는 케이크 레시피를 제출한 사람은 없는 것 같은데요."

"왜 없니, 얘야. 레이디 허모인의 초콜릿 썬샤인 케이크를 잊은 게로구나."

"레이디 허모인이요?"

학창시절 한나를 알토 파트에 앉혔던 조단 고등학교 합창단 선생님이 깜짝 놀랄만한 하이톤으로 한나가 되물었다.

"레이디 허모인이라뇨? 그건 제가 만든 레시피라는 거 엄마도 알잖아요!"

"당연히 알고 있지. 근데 약간의 문제가 생겼단다, 얘야. 너도 알겠지만 그 나이프가 굉장히 귀한 거라서 아무나 쓰게 하고 싶지 않더구나. 그래서 거짓말을 살짝 했단다."

"무슨 거짓말이요?"

"허모인의 초콜릿 썬샤인 케이크 레시피는 아주 옛날에 만들어진 거라고 했다. 우리 집안 대대로 내려오는 레시피라고 윈슬롭에게 얘기했다 한들 큰일 날 것도 없지 않니?"

한나는 한숨을 내쉬었다. 아무리 선의의 거짓말이라고 해도 내키지 않았다. 특히 그 대상이 윈슬롭일 땐 더더욱 말이다.

"그런 거짓말은 통하지 않을 거예요, 엄마. 제 케이크엔 오렌지 농축액이 들어간다구요. 그 시절에 그런 게 있었을 리 없잖아요!"

"그렇지. 하지만 윈슬롭은 전혀 눈치 채지 못할 게다. 눈치 챘다고 해도 원래 레시피에는 오렌지 마멀레이드가 들어갔었다고 할 참이야."

엄마는 한숨을 내쉬었고, 다시금 입을 열었을 때 엄마의 음성은 살짝 떨리고 있었다.

"그래도 괜찮겠지?"

한나는 잠시 골몰하다 마침내 두 손 두 발을 들고 말았다. 살포시 떨리는 엄마의 음성 앞에서 무슨 말을 할 수 있겠는가.

"알았어요, 엄마. 만약 윈슬롭이 직접 물어보거나 하면 저요, 거짓말은 못해요. 하지만 그렇지 않다면 연기는 해드릴게요."

"고맙구나, 얘야! 이제 그만 끊어야겠다. 캐리가 날 데리러 10분 안에 오기로 했는데, 아직 화장도 안 했지 뭐냐."

한나는 엄마에게 작별인사를 한 뒤 전화를 끊었다. 하지만 한나가 수화기를 내려놓자마자 또다시 전화벨이 울렸다.

"엄마로군."

한나는 중얼거리며 수화기를 집었다. 뭔가 할 말을 잊은 엄마가 종종 이렇게 다시 전화를 걸곤 한다.

"이번엔 뭐예요, 엄마?" 한나가 대뜸 물었다.

한나 역시 서두르지 않으면 카페에 늦을 판이었다.

"난 엄마가 아닌데요."

간신히 킥킥거리는 남자의 목소리가 들려왔다.

"마이크입니다."

한나는 푹 소리와 함께 의자에 주저앉았다.

마이크의 목소리만 들으면 한나는 항상 다리가 후들거리고 심장이 쿵쾅쿵쾅 뛰었다. 아무렇지도 않은 척 한나는 애써 심호흡을 했다.

"오늘 밤 내 파테를 누가 만들기로 했는지 물어보려고 전화했어요."

한나는 또다시 심호흡을 한 뒤 아득해지려는 정신을 자꾸만 붙잡았다. 큰 키에 다부진 체격, 게다가 영화배우도 울고 갈 정도로 핸섬한 마스크를 지닌 마이크의 존재감은 확실히 무시하기 쉽지 않았다.

"말해줄 수 없어요. 마이크도 규칙을 알잖아요. 요리 시현자는 익명으로 남아야 해요. 그렇지 않으면 사적인 감정이 개입될 테니까요."

"하지만 정말 알고 싶어요. 레시피에 재료라도 하나 빠뜨렸는지 모르잖습니까."

"뭐라구요?" 한나가 되물었다.

마이크의 레시피에는 재료가 단 두 가지뿐이었다.

"고추냉이 소스를 고추 소스라고 쓰지는 않았는지. 그리고 고추냉이 소스를 제대로 만들어서 쓰지 않으면 무척 매울 텐데 말입니다."

"걱정하지 말아요, 마이크." 한나가 재빨리 대답했다.

"고추냉이 소스 만드는 법은 제대로 썼어요."

"하지만 어떻게 압니까, 직접……, 해 보지 않는 이상!"

한나는 부드럽게 신음 소리를 냈다.

위넷카 카운티 경찰서의 수석 형사인 마이크는 그 이름이 아깝지 않게 말의 핵심을 정확히 짚어낼 줄 알았다.

"어……, 그 점에 대해선 긍정도 부정도 할 수가 없겠네요."

"그럴 겁니다. 그래도 날 안심시키려 애써줘서 고마워요. 오늘 밤에 어때요? 내가 데리러 갈까요?"

"그러지 말고 커뮤니티 센터에서 만나는 것이 좋겠어요. 3시에 카페에서 나와 집에 들러 옷을 갈아입은 다음, 음식들을 가지고 일찌감치 커뮤니티 센터로 갈 거거든요. 에드나에게 뭔가 도울 일이 없는지도 물어보고 확인도 할 겸해서요."

"좋아요. 그럼 거기서 보죠."

방금 마이크가 안도의 한숨을 내쉰 건가?

"날 데리러 오지 않아도 되어서 좋아하는 것 같네요."

"그런 게 아닙니다. 한나가 필요하다면야 언제든지 모시러 가죠. 쇼우나 리가 파티에 데려가 달라고 해서 말입니다."

한나는 눈을 감고 열을 세었다.

쇼우나 리 퀸은 미니애폴리스에 있었을 때부터 마이크의 비서로 일하던 여자인데, 마이크가 레이크 에덴으로 오면서 쇼우나 리에게도 같이 일하지 않겠느냐고 제안을 했다.

결국 그녀는 위넷카 카운티 경찰서에 일자리를 얻었고, 마이크는 자신이 사는 아파트에 집도 얻어주었다. 마이크는 줄곧 친구사이일 뿐이라고 했고, 한나 역시 질투를 하지 않으려 꽤 애를 쓰고 있지만, 차에 조금이라도 이상이 있을 때마다 마이크를 불러대는, 미스 애틀랜타도 저리 가라 할 만한 미모의 파란 눈 아가씨를 아예 무시하기란 한나로선 참으로 힘든 일이었다.

"한나? 왜 그래요?"

한나는 마음을 가라앉히려고 숨을 크게 들이마셨다.

"내가 이상한 건지 모르겠지만, 우리, 데이트하기로 하지 않았나요?"

"그럼요. 그저 쇼우나를 데려다 주는 것뿐이에요. 거기서 누굴 만나기로 했나 봐요. 올 때는 알아서 오겠다고 하던데요."

"오, 그래요……, 알았어요."

한나는 쇼우나 리가 만나기로 했다던 그 사람이 제발 제 시각에 나타나 한나와 마이크의 데이트가 누구에게도 방해받지 않기를 간절히 바라며 대답했다.

"당신은 정말 좋은 사람이에요, 한나."

"갑자기 왜 그런 생각을 했어요?"

한나가 금방 후회하고 말 질문을 던졌다. 엄마가 늘 일러주던 규칙 하나가 머릿속에 퍼뜩 떠올랐기 때문이다.

'남자가 칭찬을 할 때는 꼬치꼬치 따져 묻지 말고 살짝 미소를 지으며 고맙다고 말하기.'

"쇼우나 리의 브라우니 레시피를 요리책에 넣기로 했단 얘기 쇼우나 리에게서 들었습니다."

"맞아요. 그걸 만들어본 사람이 정말 맛있다고 했거든요."

"한나에겐 거부권을 행사할 권리가 있었음에도 그러지 않았잖아요."

한나는 하마터면 요리책에서 영영 제외되었을 뻔한 브라우니의 운명에 대해 마이크가 자세히 알게 되지 않기를 간절히 바랐다.

마이크의 말대로 레이크 에덴 포트럭 요리책의 '저자'이자 출간위원회의 회장으로서 한나는 거부권과 수용권을 행사할 권리가 있었다. 단지 쇼우나 리의 경우에 망설일 수밖에 없었던 이유는 혹시라도 한나가 그녀의 레시피를 제외해 버리면 그 상황에 대해 누군가 눈치 채고 레시피 하나에 인색하게 군다는 질책을 받을까 봐 두려웠기 때문이었다.

"물론 거부권을 행사하지 않았죠. 그렇게 훌륭한 레시피를 왜 거부하겠어요?"

마이크가 시원스럽게 웃음을 터뜨렸고, 한나는 왠지 모르게 발가락 끝이 간지러웠다. 마이크의 웃음소리는 전화선을 통해서 듣기에 안타까울 정도로 매력적이었다.

"그 브라우니는 만들어봤어요?"

"아직요."

한나는 눈살을 찌푸리다 말고 멈췄다.

얼마 전 슈퍼마켓에서 파는 잡지에서 서른이 넘은 사람들은 주름살 예방을 위해 눈썹을 찌푸리는 일도 삼가야 한다는 기사를 본 기억이 떠올랐던 것이다. 한나는 몇 달 전에 서른이 넘었다.

"이제껏 수많은 브라우니를 먹어봤지만, 정말이지 쇼우나 리의 것이 최고였어요. 그녀에게도 말했지만, 쇼우나 리의 브라우니는 '핫 브라우니'라고 부르는 것이 나을 것 같아요."

"핫 브라우니요?"

"네, 뜨겁다는 뜻이 아니라 환상적이라는 뜻으로 말입니다, 무슨 말인지 알겠죠?"

"알겠어요."

"어쨌든 정말 멋진 브라우니인 건 확실하니까요. 내가 쇼우나 리에게 얘기만 잘하면 한나의 카페 메뉴에 포함할 수 있도록 허락받을 수 있을 것 같은데 말이죠. 물론 '쇼우나 리의 브라우니'라고 이름 붙여야겠지만, 어때요?"

"인상적이네요."

마이크의 머리를 한 대 날려버리는 상상을 하며 한나가 말했다.

'우리 카페에 쇼우나 리의 브라우니라고? 어림도 없지!'

5분 후, 한나는 여전히 탁자에 앉아 반쯤 남은 커피잔을 뚫어져라 내려다보다가 단숨에 마셔버렸다.

'핫 브라우니. 마이크가 먹어본 것 중 최고의 맛.'

마이크가 '쇼우나 리'와 '브라우니'란 단어를 꺼냈을 때부터 지펴진 불이 아직도 한나의 마음속에서 이글이글 타오르고 있었다.

마이크가 핫 브라우니를 그토록 좋아한다면 원하는 대로 핫 브라우니를 맛보게 해주리라. 이번에는 '환상적' 이라는 뜻이 아니라 말 그대로 '맵고 뜨거운' 브라우니 말이다.

한나는 칠리소스를 듬뿍 넣은 브라우니를 한 입 베어 물었을 때 내지를 마이크의 비명을 하루라도 빨리 듣지 않고는 못 베길 것 같았다!

"안녕, 한나."

리사 허먼이 쿠키단지의 뒷문으로 들어서며 인사를 건넸다.

"밖이 온통 눈이에요. 아침부터 차를 쓸어내느라……, 그게 뭐예요?"

한나는 그녀의 어린 동업자를 바라보며 웃음을 터뜨렸다.

리사는 한나가 그릇에 털어놓는 브라우니 믹스 상자를 보고는 놀란 표정을 짓고 있었던 것이다.

"브라우니 믹스야."

"그건 나도 알아요. 근데 왜 그걸 쓰고 계신 거예요?"

"오늘 아침에 마이크가 전화했는데, 쇼우나 리 퀸이 만든 브라우니 자랑이 늘어졌더라고. 정말 '핫'하고, '환상적'이라나. 전화를 끊고 나서 진짜 '핫'한 브라우니를 만들어 주리라 결심했지."

"알았어요. 그래도 이해가 안 되는데요, 왜 믹스를……."

한나가 할라피뇨 통조림을 집어 한 통을 전부 집어넣는 것을 본 리사가 하던 말을 멈추었다. 리사는 눈을 믿을 수 없다는 듯 여러 번 깜빡거리더니 이내 웃음을 터뜨렸다.

"이제 알겠어요. 정말 핫 브라우니로군요."

"제대로지. 맛본 후 10초면 쓰레기통에 들어갈 브라우니에 시간과 노력을 들이고 싶지 않거든."

리사가 빈 통조림을 집어 냄새를 맡아보더니 얼른 휴지를 뽑아 볼 위로 흐르는 눈물을 훔쳐냈다.

"냄새만 맡아도 눈물이 날 정도예요. 정말 매운 고추인가 봐요."

"플로렌스가 제일 매운 거라고 했어."

한나가 빨간부엉이 식료품점의 여주인 이름을 댔다.

"칠리 요리에 통조림 하나를 넣어봤는데, 무척 매워서 아무도 먹을 수가 없었대."

리사는 코트를 벗어 걸고, 신발도 갈아 신은 다음 싱크대로 다가가 손을 씻었다.

"마이크를 불러서 그걸 맛보게 하시려고요?"

"아니! 그는 무장을 했다구, 알잖아. 그냥 경찰서로 가서 이것만 두고 올 거야."

"익명으로요?"

"그러는 게 좋을 것 같아. 하지만 마이크는 실력 있는 형사니까 누가 보낸 건지 결국 알게 될 거야. 그러니까 접수대에다 두고 바로 돌아와야지."

"현명한 결정인 것 같네요."

리사가 허리에 앞치마 끈을 두 번이나 돌려 감으며 말했다.

아담한 체격의 리사에게는 한나 사이즈에 알맞게 나온 요리사용 앞치마가 통 맞지 않았다.

"뭐부터 할까요?"

"냉장실에 넣어둔 케이크 좀 확인해 봐. 라즈베리 젤로가 다 굳었는지 모르겠어."

"라즈베리 젤로요?"

한나가 리사를 쳐다보니 한나의 말에 의아해하는 것이 분명했다.

"안드레아의 레시피야. 두 가지 색이 들어가는 젤로 케이크. 내가 직접 구워서 오늘 밤 파티에 시식용으로 가지고 가겠다고 약속했거든."

"그럼 그것도 요리책에 넣으시는 거예요?"

한나는 푹하고 한숨을 내쉬었다.

"먹어보고 큰 무리 없으면 그러려고. 이것도 일종의 가족 의무라고 할 수 있지, 알잖아?"

"가족 의무에 대해서라면 아주 잘 알아요. 고양이 먹이 만드는 레시피를 자꾸만 주시는 걸 도저히 말릴 수 없었으니까요."

"리사의 아버님이 아주 옳은 일을 하셨어. 그것도 책에 넣었거든."

리사가 충격에 입을 떡 벌렸다.

"농담이시겠죠!"

"아니, 농담 아니야. 아버님께 내가 너무 마음에 들어 했다고 꼭 전해드려. 세상의 모든 책에는 유머가 담겨 있어야 한다는 것이 내 지론이니까."

"요리책에도요?"

"요리책에는 특히 더. 레시피는 보통 너무 명확하잖아. 그저 소금 약간, 후추 조금, 파슬리 살짝이라고 표현했던 옛날이 그리워. 물론 패니파머(미국의 유명한 캔디 제조업자)가 측량 단위를 표준화하기 전의 일이지만 말이야."

리사는 깜짝 놀라 한나를 쳐다보았다.

"패니 파머가 그런 일을 한 줄 몰랐어요! 미네소타 출신이잖아요! 베티 크로커(미국의 식품 제조업자)도 마찬가지구요."

"사실 베티 크로커는 가상의 인물이야. 제너럴 밀에서 요리책을 홍보하기 위해 만든 인물이라고. 어쨌든 제너럴 밀의 본사가 미네소타에 있었으니까, 어떻게 보면 미네소타 출신이라고 말할 수도 있겠지만."

"다행이에요. 전 싱클레어 루이스를 제외하곤 미네소타 출신 유명인들이 너무 좋거든요."

한나는 눈을 깜빡였다, 리사의 얘기는 논리에서 어긋났다.

"싱클레어 루이스에게 안 좋은 감정이라도 있는 거야?"

"그런 건 아니고요. 유명한 사람이라는 건 알겠는데, 그 사람 책은 읽으면 너무 우울해요. 이미 우울한 인생을 살고 있는데 말이죠. 엄마도 돌아가시고, 아버진 알츠하이머병에 걸리시고, 결혼도 취소되고."

"뭐?!"

한나가 서둘러 리사를 작업대 앞 의자에 앉힌 다음 부리나케 커피포트로 달려갔다. 이건 긴급 상황이었다.

"결혼이 취소됐다니? 허브랑 싸웠어?"

"무슨 말씀을요. 전 허브를 사랑하고 허브도 절 사랑하는 걸요. 그런 게 아니에요."

"그럼 뭐야?"

한나가 커피를 두 잔 가득 채워서 하나는 리사의 앞에 내려놓고 반대편 의자에 앉았다.

"그저 타이밍 문제에요. 어젯밤에 허브와 이야기해 봤는데, 우리 둘

다 결혼을 취소하는 데 동의했어요."

"좋은 의미에서 말이야? 그러니까, 사적인 얘기라서 말해주지 못하는 거라면 괜찮지만……."

"사적인 일 아니에요." 리사가 끼어들었다.

"굳이 좋은 의미라고 할 것도 없고요. 그냥 아버지 상황이 조금 안정될 때까지 결혼을 미루기로 한 것뿐이에요."

"아버님께 무슨 일이라도 있는 건 아니지?"

한나는 문득 겁이 났다. 리사는 내학 상학금까지 포기하고 마을에 정착했을 만큼 아버지를 사랑하고 아꼈다.

"아버지는 괜찮으세요. 마지가 새 주치의를 소개했는데, 정말 실력 있는 신경전문의래요. 마침 새 약물 치료법을 써 볼 참이에요. 일종의 칵테일 같은 건데, 세 가지 약물을 한꺼번에 투입해 뇌의 화학작용을 활성화해서 기억력 향상에 도움을 준대요. 아버지도 무척 기대하고 계세요. 치료는 돌아오는 월요일부터 시작해서 두 달 동안 계속 할 건데 그 와중에 결혼식을 올리기는 무리가 많다는 게 허브와 제 생각이에요. 특히 거주 문제도 마음에 걸리고요."

"그렇겠네."

한나가 안도의 한숨을 내쉬며 대답했다.

리사와 허브만큼 잘 어울리는 커플도 없으니 말이다. 게다가 허브의 어머니인 마지 비즈먼은 리사의 아버지를 성심성의껏 돌보고 있었다.

허브와 리사가 결혼하면 마지는 살던 집을 아들 부부에게 주고 자신은 간병인으로서 리사의 아버지 집으로 이사할 생각이었다.

미망인인 마지와 홀아비인 잭은 고등학교 시절 잠시 연인 사이이기도 했으니, 두 사람이 함께 사는 것에 대해 마을에서 뭐라 할 사람은 아무도 없었다.

"그럼 언제쯤 결혼할 생각이야?"

리사는 약혼반지를 내려다보며 살포시 미소를 지었다.

"2월 중순쯤으로 계획하고 있어요. 아버지의 약물치료가 그때 끝나거든요. 하지만 성대한 결혼식 말고 그냥 법원에서 조촐하게 할 생각이에요."

"그건 옳지 않아."

한나가 미트볼이 가득 찬 그릇을 냉장실에 넣으려 자리에서 일어서며 정오에 이걸 커뮤니티 센터에 가져가서 파티가 시작되기 전에 요리해야겠다고 머릿속에 메모해두었다.

"뭐가 옳지 않아요?"

"리사 아버님이 결혼식 날 리사의 손을 잡고 신랑에게 에스코트해주는 일을 얼마나 고대하고 계신다구. 트레시도 화동을 하겠다고 벌써 난리야. 그뿐이야? 리사의 들러리들도 벌써 드레스를 모두 맞췄어."

"저도 알아요." 리사가 걱정스러운 얼굴로 대답했다.

"그 문제에 대해서도 허브와 얘기해 봤는데, 비용을 쓴 만큼 우리가 지불하는 것이 좋겠다고 결정했어요. 그렇게 하는 게 맞는 거잖아요."

"아니, 아니야."

"아니에요?"

한나가 고개를 저었다.

"아무도 그 돈을 받으려고 하지 않을 거야. 그리고 지금 중요한 건 돈이 아니잖아. 모두 리사와 허브가 결혼하는 모습을 지켜보고 싶어한다구. 결혼식을 2월 중순으로 미루면 되잖아."

"전 항상 밸런타인데이에 결혼식을 올리고 싶었어요."

리사가 동경이 가득 담긴 눈빛으로 말했다.

"하지만 그건 불가능해요, 한나. 아버지가 치료를 받으시는 동안 항상 옆에 있고 싶은데, 그러려면 그 많은 예식 준비를 할 여유가 없어요."

"걱정하지 마. 안드레아에게 부탁하면 들어줄 거야. 그 앤 결혼식 계획하는 일을 좋아하니까."

"하지만 이제 아기가 태어나면 안드레아도 바빠질 텐데요."

"아니, 그렇지 않을걸. 아기가 태어나면 주중에만 와서 아기를 돌봐줄 유모를 구할 거라고 했거든. 트레시 때와 마찬가지로 말이야. 더구나 알이 3개월의 출산휴가를 줬기 때문에 안드레아에게는 남아도는 게 시간이야. 집에서 빈둥거리는 걸 못 견뎌하니까 리사가 부탁하면 기꺼이 들어줄 거야."

"정말 그럴까요?"

리사의 미소가 조금씩 환해지기 시작했다.

"물론이지."

"그저 예식장에 나타나기만 하면 되는 거라면 너무 좋겠어요. 바로 그게 제가 꿈꾸는 완벽한 결혼이거든요. 근데……, 정말로 그렇게 번거로운 일들을 안드레아가 해주려고 할까요?"

"누가 안드레아를 말릴 수 있겠어." 한나가 말했다.

"오늘 바쁜 일이 끝나는 대로 안드레아에게 전화해둘게."

"오늘 밤 파티에 안드레아도 와요?"

"올 수 있으면 좋을 텐데. 오늘 나이트 박사님과 진료 약속이 있는데,

파티에 가도록 허락해달라고 말해 볼 참인가 봐."

"행운을 빌어야겠어요. 온종일 집에 혼자 앉아 베개 위에 발을 올려놓고 있으려면 미치도록 지겨울 테니까요. 저는 분만실에 들어가기 바로 직전까지도 일 할 거예요."

한나는 날카로운 눈빛으로 리사를 쏘아보았다.

"혹시 뭔가 말하고 싶은 게 있는 거 아냐?"

"그런 거 아니에요! 허브랑 아직 결혼 전이잖아요."

"부모가 되는 데 있어 결혼이 꼭 선행조건은 아니야."

"어떤 사람들한텐 그럴지 몰라도 저한테는 아니에요."

리사가 말했다.

"가서 케이크를 꺼내올게요. 젤로가 잘 굳었는지도 보고요."

케이크를 가지러 서둘러 냉장실로 달려가는 리사를 보며 한나는 아차 하는 생각이 들었다. 이건 리사가 종종 화제를 돌리고 싶어할 때 사용하는 방법이었다.

한나는 리사가 별로 얘기하고 싶지 않은 부분까지 너무 깊게 들어가 버린 것이다.

"젤로가 다 굳었어요."

리사가 작업대 위에 케이크를 올려놓으며 말했다.

"제가 마무리까지 다 할까요?"

"그래 주면 고맙지. 레시피는 카운터 위에 있어."

리사는 레시피를 가져와 열심히 살펴보았다.

"진짜 맛있을 것 같은데요."

"정말 그래. 안드레아가 트레시 생일 때마다 만들어주는 케이크거든.

일 년에 딱 하루, 유일하게 오븐을 가동하는 날이지."

"한나는 요리를 잘하는데 동생분은 그렇지 않은 게 좀 이상해요."

"별로."

한나가 어깨를 으쓱해 보였다.

스웬슨 가의 전용 요리사 역에 이미 익숙해져 버린 한나였기 때문이다. 엄마는 아주 간단한 디저트조차 만들지 못했고, 안드레아 역시 아주 필사적으로 오븐을 피해 다녔다. 요리를 사랑했던 잉그리드 할머니의 혈통을 그대로 물려받은 사람은 한나를 제외하면 막냇동생인 미셸이 유일했다. 미셸은 종종 한나에게 전화를 걸어 요리법을 물어보고는 룸메이트에게 맛있는 것을 만들어주곤 했다.

리사는 가스레인지에 물을 끓이며 레몬 젤로의 포장을 뜯었다.

"케이크를 마무리하는 대로 제가 오늘 분량의 쿠키를 구울게요. 그러니 한나는 오늘 밤을 위해 테스트해 봐야 할 레시피에나 집중하세요."

한나는 감사의 인사 대신 환한 미소로 답했다. 이제 고작 19살인 리사는 그 두 배가 넘는 나이 또래의 사람들보다 훨씬 책임감이 강했다.

한나는 리사를 쿠키단지의 종업원에서 동업자로 승격시킨 일을 지금껏 단 한 번도 후회한 적이 없었다.

하루치의 제빵을 모두 마쳤을 때쯤 한나도 마이크에게 브라우니를 배달하고는 다시 카페로 돌아와 리사와 함께 홀의 뒷자리에 앉아 갓 뽑은 커피를 마셨다.

"브라우니를 주니까 마이크가 뭐라고 해요?" 리사가 물었다.

"자리에 없어서 그냥 책상 위에 두고 간단하게 메모만 남겼어."

"언제쯤 도망가야 좋을지 모르겠네요."

그러자 한나가 웃음을 터뜨렸다.

"정오까진 안심해. 바바라에게 물어봤는데, 아침 내내 외근일 거라고 했거든. 그보다 더 일찍 발견하고 이리로 달려온다고 해도 리사가 꾸민 크리스마스 장식에 현혹되어 화난 건 순식간에 잊어버리고 말 거야."

"장식이 맘에 드세요?"

"작년보다도 좋은걸. 유리용 왁스랑 템페라 물감으로 유리창에 크리스마스 도안을 그려 넣을 생각은 꿈에도 못했어."

"잡지에서 보고 배운 방법이에요. 잘 지워지기도 해서 좋고요."

"어쨌든 그렇게 하니까 카페가 훨씬 더 크리스마스 분위기가 나는 것 같아."

한나는 리사가 천장에 장식해놓은 은색과 금색의 리본들이 천장에서 돌아가는 팬의 바람결에 나부끼며 반짝이는 것을 보고 감탄을 금치 못했다. 심지어 리사는 겨우살이도 걸어놓았는데, 한나는 그걸 첫눈에 알아보지 못했다.

"모이쉐가 여기 없는 게 다행이야."

"왜요?"

"겨우살이 열매는 고양이에게 독이거든. 포인세티아 잎(크리스마스 장식으로 쓰이는 식물)도 그렇고."

"몰랐어요!"

"대부분 몰라. 고양이에게 크리스마스는 혹독한 시기지. 특히 고양이를 키우는 가족이 그런 사실을 모르고 있을 때는 말이야. 봅 선생님이 그러는데, 작년 크리스마스에는 고양이가 세 마리나 금실 장식을 삼키는 바람에 거의 죽을 지경이 되어서 실려 왔대. 그런 걸 삼키면 병을 일으키기 쉽지."

그러자 리사가 고개를 저었다.

"허브가 강아지를 키우자고 했는데, 잘한 선택인 것 같아요."

"소용없어, 포인세티아랑 겨우살이는 강아지들한테도 독이거든. 금실 장식 같은 것도 그렇긴 마찬가지고. 트리를 장식할 때 쓰는 유리공 같은 것도 그렇잖아."

"강아지들이 그런 걸 물어서 깨뜨릴 수도 있을까요?"

"물론, 유리 조각을 삼킬 수도 있어. 초콜릿은 또 어떻고. 사람들이 손님들을 접대하느라 탁자 위에 초콜릿 같은 것을 내놓잖아. 강아지들에게 딱 맞는 높이지. 초콜릿을 너무 많이 먹으면 강아지가 죽을 수도 있어."

"아, 그렇군요." 리사가 가엾다는 목소리로 대답했다.

"사람들은 초콜릿을 아무리 먹어도 그냥 조금 활발해지는 것뿐이잖아요. 그러니까 생각난 건데……, 오늘 밤엔 초콜릿을 많이 만드는 것이 좋겠어요. 대비를 해야 하거든요."

"그건 어째서?"

"마틴 듀빈스키가 라스베이거스에서 결혼식을 올렸잖아요. 크리스마스 파티에 새 부인을 데려온대요."

"어-오." 한나가 신음 소리를 냈다.

"셜리가 제출한 양귀비 씨 케이크 레시피도 오늘 밤 시식 대상인데."

"그러니까요. 전 부인과 새 부인이라니, 정말 드라마 같은 일이에요. 게다가 셜리는 아직도 마틴이 돌아오기를 기다리고 있다고요."

"정말?" 한나는 깜짝 놀랐다.

"그런 것 같아요. 제가 듣기론 그랬어요."

"진즉에 알았으면 좋았을걸! 마틴과 데이트했던 일이 왠지 미안해지는데."

"마틴과 데이트를 했었어요?" 리사가 어리둥절한 표정으로 물었다. "왜요?"

"엄마 때문에 딱 한 번. 마틴의 새 부인에 대해서 얘기 좀 해봐."

"그게……." 리사가 커피를 한 모금 마셨다.

"브랜디 와인이라는 이름의 라스베이거스 댄서래요."

"브랜디 와인. 알 만 해. 두 사람, 어떻게 만났대?"

"확실히는 모르겠는데, 듣기로는 회의 때문에 라스베이거스로 날아간 지 5시간 만에 결혼식을 치렀다나 봐요."

"좋은 징조가 아닌데, 다른 건?"

"마틴이 브랜디를 마을로 데리고 오기 전에 모피 매장에 데려가 미네소타로 가면 날씨가 춥다면서 2만 달러짜리 밍크코트를 사줬대요."

새 코트를 살 여유가 없어 지난 3년간 낡은 코트만 입고 다녔던 셜리를 떠올리며 한나가 또다시 신음 소리를 냈다.

"오늘 밤 파티에서 싸움이 벌어질까?"

"그건 안 봐도 비디오에요. 게다가 또 다른 여자가 있으니……."

"다른 여자?"

마틴에게 끌린 여자가 한 명이라도 있다는 사실만 해도 놀라운데, 세 명이라니! 물론 멋진 남자이긴 했지만, 한나가 경험해본 바로 그와의 데이트는 따분하기 이를 데 없었다. 새로 개정된 세금 법에 대해 한나가 흥미 있어 할 것이라고 생각하다니 말이다!

"아버지를 노인센터에 모셔다 드리고 재니스 콕스를 만나러 유치원에 들렀었어요."

리사가 설명했다.

"마침 재니스가 마틴의 비서인 로라 조젠슨과 함께 있었는데, 재니스 말로는 로라가 딱히 내색하지는 않았지만, 마틴을 사랑하는 것 같다고 했어요."

"오, 이런!"

차라리 박사학위를 마치고 대학에 남아 강단에 섰더라면 로라와 셜리가 마틴과 브랜디가 함께 있는 장면을 맞닥뜨리는 상황은 피할 수 있었을 텐데 하는 생각이 들었을 정도로 한나는 뜨악했다.

"그래도 로라는 오늘 밤 학교에서 회계학 수업이 있어서 파티에 오지 못할 테니 다행이야."

"그렇지도 않아요. 재니 말이 로라 수업이 오늘 휴강이라 그녀가 낸 닭고기 찜 요리가 제대로 만들어졌는지 맛보러 온다고 했대요."

한나는 고개를 설레설레 흔들었. 이건 타이타닉의 축소판이라고 할 만한 재앙이었다.

"머리 위로 그릇들이 날아다니기 전에 하나는 확실히 할 수 있겠어."

한나가 자리에서 일어서 금전등록기 옆에 있는 전화기로 다가갔다.

"안드레아에게 전화해서 리사의 결혼 계획을 맡아줄 수 있을지 물어봐야겠어."

"전권을 드리겠다고 전해주세요. 뭐든 따르겠다고요."

"아주 훌륭한 생각이야."

전화번호를 누르며 한나가 씩 웃었다.

"내가 안드레아를 아주 잘 아는데, 아마 거절하기 어려울 걸."

전화를 받는 안드레아의 음성은 쾌활했다.

"안녕, 언니."

"난 줄 어떻게 알았어?"

"발신자가 찍히는 핸드폰을 새로 장만했거든. 부동산 중개인에게는 매우 유용한 기능이야."

"그렇겠구나."

한나가 슬며시 웃으며 대답했다. 안드레아는 부동산 중개인은 항상 최신 기기가 필요하다며 새 상품이 나오면 제일 먼저 구매하곤 했다.

"허브랑 리사가 밸런타인데이로 결혼식 날짜를 연기했다는 얘길 해주려고 전화했어."

"뭐, 정말이야. 어, 잠깐만 기다려줄래, 언니?"

잠시 후 안드레아가 다시 전화를 받았다.

"미안해, 결혼식은 왜 연기했대?"

"리사의 아버지가 새 약물 치료를 받게 되어서 치료를 마칠 때까지 기다리기로 했대."

"연기할 만하네. 근데 나한테는 왜 전화했어?"

"리사는 가능하면 아버지 곁에 있어야 해서 결혼식을 준비할 시간이 없어. 누군가 맡아서 도와주면 좋겠다고 하는데, 마침 네 생각이……, 잠깐만."

한나가 수화기를 떨어뜨리며 리사에게 손짓했다.

"누가 뒷문을 노크하는 것 같은데, 한 번 가 봐."

"그럴게요."

"미안, 안드레아." 한나는 다시 수화기를 귀에 가져다 댔다.

"뒷문에 누가 온 것 같아서 리사를 보냈어. 아마 엄마 아니면 로드 부인일 거야."

"아니, 아니야."

"어떻게 알아?"

"그 사람이 바로 나니까."

"무슨 소리야?"

안드레아의 음성에 메아리가 섞여 들리자 한나는 어리둥절해졌다.

"뒤돌아봐, 언니. 리사가 방금 문 열어줘서 나 지금 언니 뒤에 있어."

뒤를 돌아본 한나는 풍만한 몸매의 안드레아와 마주치고 말았다.

안드레아는 귀에 핸드폰을 댄 채 한나를 바라보며 씩 웃고 있었다. 임산부임에도 불구하고 안드레아는 여전히 아름다웠다. 윤기 나는 금발은 공들여 세팅했고, 화장도 완벽했다. 숲 빛깔의 푸른 캐시미어 스카프가 엷은 황갈색 코트 위로 우아하게 드리워진 안드레아의 모습은 임부복 잡지에서 금방이라도 빠져나온 모델처럼 보일 정도였다.

"이제 전화 끊어도 돼, 언니." 안드레아가 말했다.

"그래."

한나는 전화를 끊고는 재빨리 안드레아의 팔을 부축했다.

"이리 와. 어서 앉는 게 좋겠어. 다리 올릴 수 있도록 내가 의자를 더 갖다줄게."

"다리 올리고 있지 않아도 돼. 나이트 박사님이 이제는 평상시처럼 다녀도 된다고 하셨어."

한나와 리사는 뜨악한 표정을 지었다.

"하지만 아기가 태어날 때까지는 안정을 취해야 한다고……."

"그랬지……, 하지만 그땐 그때고 지금은 지금이야. 오늘 아침에 검사를 다시 해 봤는데, 더 이상은 기다릴 수가 없겠대. 예정일을 지났다고 하시면서."

"그게 무슨 소리야?" 한나가 물었다.

"그러니까 지난주나 지지난 주에는 분만해야 했었다는 얘기야. 배가 너무 불러오고 있다는데, 아기한텐 좋지 않대."

안드레아가 코트를 벗어 한나에게 건네며 붉은 포도주 빛 임부용 원피스를 가리켰다.

"보이지?"

한나는 눈이 휘둥그레졌다.

지난주에 봤을 때만 해도 이 정도는 아니었는데, 한나의 아담한 여동생은 마치 커다란 비치볼을 삼킨 듯한 몸매를 하고 있었다.

"박사님이 다음 주 금요일까지 시한을 정하셨어."

안드레아가 말을 이었다.

"그때까지 아기가 나오지 않으면, 병원에 입원해서 아기가 빨리 나올 수 있도록 조치할 거래."

"어떻게요?"

"모르는 게 좋아. 사실, 나 역시도 별로 알고 싶지 않아서 자세히 묻지 않았어. 이렇게 좀 돌아다니면 아기도 이제는 그만 세상의 빛을 봐야 할 때라고 판단하지 않을까 싶어서."

"승마요." 리사가 제안했다.

"뭐?"

한나가 혼란스러운 듯 얼굴을 찌푸리며 리사를 돌아보았다.

"저희 엄마가 사용하셨던 방법이에요. 출산 예정일이 지나면 엄마는 할아버지의 농장에 가서 승마를 하셨대요. 그 방법이 항상 잘 통했다고 하시던데요."

그러자 한나가 웃음을 터뜨리며 고개를 저었다.

"조언은 고맙지만, 지금은 안드레아가 말 위에서 곡예 연습을 할 때가 아닌 것 같아."

"맞는 말이야. 전에 빌이 승마장에 데려간 적이 있었는데, 말에서 떨어졌잖아. 그냥 차로 마을을 돌아다니는 게 나을 것 같아. 근데 그전에 커피가 필요해. 벌써 몇 주 동안이나 커피를 전혀 마시지 않았다구! 그리고 기력 보충을 위해 초콜릿도 필요해. 그런 다음에 내가 해야 할 일에 대해 듣겠어."

"어떤 일이요?"

한나가 커피와 쿠키를 가지러 가자 리사가 물었다.

"그러니까……, 그건 리사에게 달렸지. 미리 말해두지만 집에서는 아무것도 못 해. 시할머니께서 청소도 깨끗이 해놓으시곤 아기 맞을 준비를 싹 해놓으셨거든."

"크리스마스 장식을 하는 건 어때?' 한나가 제안했다.

"아기가 태어나면 너무 바빠서 트리를 꾸미고 할 시간이 없을 테니까 말이야."

"그거라면 이미 끝냈어. 루시 던라이트가 같은 유치원에 다니는 아이 엄마들 몇을 데리고 와서 단 몇 시간 만에 끝내버렸지 뭐야. 그리고 나서 집에서 파티도 했어. 아이들도 같이 도왔는데, 난 소파에 앉아서 이것저것 지시만 했지."

"잘 됐네."

한나가 안드레아 앞에 트윈 초콜릿 딜라이트 두 개를 얹은 냅킨과 머그잔을 놓아주었다.

"덕분에 이제 할 일이라곤 하나도 없어. 오늘 밤 크리스마스 파티가 있어서 말인데, 혹시 미처 만들어보지 못한 레시피가 있으면, 내가 만들어줄 수도 있는데 말이야."

"고맙지만, 안드레아. 우리끼리도 괜찮아."

안드레아의 끔찍한 요리 솜씨를 상기시키려 한나는 리사를 향해 경고의 눈빛을 쏘았다. 하지만 그런 한나의 반응은 전혀 의식하지 않은 채 리사는 미소를 지었다.

"한나 말이 맞아요. 여긴 다 잘 돌아가는 걸요. 우리보다는 에드나에게 파티 준비 일손이 필요한 것 같던데요."

"정말?"

안드레아가 홀짝이던 커피를 기쁜 기색과 함께 꿀꺽 삼켰다.

"왜 언니가 만든 커피는 항상 내가 만든 것보다 맛있는 거야?"

명쾌한 답은 숨겨놓은 채 한나는 그저 어깨를 으쓱해 보였다.

갓 갈은 신선한 커피콩에서, 역시 갓 뽑아 내린 커피 맛이 전자레인지에 돌린 인스턴트커피보다 당연히 나을 수밖에 없지 않은가.

"그래, 에드나는 어디 일손이 모자라는 거야?"

안드레아가 리사를 돌아보며 물었다.

"뭔지는 몰라도 할 수 있을 거야. 요리 솜씨가 좋진 못해도 적어도 온종일 매달릴 수 있는 시간이 있으니까 어떻게든 되겠지."

한나는 하마터면 큰 소리로 신음할 뻔했다. 안드레아의 손길이 닿는 레시피는 그것이 무엇이든 간에 실패할 것이 뻔했다.

"요리가 아니에요." 리사가 설명했다.

"에드나가 사람들이 꼭 음식을 덜어 먹을 개인용 숟가락을 가져오는 것을 깜빡한다고 그러기에 다니면서 숟가락을 챙겨줄 사람을 찾아봐주겠다고 했어요."

"그거라면 할 수 있어. 나한테 아주 딱 맞는 일이네. 집집마다 다니면서 매물 조사도 하고, 부동산 달력도 나눠줘야지. 앨이 올해 달력을 정말 멋지게 만들었거든. 우리 레이크 에덴 부동산을 통해서 팔려나간 열두 채의 집 전경을 담았어. 매달 한 채씩 말이야. 그중에 내가 판 집이 열 채나 된다구!"

"안드레아라면 열두 채도 거뜬하지." 한나가 씩 웃으며 말했다.

안드레아는 사람들을 설득하는 일에 일가견이 있었다. 안드레아의 솜씨라면 사막의 유목민들에게 고양이 화장실용 모래도 능히 팔아버릴 수 있을 정도였다.

"리사의 결혼식은? 대신 준비해주겠어?"

"내 대답은 이미 아는 거 아니야?"

안드레아가 웃음을 터뜨리며 리사를 바라보았다.

"일단 축하객 명단부터 주고, 좋아하는 색깔이랑 좋아하는 꽃만 일러줘. 그리고 전부 다 나한테만 맡겨둬."

"고마워요, 안드레아. 정말 얼마나 감사한지 몰라요."

리사가 커피를 다 비우더니 자리에서 일어났다.

"파티 때 쓰려고 구운 설탕 쿠키의 장식을 슬슬 시작해야겠어요. 개점 시간이 되면 알려주세요. 제가 문을 열게요."

리사가 회전문을 통과해 작업실 안으로 사라지자 안드레아가 테이블로 가까이 몸을 기대며 말했다.

"쿠키 두 개랑 커피를 리필해주면, 언니가 모르는 사실을 하나 알려 줄게."

한나는 망설임 없이 안드레아가 원하는 대로 해주었다. 안드레아는 늘 따끈따끈한 소문을 제공해주는 대가를 바라니 말이다.

"혹시 마틴 듀빈스키의 새 부인 얘기라면 이미 들었어."

"도대체 언제 얘기를 하는 거야. 언니가 나와 같은 전문 부동산 중개 인이었다면, 그 얘긴 이미 어제 들었을 텐데."

"2만 달러짜리 밍크코트 얘기도 알아?"

"2만 2천 달러야." 안드레아가 고쳐 말했다.

"내가 듣기론 그랬어. 어쨌든 언니에게 얘기해주려는 건 그보다 더 최근 거야. 아마 들으면 놀라서 자빠질 걸."

"좋아, 뭔데?"

"쇼우나 리 퀸 말이야!"

"그녀가 왜?"

안드레아가 말하는 소문 거리가 제발 마이크도 연루된 일이 아니기 를 간절히 바라며 한나가 심호흡을 했다.

"오늘 밤에 마을을 떠난대."

"농담이겠지!"

"그렇게 중요한 일에 농담을 할 리가 있어? 빌이 경찰서에서 전화했 는데, 가족 중에 누군가가 죽어서 조지아에 있는 집으로 돌아가게 됐다 나 봐."

쇼우나 리의 갑작스런 귀향 소식에 한나는 기쁜 내색을 애써 감추며 최대한 침착하게 대꾸했다.

"그것 참 안된 일이네. 누가 돌아가셨는데?"

"바네사의 남편. 빌에게 얘기하기는 갑자기 닥친 일이라고 했대."

"바네사가 누군데?"

"쇼우나 리의 막내 여동생. 일 년 조금 안 되게 떨어져 지냈는데, 어렸을 때부터 무척 가깝게 지냈다나 봐. 근데 그 남편이라는 사람이 80대 노인이었대."

한나의 눈썹이 바짝 치켜세웠다. 쇼우나 리가 이제 20대 중반인데, 그보다 어린 동생이 무려 60살이나 더 많은 노인과 결혼했다는 건가?

"80대였다고?"

"그렇다니까. 이것도 쇼우나 리가 빌에게 해준 얘긴데 그가 죽기 전에 겨우 일 년 남짓 결혼생활을 했대."

한나는 아무 말도 하지 않았다. 진실한 사랑일지도 모르겠지만, 혹시 그 매개체가 돈은 아니었을까 하는 생각이 자꾸만 머릿속에서 맴돌았다.

그에 대해 좀 더 조심스럽게 질문하는 방법이 없을까 고심하는데 안드레아가 고개를 끄덕였다.

"언니가 무슨 생각하는지 알겠는데, 사실 언니 생각이 맞아. 굉장히 부유한 노인이었대. 어마어마한 저택이랑 기타 유산을 바네사가 전부 물려받았대."

"쇼우나 리는 조지아에 얼마나 머무를 거래?"

"정확하게는 모르겠는데, 빌이 양식 서류를 주면서 물어봤나 봐."

"그랬더니?"

한나는 아주 아주 오랫동안이기를 기원하며 숨을 들이마셨다.

"쇼우나 리도 확실히는 알 수 없다고 했나 봐. 가족과 크리스마스도 함께 보낼 겸 얼른 고향에 내려가고 싶다고 했다던데? 조지아에 가는 대로 2주 안에 전화해주겠다고 했대, 다시 여기로 돌아와 복귀할 것인지……, 아닌지."

"그럼, 아주 돌아오지 않을 가능성도 있는 거네?"

한나는 이 놀라운 행운을 믿을 수가 없었다.

"그런 것 같았어. 규정에 따라 한 달 동안은 쇼우나 리의 자리를 공석으로 비워두겠지만, 그 후에는 경찰서장의 처분에 맡길 거래."

"그럼 빌이 바로 결정을 내리겠네?"

"내가 옆에서 몇 마디라도 좀 거든다면 그러지 않을까 싶어! 나도 쇼우나 리에 대해서는 언니랑 생각이 같거든. 그 동생도 쇼우나 리와 크게 다른 것 같지 않고 말이야. 그러니까……, 음……, 한 번도 만나보지 않은 사람에 대해 이러쿵저러쿵 얘기하기는 뭣하지만, 언니가 23살이었을 때를 한 번 생각해 보라고."

"그래."

한나는 대학시절로 기억을 되짚어 학교에서 여섯 블록 정도 떨어진 곳에 있던 낡아서 거의 무너지기 일보 직전이었던 아파트에 처음으로 세 들어 살았던 때를 떠올렸다.

적은 돈으로 집을 수리하고 나서야 간신히 들어가 살 수 있었던 그 아파트는 비록 샤워도 3분밖에 하지 못하고, 온수도 제대로 나오지 않았지만 그런대로 만족스러웠다.

"그때 언니에게는 당당한 미래가 있었잖아, 안 그래?"

"그랬지."

"또래 남학생들과 데이트도 하고 말이야. 나이가 많아 봤자 몇 살 정도였겠지?"

한나는 어깨를 으쓱해 보였다.

"아마 그랬을 거야."

"이 정도만으로도 충분해. 그러니까……, 생생하게 젊은 또래 친구들에게 둘러싸여 있으면서 어떻게 주름진 얼굴로 휠체어에 앉아 있는 80대 노인이랑 사랑에 빠질 수 있느냔 말이야."

한나는 그렇게 될만한 이유를 떠올려보려 애를 썼지만 아무것도 생각나지 않았다.

"내 생각은 어렵다고 봐."

한나의 침묵을 일종의 동의로 받아들인 안드레아가 말했다.

"바네사는 돈 때문에 결혼한 거야. 다른 이유 같은 건 없어. 바네사가 물려받은 유산을 언니인 쇼우나 리와 사이좋게 나눠 갖고서는 조지아에서 영원토록 눌러 살기를 바라자고!"

거의 고정이 되어버린 11시 30분 휴식시간이 다가올 때까지 한나는 마이크의 브라우니에 대해 그만 까맣게 잊고 있었다.

　마침내 그 생각이 떠올랐을 때 한나는 큰소리로 '앗' 하고 외쳤고, 소리에 놀란 리사가 부리나케 한나에게로 달려왔다.

　"별일 아니야." 한나가 리사를 안심시켰다.

　"마이크에게 배달한 핫 브라우니가 방금 생각났거든. 얼른 전화해서 먹지 말라고 해야겠어."

　"이제 쇼우나 리가 마을을 떠난다고 하니 더 이상 경쟁할 필요가 없어져서 마음을 돌리신 거예요?"

　"그렇지. 브라우니 전쟁이 시작된 것도 애초부터 그 파란 눈의 괴물 때문이었잖아."

　그러자 리사가 어깨를 으쓱해 보였다.

　"그래도 전 까닭을 모르겠어요. 마이크는 한 번 호되게 혼이 나야 해요. 쇼우나 리의 브라우니를 우리 카페에 팔아보라는 얘기까지 할 필요 없었잖아요!"

　"그래, 하지만 오늘 밤 데이트를 위해서는 평화를 유지해야 해."

"그런 거였군요." 리사가 씩 웃었다.

"게다가 새 옷까지 마련해두었으니까요. 점심시간이 되기 전에 빨리 바바라에게 전화해 봐요. 마이크가 발견하기 전에 브라우니를 치워줄 수도 있잖아요. 그럼 마이크는 무슨 일이 있었는지도 모를 테고요."

"좋은 생각이야." 한나는 전화기로 향했다.

잠시 후 경찰서의 수석 비서인 바바라 도넬리와 전화 연결이 되었다.

"안녕, 한나."

바바라의 목소리에는 반가운 음색이 가득했다.

"파티 준비는 다 됐어?"

"어느 정도는요. 바바라는 어때요? 바바라가 만든 아일랜드식 로스트비프도 시식 메뉴잖아요."

"그러게. 그 때문에 종일 좌불안석이야. 근데 쇼우나 리 소식은 들었어?"

"들었어요. 안드레아가 빌에게 들은 얘기를 저한테도 전해줬어요."

"모르긴 몰라도 그 소식에 마을 부인들 몇몇은 크게 안도할 거야. 게다가 이제 더 이상은 한나의 남자에게 꼬리 치지 못할 테고."

"어느 남자요?"

"좋은 질문이야!"

바바라가 웃음을 터뜨렸다.

"한나에게 남자가 둘이라는 걸 잠시 잊고 있었어."

"한 사람이나 제대로 가진 건지 모르겠어요. 어쨌든 마이크랑 통화를 좀 하려고 하는데요."

"지금 여기에 없어, 한나. 1시간쯤 전에 출근했다가 미처 재킷을 벗어놓을 새도 없이 전화받고 다시 나갔어."

한나는 심호흡을 한 뒤 매우 중대한 질문을 던졌다.

"아침에 마이크 책상에 뭘 좀 두고 갔는데, 아직 그대로 있나요?"

"잠깐만, 확인해 볼게."

이내 딸각 소리가 들리고 바바라를 기다리는 동안 한나는 독감에 걸린 듯한 목소리로 겨울철 운전의 주의점에 대해 말하는 라디오 아나운서의 목소리에 자신도 모르게 귀를 기울였다.

커피 깡통에 양초나 성냥을 넣고 다니는 일은 이미 실천하고 있었다. 차에 초가 있으면 폭설에 차에 갇히게 되는 비상시 차 내부도 따뜻하게 데우고 눈을 녹여 마실 물을 만들 수도 있으니 말이다.

아나운서는 다시 젠체하며 고양이 화장실용 모래를 20파운드(9kg) 정도 싣고 다니는 것도 미끄럼방지를 위해 좋을 거라고 조언했고, 그때 바바라가 다시 돌아왔다.

"없어, 한나. 마이크가 가지고 나갔나 봐."

한나는 신음 소리가 새어나오려는 것을 간신히 참았다.

경찰서에서 다른 동료와 함께 있을 때 브라우니를 먹었다면 그나마 괜찮지만, 만약 경찰차에 혼자 타고는 꽁꽁 얼어 빙판이 된 고속도로 위를 달릴 때 브라우니를 먹었다면, 큰 사고가 날 것이 분명했다.

"언제쯤 돌아오는지 아세요?"

"오늘은 아마 다시 서로 돌아오지 않을 거야. 경관 둘이랑 같이 나간 걸 보면 온종일 회의다 모임이다 바쁠 거야. 끝나면 바로 집으로 퇴근할 것 같은데, 그래도 전화는 한 번쯤 올지도 몰라. 만약 전화 오면 메시지를 전해줄까?"

"아뇨, 괜찮아요. 오늘 밤에 어차피 볼 텐데요. 고마워요, 바바라."

전화를 끊고 커뮤니티 센터로 달려가는 내내 한나는 아무렇지도 않은 표정을 지으려 애썼다.

에드나의 미트볼을 가지고 카페로 다시 돌아왔을 때 홀 안은 점심때 맞춰 테이크아웃 쿠키를 사려는 손님들로 붐비고 있었다.

리사가 테이블을 정리하는 동안 한나는 금전등록기 앞에 서서 계산을 맡았다. 두 사람의 역할 분담은 늘 이런 방식이었다. 그리고 손님이 어느 정도 잦아들 때쯤 한나가 문득 고개를 들어보니 낯익은 사람이 문가에 모습을 보였다.

노먼이었다.

그는 그래니의 앤티크 가방에 담은 뭔가를 들고 있었다.

"안녕, 노먼!"

한나가 따뜻하게 미소를 지으며 노먼을 맞아주었다.

노먼은 영화배우만큼 잘생기지도 않고, 옅은 갈색 머리카락에 통통하고 아담한 체구를 하고 있었지만, 지금껏 만나본 남자들 중 제일 다정하고 매력적인 사람이라고 한나는 생각했다.

그는 늘 사람 좋아 보이는 얼굴을 하고 센스 있는 유머감각을 발휘했다. 엄마와 로드 부인은 입버릇처럼 한나와 노먼은 잉꼬 같은 한 쌍이라고 얘기하곤 했다. 노먼은 파카를 벗어 문 옆에 있는 고리에 걸어놓고는 카운터 앞에 와 앉았다.

"커피 마실래요?"

"좋죠. 한나가 만드는 커피가 마을에서 최고니까요. 한나가 추천하는 쿠키도 몇 개 먹어볼까요? 요즘 꽤 모험적인 인생을 살고 있거든요."

"모험적인?"

한나가 카운터 뒤쪽 쿠키 진열대를 향해 몸을 돌리며 되물었다.

"체리 봄cherry bomb 어때요?"

"그게 뭐예요?"

"할머니의 레시피 중 하나인데, 오늘 처음 카페에 내봤어요."

"기꺼이 실험용 기니피그가 되어드리죠."

노먼이 코를 찡긋거리며 선언했다.

"유치원에 있는 기니피그랑 아주 똑같네요!"

"알아요. 수요일에 재니스 콕스가 응급 전화를 걸어왔거든요. 휘스커 씨의 앞니 사이에 씨가 단단히 끼었다면서."

"그래서 방문 진료를 했어요?"

한나가 물었다, 그러고 보니 요 며칠 동안 노먼과 제대로 얘기를 나눠보지 못했다.

"그럼요. 휘스커 씨는 이제 괜찮아요. 무사히 씨를 빼냈거든요."

"어떻게요?"

"매우 조심스럽게, 재빨리."

노먼은 한나가 가져다준 쿠키를 물끄러미 바라보았다.

"빨간색 도화선이 달린 자그마한 흰색 폭탄 같네요."

"그 도화선이 바로 체리 꼭지예요. 체리 둘레로 반죽을 붙여서 구웠거든요. 색이 하얀 건 설탕가루에 한 번 굴렸기 때문일 거예요. 꼭지로 집어서 간편하게 입에 넣으면 돼요."

"알았어요."

노먼이 손가락으로 체리 꼭지를 집어 쿠키를 입에 넣었다.

"정말 맛있어요! 씹자마자 체리가 폭탄처럼 입안에서 터지는 느낌이에요. 그래서 이름도 체리 봄이군요."

두 번째 쿠키도 단숨에 입에 넣은 노먼이 역시나 맛있다며 감탄을 하더니 가져온 가방을 카운터 위로 올렸다.

"스웬슨 부인이 저한테 이걸 부탁하셨어요."

"뭔데요?"

"앤티크 케이크 나이프요. 한나에게 잘 보관하라고 하시던데요."

한나는 가방을 열어 정교하게 조각된 나무 상자를 꺼냈다.

"노먼도 봤어요?"

"네, 아름답더라고요. 한 번 봐요."

적어도 상자의 조각은 정말 예뻤다.

한나는 동경 어린 시선으로 상자를 한참 동안 바라보다가 마침내 뚜껑을 열고는 나이프로 시선을 옮겼다.

"정말 멋져요! 생각했던 것과는 전혀 달라요."

"무슨 말이에요?"

"일반 케이크 나이프보다 면적이 더 넓고 날도 훨씬 더 날카로워요."

"스웬슨 부인이 옛날 명망 있는 나이프 제조 가문에서 특별히 만들어진 거라고 말씀하시던데요."

"그렇다면 날이 이렇게 날카롭게 살아 있는 게 놀랄 일이 아니네요! 손잡이 부분에 크리스마스트리 장식도 너무 예쁘고 채색한 돌 장식도 마음에 들어요."

"그 채색한 돌 장식이라는 게 파란색, 노란색 사파이어에 루비, 그리고 에메랄드예요. 위쪽에 별모양으로 박힌 건 다이아몬드구요. 그래서 말인데 그 나이프는 안전한 곳에 보관하는 게 좋을 것 같아요."

"그럴게요." 한나는 경건한 손놀림으로 뚜껑을 닫았다.

"무척 값나가는 건가 보죠?"

노먼이 주변을 둘러봤지만, 다행히도 두 사람에게 주의를 기울이는 사람은 아무도 없었다.

"네, 진짜라면요. 근데 그래니의 앤티크에 있는 사람들, 그러니까 루 앤까지 포함해서 전부 진짜라고 생각하고 있어요."

"알려줘서 고마워요."

한나가 다시 가방에 상자를 넣고 카운터 뒤쪽에 감췄다.

"케이크를 자르기 전까진 비밀로 하고 단단히 보관해야겠어요. 그렇지 않으면 터키(칠면조)를 자르는 데나 쓰일지도 모르니까요."

"그런 거라면 걱정 안 해도 돼요. 안 그래도 로즈의 터키 레시피는 내가 맡았는데, 로즈 말로는 레시피대로만 만들면 너무 부드러워서 뼈랑 저절로 분리될 거라고 했어요."

"로즈의 터키 요리는 훌륭하죠."

한나가 창밖을 내다보더니 휘둥그레한 눈으로 탄식했다.

"눈이 오고 있어요! 미네소타 사람들이 작은 눈쯤은 대수롭지 않게 생각하는 게 다행이죠. 눈발이 굵어지지 않는 이상은 다들 파티에 와서 댄스 타임까지 있을 테니까요."

"당연히 그러겠죠. 파티를 놓치고 싶은 사람은 아무도 없을 걸요."

한나가 막 노먼의 커피잔을 다시 채워주는데 전화벨이 울렸다, 한나는 수화기를 집었다.

"쿠키단지의 한나입니다."

"안녕, 한나. 커트 호위입니다."

"안녕하세요, 커트."

뭔가 잘못된 일이 있는 게 아니기를 바라며 한나가 인사했다.

커트는 사보리 출판사의 편집자였는데, 지난번 전화 때는 한나가 서명한 계약서의 마감 날짜를 무려 몇 달이나 더 앞당기자고 했었다.

"설마 마감일을 또 앞당기자는 건 아니겠죠?"

그러자 커트가 킥킥거렸다.

"아니에요, 레서피들 중에서 의문가는 것이 있어서요."

"어떤 거요?"

"퍼지 컵케이크말입니다. 베이킹소다를 넣는 게 맞아요?"

"베이킹소다요?"

한나가 얼굴을 찌푸렸다.

"그렇게 쓰여 있는데요."

"잠깐만요."

한나는 리사에게 손짓해 요리책 원본을 가져오게 한 뒤 다시 말을 이었다.

"리사가 지금 확인하고 있는데, 아마 베이킹파우더가 맞을 거예요. 베이킹소다를 넣으면 너무 부풀어서 분화구처럼 흘러넘치거든요."

"우리 생각도 그래요. 그래서 한 번 확인해 보려고 전화했어요."

한나는 리사에게서 세 개의 고리로 엮인 요리책을 받아 퍼지 컵케이크의 페이지를 펼쳤다.

"베이킹파우더라고 되어 있어요, 커트. 베이킹파우더 1과 1/2티스푼이요."

"그럴 줄 알았어요."

"미안해요."

사과하는 한나의 볼이 부끄러움에 발그레해졌다.

"커트에게 보내기 전에 여러 번 읽고 확인했었는데, 놓친 게 있었나 봐요."

"종종 그런 일이 있어요. 특히 이미 그 내용을 다 인지하고 있을 때는 틀린 부분이 좀처럼 눈에 띄지 않아요. 어쨌든 그것 때문에 전화했어요. 안 그래도 지금 레이크 에넌의 크리스마스 파티에 가는 길이에요."

"잘 됐네요! 그럼 레시피를 전부 맛볼 수 있잖아요."

"무척 기대하고 있어요. 방금 우리 사진팀 직원과 통화했는데, 같이 파티에 가서 요리 사진도 좀 찍고, 마을 사람들 사진도 찍으면 좋을 것 같다고 했어요."

"좋은 생각이에요, 커트. 저희 엄마가 가져온 앤티크 케이크 나이프도 찍어 가면 좋을 거예요. 정말 환상적이거든요. 오늘 밤 많은 케이크 중 하나를 자를 때 사용하게 될 거예요."

"멋진 사진이 나올 뻔했군요."

"나올 뻔했다고요?"

"네, 사진팀 직원이 시간이 안 된다고 했거든요. 그러니까 요리 사진은 나중에 다시 기회를 만들어야 할 것 같아요."

"그럴 필요 없을지 몰라요."

한나가 노먼을 흘끗 쳐다보며 말했다.

"우리 마을에도 사진사가 한 명 있는데, 부탁하면 흔쾌히 파티 사진을 찍어줄 거예요. 잠깐만 기다려 봐요. 제가 물어볼게요."

한나가 미처 물어보기도 전에 노먼은 고개를 끄덕였다.

"기꺼이 카메라를 가지고 가겠다고 전해줘요. 근데 요리 사진은 한 번도 찍어본 적이 없어요. 그건 고도의 기술을 요하는데."

"들었어요." 커트가 한나에게 말했다.

"그런 문제라면 걱정하지 말라고 전해주세요. 사무실에서 일찍 출발할게요. 차가 많이 막히지만 않으면, 오후 5시나 5시 30분에는 레이크 에덴에 도착할 거예요. 한나는 어디 있을 거예요?"

"그때쯤이면 커뮤니티 센터에 있을 거예요. 카페는 3시에 닫고 일찌감치 가서 에드나를 도와 주방 일을 좀 하려구요."

"지금 눈 온다고 얘기해줘요."

노먼이 한나에게 상기시켰다.

"그 얘기도 들었어요."

한나가 입을 떼기 전에 커트가 대답했다.

"그렇다면 혹시 모르니 생각했던 시간보다 더 일찍 나서야겠어요. 그럼 오늘 밤에 봐요."

전화를 끊으며 한나는 미소를 띤 채 노먼을 바라보았다.

"병원으로 돌아가기 전에 잠깐 그래니의 앤티크에 들를 짬이 되겠어요?"

"그럼요. 부탁할 게 있어요?"

"요리책이 나오기까지 고생한 사람들에게 우리 편집자가 오늘 파티에 올 거란 얘기를 해줘야 할 것 같아요. 근데 모두에게 연락을 돌릴 시간이 없어서요."

"그럼 스웬슨 부인께 부탁하라고요?"

"그냥 한 통만 걸면 돼요. 엄마는 레이크 에덴의 소문 라인이죠. 이를 테면 비상연락망 같은 거예요. 한 사람한테만 전화해서 알리면 저절로 연결, 연결이 되어서 마을 사람 전부가 알게 되는 것 말이에요. 엄마나 로드 부인, 두 분 중 아무에게나 알리면 1시 30분이 지나기도 전에 마을 사람 전부가 알 거예요."

"나 어때?"

매우 따분한 눈길로 소파 등받이 위에 앉아 있는 모이쉐를 향해 돌아보며 한나가 물었다.

하지만 모이쉐는 한나를 흘끗 쳐다보기만 했을 뿐 다시 TV로 시선을 돌려버렸다. TV에서 날지 못하는 새와 성깔 있는 자그마한 설치류를 보여주는 동물 프로그램이 한창 방영 중이니 딱히 모이쉐를 비난할 수만은 없는 일이었다.

동물은 본능이 당기는 대로 행동하기 마련이니 녀석이 꿩에게서 좀처럼 시선을 떼지 못하는 것도 무리는 아니지 않은가. 비록 그림의 떡일지라도 말이다.

한나 역시 오늘 밤 파티에 입고 갈 드레스를 고르는 데 무조건 본능에 충실했다. 한나가 가진 옷 중에서 가장 매혹적인 푸른 코발트 빛 니트 드레스는 플레어스커트 모양이라 그녀를 한층 돋보이게 하는 동시에 밀가루와 설탕 포대를 나르느라 붙은 팔의 근육들을 아담하게 보이게 해주는 효과를 발휘했다.

여느 때와 마찬가지로 부 몽드의 여주인인 클레어 로저스가 한나에게 이 드레스를 추천해주었고, 역시 여느 때와 마찬가지로 클레어의 눈썰미는 한나를 실망시키지 않았다.

한나는 드레스를 입고 거울을 한 번 들여다보고는 가격도 묻지 않은 채 서둘러 사겠다고 나섰다. 비슷한 규모의 상점을 소유한다는 이유로 클레어에게서 특별 가격 할인을 받을 수 없을지도 모르는 상황에서 한나의 선택은 참으로 위험했다.

"마음에 든다니 다행이야."

고양이 룸메이트에게 조언을 구하려고 했던 것 자체가 어리석었다.

녀석에게 패션에 대한 걸 물어보다니……, 아니, 그 외의 것들도 마찬가지다. 단, 두 가지 질문을 제외하고.

"배고프니?", 혹은 "사료 더 줄까?"

"사료도 가득 채워줬고, 비타민도 넣었으니 괜찮다면, 이제 난 그만 나가봐야겠어."

오렌지와 흰색 고양이털한테는 자석과도 같은 영향력을 발휘하는 검정 코트를 입으며 한나가 으쓱해 보였다. 그리고는 클레어가 드레스와 맞춰야 한다고 고집했던 우스꽝스러울 만치 작은 손가방을 들었다.

마지막으로 장갑을 들고 마이크의 파테를 담은 가방을 들은 뒤 연어 맛이 나는 간식 몇 개를 소파에 던져주며 여전히 한나에게 눈곱만큼도 관심이 없는 룸메이트를 향해 외쳤다.

"오늘 늦을지도 모르니까 기다리지 마."

문밖으로 나선 한나는 문이 잘 잠겼는지 다시 한 번 확인하면서 스키 마스크를, 그도 아니라면 털모자라도 쓰고 나왔더라면 좋았을 걸 하고 생각했다.

그만큼 바깥공기는 무척 매서웠다. 아마 파티를 끝내고 집에 돌아올 때쯤에는 더욱 쨍하게 차가워질 것이다.

계단이 있는 곳까지 지붕을 달아 눈이 와도 쌓이지 않게 지은 아파트 건축가에게 감사하며 한나는 서둘러 1층을 내려와 이미 빙판이 되어버린 복도를 조심스럽게 지나 다시 지하 주차장까지 연결되는 여섯 개의 콘크리트 계단을 내려갔다. 그러다 한나는 갑자기 나타난 아랫집 이웃인 필 플랏닉과 부딪쳐 넘어지고 말았다.

"죄송해요, 필."

필의 부축을 받아 일어서며 한나가 사과했다.

"사과할 필요 없어요. 나도 앞을 제대로 보지 못한 걸요. 그리고 콘센트에서 코드 선 빼고 출발하는 거 잊지 말라는 얘길 해주고 싶네요."

"고마워요! 급할 때는 항상 잊어버린다니까요. 이번 겨울에만 해도 벌써 두 개나 끊어먹었어요."

"세 번째 코드 선이 희생당하지 않으려면 확실하게 해둬야겠군요."

필이 가던 방향을 틀어 한나와 함께 한나의 트럭으로 향했다.

"제일 많이 끊어트렸던 기록이 몇 개예요?"

"겨울 한 철에만?"

"네."

추운 미네소타 지역에서는 필수로 가지고 다녀야 하는 차내 히터를 가동하기 위해 주차장 콘센트에 꽂아놓은 한나의 코드 선을 필이 빼주었다.

"일곱 개요. 처음 트럭을 구입한 해라서 자꾸 코드를 빼는 걸 잊어버렸죠. 그나저나 오늘 밤 크리스마스 파티에 올 거죠?"

"당연히 가야죠. 수가 크리스마스트리 앞에서 케빈의 사진을 꼭 찍어야 한다고 했거든요. 작년에도 다 같이 파티에 갔었는데, 그때는 케빈이 너무 어려 혼자 앉질 못했어요. 수가 친척들에게 케빈의 사진을 보내려고 사진을 넣을 수 있는 카드를 여러 장 주문한 모양이에요."

"좋아들 하시겠네요. 아무튼 도와줘서 고마워요, 필. 이따가 파티장에서 봬요."

애플캔디 빛의 붉은 트럭에 올라타며 한나는 미소를 지었다.

한나의 트럭에는 'COOKIES' 라는 번호판이 달렸는데, 마을의 세금징수원은 한나의 트럭 문에 새겨진 황금색 '쿠키단지' 라는 글씨와 그 번호판도 카페를 광고하는 것이기 때문에 세금을 내야 한다고 고집하고 있었다.

트럭을 끌고 아파트 샛길을 달리는데, 아파트 몇 채에서 새어나오는 불빛이 눈에 띄었다. 아직 오후 4시밖에 되지 않았는데 눈밭에 우뚝 솟은 소나무 그림자는 보랏빛에서 쪽빛으로 짙어지고 있었고, 지평선 또한 점점 그 경계를 잃어가고 있었다.

한나는 헤드라이트를 켰다. 해가 막 질 무렵이라 시야가 좋지 못했다. 아직은 아파트 안이라 느린 속도를 유지하고 있지만, 그래도 사고가 나지 않으리라는 보장은 없었다. 아파트를 빠져나가기까지 몇 분의 시간이 소모되었고, 그러는 동안에도 어둠은 더욱 짙어졌다.

한나는 올드 레이크 로드를 향해 좌회전한 뒤 앞 유리창에 떨어지는 눈발을 닦아내려고 와이퍼를 가동시켰다. 그리고는 라디오를 틀고 한나가 좋아하는 지역 방송에 주파수를 맞췄다. 라디오에서는 막 뉴스가 끝나고, KCOW의 기상캐스터인 레인 필립스가 기상예보를 전하고 있었다.

"……밤늦게 폭설이 내릴 가능성이 있습니다. 현재 위넷카 카운티의 하늘은 매우 청량하며 온도도 다소 상승하고 있습니다. 정말 아름다운 밤입니다. 나가서 즐기십시오."

점점 굵어지는 눈발 속에서 와이퍼의 속도를 가속하며 한나는 으르렁거렸다.

"당신은 바보야, 레인. 창문만 내다봐도 이미 눈이 내리고 있다는 걸 알 수 있을 텐데!"

한나가 커뮤니티 센터의 주방으로 들어서자 에드나 퍼거슨은 깜짝 놀란 듯했다.

"이렇게 일찍 어쩐 일이야? 5시 전에 올 줄은 몰랐는데."

"일손이 필요하지 않을까 해서요."

한나는 마이크의 파테를 냉장고에 넣었다. 냉장고 선반에는 안드레아의 젤로 케이크가 이미 자리를 차지하고 있었다.

"리사가 왔었어요?"

"왔다 갔어. 빨리 집에 가서 옷을 갈아입어야겠다고 말이야. 오는 길에 설탕 쿠키를 가져다줬는데, 정말 예쁘더라."

"리사가 짤주머니로 솜씨 좀 발휘했죠. 안드레아는요? 덜어 먹을 숟가락을 가져다줬어요?"

"갖다줬어. 불편한 몸으로 어떻게 했는지 모르겠어. 하여간 두 자매가 정말 대단해."

"숟가락 갖다준 것 때문에요?"

그러자 에드나가 고개를 저었다. 그녀의 고갯짓에 맞춰 회색빛의 곱슬머리가 스프링처럼 찰랑거렸다.

"그것도 그렇지만 장식 실력이 말이야. 안드레아가 들렀을 때 마침 요리에 장식을 감독하는 팀이 왔었는데, 안드레아가 파이 장식을 돕겠다고 나섰지 뭐야. 홀른벡 자매의 파이였는데, 원래는 버니스 마치에이가 와서 해주기로 되어 있었거든. 근데 허리를 다치는 바람에 오질 못했어. 팀에서도 처음에는 임신 중인 안드레아에게 무리라고 생각해서 거절했는데, 무거운 것을 드는 일 같은 건 친구들에게 부탁하겠다고 하잖아. 그리고는 어찌나 바람같이 일을 끝내는지, 글쎄 2시간도 채 되지 않아서 장식을 끝내버렸지 뭐야. 18피트(5.5m)의 크리스마스트리 장식까지!"

"역시 안드레아네요. 어떤 문제든 전화 몇 통이면 간단하게 해결하거든요."

"그 이상이야. 크리스마스트리 꼭대기에 천사 인형을 매달겠다고 그 무거운 몸으로 사다리를 올라가는 걸 보고 너무 놀라 틀니를 빠뜨릴 뻔 다니까."

한나는 여동생의 무모한 행동을 직접 목격하지 않은 것이 다행이라고 생각했다. 안드레아에게 평상시처럼 몸을 움직여도 된다고 말씀하셨을 때 나이트 박사님이 뭔가 큰 착각을 하고 계셨던 것이 아닐까.

"가서 불을 켜고 한 번 봐봐." 에드나가 문쪽으로 손짓을 했다.

"정말 아름다워!"

한나는 주방의 뒷문을 통해 다시 밖으로 나섰다. 아까 계단을 내려올 때는 불이 몇 개 켜있지 않아서 크리스마스트리 장식을 보지 못했었다.

한나는 제일 밝은 불을 켜고는 크리스마스트리를 바라보았다. 그리고는 안드레아가 해놓은 일에 너무 놀라 그저 눈만 깜빡거렸다.

뷔페 홀 앞쪽에는 네 개의 기다란 테이블이 놓여 있었는데, 각기 다른 색깔의 테이블 덮개가 덮여 있었고, 가운데는 커다란 포인세티아와 소나무 가지 엮은 것, 그리고 황금색 크리스마스 볼이 놓여 있었다.

각 테이블에는 막대모양의 사탕에 손으로 직접 쓴 깃발을 꽂았는데, 깃발에 따르면 빨간색 테이블 덮개가 덮인 곳은 애피타이저, 황금색 덮개는 주요 요리와 사이드 요리를, 빨강과 초록의 줄무늬 테이블 덮개가 덮인 곳은 커피와 티, 우유나 물, 주스 등을 차게 담아놓은 아이스박스가 놓여 있었다.

나머지 공간에는 기하학적인 배치로 앞쪽의 테이블보다 긴 테이블들이 놓여 있었는데, 눈사람과 산타클로스, 크리스마스트리, 눈 뭉치가 그려진 크리스마스용 테이블 덮개로 덮여 있었다.

그리고 그 가운데 음식 테이블에 있는 것보다 약간 아담한 사이즈의 장식물이 놓여 있었다. 천장을 올려다본 한나는 또 한 번 놀라고 말았는데, 빨강과 초록, 은색의 색실들이 복잡하게 서로 짜여 달려 있었다.

모든 게 화려하고 사랑스러웠다. 특히 크리스마스트리는 레전시풍에 푹 빠져 있는 엄마가 보았으면 '공간의 자부심'이라고 표현하실 만할 정도였다.

한나는 트리로 다가가 전등의 불을 켜고는 무지개색 전구들이 반짝이는 광경에 입을 쩍 벌렸다.

"정말 환상적이야."

한나는 혼잣말을 하고는 다시 주방으로 발길을 돌렸다.

안드레아는 정말이지 오늘 굉장한 일을 해냈다. 안드레아를 레이크 에덴의 주류로 다시 받아들이게 되어 얼마나 반가운지 모르겠다.

어린 시절 자매는 자주 다투고 싸웠지만, 최근 들어 같이 사건 수사를 하다 보니 전과 달리 서로 위하고 아끼게 되었다. 더불어 안드레아의 남편도 승진했고 말이다. 함께 해결할 수 있는 문제가 있다는 건 어찌 보면 좋은 것도 같다.

한나는 어린 시절 습관대로 손가락을 꼰 채 크리스마스 포트락이 성공적으로 치러지길 간절히 기원했다. 그리고는 에드나를 도울 일이 없을까 하여 다시 주방으로 향했다.

40분 후, 한나는 계단 밑에 자리를 잡고 섰다. 에드나와 그 조수들에 의해 주방에서 쫓겨나 곧 도착할 사람들을 맞이하는 역할을 하게 된 것이다. 스피커에서는 부드러운 크리스마스 음악이 흘러나오고 있었는데 90년대 말에나 나왔을 법한, 그것도 잘 팔리지 않아 음반가게 구석에 박혀 있었을 법한 고리타분한 노래들뿐이었다.

"안녕, 한나."

조단 고등학교의 밴드 선생님인 커비 웰즈가 첫 손님이었다.

그의 뒤로 조단 고등학교 재즈 연주단원 열 명이 따르고 있었는데, 남자아이들은 빨간색 새틴 재킷에 검정 바지를 입고 여자아이들은 초록색 새틴 드레스를 입고 있었다.

"정말 멋져요!"

오늘 밤을 위해 새로 의상을 맞춘 학생들을 보며 한나가 감탄했다.

재즈 연주단은 댄스 타임에는 물론 디저트 타임에도 음악을 연주하기로 되어 있었다.

"뭐 도와줄 거 없어요, 커비? 악기를 나르는 일이라든가."

"거의 다 끝냈어요."

커비가 유난히 하얀 이를 반짝이며 대답했다.

분명히 노먼이 시술해준 스케일링 덕분일 것이다. 커비는 근육질의 몸매를 가진 20대 중반의 청년이었는데, 조단 고등학교 여학생들 사이에서 아주 인기가 좋았다.

"아침에 와서 거의 다 준비해놨거든요. 접이식 의자만 있으면 돼요. 다른 건 학교 밴에 다 싣고 왔어요."

한나는 여분의 테이블과 접이식 의자를 보관하는 계단 밑 창고로 커비를 안내해준 다음 다시 제자리로 돌아왔다. 그리고 마침 딱 맞춰 커트 호위가 모습을 보였다.

"안녕하세요, 커트!"

그가 계단을 채 내려오기도 전에 한나가 반갑게 인사했다.

"늦지 않게 와서 정말 다행이에요."

커트가 서둘러 나머지 계단을 내려왔다.

"더 일찍 도착할 수 있었는데, 엘크 강에 왔을 때쯤 눈이 내리더군요. 그래서 예상보다 좀 늦었어요. 근데 안에서 정말 좋은 냄새가 나는데요!"

"음식 냄새일 거예요." 한나가 그의 팔을 잡으며 대답했다.

"모두 당신이 오는 걸 알고 있어요. 그러니까 우선 에드나랑 주방 도우미들에게 인사부터 시켜줄게요. 그런 다음에 제일 좋은 자리에 앉아서 노먼이 올 때까지 기다려요. 노먼이라면 금방 올 테니까 그가 오면 어떤 사진을 찍어야 할지 그에게 알려주면 돼요."

주방에서 일하는 사람들에게 커트를 소개하고서 한나는 그를 자리로 안내했다. 그리고는 미네소타 지역에서 흔히 먹는 애피타이저 접시를 가져다주었는데, 잘게 간 얼음을 바닥에 깔고 그 위에 셀러리 막대와 당근 막대, 딜(미나리과 식물로 독특한 향이 났다) 새싹 등을 담아놓은 접시와 초에 절인 완두콩과 버섯, 사탕무와 양파가 담긴 접시, 이렇게 둘이었다.

누 번째 접시에 담긴 채소들은 모두 가정에서 직접 키운 것들이라고 설명하는데, 마침 노먼이 어깨에 카메라 가방을 메고 계단을 내려왔다.

그는 한 손에 크리스마스 분위기가 물씬 풍기는 포장지로 포장한 상자를 들고 있었는데, 검정 터틀넥 스웨터와 검정 바지에 황갈색 스웨이드 재킷 차림으로 목둘레에 털이 달린 점퍼를 팔에 걸친 그가 웬일인지 오늘따라 매우 당당해 보였다.

노먼은 곧장 한나에게로 다가오더니 마을 어른들이 보았을 때 딱 적당하다고 생각하실 법한 포옹 시간보다 약간 더 길게 한나를 안았다. 그리고는 한나에게 상자를 건네주었다.

"한나 거예요. 크리스마스 선물이라고 하기엔 조금 이르지만, 클레어가 오늘 밤 한나 의상에 아주 잘 어울릴 거라고 해서요."

"고마워요, 노먼."

한나는 망설임 없이 상자를 열어보았다. 안에는 한나의 드레스와 아주 잘 어울릴 법한 크리스마스 아플리케 스웨터가 들어 있었다.

"정말 맘에 들어요! 예뻐요!"

한나는 얼른 스웨터를 꺼내 입고는 노먼에게 보여주려고 돌아섰다.

"클레어가 얘기했던 것보다 훨씬 더 잘 어울리네요."

노먼이 또다시 한나를 안으며 말했다, 그리고는 커트를 돌아보았다.

"안녕하세요, 커트. 이렇게 뵙게 돼서 반갑습니다."

"저도 마찬가지입니다." 커트가 옆자리를 두드리며 말했다.

"여기 앉으세요. 애피타이저를 같이 나눠 먹죠."

"잠시만, 점퍼를 걸어두고 올게요."

"내가 할게요."

노먼이 발걸음을 떼기도 전에 한나가 얼른 나서 노먼의 점퍼를 건네받았다.

"화장실 가서 스웨터 입은 모습도 볼 겸해서 갔다 올게요. 노먼은 커트와 사진에 대해 의논해야 하잖아요."

한나는 노먼의 점퍼를 꽤 널찍한 외투 보관용 방에 걸어두고서 화장실로 가 거울 앞에서 스웨터의 맵시에 감탄한 뒤 다시 계단 밑 한나의 자리로 돌아왔다.

그 후, 몇 분간은 파티장에 들어서는 사람들을 맞이하며 캐서롤(조리한 채로 식탁에 내놓을 수 있는 서양식 찜 냄비)이며 접시들은 어디서 가져오면 되는지 안내하느라 한창 분주했다. 주방에서 커피 한 잔을 가져오려는 찰나 마이크가 쇼우나 리와 함께 모습을 보였다.

"안녕, 한나!"

쇼우나 리가 손에 접시를 든 채 간신히 균형을 잡으며 우아하게 한나 쪽을 향해 걸어왔다. 4인치(10㎝)의 하이힐을 신은 그녀의 모습은 한나가 보기엔 영 못마땅했다.

"제대로 해왔는지 모르겠네요. 레시피대로 했는데."

"잘했겠죠."

한나는 자신의 대답에 예언적인 힘이 깃들기를 간절히 바랐다.

안 그래도 이 금발의 비서 아가씨에게는 레시피 중 가장 쉬운 수잔의 시금치 롤업을 배당했다. 시금치를 물에 데치기만 하면 달리 요리할 것이 없는 레시피였다.

"꼭 요리책에 실렸으면 좋겠어요. 써는 방법만 조금 다르게 해서 비스듬하게 썰었는데, 이렇게 하는 게 더 나은 것 같더군요."

한나는 쇼우니 리가 들고 있는 접시를 흘낏 내려다보았다. 비닐랩으로 덮인 롤업은 보기에는 아무 이상이 없었다.

"먹음직스러워 보이는데요."

"정말 맛있어요. 자르면서 끄트머리를 살짝 맛봤는데, 좋더라고요."

"요리사만의 특권이죠."

한나가 쇼우나 리에게 미소를 지으며 말했다. 이제 마을을 떠나게 되었다니 마음껏 선심을 베풀 여유가 생긴 한나였다.

"주방에 있는 에드나에게 갖다주세요. 그러면 그녀가 알아서 적당한 테이블 위에 세팅할 거예요. 나중에 접시는 어떻게 하면 좋을지도 말해주고요."

"오, 접시는 마이크가 가져오기로 했어요. 우리 집 열쇠도 가지고 있고, 찬장에 제자리가 어딘지도 잘 알고 있거든요."

순간 선심 따위는 말끔히 사라져버렸다. 쇼우나 리의 주방 찬장에 그릇 배치까지 꿰뚫으려면 한두 번 드나들어서는 되지 않을 터였다.

마이크와 쇼우나 리가 함께 촛불 아래서 로맨틱한 저녁식사를 하고, 이른 아침식사를 나누는 장면이 머릿속에 뭉게구름처럼 떠오르자 한나의 분노는 다시 불붙기 시작했다.

"저녁식사 때까지 함께 있지 못해서 정말 안타까워요."

한창 불을 지피던 한나의 분노에 쇼우나 리가 끼어들었다.

"직접 와서 보니까 정말 멋진 파티가 될 것 같아요! 근데 전 오늘 밤 10시 비행기라 적어도 두 시간 전에는 공항에 가야 해요. 마이크가 데려다 준다고 하네요. 정말 친절하지 않아요?"

"그러네요."

한나를 잘 알지 못하는 사람, 그것도 시력에 문제가 있는 사람이 아니고서야 한나의 가식 미소쯤은 누구라도 금방 알아볼 수 있었다.

"주방에 가는 길에 커피도 있나 보겠어요?"

마이크가 쇼우나 리를 살짝 재촉하며 말했다.

"출발하기 전에 한 잔 마시면 좋을 것 같군요."

"크림에 설탕 두 개, 맞죠? 아침에만 크림 안 넣구요."

"맞아요."

쇼우나 리가 자리를 뜨자마자 마이크는 한나를 돌아보았다.

"한나, 브라우니 말이에요."

상황이 심각하게 치달을 경우 한나가 작전을 중단하려 했다는 걸 증언해줄 사람이 있다는 것이 그나마 다행이라고 생각하며 한나는 꼴깍침을 삼켰다.

"그게 말이죠, 마이크. 정말 미안……."

"실은 아직 먹지 못했어요."

마이크가 한나의 말을 가로막고 나섰다.

"그래도 먼저 고맙다고 인사해야 할 것 같아서 말입니다. 한나는 정말 따뜻한 사람이에요. 마음 같아서는 당장 맛보고 싶었지만, 오늘은 온종일 도통 짬이 안 났거든요. 다른 동료들이 뺏어 먹을까 봐 서랍 깊숙이 넣어두고 아직 사무실에 돌아가 보질 못했네요."

한나는 고개를 끄덕였지만, 마이크의 첫 마디를 제외하고는 하나도 귀에 들어오지 않았다.

"그러니까……, 아직 브라우니를 먹지 못했단 얘기죠?"

"아직이요. 서랍에 넣어두었는데, 냉장고에 보관해야 할까요? 아니면 내일 아침까지 그대로 둬도 괜찮을지?"

"그대로 둬도 괜찮아요."

한나가 애써 환하게 미소를 지었지만, 머릿속은 이미 어떻게 하면 마이크 몰래 브라우니를 빼내올 수 있을지에 대한 생각으로 가득했다.

"뷔페를 즐길 수 없게 돼서 안타까워요."

그러자 마이크가 한나의 어깨로 팔을 두르며 가볍게 그녀를 끌어안았다.

"무슨 말입니까? 내 자릴 맡아줘요. 쇼우나 리를 공항에 내려주고는 바로 다시 돌아올 테니. 그때쯤이면 음식은 거의 다 동나겠지만, 그래도 레이크 에덴에서 한나와 처음으로 맞는 크리스마스 파티를 놓칠 수야 없죠."

공항까지 가는 길에 먹을 설탕 쿠키를 잔뜩 가지고 마이크와 쇼우나 리가 떠난 후 한나는 다시 계단 밑, 원래의 자리로 돌아왔다. 위층 문이 열리고 굶주린 사람들이 우르르 내려올 때마다 한나는 문밖으로 세차게 부는 바람소리를 들을 수 있었다.

사람들 무리에 아이들이라도 끼어 있으면, 열에 아홉은 커뮤니티 센터 로비에 꾸며놓은 미니어처 크리스마스 장식을 보고 소리를 지르며 좋아했다. 3년 전 조단 고등학교 공예 반에서 마을에 크리스마스 선물로 기증한 것이 시초가 되어 해를 거듭할수록 장식도 늘고 수리도 깨끗이 하여 더 그럴듯한 모습으로 변해가고 있었다.

작년에는 조지 벡스터 반의 학생들이 창문가에 자그마한 전구 등을 달았고, 올해는 졸업반 남학생들이 레이크 에덴에 있는 세 개의 교회와 아주 똑같은 모양의 미니어처 교회를 만들고 스테인드글라스 유리창까지 끼웠다.

조지의 부인인 팸 벡스터는 조단 고등학교에서 가정 과목을 가르치고 있었는데, 남편과 마찬가지로 여학생들을 데리고 현관문이나 창문에 거는 조그만 화환을 만들었다.

"안녕, 한나 이모." 아주 친숙한 목소리가 들려왔다.

"안녕, 트레시."

꼬마 조카가 계단을 내려오는 것을 본 한나가 함빡 미소를 지었다.

안드레아와 빌의 딸이자 한나의 조카인 트레시는 오늘 밤 파티를 위해 특별히 레이스가 달린 흰색 블라우스에 짙은 녹색 벨벳 점퍼를 입고는 마치 크리스마스 천사처럼 밝은 색의 굽슬굽슬한 금발머리를 통통거리며 한나에게 다가왔다.

"엄마는 어디 갔니?"

"로비에서 비즈먼 아줌마랑 허브 아저씨랑 얘기하고 있어요. 리사 언니랑 허브 오빠도 있구요."

"트레시도 같이 있지 그랬어?"

그러자 트레시가 고개를 저었다.

"지루해요. 계속 밍크코트랑 다이아몬드 반지랑 무슨 음료수 얘기만 하는 걸요."

"음료수?" 한나는 어리둥절해졌다.

밍크코트와 다이아몬드 반지가 대체 음료수와 무슨 상관이…….

"혹시 브랜디 말하는 거니?"

"바로 그거예요! 아무튼 엄마가 나 먼저 내려가서 엄마가 올 때까지 다른 사람들이랑 어울리고 있으라고 했어요."

"사람들이랑 어울려 있으라고 했다고?"

고작 다섯 살짜리 아이가 '어울리다' 라는 말의 의미나 제대로 아는 걸까 한나는 의아했다.

"꼭 그렇게 말한 건 아니구요. 그냥 아는 사람들이랑 얘기하고 있으라고 했어요. 그게 어울리는 거잖아요, 그렇죠?"

"그래, 맞아."

변함없이 놀라운 조카의 단어 구사 능력에 놀라며 한나가 대답해주었다.

"노먼 아저씨가 사진 찍고 계실 테니까 가서 인사드려."

"응, 난 노먼 삼촌이 좋아요. 근데 마이크 삼촌은요?"

"늦게 오실 거야. 쇼우나 리 퀸 아줌마를 공항까지 데려다 주러 가셨거든."

"새로 산 노란색 허머 차로요?"

"그래."

"마이크 삼촌이 아빠랑 나를 태워준 적 있었는데, 엄청 흔들렸어요. 이모는 이미 삼촌이랑 데이트 많이 했으니까 알겠지만요. 근데 노먼 삼촌이 좋아요? 마이크 삼촌이 좋아요?"

"그거야 가봐야 알지."

한나가 씩 웃으며 대답했다.

트레시가 노먼을 찾아 막 자리를 뜨자 마침 안드레아가 내려왔다. 짙은 보랏빛 벨벳 임부복을 입은 사랑스러운 모습의 안드레아는 계단의 손잡이를 꼭 잡고 조심스럽게 내려오고 있었고, 그 광경을 본 한나는 어쩐지 안심이 되었다.

"안녕, 언니. 별일 없지?"

"없어. 마틴이랑 새 부인도 아직 도착 전이야."

"오지 않을지도 몰라. 셜리가 두 눈 퍼렇게 뜨고 있잖아. 그래도 얼굴은 한번 보고 싶은데. 머리에 금색 그물을 쓰고 반짝이도 뿌렸을까?"

"글쎄, 모르긴 몰라도 아주 예쁘게 생겼을 거야."

"브랜디 와인이란 이름의 여자가 예뻐 봤자지, 뭐."

한나는 잠시 생각에 잠기더니 이내 미소를 지었다.

"무슨 말인지 알겠어. 근데 빌도 왔어?"

"아직. 늦어지면 젤로 케이크 한 조각은 따로 남겨두려고. 내가 만든 것 중 그이가 제일 좋아하는 케이크거든."

"네가 만드는 건 그것뿐이잖아."

"음……, 그게 그거지. 아무튼 이따 봐, 언니. 트레시를 찾으러 가봐야겠어. 아마 에드나한테 자기도 돕게 해달라고 조르고 있을 거야."

"그래도 트레시가 제법 일을 해낸다구."

주방으로 달려가는 안드레아의 뒷모습을 바라보며 한나는 미소를 지었다. 임신한 안드레아의 모습이 꼭 돌풍 속에서 항해하는 배 같다는 생각을 하는 찰나 계단 위에서 사람들의 목소리가 들렸다.

한나는 다시 접견용 환한 미소를 지었지만, 30분 넘게 계속 미소만 짓고 있다 보니 입술 끝에 경련이 일었다. 하지만 계단을 내려오는 사람들이 누구인지 확인한 한나의 입가에 다시금 환한 미소가 머금었다.

시장과 시장 부인을 맞이한 한나는 큰소리로 웃음을 터뜨렸다. 아무렇지도 않은 척하려고 했지만 아무런 소용이 없었다. 발단은 바로 시장의 넥타이였다.

시장은 가로로 넓적한 구식 넥타이를 맸는데, 넥타이의 정중앙에는 녹색 펠트로 덧댄 크리스마스트리가 붙어 있고, 그 주변에는 붉은색 금속 조각이 마구 박혀 있었으며 조그마한 전구들도 함께 달려 불빛을 깜빡이고 있었다.

"정말 멋진 넥타이에요, 시장님."

"스테피가 쇼핑몰에서 사다준 거라네. 카메라에 넣는 조그만 건전지 하나면 작동하지."

바스콤 시장이 부인의 팔을 잡고 손을 토닥이며 말을 이었다.

"우리 마누라만큼 안목 있는 사람도 드물어, 안 그래, 여보?"

스테파니 바스콤은 우아한 미소를 지어 보였지만, 눈은 전혀 웃고 있지 않았다. 남편의 손을 슬그머니 빼는 것을 보니 아무래도 두 사람 사이에 뭔가 문제가 있는 듯했다.

파티를 위해 모인 마을 사람들 앞에서 시장 부부는 잉꼬부부 행세를 했지만, 어딘지 모르게 가식이 묻어났다.

"드레스가 정말 아름다워요, 바스콤 부인."

소맷자락과 목선에 눈송이 모양으로 하얗게 자수가 놓인 흰색 울 드레스를 보고 한나가 감탄했다.

그녀의 귀에는 작은 다이아몬드가 박힌 눈송이 모양의 귀고리도 달렸는데, 이건 사실 그다지 좋은 징조는 아니었다. 소문에 의하면 바스콤 부인은 시장이 바람을 피울 때마다 값비싼 물건을 사들인다는 것이다. 이 다이아몬드 귀고리도 이번에 구입한 물건임이 틀림없다.

"고마워요, 한나."

스테파니가 어깨를 들썩여 코트를 벗어 남편에게 건네주며 말했다.

"코트 좀 걸어줘요, 리처드. 전 주방에 도울 일이 없나 가볼게요."

시장이 아무 말 없이 스테파니의 코트를 받아들고는 옷방으로 총총히 사라지고, 스테파니 역시 주방으로 향하는 모습을 지켜보던 한나는 고개를 설레설레 저었다.

주방에서 오랜 시간을 보낸 경험이 있는 사람으로서 한나는 앞으로 주방에서 벌어질 상황을 충분히 상상할 수 있었다.

스테파니는 도울 일이 있으면 기꺼이 돕겠다고 나서겠지만, 에드나는 얘기만으로도 감사하다며 예쁜 드레스를 망치고 싶지 않다는 말로 정중히 거절할 것이다.

이런 공손한 주고받음이 몇 번 반복되다가 마침내 스테파니는 자리를 뜰 것이다. 그러면 시장님의 부인은 아무런 수고도 하지 않고 점수를 따게 되는 공식이 성립된다. 그와 더불어 스테파니를 고이 돌려보낸 에드나 역시 바스콤 시장이 이번에는 누구에게 추파를 던지는가에 대해 수다 떨기 좋아하는 주방 도우미에게 큰 신임을 얻게 될 터였다.

잠시 후, 에드나가 원래 손님맞이 호스티스로 세우려 했던 바바라 도넬리가 도착했고, 한나는 그제야 임무에서 벗어나 노먼과 커트의 테이블로 향했다.

두 사람은 요리책에 어떤 사진이 좋을지 심각하게 논의 중이었다. 바로 그때 오늘 밤 큰 다툼의 불씨가 될 가능성이 보이는 한 사람이 한나의 눈에 들어왔다.

셜리 듀빈스키가 예전 시어머니인 밥스와 같은 테이블에 앉아 있었던 것이다. 정작 이혼하기 전에는 사이가 좋지 않았던 두 사람이었지만, 마틴의 갑작스러운 재혼이 두 사람을 가까운 사이로 만들어주었다. 셜리와 밥스는 마치 친 모녀지간처럼 정다웠다.

"안녕하세요, 밥스."

마틴과 한나를 엮어주는 것이 어떻겠느냐며 엄마를 찾아왔던 부인에게 한나가 먼저 인사를 건넸다.

"핀이 정말 예쁘네요."

"고마워. 2년 전에 셜리가 크리스마스 선물로 줬었지. 내가 좋아하는 핀이야."

밥스가 검붉은 블라우스의 목 언저리에 꽂은 원 모양 금 핀을 손으로 매만졌다.

"한나도 얘기 들었죠?"

"오늘 아침에요." 한나가 셜리를 돌아보았다.

"오늘 밤에 정말 예뻐요, 셜리. 의상도 매혹적이고 머리도 잘랐네요, 그렇죠?"

셜리가 행복한 기색을 보이며 말했다.

"지난주 시카고에 갔을 때 잘랐어요. 한나도 이미 들어 알고 있겠지만, 승진했거든요. 델과 벤톤 우들리가 이제부터 우리 회사 제품을 큰 규모의 박람회에서도 선보이자고 결정했어요. 그게 바로 내가 새로 맡은 일이랍니다."

"재밌을 것 같아요."

"정말 그래요. 나한테 세일즈맨 기질이 있는 줄 미처 몰랐지 뭐예요. 시카고에서 두 개의 계약을 따내고 돌아오니 델과 벤톤이 무척 기뻐하면서 출장비도 지급해줬어요. 시카고에 가 있는 동안 아이들은 시어머님이 돌봐주고 계셨으니 걱정할 게 하나도 없었죠."

"오늘은 아이들을 데려오지 않았나요?"

셜리와 마틴의 아이들이 보이지 않는다는 것을 깨달은 한나가 물었다.

"네, 우리 엄마랑 같이 있어요. 어머님이랑 상의해 봤는데, 그러는 게 좋을 것 같아서요, 그러니까……(셜리가 살짝 머뭇거렸다), 마틴이 그 여자랑 같이 온다고 해서요."

"오, 잘 생각하셨어요. 아이들은 이해를 못 할 수도 있으니……."

마침 뷔페 홀에 마틴 듀빈스키와 그의 새 아내가 나타났고 그들을 본 한나는 말꼬리를 흐렸다. 하지만 새 신랑의 모습이라고 하기에 마틴은 어딘가 모르게 우울해 보였다.

한나는 무슨 까닭일까 의아했지만 그런 궁금증도 마틴의 팔에 매달린 여자를 보자마자 말끔하게 사라져버리고 말았다.

"세상에!"

뷔페 홀에 있던 사람들에게서 비슷한 탄성이 흘러나왔다.

브랜디 와인 듀빈스키는 정말 그럴만한 인물이었다. 백설 공주도 울고 갈 정도로 아름다운 미모의 소유자였던 것이다. 적갈색 머리카락은 반짝반짝 윤이 났고, 피부는 백옥같이 고왔으며 깊은 바다 빛 푸른색 눈동자에 긴 속눈썹을 한 그녀의 모습은 정말 독보적이었다.

사람들의 얘기소리로 웅성거리던 뷔페 홀이 그녀의 등장으로 일순간에 조용해졌다. 브랜디 와인은 키도 컸는데, 그런 큰 키를 전혀 아랑곳하지 않고 마치 비닐랩을 두른 것처럼 딱 달라붙는 하이힐의 부츠를 신고 있었다.

"와우!"

눈을 깜빡거리며 한나가 숨죽여 외쳤다.

눈앞의 인물이 도저히 실제라고 믿을 수가 없었다. 그녀는 목선이 깊게 파인 반짝이는 은색 새틴 드레스를 입고 있었는데, 치수에 아주 딱 맞게 주문 제작한 드레스인 듯 군더더기 없이 완벽했다.

마틴의 새 부인이 사람들을 향해 눈부신 미소를 지어 보였는데, 그녀의 치아마저 눈부시게 희었다. 그녀는 그 자체로 빛의 여신이 소생한 듯했다. 마을 사람들이 일제히 누군가에게 시선을 빼앗겨보기는 처음이었다.

한나는 몰래 셜리를 흘끔 바라보았다. 셜리는 제자리에 앉아 굳은 얼굴에 날카로운 눈빛으로 브랜디 와인을 쳐다보고 있었다.

그때 밥스가 셜리를 쿡 찌르더니 그녀의 귓가에 뭔가를 속삭였다. 그러자 셜리는 입을 꾹 다물고 아무렇지도 않은 표정으로 뷔페 홀의 중앙에 놓인 크리스마스트리를 감탄하는 척 바라보았다. 마틴 듀빈스키의 새 여자에 대해서 아무런 관심도 없는 것처럼 말이다.

"어-오."

점점 심각해져 가는 상황을 어떻게 누그러뜨려야 좋을지 몰라 한나가 또다시 숨죽여 신음 소리를 냈다.

마틴이 그의 어머니를 발견하고는 브랜디를 데리고 이쪽 테이블로 다가오면서 긴장감은 고조되고 있었다. 그러던 마틴이 문득 셜리를 발견하고는 잠시 머뭇거렸다. 어머니와 전 부인을 쏘아보는 아들과 아들의 새 부인이라니, 정말 난감한 상황이 아닐 수 없었다.

한나로서는 어찌할 방도가 없었다. 안드레아가 어디 있는지 주변을 두리번거리다 마침내 안드레아와 눈이 마주치고는 마틴과 브랜디를 향해 손짓해 보였다.

위넷카 카운티 경찰서장 선거에서 빌이 승리를 차지한 뒤 명실 공히 경찰서장의 사모님이 된 안드레아는 금방 상황을 눈치 채고 마틴과 브랜디에게로 다가가 밥과 셜리가 앉아 있는 테이블에서 최대한 멀리 떨어진 테이블로 그들을 안내했다.

"오, 엄마가 오셨네요."

엄마가 계단을 내려오는 모습을 본 한나가 말했다.

"두 분 식사 맛있게 하세요. 전 가서 엄마한테 인사해야겠어요."

한나는 서둘러 계단으로 달려가 엄마를 맞이했다. 그리고 기대에 찬 얼굴로 물었다.

"윈슬롭은요?"

"주차장에 차를 세우고 있단다. 나를 현관 바로 앞에 내려주고 말이다. 정말 배려심이 많은 사람이지 뭐냐."

엄마는 마치 왕궁에서 열린 무도회장에 입장하는 사람처럼 왈츠를 추며 뷔페 홀로 들어섰다.

"내 코트 좀 받아주겠니, 얘야? 저기 저 테이블이 우리가 앉기에 안성맞춤인 것 같구나. 윈슬롭의 고우쉐(왼손잡이를 뜻하는 프랑스어) 때문에 말이야."

"고우쉐?"

"언어의 정수로 표현하자면 말이다."

"그러니까……, 왼손잡이 말이에요?"

"그래, 맞다. 그래서 꼭 내 왼편에 앉아야 하지. 그게 얼마나 큰 장애인지 일반 사람들은 모르는 것 같더구나. 전부 다 오른손잡이들을 위해 디자인이 되어 있으니 말이야."

"그러게요."

새로 장만한 듯한 엄마의 코트를 받아들며 한나가 대꾸했다.

"짬을 내는 대로 이리로 와서 윈슬롭을 만나 보거라, 얘야. 네 얘길 많이 물어보더라. 그리고 초콜릿 썬샤인 케이크에 오렌지 농축액을 조금 더 넣었다."

몇몇 사람들을 더 맞이하는 중에 말쑥한 신사처럼 보이는 한 남자가 계단을 내려와 한껏 미소를 지으며 엄마가 앉아 있는 테이블로 다가가는 것이 눈에 띄었다, 윈슬롭이 분명했다.

엄마는 한나와 눈이 마주치자 이쪽으로 오라며 손짓을 했다. 그건 단순한 손짓이라기보다는 명령에 가까웠다. 엄마의 소환명령에는 감히 아무도 대항할 수 없었기에 한나는 왠지 거수경례까지 붙여야 할 것 같은 마음을 억누르며 엄마의 테이블로 다가갔다.

"당신이 바로 한나군요."

한나가 오는 것을 본 엄마의 동행이 한나에게 다가와 말했다.

"이렇게 만나서 반가워요. 딜로어 말로는 한나가 딸 중에서 가장 예쁜 딸이라고 하더군요."

어쩜 그렇게 멀끔한 표정으로 거짓말을 하느냐고 따지고 싶은 마음을 간신히 참으며 한나가 공손하게 웃었다.

"아마 엄마가 다른 동생들과 헷갈리셨나 봐요. 어쨌든 마침내 만났네요. 엄마한테 말씀 많이 들었습니다."

"좋은 얘기만 했겠죠?"

긍정적인 답이 나올 거라는 자신감이 잔뜩 배어 있는 질문이었다.

"대개는요."

한나가 엄마의 눈치를 살피며 미소를 지었다.

윈슬롭 해링턴 2세는 한나가 상상했던 레전시 시대의 멋진 남성의 모습과 아주 흡사했으니 엄마가 그에게 폭 빠져버린 것도 무리는 아니었다. 잘 생긴 동시에 세련된 외모를 지닌 그는 의상조차 양복점에 맞쳐 입은 듯 딱 맞았다.

그리고 어딘가 모르게 자신감이 풍겨 나오는 것이 금전적으로 넉넉한 사람 같은 인상을 주기도 했다. 하지만 그럼에도 불구하고 한나는 윈슬롭에 대한 경계를 풀지 않고 조심성 많은 토끼가 뱀을 바라보는 눈초리로 윈슬롭을 대했다.

"앤티크 케이크 나이프도 가져왔니, 애야?"

갑자기 조용해진 딸을 보며 분명히 윈슬롭을 당황하게 할 만한 질문거리를 생각하는 것이란 걸 눈치 챈 엄마가 재빨리 나서서 물었다.

"네, 디저트 테이블에 케이크 옆에 두었어요. 노먼이 모양이 예쁜 디저트는 미리 사진을 찍으면 좋겠다고 해서요. 안 그래도 커트 호위가 엄마의 나이프를 보고 감탄하던데요. 너무 멋지다고 전해 달래요."

"내 생각도 그렇단다. 루앤이 정말 물건 보는 안목이 있더라. 그걸 찾으려고 많은 골동품 시장 팸플릿을 뒤졌단다. 그것도 처음에는 그저 '은으로 된 낡은 케이크 나이프'라고만 되어 있었단다. 그런데 루앤이 뭔가 예감이 좋다고 하기에 세인트 폴에서 열린 경매장에 보냈더니, 글쎄 이렇게……, 역사적인 일을 해냈지 뭐냐!"

"정말 대단해요, 내 사랑."

윈슬롭이 다정하게 웃음을 지으며 엄마의 손을 토닥였다.

한나는 한시라도 빨리 자리를 뜨지 않으면 후회할 말을 던지게 될지도 모르겠다는 위기감이 들었다. 모녀 사이에는 역시 뭔가 통하는 것이 있는지 엄마도 맏딸의 인내심이 거의 바닥나고 있다는 것을 눈치 채고는 재빨리 먼저 나섰다.

"바쁠 텐데 불러서 미안하구나. 그래도 윈슬롭을 한 번 만나봤으면

하는 마음에서 불렀단다. 어쨌든 연휴 동안 두 사람이 더 잘 알아갈 기
회가 있겠지."

"그래요."

설마 윈슬롭이 가족 모임에도 한 자리 끼려는 건가?

한나는 반발심이 들었지만 애써 참으며 담담하게 대답했다.

"그럼 나중에 봐요, 엄마. 윈슬롭도 마법에서 깨어나거든 뵙죠."

'내 딸이 저렇게 재밌어요.'

두 사람에게서 멀어지며 엄마가 윈슬롭에게 왠지 그렇게 말할 듯했
다. 한나는 당장에라도 발걸음을 돌려 윈슬롭에게 우리 엄마한테 접근
하는 진짜 의도가 뭐냐고 따지고 싶었지만 이번에도 애써 참으며 안드
레아를 찾아 주변을 두리번거렸다.

안드레아는 마틴과 브랜디와 함께 앉아 있었는데, 지루한 일상의 절
정에서 몸부림치던, 산달이 가까운 임산부라고 하기에는 너무나도 편
안한 모습이었다.

한나가 잠시 후에 만나 윈슬롭에 대한 정보를 공유하자며 신호를 보
내자 한나의 메시지를 완벽하게 이해한 안드레아가 고개를 끄덕였다.
두 자매는 늘 이렇게 대화 없이도 상대방의 의중을 알아채곤 했다. 한
고집하는 엄마 밑에서 같이 자란 덕분일지도 모른다.

그때 주방 쪽에서 에드나가 한나를 향해 손짓해 보였다.

이제 음식을 낼 시간이다. 한나는 서둘러 주방으로 달려갔다. 그리고
잠시 후 에드나의 지시에 따라 요리가 담긴 접시를 밖으로 날랐다.

애피타이저 테이블이 모두 준비되자 노먼이 사진을 찍었고, 바스콤
시장은 사람들 앞에서 뷔페의 시작을 알렸다.

사람들이 시금치 롤업이나 바쁜 날의 파테, 피에스타 딥 플래터, 캐비어 파이 등을 맛보며 '오', '아' 하며 감탄사를 내뱉는 광경을 한나는 즐겁게 감상했다.

테이블 위에는 요리책에 레시피가 실릴 구운 브리와 빌 제섭의 못된 버섯 요리, 크누드슨 부인의 청어 요리를 포함하여 열두 가지가 넘는 애피타이저가 올라와 있었다.

한나는 그녀의 레시피인 시금치 키시를 한 조각 맛보았다. 주요 요리만 해도 종류가 많았기 때문에 에드나는 일부러 키시를 아주 얇게 썰어 접시에 담았다.

그런 후 한나는 마틴과 브랜디와 함께 애피타이저를 가져와 아직도 그들과 같은 테이블에 앉아 있는 안드레아에게로 향했다.

각자의 소개가 끝난 뒤 한나는 두 사람의 결혼을 축하하며 최대한 공손하게 브랜디에게 말했다.

"드레스가 정말 예쁘네요."

"그렇죠? 마틴이 마음에 드는 게 있으면 뭐든 상관없으니 사라고 했는데, 아마 이렇게 비싼 걸 고를 줄은 몰랐을 거예요."

한나는 친근한 미소를 잃지 않으려고 안간힘을 썼다.

브랜드가 말하는 비싸다는 것이 최소 1,000달러를 의미하는 거라는 걸 한나도 잘 알고 있었다. 마틴이 운영하는 사업체는 작은 규모였고, 부양해야 할 아이들도 있는 마당에 어이없는 일이었다.

"라스베이거스와 레이크 에덴은 무척 차이가 클 테지요."

"그거야 당연하죠."

한나는 또다시 불끈한 마음이 솟았다. 브랜디에게 도대체 왜 마틴과 결혼했는지 대놓고 묻고 싶었지만, 그런 것을 물어보면 실례가 될 터였다.

"근데……, 결혼하셨나요?"

브랜디가 한나의 빈 손가락을 살피며 물었다.

"아뇨, 안 했어요."

침묵을 채우기에 나쁘지 않은 화제라 생각한 한나가 말을 이었다.

"아직 좋은 사람을 못 만나서요."

"여기선 아무래도 힘들겠어요. 이런 작은 마을은 싱글 여성에겐 백해무익하죠. 특히 당신 같은 나이대에선 더욱. 하지만 오해는 하지 말아요……. 당신 정도면 그렇게 나쁜 외모도 아니고, 분명히 자연스럽고 수수한 타입을 좋아하는 남자들도 있을 거예요. 괜찮다면 라스베이거스에 있는 정말 끝내주는 남자들을 소개해줄 수도 있는데."

한나는 얼굴을 찌푸렸다, 브랜디가 골라주는 남자라면 어떤 타입일지 보지 않아도 뻔했다.

한나는 재빨리 화제를 돌렸다.

"마틴의 아이들은 만나보셨나요?"

"아뇨, 원체 애들은 좋아하지 않아요. 그나마 남자아이들이라 다행이에요. 남자들이라면 여자들보다는 지내기가 좀 낫거든요."

당연히 그러시겠지! 한나는 속으로 생각했다.

브랜디와 대화를 나누는 건 진흙 구덩이에 빠진 트럭을 끌어내는 작업과 비슷했다. 앞으로 나가려고 애를 쓸 때마다 돌아오는 건 흙탕물뿐이니 말이다.

"저 사람은 누구죠?"

그때 브랜디가 뷔페 홀 앞쪽에 있는 테이블을 가리키며 물었다.

"누구요?"

"끔찍한 크리스마스 타이를 맨 남자 말이에요, 어디선가 본 것 같은 데……."

"우리 시장님이세요, 리처드 바스콤."

"예전에 내가 만났던 사람이랑 무척 닮았네요. 하지만 처음 들어보는 이름이에요."

한나는 고개를 끄덕였지만, 머릿속은 분주해지기 시작했다. 몇 달 전 바스콤 시장은 회의 참석 때문에 라스베이거스에 간 적이 있었다. 그 짧은 시간 동안 브랜디를 만나면서 만약의 경우를 대비해 가명을 썼을 수도 있다.

"잠깐 실례할게요, 괜찮죠? 우리 그이랑 할 얘기가 있어서요."

마틴을 향해 달려가는 브랜디의 뒷모습을 보며 한나는 안도의 한숨을 내쉬었다. 이제 드디어 안드레아와 얘기할 수 있게 된 것이다.

"빌은 어딨어? 지금쯤이면 왔을 줄 알았는데."

"방금 전화 왔는데, 서장 회의가 늦어지고 있다나 봐. 1시간은 족히 더 걸릴 것 같대."

그때 어느새 다시 나타난 브랜디가 안드레아의 팔을 톡톡 두드렸다.

"그이 말이 남편분이 경찰이라고 하던데, 이 마을에 범죄가 자주 일어나는가 봐요?"

"아뇨."

안드레아의 단호한 대답에 한나는 키시 조각이 목에 걸려 캑캑거렸다. 지금까지 빌과 마이크를 도와 해결한 사건만 해도 몇 개인가.

"오, 다행이에요! 그럼 저녁을 먹은 뒤에 새로 산 내 밍크코트를 옷방에 안심하고 보관해도 되겠어요."

브랜디가 어깨에 걸쳤던 밍크코트를 벗어들었다.

"비싼 거라서 아무 데나 둘 수가 있어야죠. 그이 말이 안전하다고는 하던데, 사실이기를 바라야죠……, 적어도 이번 것은."

브랜디의 마지막 네 단어에 한나는 신음 소리가 나오려는 것을 애써 참았다. 결혼한 지 아직 일주일도 지나지 않은 신혼부부에게도 문젯거리가 있는 모양이었다.

"마틴 말이 맞아요."

안드레아가 브랜디에세 미소를 지으며 말했다.

"레이크 에덴에는 도둑이 없거든요. 어떤 사람들은 문도 잠그지 않고 사는 걸요. 초콜릿 케이크 옆에 은으로 된 케이크 나이프 보셨어요?"

"애피타이저를 가지러 갔다가 봤어요. 정말 예쁘던데요. 크리스마스 트리 장식에 붙어 있는 채색 돌이 마음에 들었어요."

"그건 보석이에요. 제일 윗부분에 있는 가장 큰 것이 다이아몬드고 작은 것들은 전부 사파이어, 루비, 에메랄드에요. 몇천 달러를 호가하는 귀중한 나이프죠."

"근데……, 이렇게 트인 곳에 놓아두고 아무도 감시하지 않나요?"

"네." 안드레아가 핵심을 잡아 말을 이었다.

"누군가 밍크코트를 훔쳐가지 않을까 걱정할 필요가 없다는 증거죠. 레이크 에덴 사람들은 매우 정직하거든요."

브랜디가 다시 마틴 쪽으로 사라지자 한나는 안드레아의 어깨를 톡 톡 두드렸다.

"빌이 늦게까지 못 오면 마이크가 대신 너랑 트레시를 집까지 데려다 줄 수 있을 거야."

"허머(미국의 자동차 브랜드)로?"

한나가 고개를 끄덕이자 안드레아의 얼굴에 생기가 돌았다.

"정말 멋져! 트레시 말이 차가 위아래로 막 흔들린다던데, 분명히 말 타는 기분일 거야!"

에드나가 또다시 주방 문가에서 한나에게 손짓을 보냈다. 이제 샐러드와 수프, 빵 코스를 선보일 차례이다.

"만나서 반가웠어요, 브랜디. 미안하지만, 이제 다음 코스를 준비하러 가야 할 것 같네요. 참, 그리고 안드레아?"

"응?"

"젤로 샐러드가 잘 만들어졌는지 확인해 보고 싶다고 하지 않았어?"

"젤로……."

안드레아는 몇 초간 영문을 모르겠다는 듯 멍한 표정을 지었지만, 이내 한나의 숨은 의도를 알아채고는 말했다.

"맞아! 잊고 있었는데 알려줘서 고마워."

안드레아가 마틴과 브랜디를 향해 돌아보았다.

"얘기 즐거웠어요, 브랜디. 그리고 축하해요, 마틴. 행복하세요."

테이블에서 멀어지자 안드레아는 안도의 한숨을 내쉬었다.

신혼부부와 거의 30분을 넘게 같이 앉아 있었으니 무리할 만했다. 선뜻 나서줘서 고맙다는 인사를 막 하려는데 안드레아의 얼굴에 충격받은 듯한 표정이 어려 있어 한나는 그만 인사하는 것을 잊어버리고 말았다.

"왜 그래?"

"뜨거운 것이 좋아. 그렇다면 저 사람이 바로 은빛 여우."

"뭐?"

한나가 안드레아의 팔을 붙잡았다. 아기를 낳을 때가 되면 산모들이 종종 헛소리도 한다고 하던가? 분만에 대한 안내책자를 안드레아가 줬을 때 한 번이라도 읽어볼 걸 한나는 후회했다.

"'뜨거운 것이 좋아' 말이야."

안드레아가 긴 테이블 한 쪽에 앉아 있는 노년의 커플을 가리키며 말했다.

"베라 올슨의 대화명이잖아. 그녀의 아파트를 뒤졌을 때 발견했던 이메일 기억 안 나?"

"그렇구나."

한나의 놀란 심장이 일순간에 차분해졌다.

아기가 나오려는 것도, 안드레아가 정신을 놓은 것도 아니었다. '은빛 여우'라고 불리던 남자와 베라 올슨의 인터넷 연애사에 대해 얘기하고 있었던 것이다.

"베라를 봐. 살도 빼고 머리도 스트레이트 파마를 했어. 아무래도 주름살 제거수술도 받은 것 같아."

한나는 베라를 바라보았다. 외모 변화에 관해서라면 항상 안드레아의 말이 맞았다. 멀리서도 주름살 제거수술이며 머리스타일의 변화를 한눈에 알 수 있었다.

"네 말이 맞아. 훨씬 젊어 보이는데."

"저 남자가 '은빛 여우'일까?"

"그런 것 같아."

한나는 컴퓨터 화면에서 보았던 인물을 떠올리려 애를 썼다. 한나의 기억이 정확하다면 베라 옆에 앉아 있는 잘 생긴 노년의 남자는 보트에서 노를 잡고 있던 사진 속 남자와 동일인이 분명했다.

"옷도 잘 입었네. 캐시미어 조끼에 아르마니 양복이야. 머리도 전문가가 손질해준 것 같아. 그뿐만이 아니야. 매니큐어도 완벽해."

"은빛 여우가 매니큐어를 했다고?"

한나는 남자의 모습을 세밀하게 다시 살펴봤지만, 아무래도 안드레아의 눈썰미를 따라가기에는 역부족이었다.

"매니큐어는 여자들만 하는 게 아니야. 잘 나가는 사장님들은 네일 아티스트를 직접 사무실로 불러서 관리를 받는다구. 저 남자도 그런 것 같아."

"그러니까 저 남자 직업이 네일 아티스트란 말이야?"

안드레아의 말뜻이 그게 아니라는 것을 알면서도 한나는 왠지 동생을 놀리고 싶어졌다.

"당연히 그게 아니지! 아마도 중견쯤 되는……."

안드레아가 갑자기 말을 멈추더니 목멘 소리를 내뱉었다.

한나는 붙잡고 있던 안드레아의 팔을 더욱 세차게 붙들었다.

"무슨 일이야? 왜 그래? 좀 앉겠어? 아기가 나오려는 거야?"

"전부 다 틀렸어. 그리고 팔 좀 놔 봐. 멍들겠어."

"미안."

한나가 붙잡고 있던 안드레아의 팔을 놓았다. 하지만 만약의 경우를 대비해 준비 자세는 흩트리지 않았다.

"그럼, 왜 그런 소리를 낸 거야?"

"베라의 손가락을 보면 알 거야."

베라의 왼손 세 번째 손가락에서 반짝이는 다이아몬드 반지를 발견한 한나 역시 안드레아와 같은 소리를 내고 말았다. 베라가 아는 사람들에게 왼손을 들어 인사하고 있었기 때문에 반지는 눈에 아주 잘 띄었다.

"베라가 약혼이라도 한 건가?"

"그런 것 같아. 한 번 알아봐야겠어."

자매는 음식 테이블을 기점으로 각자의 길로 갈라섰다.

안드레아는 베라와 '은빛 여우'로 보이는 남자가 앉아 있는 테이블로 향했고, 한나는 주방으로 향했다. 에드나는 카운터 앞에 서서 접시와 그릇, 항아리 등을 준비하고 있었다.

"수프 그릇은 어디에 둘까요, 에드나? 테이블 끝에?"

"좋은 생각이야. 그릇은 내가 들고 갈 테니, 한나는 수프만 가져가."

"국자는 넉넉하게 있어요?"

"안드레아 덕분에. 우선 베라의 가스파초부터 내가는 게 좋겠어. 베라의 남자친구가 특별히 먼 곳까지 날아왔으니 말이야. 온실에서 키운 좋은 토마토를 골라서 남자친구를 위해 특별히 만들었대."

"남자분이 멋있던데요."

베라의 약혼자에 대한 정보를 들을 수 있을지도 모른다는 생각에 한나는 베라가 가져온 튜린(수프 등을 담는 뚜껑 달린 움푹한 그릇)을 들고 에드나를 따라 테이블로 향하며 말했다.

"보기에는 그렇지만, 사람이야 직접 겪어보지 않고선 모르지……, 교회에서 만난 사람이라면 또 모르지만."

고리타분한 에드나의 생각에 한나는 웃음이 흘러나오는 것을 애써 수습하고는 다시 주방으로 돌아가 네 개의 수프를 더 날랐다. 샐리가 레이크 에덴 호텔에서 파는 깜찍한 분홍빛 무 수프도 포함되어 있었다.

한나가 브리짓 머피의 손쉬운 아일랜드식 칠리를 나르려고 다시 주방으로 돌아왔을 때 에드나는 샐리의 수프 위에 얇게 썬 무로 장식하고 있었다.

"칠리 수프에도 장식해야겠어."

잘게 썬 양파와 사우어크림, 다진 흑 올리브가 담긴 접시를 집으며 에드나가 말했다.

"한나는 콘 챠우더를 가져가. 난 버섯 크림수프를 가져갈 테니."

테이블에 수프를 가지런히 놓고 네 가지 종류를 모두 맛보고 싶어하는 사람들을 위해 조그만 컵도 가져다 놓은 뒤 두 사람은 다시 주방으로 돌아왔다.

"난 젤로 틀을 살펴볼게."

에드나가 바구니와 접시, 빵을 담는 용으로 사용되는 도마에 예쁘게 담아놓은 빵들을 가리키며 말을 이었다.

"우선 빵부터 내놓고, 와서 젤로 좀 봐줘."

뷔페 홀 테이블에 빵을 세팅하는 데는 조금 시간이 걸렸다. 그래도 마을의 솜씨 좋은 부인들이 만든 빵은 대부분 다 있었다. 샐리의 바나나 브레드부터 시작해서 지나의 스트로베리 브레드, 크랜베리 머핀, 그리고 아침식사용 머핀까지.

가지고 나온 빵을 수프 반대편에 세팅한 뒤 한나는 에드나가 미리 썰어서 접시에 담아놓은 쿰스의 캔 브레드를 가지러 다시 주방으로 들어갔다.

에드나는 브리짓 머피의 소다 브레드도 파이 조각 모양으로 잘라 도마 위에 둥그렇게 나열해놓았다. 치즈 맛 스파이스 콘 머핀과 고리버들 세공의 둥근 바구니에 담긴 오이스터 크래커(굴 수프에 곁들이는 짭짤한 작은 크래커)도 있었다. 오이스터 크래커 없이는 수프에 절대 입도 대지 않는 바스콤 시장을 위해 에드나가 특별히 준비한 것이었다.

한나가 다시 주방으로 돌아왔을 때 에드나는 네 개의 젤로 틀 중 두 개를 빼놓은 상태였다.

"깜찍한 코울슬로부터 먼저 내야겠어." 에드나가 말했다.

"그리고 발도로프 샐러드 젤로도. 근데 말이야, 한나. 이 진저에일 젤로에 좀 더 좋은 생각이 있어."

"왜요? 잘 안 굳었어요?"

"그런 게 아니야. 굳기는 예쁘게 잘 굳었어. 안에 과일이 들었으니까 디저트 테이블에 놓으면 어떨까 하구."

한나는 잠시 생각에 잠기더니 이내 어깨를 으쓱해 보였다.

"에드나의 결정에 따를게요. 근데 디저트는 이미 많이 있는데요."

"그럼 됐어. 그냥 샐러드로 가지, 뭐. 이제 내가도 되겠어. 난 안드레아의 홀리데이 젤로를 틀에서 빼내는 작업을 할게."

한나가 임무를 마치고 다시 돌아왔을 때 에드나는 젤로 틀을 세차게 내려치는 단순한 방법으로 마지막 젤로를 빼내려 하고 있었다.

하지만 젤로가 떨어지지 않자 마침내 그릇에 뜨거운 물을 반쯤 담고 젤로 틀을 띄웠다.

"이만하면 잘 빠질 거야."

에드나는 다시 틀을 꺼내 수건으로 틀의 바닥을 닦았다.

"접시 좀 건네줄래, 한나?"

한나는 에드나에게 접시를 건네주었고, 에드나는 받아든 접시를 틀 위에 얹은 채로 두 손을 이용해 틀을 뒤집었다.

"완벽해요."

젤로가 흐트러짐 없이 접시에 안착한 것을 본 한나가 말했다.

"샐러드가 하나 더 있지 않나요?"

"초록색 채소들을 담아서 클레어의 프렌치드레싱만 뿌리면 되는 간단한 거야. 엘리의 딜리 어니언 링 몇 개 얹고 나머지는 그대로 됐어."

"크누드슨 목사님의 피클 샐러드는요?"

그러자 에드나가 손바닥으로 앞이마를 탁 쳤다.

"복 받을 거야, 한나. 그런 걸로 뭐라고 할 목사님은 아니지만, 교회 사람들은 조금 다르거든. 하마터면 평생 원망 들을 뻔했네!"

"됐어요, 노먼."

한나가 마지막 접시를 테이블에 놓으며 노먼에게 신호를 보냈다.

"정말 맛있어 보여요, 한나. 근데 커트가 한나는 도대체 언제 식사를 할 수 있는 거냐고 궁금해하던데요."

"나도 빨리 먹고 싶어요."

한나는 커트가 있는 테이블을 흘끗 쳐다보았다. 그는 음식이 수북이 쌓인 접시를 마주하고 있었다.

"요리를 맛보는 것 같네요."

"거의 전부 다 맛봤을 걸요."

노먼이 안드레아의 젤로를 좀 더 좋은 각도에서 찍기 위해 자리를 옮기며 말했다.

"몇 장만 더 찍은 다음에 바스콤 시장님께 신호를 보내죠."

노먼이 마지막으로 사진을 몇 장 더 찍은 다음 테이블에서 물러서자 한나가 시장을 향해 손짓했고, 시장은 망설임 없이 사람들에게 다음 코스가 시작되었다고 알렸다.

알림에 맞춰 사람들이 테이블로 구름처럼 모여들었고 접시와 그릇마다 음식과 수프로 가득 넘쳤다. 노먼은 줄 서 있는 사람들의 모습을 몇 장 찍은 다음 테이블 쪽으로 돌아와 즐겁게 요리를 즐기는 사람들의 모습도 카메라에 담았다.

노먼이 마틴과 브랜디가 있는 테이블로 다가가는 것을 본 한나는 숨을 멈추었다. 부디 노먼이 필름을 넉넉히 갖고 왔기를. 브랜디처럼 완벽한 피사체를 카메라에 담고 싶은 유혹을 당당하게 물리칠 수 있는 사진작가는 분명히 드물 것이다.

사실 생각해 보면 굳이 카메라를 들고 있지 않더라도 여느 남자라면 브랜디처럼 여신과 같은 미모를 발산하는 여인의 유혹을 물리치기 어려울 것이다.

하지만 한나의 예상과는 달리 노먼은 그저 한 장의 사진만 찍고는 다른 곳으로 이동해갔다. 그 모습에 한나는 놀라 입을 떡 벌렸다.

"어디 불편해?"

"아니, 괜찮아."

친숙한 목소리에 한나는 뒤를 돌아보았다.

"미셸!"

얼굴에 환한 미소를 퍼뜨리며 한나가 막냇동생을 안았다.

세인트 폴에 위치한 맥칼레스터 대학의 2학년생인 미셸은 이제 웬만큼 성숙한 여자였지만, 한나에게는 영락없는 막내였다.

"여긴 어쩐 일이야?"

"어쩐 일은, 먹으러 왔지."

미셸 역시 한나의 포옹에 응하며 말했다.

"걱정하지 마, 큰언니. 수업을 안 듣고 온 건 아니니까. 오후에 버스타고 왔어. 로니가 편의점까지 데리러 왔고."

주변을 둘러보니 로니 머피는 몇 테이블 떨어진 곳에 앉아 그의 형부부와 이야기를 나누고 있었다. 그런 와중에도 로니는 틈틈이 미셸 쪽을 바라보았다.

"저 사람이 그 남자야?" 미셸이 물었다.

"누가, 뭘?"

문법 따위는 전혀 신경 쓰지 않은 채 한나가 되물었다.

"윈슬롭 해링턴 2세 말이야, 엄마랑 같이 있는 사람."

"맞아. 저 사람이 윈슬롭이야."

"60대치고는 상당히 젊어 보이는데."

"40대 후반이야. 엄마보다 연하라구."

"그런 얘기는 안 하셨는데."

한나의 얘기에 미셸이 살짝 얼굴을 찌푸렸다.

"만나봤어?"

"아까. 가서 인사라도 해. 어떤 사람 같은지 네 소견을 듣고 싶어."

"그래야지. 엄마 샌들에 책임이 있는 사람이 누군지 만나봐야겠어."

"엄마 샌들?"

"방금 눈치 챈 건데, 끈도 가늘고 하이힐이잖아. 신으면 섹시해 보이긴 하지만 발이 얼마나 아프다구. 저런 건 작업하는 여자만 신는 거야."

"작업?"

미셸의 단어를 반복하며 되물으니 한나는 어쩐지 앵무새가 된 듯한 기분이었다.

"왜, 있잖아……, 남자를 유혹하려는 여자. 지금 엄마는 윈슬롭을 유혹하는 게 분명해. 그리고 내가 봤을 때 엄마의 작업이 잘 먹혀든 것 같은데."

한나가 엄마의 신발을 세심하게 살피는 동안 미셸은 뷔페 홀을 두리번거리며 안면이 있는 사람들에게 손을 흔들어 인사했다.

그러다 마침내 새 듀빈스키 부인을 포착하자 한나를 쿡 찔렀다.

"저 여잔 누구야?"

"브랜디 와인 듀빈스키. 라스베이거스의 댄서래. 며칠 전에 마틴과 결혼했어."

"마틴이 스트리퍼랑 결혼했단 말이야?"

"미셸! 함부로 얘기하면 안 되지!"

그러자 미셸이 킬킬거렸다.

"아닐지도 모르지만, 언니도 이름을 처음 들었을 때 나랑 똑같은 생각했을 것 같은데."

"내가? 무슨 소리야, 그런 생각은 전혀……."

한나는 미셸의 말을 부인하다 말고 웃음을 터뜨렸다.

"그래, 인정할게. 실은 나도 그랬어. 그래도 브랜디가 우리가 생각하는 그런 이상한 댄서가 아니었을 수도 있어."

"그거야 당연한 얘기구. 아무튼 여자아이한테 그런 이름을 지어준 부모도 참 이상하지. 난 가서 윈슬롭부터 만나본 다음에 마틴과 브랜디한테도 가볼게."

"이름에 대해서 물어보려고?"

"화제가 그쪽으로 이어진다면. 마침 이번 봄맞이 연극에서 라스베이거스 쇼걸 역을 맡았는데, 댄서가 되는 경로나 춤에 대해서도 자문을 구하면 좋겠어. 그뿐만 아니라 가슴을 커 보이게 하려고 정말로 풍선껌을 사용하는지도 물어보고 싶어 죽겠다구."

미셸이 멀어져가는 모습을 보며 한나는 킥킥거렸다. 막냇동생은 늘 이렇게 한나를 웃게 한다.

미셸은 윈슬롭과 악수를 했고, 엄마가 자리에서 일어나 미셸을 포옹하는 사이 한나는 엄마의 샌들을 자세하게 볼 수 있었다.

"정말이네!"

한나는 고개를 설레설레 흔들었다.

엄마는 작년 세일 때 산 섹시한 샌들을 신고 있었다. 발이 아파서 도저히 못 신겠으니 내다 버려야겠다고 했던 바로 그 샌들이었다.

미셸의 말대로 남자에게 작업을 하려는 여자들이 불편해도 저런 예쁜 신발을 신는 것이라면 엄마는 확실히 윈슬롭에게 꽂혔다고 말할 수 있었다.

그러자 한나에게 좋은 생각이 떠올랐고, 한나는 마틴의 전 부인인 셜리를 찾아 두리번거렸다. 셜리는 막 테이블로 돌아오고 있었는데, 전문

세일즈맨답지 않게 윗부분에 털이 달린 크림색의 스웨이드로 된 굽이 높은 앵클 부츠를 신고 있었다.

미네소타의 겨울을 나기에는 전혀 튼튼해 보이지 않는 부츠를 보아하니 셜리도 누군가에게 마음이 가 있는 것이 분명했다, 아마 그 사람은 마틴이겠지.

"연애사란 정말 복잡해."

한나는 한숨을 내쉬며 또다시 뷔페 홀 안을 둘러보다가 음식이 놓인 테이블 앞에 줄을 서 있는 로라 조겐슨에게 시선이 머물렀다.

로라 역시 높은 굽의 붉은색 슬링(뒤트임이 있는 샌들식 구두)을 신고 있었는데, 어딘가 모르게 발이 불편해 보였다. 그렇다면 그녀도 누군가에게 작업 중이라는 얘긴데……, 설마 이번에도 마틴?

한나는 한 켤레만 더 탐색해 보자고 결정한 뒤 다시 뷔페 홀을 살폈다. 하지만 이번에는 관찰이 그리 어렵지 않았다. 한나의 막냇동생이 한나에게 등을 보인 채 다리를 꼬고 앉아 있었기 때문이다.

미셸은 황갈색 바지에 밝은 빨간색의 스웨터를 입고 고무 밑창이 깔린 황갈색의 플랫 부츠를 신고 있었다.

한나는 안도의 한숨을 내쉬었다.

미셸의 이론대로라면 그녀의 막냇동생은 누구에게도 작업 중이 아니라는 얘기였으니 말이다. 자신의 신발을 내려다봐도 역시 아니었다.

한나가 신은 모카신 부츠는 편하게 신을 수 있는 신발이었기 때문이다. 에드나를 도와 음식과 접시들을 나르려면 편한 신발을 신는 수밖에 없었다.

'그럼 토트백에 맞춰서 산 섹시한 신발은 어떻게 된 거야? 뷔페 홀

옷방 고리에 걸려 있는 것들 말이야.'

한나의 양심이 속삭였다.

'댄스 타임이 되면 갈아 신으려고 갖고 온 거 아니었어?'

한나는 양심의 소리를 인정할 수밖에 없었다.

에드나를 돕는 일이 끝나고 댄스가 시작되면 갈아 신으려고 발목에 끈을 감게끔 되어 있는 하이힐의 샌들을 가지고 왔던 것이다. 그 샌들을 신으면 다리가 훨씬 날씬해 보였다.

또 다른 신발을 탐색하거나 양심이 하는 소리를 물리치려 애쓰기 전에 주방에서 에드나가 다시 한나에게 손짓을 했다. 벌써 최고의.크리스마스 포트락 파티라고 칭송하는 사람들에게 주요 요리와 사이드 요리들을 선보일 때가 된 것이다.

한나는 찡그린 얼굴로 주요 요리 테이블을 둘러보았다.

에드나의 미트볼과 엄마의 하와이언 항아리 로스트, 라자냐와 로즈의 터키 요리, 루앤의 페스티브 베이크 샌드위치, 로라의 닭고기 찜, 치킨 파프리카쉬, 사냥꾼의 스튜, 에스더의 미트로프 그리고 아일랜드식 로스트비프까지 모두 세팅하고 난 뒤였다.

그뿐만 아니라 트루디의 뜨거운 감자 샐러드를 곁들인 브라트브루스트와 카운티 햄 캐서롤, 자우어브라텐, 구운 생선 요리, 바비큐 그리고 미네소타의 포트락 파티에서 단연코 빠질 수 없는 미네소타 핫디쉬도 있었다.

한나는 스칸디나비아식 붉은 양배추 요리를 들고 서 있었다. 시간이 갈수록 단지는 그 무게감을 더해가고 있었지만, 테이블에는 사이드 요리를 놓을 공간이 없었다.

"무슨 일이에요?"

그때 사진 찍을 준비를 하던 노먼이 한나의 뒤로 다가와 물었다.

"공간이 부족해요. 아직도 주방 카운터에 거의 열 개나 되는 사이드 요리가 남아 있는데."

"사이드요?"

"국수랑 감자, 밥, 그리고 채소 같은 것들이요. 메인 코스랑 같이 곁들여서 먹는 음식들 있잖아요. 그래서 주요 요리랑 같은 테이블에 세팅해야 하는데, 아무래도 불가능할 것 같아요."

"정말 그러네요." 노먼이 한나의 등을 토닥이며 말했다.

"일단 주방에 가서 그 단지를 내려놓고 여분의 테이블 덮개가 있는지 알아봐요. 이 테이블 공간을 두 배로 넓힐 수 있는 좋은 방법이 생각났어요."

한나가 테이블 덮개를 들고 돌아왔을 때, 노먼은 커트와 함께 앞 코스에서 비어 있던 테이블 두 개를 가져와 주요 요리가 놓은 테이블과 함께 T자 모양이 되도록 주요 요리 테이블 중앙에 붙였다.

주요 요리를 마주 볼 수 있게끔 한 테이블 배치는 완벽했고, 한나는 망설임 없이 가지고 온 테이블 덮개를 덮고는 에드나와 함께 요리를 날랐다. 세팅을 다 마쳤을 때는 파티용 감자 요리, 애플 앤 어니언 드레싱 볼스, 홀리데이 쌀 요리, 스위트 포테이토 캐서롤, 으깬 감자 요리가 사이드 요리 테이블에 예쁘게 나열되어 있었다.

또 하나의 테이블 위에는 바보도 만들 수 있는 당근 요리와 시금치 수플레, 옥수수 푸딩, 살짝 변형된 전통 콩 요리, 풍미 좋은 국수 요리 그리고 한나가 제일 처음 날랐던 붉은 양배추 요리가 놓여 있었다.

"이 정도면 먹기에도 좋아 보이네요."

뷔페를 준비하는 동안 단 한 번도 웃지 않았던 에드나가 웃음을 터뜨리자 노먼이 그 순간을 놓치지 않고 카메라에 담았다. 하지만 에드나가 원하지 않으면 아무에게도 사진을 주지 않겠다고 약속했다.

노먼이 카메라로 메인과 사이드 요리들의 사진을 찍고 나자 이번에도 바스콤 시장이 자리에서 일어나 메인이 시작되었음을 알렸다.

한나는 테이블 앞에 줄을 서는 대신 진한 블랙커피를 한 잔 들고 노먼과 커트가 앉았던 빈 테이블로 가 쓰러지듯 앉았다. 이제 한 코스만이 남았는데, 그것도 순식간에 지나갈 터였다. 사진 촬영을 위해 이미 디저트 몇 개는 테이블에 올라와 있었기 때문이다.

한나는 뷔페 홀을 둘러보았다. 다행히 사람들의 반응은 매우 만족스러웠다. 먹기에 바빠 서로 이야기할 틈도 없었기 때문이다.

"음식에 대한 최대의 찬사는 침묵이지."

증조할머니인 엘사의 말을 떠올리며 한나가 중얼거렸다.

중서부 포트락 파티에 대한 듀빈스키 부인의 반응이 궁금해진 한나는 브랜디와 마틴의 테이블로 시선을 돌렸다. 하지만 자리는 비어 있었고, 음식을 담으려 서 있는 줄에도 모습은 보이지 않았다.

도대체 어디 간 거지? 그러고 보니 미셸은 어디 있는 거야? 엄마와 윈슬롭에게 인사를 한 뒤 브랜디와 마틴에게로 다가가는 모습까지는 보았는데, 테이블 전체가 사라져버리고 말았다.

얼마 지나지 않아 마틴의 모습이 보였다. 그는 자신의 어머니 옆에 서 있었다. 브랜디와 미셸이 같이 화장실에 간 기회를 틈타 마틴은 엄마와 전 부인을 만나는 모양이었다.

"피곤해 보이네요."

그때 커트가 접시를 들고 와 한나의 옆에 앉았다.

"피곤해요. 하지만 그럴만한 보람이 있네요. 음식은 어때요?"

"지금까지 맛본 것 전부가 다 경이로워요."

커트가 립스를 먹더니 신음 소리를 냈다.

"위장이 좀 더 컸으면 좋겠군요. 이렇게 맛있는 립스는 내 생에 처음 먹어봐요."

"그건 노먼의 레시피에요. 바비큐 요리죠. 노먼한테 맛있다고 얘기해 주면 좋아할 거예요."

"그럴게요. 한나도 좀 들지 그래요? 바람만 불면 금방이라도 쓰러져 버릴 것 같아요."

그러자 한나는 웃음을 터뜨렸다.

"그러려면 태풍 정도는 불어야 할 거예요. 아니면 스콜(열대 지방에서 주로 나타나는 세찬 소나기)이라든가. 어쨌든 저도 뭘 좀 먹어야겠어요. 치킨 파프리카쉬가 먹고 싶네요. 제가 좋아하는 요리 중 하나거든요."

"전 에드나가 만든 으깬 감자랑 같이 가지고 왔는데, 함께 먹으니까 아주 맛있더라고요."

"하지만 그건 미트볼이잖아요, 닭고기가 아니라."

한나가 커트의 접시를 가리키며 말했다.

"알아요. 닭고기는 테이블로 오면서 벌써 다 먹어치웠거든요. 얼른 갔다 와요, 한나. 저도 한나 어머님이 만드신 라쟈나를 맛보고 싶네요. 정말 죽음으로 맛있어 보였거든요. 마샤가 분명히 만드는 법을 알고 싶어할 거예요."

"마샤는 잘 있어요?"

커트는 가족들의 반대에도 편집장의 딸인 마샤와 결혼했다.

"잘 있고 말구요. 지난달에 알게 된 건데 우리가 임신했어요."

"정말 잘 됐네요."

커트의 문법적 오류를 포착해내며 한나가 대답했다.

임신하는 건 남자가 아니라 여자다. 물론 남자도 임신에 대해 동등한 책임이 있긴 하지만, 우리가 임신했다는 문장은 한나의 논리적 사고에 경적을 울려댔다. 어쨌든 임신의 경험을 나누는 것과 영문법의 오류를 지적하는 것은 별개의 문제였다.

"뭐가 잘못됐어요?"

한나의 갑작스러운 침묵에 의아해진 커트가 물었다.

"오, 아노! 이니에요!"

한나가 재빨리 그를 안심시켰다.

"다녀오는 길에 크랜베리 머핀 몇 개만 가져다줄래요?"

커트가 소다 브레드의 마지막 조각을 입에 넣으며 말했다.

"그럴게요."

커트에게 약속한 뒤 음식 테이블로 향하며 한나는 안드레아가 종종 지적하던 잘난 척 병에 자신이 빠져버린 것은 아닐까 생각해 보았다.

"나 왔어요!"

한나가 접시를 거의 다 채웠을 무렵 한나를 발견한 마이크가 다가와 외쳤다. 그녀의 어깨를 감싸는 마이크의 팔을 느끼며 한나는 문득 좋아진 기분으로 미소를 지으며 그를 올려다보았다.

"빨리 갔다 왔네요. 쇼우나 리는 공항까지 잘 데려다 줬어요?"

"그럼요, 근데 오는 길에 눈발이 굵어져서 말입니다. 경찰차가 아닌 허머로 갔다 오길 잘했죠."

"그랬군요."

한나를 위해 의자를 빼주는 마이크를 바라보며 한나는 슬쩍 미소를 숨겼다. 터프한 마이크는 제일 크고 힘이 좋은 자동차를 소유하고 있었다. 예전의 지프 역시 튼튼했지만, 마이크는 지난달에 망설임 없이 허머로 차종을 바꾸었다.

쇼우나 리의 알 수 없는 증언에 의하면 허머는 승차감이 그다지 좋진 않지만, 미네소타의 험한 겨울 기후에는 아주 안성맞춤인 차였다.

"고마워요, 한나."

한나가 커트에게 머핀을 건네자 그가 인사했다.

커트는 건네받은 머핀을 접시에 놓고 자신의 옆에 앉은 마이크를 돌아보았다.

"밖에 눈발이 굵어졌다고 했어요?"

"에, 가시거리가 좋지 않아요."

"길이 아직 통행 가능할까요? 오늘 밤 안에는 도시로 돌아가야 하는데……."

마이크는 잠시 생각하는 듯했다.

"지금 출발하면 괜찮을 겁니다. 북쪽에서 바람이 불어오고 있어서 뚫고 지나가려면 조금 힘들겠지만요. 차종이 어떤 겁니까?"

"SUV 중형이요."

"사륜구동인가요?"

"전륜구동에 ABS(빙판길의 미끄러짐을 방지해주는 브레이크 장치)가 달렸죠."

"사양이 좋은 겁니까?"

"그렇게 좋은 건 아니지만, 간극은 좋아요."

"그렇다면 괜찮을 겁니다. 같이 주차장까지 가서 눈 치우는 걸 도와

드리죠. 들어올 때 보니까 입구 쪽에 눈이 많이 쌓였더군요."

"고맙습니다. 근데 제 차는 주차장이 아니라 길가에 세웠어요. 일찍 와서 마침 자리가 있었거든요."

일찍 자리를 뜨는 것에 대해 양해 인사를 남긴 채 커트가 홀을 빠져 나갔고, 커트를 배웅하려고 마이크가 그의 뒤를 따라나섰다.

마이크가 다시 자리로 돌아오는 길에 엄마의 테이블에 들러 인사를 했다. 그리고 윈슬롭과 마이크가 서로 악수를 했는데, 그 장면으로 보아 엄마가 두 사람을 인사시킨 것이 분명했다.

마이크가 마침내 돌아와 커트의 자리에 앉았을 때 한나는 엄마의 데이트 상대에 대한 인상이 어땠는지 마이크에게 물어보자고 결심했다.

"저 사람이 당신과 안드레아가 그토록 걱정하던 사람인가요?"

하지만 한나가 미처 묻기도 전에 마이크가 먼저 질문을 던졌다.

"어떤 것 같아요?"

"괜찮은 사람 같아 보이는데요. 만나는 봤어요?"

"네, 아까요. 나한테도 친절하긴 했는데, 어쩐지 좀……."

한나는 자신의 기분을 정확하게 집어낼 수 있을만한 마땅한 단어가 떠오르지 않았다. 영문학으로 박사학위를 딴 한나로서는 참으로 난감한 상황이었다.

"사람이 지나치게 좋던가요?"

"바로 그거예요!"

"흠 잡을 것도 없고, 엄마가 왜 그토록 빠져 있는지도 이해할 만한데, 왠지 느낌이 편치 않아요. 자꾸만 의심이 간단 말이죠."

마이크가 한나의 어깨를 힘 있게 주무르며 말했다.

"걱정 말아요. 안 그래도 빌이 오늘 아침에 알아봤는데, 얘기 들었어요?"

"전혀 몰랐어요. 안드레아가 부탁했나 보죠?"

"그래서 그런 건 아닐 거예요. 어쨌든 아무것도 없었어요. 완벽하게 깨끗하더래요. 심지어 과속딱지도 뗀 기록이 없었어요. 그러니까 따님들은 이제 걱정일랑 붙들어 매세요. 어머님이 도끼 살인범 같은 작자와 데이트를 하는 게 아니니까요."

"물론 그렇죠! 하지만 좀처럼 마음이 놓이지 않아요. 그러니까 그 남자는 엄마보다 연하라고요! 댄스 교습소에서 탱고랑 맘보 같은 걸 배우다가 만난 거잖아요."

마이크는 잠시 아무런 말이 없더니 한나에게로 몸을 기울이며 입을 열었다.

"혹시 아버지가 아닌 다른 남자가 엄마 옆에 있는 것이 싫은 건 아니고요?"

"그런 게 아니에요!"

한나가 즉각 반응했다. 하지만 잠시 골몰하던 한나가 마침내 몇 걸음 양보하고 말았다.

"당신 말이 맞을지도 몰라요. 하지만 마음이 100% 다 그런 건 아니에요. 어쨌든 음식이 다 없어지기 전에 얼른 먹을 것 좀 담아 와요. 내가 자리를 지키고 있을게요."

마이크가 자리를 뜨자 한나는 그가 한 말에 대해 생각해 보았다.

아빠가 돌아가신지 이제 벌써 4년째이니 엄마에게 새 남자가 생길 법도 하다. 하지만 엄마 인생에 또 다른 남자를 떠올리는 것만으로도 아빠에 대한 한나의 기억에 마치 생채기가 생기는 듯 아팠다. 그런 생각이 이성적으로 옳지 못하다는 건 한나 스스로 잘 알고 있었지만, 그냥 그렇게 느껴지는 건 어쩔 수 없었다. 우울한 생각을 애써 떨쳐버리며 한나는 마이크를 기다리는 동안 다시 한 번 뷔페 홀을 둘러보았다.

노먼은 사진을 찍느라 바빴고, 조단 고등학교 재즈 연주단은 음악을 연주해야 할 디저트 타임을 준비하느라 자리를 정비하고 있었으며 브랜디의 자리는 여전히 비어 있었다.

힌니는 밥스와 설리의 테이블을 실펴보았지만, 밥스는 물론 설리노 자리에 없었다. 듀빈스키 가족 전체가 사라져버린 것이다.

그때 한나와 눈이 마주친 로니 머피가 한나를 향해 손을 흔들었고, 한나도 답례로 손을 흔들어주었다. 근데 그의 옆 자리 역시 아직 비어 있는 채였다.

미셸은 아직도 브랜디와 함께 화장실에 있는 건가? 쇼걸에 대한 걸 물어보느라? 그럼 마틴은 그의 어머니와 얘기할 곳을 찾아 함께 자리를 옮긴 것인가? 어쩌면 마틴이 어떻게 해서 브랜디에게 그렇게 많은 돈을 써댔는지 설리에게 변명을 늘어놓는 동안, 밥스는 브랜디와 함께 화장실에서 어떻게 자기 아들과 결혼하게 되었는지 꼬치꼬치 캐묻고 있는지도 모르겠다.

가설은 셀 수 없이 많았고, 한나는 추측을 포기했다. 한 가지 분명하게 말할 수 있는 거라곤 여자 화장실에 마틴이 없을 것이라는 거였다. 만약 그가 그의 어머니나 설리를 따라, 혹은 브랜디를 따라 여자 화장실에 들어갔다면 지금쯤 아마 큰 소동이 났을 테니 말이다.

"한나가 파테를 정말 잘 만들었군요."

마이크가 옆 자리에 미끄러지듯 앉으며 말했다.

"우리 누나가 만든 거랑 맛이 아주 똑같아요."

그렇게 쉬운 레시피에 도대체 어느 멍청이가 실수를 하겠느냐고 대꾸하고 싶었지만, 한나는 엄마의 조언을 떠올리며 그저 미소와 함께 '고마워요'라고 답했다. 그리고는 아직도 모녀간의 레이더가 잘 작동해 한나가 방금 엄마의 조언을 고분고분히 따랐다는 사실을 엄마가 눈치 채진 않았을까 하는 생각에 엄마가 있는 쪽을 돌아봤다.

하지만 엄마는 윈슬롭에게 눈웃음을 치느라 정신이 팔려 바로 옆에서 누가 무엇을 하든, 무슨 말을 하든 전혀 신경 쓰지 못하는 듯했다.

이것이 바로 신경학자들이 말하는 다 큰 성인 여자가 엄마에게 엄마 노릇을 하려 한다는 증상인가? 윈슬롭의 팔에 다정히 손을 얹어 토닥이는 엄마의 모습을 지켜보며 한나는 곰곰이 생각에 잠겼다.

저건 대체 무슨 뜻일까? 엄마가 정말 사랑에 빠져버린 것일까, 아니면 그의 맵시 좋은 양복과 그의 작위와 농장이 딸린 대저택의 이미지에 빠져버린 것일까?

"한나?" 그때 마이크가 한나를 쿡 찔렀다.

"네?"

"에드나가 한나를 찾는 것 같아요. 우리 쪽으로 뭔가 신호를 보내는데요."

"정말 그러네요."

에드나의 얼굴에 만연한 '네가 필요해' 사인을 읽은 한나가 말했다.

한나는 에드나에게 금방 가겠다는 뜻으로 손을 흔들어 보인 뒤 자리에서 일어났다.

"자리 맡아줘요. 금방 갔다 올게요."

"당연히 그래야죠." 마이크가 매력적인 미소를 지으며 말했다.

"우리 데이트하기로 했잖아요. 기억하죠?"

"그럼, 디저트도 내놓지 말고 데이트하자고요?"

그러자 마이크가 잠시 생각하는 듯하더니 이내 씩 웃으며 말했다.

"그렇게는 말 안 했어요. 파티 끝나고 나랑 같이 집에 가기로 한 거 잊어버리지 말라구요."

"알았어요."

그의 미소에 간략하게 답한 뒤 한나는 주방으로 향했다. 그러다 문득 마이크의 말이 굉장히 위험성이 넘치는 발언이었다는 것을 깨닫고는 자리에 멈춰 서고 말았다.

같이 집에 가자구? 데이트 얘기를 하면서 두 사람 사이에 그런 결정이 내려진 적은 없었다. 심지어 그런 비슷한 얘기도 꺼낸 적이 없었다! 물론 단순히 같이 커뮤니티 센터를 나서자는 의미였을 수도 있지만 말이다.

"오, 보이!(oh, boy; 감탄사의 일종)"

생각에 너무 골몰한 나머지 옷방 옆에 딸린 자그마한 창고로 트롬본 케이스를 옮기던 십대 남자아이를 갑작스레 발견한 한나가 깜짝 놀라 외쳤다.

"부르셨어요, 스웬슨 양?"

십대 남자아이가 돌아보며 물었다.

상황이 재미있어진 한나가 미소 지으며 말했다.

"나 혼자 한 말이야. 나이 든 사람들이 종종 이런 감탄사를 쓰거든."

"하지만 스웬슨 양은 그렇게 나이가 많지 않잖아요!"

"고맙다."

다시 미소로 화답하며 한나가 인사했다.

커비에게 트롬본을 연주하는 남자아이의 이름을 물어봐야겠다. 금발의 곱슬머리를 한 귀여운 외모 때문만이 아니라 제때 바른 소리를 할 줄 아는 습성이 한나의 마음에 꼭 들었다. 브리짓 머피는 이런 것을 두고 '감언'이라고 했던가? 이 남자아이의 언행에 꼭 맞는 표현이었다.

주방까지 가는 동안 한나는 사람들로부터 다음 주 금요일 파이는 무엇인지부터 시작해서 레이크 에덴의 아이들을 위한 크리스마스 파티에 산타 역은 누가 맡으면 좋을지까지 매우 다양한 질문을 받았다.

그리고 마침내 재즈 연주단이 자리를 마련한 옷방 옆 창고 부근을 지날 무렵 한 학생이 한나를 불렀다.

"스웬슨 양?"

플롯 연주자인 베스 홀버슨이었다.

"안녕, 베스." 베스의 어두운 표정을 읽은 한나가 물었다.

"무슨 일이니?"

"연주를 시작해야 할 때가 되었는데 웰즈 씨가 아직 안 왔어요. 어디 있는지 혹시 아세요?"

"미안하지만 나도 모르겠구나. 너희끼리 연주하면 안 되는 거야?"

"불가능해요, 스웬슨 양. 항상 웰즈 씨가 드럼을 연주하는데, 타악기가 없으면 음악 소리가 우스꽝스럽게 들릴 거예요."

그때 저쪽에서 커비 웰즈가 부리나케 달려왔다.

"늦어서 미안해." 연주단의 리더가 사과의 말을 건넸다.

"연주할 준비는 됐어요?"

한나가 점찍어둔 트롬본 연주자를 포함해 모두가 고개를 끄덕였고, 한나는 그들에게 손을 흔들고서 다시 주방으로 발걸음을 옮겼다.

한나의 등 뒤에서 'we wish you a merry christmas'의 연주가 시작되고 있었다. 음악 소리는 매우 선명했지만, 그렇다고 사람들의 대화를 방해할 정도로 크지 않아 파티용으로는 아주 안성맞춤이었다.

조단 고등학교의 교장인 켄 퍼비스 씨를 만나게 되면 커비의 재즈 연주단에 대한 칭찬을 해줘야겠나고 한나는 생각했다.

"왜 이렇게 오래 걸렸어?"

드디어 한나가 주방에 모습을 보이자 에드나가 신음 소리를 내며 말했다.

"정말 큰일 났어."

"뭔데요?"

도대체 무슨 큰일일까 생각하는 한나의 심장 박동수가 빨라졌다.

"테이블에 없어!"

"뭐가 테이블에 없다는 거예요?"

"한나 어머니의 케이크 나이프 말이야!"

에드나가 울먹일 듯이 한나의 팔을 붙잡으며 말했다.

"사라졌어, 아무 데도 없다구!"

에드나의 말에 한나는 신음 소리를 냈다.

"엄마의 케이크 나이프가 없어졌다고요?"

"그래."

"디저트 테이블은 살펴봤어요?"

"그래!"

"알았어요. 일단 진정해요. 어딘가에 있을 거예요."

"도대체 어디에? 전부 찾아봤어!"

"천천히 숨을 들이마시고 내쉬세요."

정확한 시점에 필요한 조언을 하며 한나가 말을 이었다.

"마지막으로 본 게 언제에요?"

에드나는 한나의 조언을 따라 천천히 숨을 들이마신 뒤 다시 내쉬었다. 다른 사람의 조언에 좀처럼 귀 기울이는 법이 없는 에드나가 군말 없이 따르는 것을 보니 상황이 매우 절박하긴 한 모양이었다.

"미트볼을 두 번째로 채워 넣을 때까지만 해도 분명히 디저트 테이블에 있었어. 불빛에 반사돼서 반짝이는 것이 정말 예쁘다고 생각했기 때문에 기억해."

한나는 주방 카운터 위에 놓인 정교하게 조각된 나무 벽장을 바라보며 물었다.

"혹시 누군가가 다시 찬장에 가져다 놓은 건 아닐까요?"

"아니. 거기도 벌써 봤지. 조단 고등학교 홈커밍 게임 다음날 일요일에 교회 예배당 안이 텅 빈 것처럼 아무것도 없었어."

한나는 에드나의 표현에 웃음이 나려는 것을 꾹 참았다. 대부분 사람이 홈커밍 게임을 지나치게 즐긴 나머지 다음날 아침 일찍 있는 예배에 참석하지 못하는 경우가 많은 것이 사실이었다.

"에드나가 제대로 봤겠지만……, 그래도 혹시 모르니 제가 다시 한 번 봐야겠어요."

한나는 벽장을 열었다. 하지만 정말 에드나의 말 대로 벽장 안은 텅 비어 있었다.

"죄송해요, 에드나."

"괜찮아. 나도 이미 두 번씩 확인했는걸."

두 여자는 카운터에 기대어 서서 눈앞에 직면한 문제를 고심했다. 둘 다 어찌나 말이 없었는지 주방 시계의 초침 소리까지 들릴 정도였다.

"누군가 다른 용도로 사용한 것이 아닐까요?"

초침 소리에 맞춰 마침내 한나가 입을 열었다.

"그러니까, 이런 거죠……, 뷔페 줄에 섰던 사람이 터키나 다른 요리를 자르기 위해 나이프가 필요했던 거예요. 주방에 가서 칼을 가져오려다가 디저트 테이블에 놓여 있던 엄마의 케이크 나이프가 눈에 띈 거죠. 그래서 그걸 가져다 쓰고는……."

"그냥 주요 요리 테이블에 둔 거구나!"

의심과 희망이 반쯤 섞인 표정으로 에드나가 외쳤다.

"바로 그거죠. 그렇게 된 걸지도 몰라요."

"그러면 다른 뷔페 테이블도 확인해 봐야겠어. 확실해지기 전까지는 한나 어머니에겐 알리지 말았으면 하는데 말이야. 그러니까, 음……, 왜, 있잖아……."

"모르게 살펴봐 달라는 말이죠?"

에드나가 말하고 싶던 바를 한나가 정확하게 포착해냈다.

"그렇지. 너무 정신이 없어서 단어도 잘 떠오르질 않네."

앤티크 케이크 나이프의 크기나 그 존재감으로 봐서 이 값비싼 보물은 어느 테이블에서도 그리 오래 숨어 있진 못할 것이다.

하지만 좀 더 확실히 하기 위해 한나는 접시 밑은 물론, 그릇과 테이블 장식 밑까지 샅샅이 살폈다. 사실 처음부터 쉽게 찾을 수 있으리라 기대하지 않았기 때문에 결국 찾지 못했을 때도 한나는 그다지 놀라지 않았다.

"못 찾았구나."

주방으로 돌아오는 한나의 표정을 읽은 에드나가 말했다.

"안타깝게도 그래요."

"한나 어머니가 날 죽이려 들 거야. 한나도 잘 알잖아. 없어졌다는 걸 알기 전에 꼭 찾아야만 해."

에드나는 주방 카운터 앞 의자에 앉아 골몰하다가 마침내 고개를 들어 한나를 바라보았다.

"누가 훔쳐간 게 아닐까?"

"레이크 에덴에서요?"

"그래, 한나 말이 맞아. 우리 마을엔 그런 짓 할 만한 사람이 없지."

"어디 다른 곳에 잘 있을 거예요. 나가서 테이블에 음식 모자라는 게 없는지 살펴보실래요? 그동안 전 주방에서 찬장이며 서랍이며 다 뒤져볼게요."

"좋은 생각이야."

옷상자처럼 생긴 커다란 타파웨어의 뚜껑을 열며 에드나가 말했다.

"아까 케이크 나이프를 찾으러 다니다가 봤는데, 한나가 만든 크리스마스 쿠키만 몇 개 없어졌더라. 솔직히 디저트 타임이 시작되기도 전에 가져간 사람들을 원망할 수만은 없는 일이야. 한나가 구운 쿠키는 잡지에 나온 것들보다 더 예쁘니까."

"예쁜 부분은 리사의 솜씨예요. 장식은 리사가 하거든요. 전 굽기만 하구요."

"어디 예쁘기만 해? 맛도 있잖아. 달콤하고 바삭바삭한 것이 한 입 베어 먹을 때마다 버터 향이 가득 난다구."

"벌써 하나 드셨어요?"

한나는 깜짝 놀랐다.

포트락을 준비할 때면 에드나는 늘 주방으로 돌아오는 남은 음식을 먹었다. 음식 준비를 하면서 먼저 맛을 보고픈 유혹을 물리치지 못하는 한나와는 달리 에드나는 디저트에 먼저 손을 댈 타입이 아니었다.

"산타 다리가 하나 부러졌기에 내가 먹었어. 그대로 테이블에 올렸다가는 그걸 본 아이들이 악몽에 시달리게 될 것 같아서."

에드나가 주방 문으로 나가려다 말고 다시 고개를 돌렸다.

"예감이 좋진 않지만, 제발 찾게 되길 기도하고 있을게."

쿠키 접시를 들고 에드나가 주방 문밖으로 사라지자 한나는 체계적으로 찬장과 서랍을 뒤지기 시작했다.

에드나는 부족한 음식을 가지러 주방을 여러 번 들락날락하다가 마침내 디저트를 준비하기 시작했다. 중년의 부인들이 케이크와 파이를 자르고 접시에 쿠키와 쿠키 바를 담는 동안 한나는 에드나와 여러 번 눈이 마주쳤다. 그때마다 에드나는 물음표가 찍힌 표정으로 눈썹을 올렸지만, 한나는 고개를 설레설레 저을 수밖에 없었다.

없어진 케이크 나이프는 여전히 사라진 상태였고, 서랍 같은 곳에 다른 주방도구와 섞인 채 잘 보관되어 있을 것으로 생각했던 한나의 희망은 뜨거운 커피잔에 넣은 얼음보다 더 빨리 녹아들고 있었다.

그런 후에도 얼마간을 더 찾아봤지만, 이제 더는 찾을만한 곳도 남아 있지 않았다. 하느님께 맹세컨대 레이크 에덴 커뮤니티 센터 주방에 케이크 나이프가 없다는 건 확실했다.

한나는 쓸쓸히 작업대 앞 의자에 앉았다. 엄마가 알아채기 전에 나이프가 없어졌다는 비극적인 소식을 알려야만 했다. 이 처연한 임무를 결코 피할 수는 없겠지만, 전령의 죽음이라도 막아보고자 한나는 어떻게 하면 좀 더 온후한 문장으로 소식을 전할 수 있을까 고심했다.

나쁜 소식을 전하는 일은 결코 한나의 장기가 아니었다. 한나는 그저 있는 그대로 내뱉는 데 익숙했다. 상처에 붙인 반창고를 조심조심 떼어내는 것이 아니라 한 번에 확 떼어버리는 것이 한나의 성격이었던 것이다. 에드나만큼 외향적인 성격도 못되었지만, 사람들이 종종 눈치 없다고 하는 것도 영 근거 없는 얘기는 아니었다.

그때 살짝 열린 저장실 문틈으로 빛이 새어나오는 것이 한나의 눈에 띄었다. 누군가 저장실을 사용했을 거란 생각은 미처 하지 못했다. 따라서 나이프를 찾아볼 생각 역시 못했다.

포트락에는 모두 이미 만들어온 음식을 가져오기 마련이니 말이다. 에드나와 그녀의 주방 도우미들은 그저 음식을 따뜻하게 보관하거나 차게 보관할 뿐이었다.

가능한 시나리오를 상상하는 한나의 머리는 빙글빙글 회전하기 시작했다. 디저트를 가져온 누군가가 설탕가루 뿌리는 것을 깜빡 잊어 집까지 달려가느니 커뮤니티 센터의 것을 잠깐 빌리는 편이 훨씬 낫다는 생각에 설탕가루를 찾으러 저장실에 들어갔을 수도 있다.

바로 그 사람이 디저트를 자르려고 케이크 나이프를 가져간 것은 아닐까? 가능한 얘기다……. 물론 아닐 수도 있지만, 어쨌든 약간의 가능성은 있었다.

한나는 서둘러 자리에서 일어나 저장실 문을 열었다. 선반마다 깔끔하게 정돈된 저장실 안을 재빨리 둘러본 결과 무성하게 가지를 뻗었던 한나의 가설은 우수수 무너져 내리고 말았다.

저장실 어디에도 나이프는 없었던 것이다. 한나가 불을 끄고 막 나오려는데 주차장으로 통하는 문의 데드볼트가 잠기지 않은 채로 있는 것이 눈에 띄었다.

한나는 문을 열고 밖으로 나가보았다. 휘날리는 눈발 속에는 주차된 차들 외에 아무것도 보이지 않았다. 식품 배달구로 쓰이는 이 문은 도둑에게는 아주 훌륭한 도피구가 될 터였다. 정말 누군가 엄마의 앤티크 나이프를 훔친 다음, 이 문을 통해 달아난 것이라면 이미 마을 밖으로 벗어나고도 남았을 것이다.

돌풍과 함께 몰아치는 바늘같이 날카로운 눈발에 한나는 몸을 부르르 떨었다. 한나가 다시 문을 닫고 따뜻한 저장실 안으로 들어가려는 찰나 주차된 두 대의 차 사이 바닥에서 부피 큰 무언가가 눈에 띄었다. 털이 달린 것을 보니 동물인 듯했지만, 곰이라고 하기에는 너무 작고, 개라고 하기에는 컸다.

호기심의 힘은 막강하다. 주차장까지 나가 그 동물이 뭔지 직접 확인해 보기 전까지 도저히 안으로 들어갈 수 없었다. 그나마 물소가죽으로 만든 모카신 부츠(물소를 한 번도 보지도……, 심지어는 냄새조차 맡아보지 못한 사람들이 부지기수라는 것을 생각하면 참으로 아이러니한 명칭이다)를 신고 있어서 다행이라고 생각하며 한나는 잰걸음으로 물체를 향해 걸어갔다.

물체에 가까워지는 동안 한나의 스웨터는 온통 눈밭이 되고 말았다.

한나는 허리를 굽혀 털북숭이 물체를 자세히 내려다보고는 이내 근처에 있는 차에 몸을 기대어 의지해야만 했다. 동물이라고 생각했던 털북숭이는 마틴의 새 부인이 입고 있던 값비싼 밍크코트였던 것이다.

근처에 동물이라고는 빨간색과 초록색 아이싱으로 장식한 크리스마스트리와 종 모양의 쿠키와 함께 브랜디의 발 언저리에 부서진 채 떨어져 있는 사슴 모양의 설탕 쿠키뿐이었다. 브랜디가 디저트 테이블에서 쿠키를 몇 개 가지고 나와 먹고 있었던 것이 분명했다.

하지만 가장 큰 궁금증은 바로 이것이었다. 브랜디가 앤티크 케이크 나이프도 가지고 나온 것일까?

브랜디가 그저 발에 걸려 넘어진 것뿐이길 간절히 바라며 한나는 그녀의 어깨를 두드렸다.

"브랜디? 제가 부축해줄까요?"

하지만 브랜디에게서 아무런 답이 없었고, 한나는 얼굴을 찌푸렸다. 이건 좋은 징조가 아니다.

"브랜디?"

안으로 들어가서 사람들에게 도움을 청해야 하지 않을까 생각하며 한나는 브랜디의 어깨를 잡아 흔들었다.

하지만 전직 댄서는 그 어떤 움직임도 보이지 않았다. 이건 어쩌면 속임수일지 모른다. 한나가 사람을 부르러 자리를 비우면 그대로 값비싼 케이크 나이프를 들고 도망가려는 심사일지도.

어딘가 다쳤을지도 모르는 사람을 함부로 옮기는 것이 매우 위험한 일이라는 것을 한나도 잘 알고 있었다. 사고의 피해자는 보통 교정판 같은 전문 의료 장비가 없는 상태에서 사람들에 의해 무작정 옮겨지다가 상태가 더욱 악화하곤 하기 때문이다.

그러니 브랜디를 옮기는 일은 그만두는 것이 좋겠다. 대신 한나는 대학시절 배운 응급처치수업의 기억을 떠올려 목 언저리에 있는 턱뼈 부근의 맥을 짚어보자고 생각했다.

브랜디의 밍크코트 깃을 뒤로 젖히니 굳게 여며져 있던 밍크코트가 활짝 열렸고, 브랜디의 가슴이 훤히 드러났다. 그리고 무심코 그녀의 가슴을 본 한나는 힘겹게 침을 꿀꺽 삼켰다.

아직 맥은 살아 있었다. 하지만 그래봤자 소용없을 거라는 생각이 한나의 머릿속에 가득했다. 저렇게 깊은 상처를 입고도 살아날 수 있는 사람은 거의 없을 것이다. 밍크코트를 흠뻑 적실만큼 흥건한 피에 한나는 어지럼증과 함께 구토를 느끼며 자리에서 일어났다. 그리고 바로 그때 저편에서 저장실 문이 닫히는 소리와 함께 에드나의 음성이 들렸다.

"한나? 거기 있어?"

"여기 있어요."

"나이프는 찾았어?"

한나는 자연산이라고 하기에 지나치게 풍만한 브랜디의 가슴에 묻힌 엄마의 귀중한 앤티크 케이크 나이프 자루를 내려다보며 말했다.

"찾았어요."

"하느님, 감사합니다." 에드나가 기쁨에 넘쳐 외쳤다.

"한나 어머님이 알아채시기 전에 얼른 제자리에 갖다놓자."

한나는 잠시 고심했다. 당장에라도 브랜디의 가슴에서 나이프를 뽑아 주방으로 가져가고 싶었지만, 그만큼 시민으로서의 의무감도 컸다.

브랜디가 스스로 가슴을 찔렀을 리는 없으니 이건 살인사건이었다. 사건 현장에서 살인에 쓰인 도구를 임의대로 치우는 건 그야말로 안 될 일이었다.

"미안해요, 에드나……. 가지고 갈 수 없겠어요."

"어째서?"

"브랜디가 갖고 있거든요."

한나는 상황을 설명하기 위해 다시 주방으로 발길을 돌렸다.

무슨 일이 벌어졌는지 사람들에게 알리지 말라고 에드나에게 당부한 뒤 한나는 뷔페 홀로 들어가 마이크의 어깨를 톡톡 두드렸다.

"아, 한나." 마이크가 미소를 지으며 돌아보았다.

"디저트 준비는 잘 되어 갑니까?"

"디저트는 문제없어요. 디저트 나이프가 문제죠. 나랑 같이 좀 가요. 알아야 할 것이 있어요."

"지금?"

마이크는 아쉬움이 가득한 눈길로 한창 먹던 자우어브라텐을 내려다보았다.

"네, 지금 당장."

그를 거의 의자에서 끌어내다시피 하며 한나가 단호하게 말했다.

"에드나한테 당신 몫을 남겨두라고 할게요. 재킷도 챙겨요."

"밖으로 가는 겁니까?"

"일단 미소를 지어요, 마이크. 뭔가 문제가 생겼다는 걸 사람들이 알면 안 되니까요."

"문제가 생겼다고요?"

"그래요."

마이크를 주방으로 데리고 간 뒤 에드나에게 그의 접시를 건네며 한나가 다시 한 번 단호하게 말했다.

"마이크의 접시인데 좀 맡아주실래요? 그리고 에드나의 파카를 빌려 입을 수 있을까요?"

"얼마든지."

에드나가 마이크의 접시를 받아 전자레인지에 넣은 뒤 파카가 놓여 있는 의자를 가리켰다.

"저장실에서 또 살인사건이라도 난 건가요?"

한나가 저장실의 문을 열자 마이크가 물었다.

"아뇨."

"다행이군요! 잠시지만 예전 일이 되풀이 되는 것이 아닐까 생각했어요. 이번에는 시체 같은 건 없는 거죠?"

"그렇다고는 말 안 했는데요."

한나가 주차장으로 통하는 문을 열고 마이크의 팔을 움켜잡았다.

"저기 시체가 있어요. 이번에는 주차장이에요."

마이크가 범죄 현장을 접수하고 나자 상황은 빠르게 진전되었다. 마이크는 에스더의 미트로프를 벌써 두 그릇째 먹는 나이트 박사님을 불러오라며 한나를 안으로 보냈다.

나이트 박사는 시체를 자세히 살피더니 마이크를 올려다보았다.

"좋아, 이 정도면 됐어."

"사망 시간은요?"

마이크가 수첩을 펼치며 물었다.

"길어 봤자 30분 전이야. 10분 정도 오차가 있을 수 있겠지만."

"살인인가요?"

슬며시 박사에게 다가서며 한나가 물었다. 박사가 브랜디의 시체를 살피는 동안 한나도 줄곧 그 옆에 있었다.

박사는 한나를 쳐다보더니 눈썹을 치켜세웠다.

"흠, 어쨌든 자살이 아닌 건 확실해."

"왜요?"

"자살하기로 한 여자가 하필이면 이렇게 추운 날 무엇 때문에 황량한 주차장에서 앤티크 케이크 나이프로 가슴을 찌르려 하겠어?"

"눈이 너무 많이 내려서 난감하군요."

마이크가 브랜디의 시체에 쌓인 눈을 내려다보며 말했다.

"범인이 남겼을 법한 흔적이 모두 사라졌어요. 그래도 한 가지는 확실해요."

"뭔가?"

나이트 박사가 물었다.

"범인은 브랜디를 찌르고 다시 건물 안으로 들어갔습니다."

한나는 몇 초간 벌어진 입을 다물 수 없었다. 그리고 마침내 입을 다물었을 땐 턱에서 '틱' 하는 소리가 났다.

"그건 어째서죠?"

"주차장 입구에 눈이 저렇게 많이 쌓여 있는데, 차를 타고 빠져나가기란 불가능했을 겁니다. 걸어 나가려고 해도 거의 얼굴 높이까지 쌓인 눈을 뚫고 나가지는 못했을 테지요. 내가 들어온 이후로 아무도 들어오거나 나간 사람이 없는 것이 확실합니다."

"하지만 마이크가 공항에서 돌아왔을 때까지 브랜디가 살아 있었다는 건 어떻게 알 수 있죠?"

"당신을 찾느라 두리번거리면서 브랜디를 눈여겨봤거든요."

한나는 좋아해야 할지 화를 내야 할지 알 수 없었다. 한나를 찾고 있었다는 사실은 반가운데, 브랜디를 눈여겨보고 있었다니, 이거야말로 병 주고 약 주는 게 아닌가.

"어—오." 나이트 박사가 주머니에서 핸드폰을 꺼내며 말했다.

"응급 상황이 아닌 이상 전화 올 일이 없는데."

한나와 마이크는 나이트 박사의 전화 내용에 전혀 귀 기울이지 않은 척하며 그 자리에 우두커니 서 있었다. 물론 어쩔 수 없이 일부분은 듣게 되었지만 말이다. 바람 소리와 함께 휘날리는 눈발을 제외하고는 주차장은 매우 고요했다.

"맹장수술 환자야."

나이트 박사가 핸드폰을 다시 주머니에 넣으며 말했다.

"난 그만 가봐야겠어. 시체를 살필 의료팀을 보내줄까?"

"네." 마이크가 대답했다.

"그들이 올 때까지 저희가 현장을 지키고 있겠습니다."

"병원으로 돌아가는 대로 바로 보내주지. 검시하기도 전에 시체가 꽁꽁 얼어버리면 안 되니 말이야."

한나는 몸을 부르르 떨었다. 물론 추위 때문이 아니었다. 브랜디는 이미 죽은 사람이긴 했지만, 그래도 동태처럼 얼어버린다는 상상을 하니 왠지 온몸에 소름이 돋았다.

"고맙습니다, 박사님." 마이크가 박사의 어깨를 두드렸다.

"여기에 주차하신 것 같지 않은데요?"

"사실 앞쪽에 이중 주차를 했어. 빠져나가려면 거의 응급 상황에 가까운 사태가 벌어질 텐데, 나한테 딱지 끊을 건가?"

"그럴 리가요."

마이크가 위넷카 카운티의 검시관에게 경의를 표하며 공손하게 대답했다.

"검시관 자격을 가진 사람은 특별 면제권이 있지 않습니까. 어디든 주차하셔도 됩니다."

"하지만 정말 필요한 상황이 아니면 불법 주차는 절대 하지 않아. 권한을 남용하면 안 될 테니 말이야. 여기서 일어난 일은 함구하는 것이 좋겠지?"

"상황이 어느 정도 정리될 때까지는 그러는 게 나을 것 같습니다. 박사님과 같이 차까지 가서 시동이 잘 걸리는지 봐드릴까요? 한나더러 여길 지키고 있으라 하고 말입니다."

한나는 혀를 지그시 깨문 채 아무 말도 하지 않았다. 시체와 단둘이 남아 있기는 끔찍이 싫었지만 한나에게는 선택의 여지가 없는 듯했다.

"아니, 괜찮아. 내 트럭은 튼튼해서 좀처럼 고장을 일으키는 법이 없으니까. 문제가 생기면 핸드폰이 있으니 얼 프렌스버그에게 전화해서 서둘러 견인차를 끌고 오라고 하면 돼."

나이트 박사가 자리를 뜨자 한나는 마이크를 돌아보았다.

"정말 나를 혼자 두려고 했어요? 여기서 그녀랑? 딸랑 나 혼자만?"

"왜요?" 마이크가 알 수 없다는 표정으로 물었다.

"발견했을 때도 한나 혼자였을 것 아닙니까?"

"그랬죠. 하지만 그때는 죽은 줄 몰랐단 말이에요. 죽은 걸 아는 것과 모르는 것은 천지차이라고요."

"명심할게요."

마이크가 한나의 어깨에 팔을 둘러 그녀를 꼭 껴안았다.

"미안해요, 한나. 당신이 사내대장부가 아니라는 사실을 종종 잊어버리는군요."

어깨에 둘러진 그의 팔의 감촉도 애정 넘치는 포옹도 좋았다. 하지만 한나가 여자라는 사실을 종종 잊어버린다는 사실만큼은 마음에 들지 않았다. 그래도 세 가지 중 두 가지는 흡족하니 한나는 마음껏 마이크의 품에 안겨들었다.

"내가 도울만한 것이 있을까요?"

"그럼요. 안으로 들어가서 릭 머피를 불러줄래요?"

"좋아요."

한나가 에드나의 파카 주머니에 손을 찔러 넣었다. 바람이 점점 매서워지고 있어 손가락이 마비될 지경이었다.

"다른 건요?"

"로니를 찾아서 뷔페 홀이며 이 부근까지 경계를 서라고 해줘요. 밖으로 통하는 문마다 가드도 한 명씩 세우라고 하고요. 나를 거치지 않고서는 아무도 밖으로 못 나갑니다."

"알았어요."

한나가 대답했다, 어쩐지 거수경례를 붙여야 할 것 같은 기분이었다.

"사실……, 굳이 그렇게 하지 않아도 아무도 집에 돌아가지 못할 겁니다."

"왜요?"

"바람이 거세지는 걸 보니 곧 폭풍이 몰아닥칠 것 같아요. 이런 상황
에서 집에 돌아가는 건 위험하죠. 집까지 꽤 먼 사람도 몇 되니까요."

"정말 그러네요."

사나운 바람이 쉴 새 없이 눈을 흩뿌려대는 바람에 길은 통행이 불가
능할 정도의 눈밭으로 변해버렸다. 이런 눈발 속에서 운전했다가는 자
칫하면 길을 잃을 수도 있다. 그렇게까지는 아니더라노 삼에만 의지해
방향을 잡다가는 수로로 빠지기 십상이었다.

"로니에게 아무도 내보내지 말라고 일러둘게요. 또 다른 건요?"

"브랜디의 죽음을 꼭 알아야 할 사람에게만 알리는 게 좋겠습니다.
브랜디의 시체가 발견됐다는 걸 범인이 아직 모르고 있다면, 뷔페 홀을
빠져나가려고 온갖 핑계를 만들 테니까요."

"그 말은……, 정말로 범인이 저 안에서 우리와 함께 앉아서 디저트
를 기다리고 있을 거란 뜻이에요?!"

"거의 확신합니다."

"하지만 앞쪽에 주차했을 수도 있잖아요? 룰루랄라 뷔페 홀에 돌아
와서는 일찍 가야 하는 핑계를 만들어 널따란 정문으로 이미 빠져나갔
을 수도 있다구요."

"아마도요. 커트를 배웅하고 돌아오면서 리사와 허브가 로비에 있는
테이블에 앉아서 저녁을 먹는 것을 봤는데, 만약 범인이 그랬다면 두
사람이 봤을 수도 있겠군요."

"내가 물어볼까요?"

"그래요."

"좋아요. 그럼 빌은요? 빌에게도 연락할 거예요?"

"당연하죠. 경찰서에 무전을 쳐서 지금 빌이 어디에 있는지 알아보라고 해야겠습니다."

마이크는 한나의 어깨를 두르던 팔을 뺀 뒤 한나가 자신의 얼굴로 마주 보도록 돌려세웠다.

"자, 이제 안으로 들어가서 내가 부탁한 것을 해주겠어요? 아니면 나대신 여기 남아서……."

"가요, 간다구요."

한나는 육상선수도 울고 갈만한 빠른 보폭으로 주방으로 향했다.

"실례해요, 로니." 한나가 로니의 어깨를 톡톡 두드렸다.

"잠깐 얘기 좀 할 수 있을까요? 릭도요."

한나가 두 사람에게 마이크의 메시지를 전하자 릭은 그 길로 주차장으로 나갔고, 로니는 화급히 믿을만한 사람을 찾아 출구를 지키게 한 뒤 자신은 앞문으로 향했다. 반면 한나는 계단을 올라가 허브와 리사에게 로비로 드나드는 사람을 보지 못 했느냐고 물었다.

"마이크랑 커트 호위밖에 없었어요."

한나의 질문에 리사가 대답했다.

"커트가 빠져나가고 마이크가 커트 자리에 주차했어요. 그리고 나서 다시 들어갔는데."

"나이트 박사님도 있었지." 허브가 나섰다.

"10분 전쯤 떠나셨어요. 무슨 일이에요, 한나? 아닌 척하고는 있지만 로니가 앞문을 지키는 것 같던데요."

한나는 잠시 생각하더니 이내 결정을 내렸다.

마이크는 꼭 알아야 할 몇몇 사람에게만 알리라고 했는데, 리사와 허브는 그 몇몇에 포함하는 신뢰할 수 있는 이들이었다. 게다가 허브는 교통위반 단속원이지 않은가. 지금 상황에서는 확실히 도움이 될지도 모를 일이었다.

"살인사건이야."

한나는 두 사람에게 가까이 나오라며 손짓한 뒤 상황을 설명했다.

10분도 채 지나지 않아 상황은 어느 정도 정리가 되었다. 모든 출입구는 경찰이 지키고 있었고, 허브는 뭔가 도울 일이 없는지 마이크에게로 달려갔다. 그리고 리사는 에드나와 한나를 도와 얼마 남지 않은 디저트를 바깥 테이블로 날랐다.

노먼이 사진을 찍고 난 뒤 한나가 바스콤 시장에게 디저트 타임 시작을 알리는 사인을 보내려는 찰나 마이크가 황급히 시장에게 달려갔다.

마이크와 바스콤 시장은 서로 한참을 얘기하더니, 이내 시장이 자리에서 일어나 커비 웰즈에게 다가갔고, 한창 'The first noel'을 연주 중이던 재즈 연주단은 중도에 연주를 멈추었다.

"신사 숙녀 여러분."

마이크를 대고 입을 연 시장의 음성은 매우 엄숙했다.

"좋지 않은 소식이 있습니다."

리사는 깜짝 놀란 표정으로 한나를 쿡 찔렀다.

"마이크가 사람들에게 알리지 않겠다고 했다면서요?"

"그랬었는데, 아마 생각이 바뀐 모양이야."

하지만 뷔페 홀을 둘러보던 바스콤 시장의 얼굴에 어쩐 일인지 웃음이 번지고 있었다.

"참으로 난감한 일인 줄은 압니다만, 불행하게도 몇 시간은 더 이곳에 갇혀 있게 되었습니다. 이 맛있는 음식과 감미로운 음악 속에서 말입니다."

그러자 몇 군데 테이블에서 웃음이 터져 나왔고, 시장은 미소로 화답했다.

"안에서라도 즐길 수 있으니 다행입니다. 밖은 전혀 그렇지 못하거든요. 기상청에서 그러는데, 곧 폭풍이 몰아닥칠 거라는군요. 아무래도 예보가 사실인 것 같습니다. 방금 제가 직접 밖에 나갔다 왔는데, 저 같이 덩치 큰 남자도 쓰러뜨릴 법한 바람이 불더이다."

또다시 테이블 몇 곳에서 웃음이 터져 나왔다. 바스콤 시장이 이번에 들어 벌써 네 번째 연임을 하는 것도 다 그럴만한 이유가 있었다.

그는 군중과 대화하는 방법을 잘 아는 남자였다.

"어쨌든 밖보다는 안이 더 안전합니다. 바람이 잦아들 때까지 이곳, 커뮤니티 센터에 계시다가 안전할 때 집으로 돌아가세요. 하지만 정말로 긴급하게 집에 돌아가야 할 사정이 있다면, 저한테 말씀하시거나 출입문을 지키는 경찰에게 말씀하세요. 어디까지 가시든 제설기로 집까지 안전하게 에스코트해드리겠습니다. 하지만 불가피하게 긴급한 상황이 아니라면 여러분 모두 이곳에 머무셨으면 좋겠군요. 여기 계신 한 분 한 분 모두 우리 마을의 소중한 일원이니까요. 게다가 이번 겨울 폭풍만큼은 만만하게 볼 것이 아닌 것 같습니다."

시장의 마지막 말에 많은 사람이 고개를 끄덕였다. 한 번이라도 눈폭풍을 경험해본 미네소타 사람들이라면 그 무서움은 아주 잘 알고 있을 터였다.

"날이 좋아지길 기다리는 동안 어린 아이들은 재니스 콕스가 맡아줄 겁니다. 다행히 게임도 있고, 책과 장난감들도 아주 많이 있다는군요. 밤이 길어질 경우를 대비해 담요와 간이침대도 있습니다. 여기 고등학생 봉사단 단체의 회원도 여럿 와 있는 걸로 알고 있는데요, 그렇죠?"

그때 레이크 에덴의 십대 청소년들이 앉아 있는 한 무리에서 함성이 들렸다.

"그럴 줄 알았습니다! 지금이야말로 직업 훈련하기엔 더없이 좋은 기회인 것 같군요. 그중에 재니스를 도와 아이들을 돌봐줄 수 있는 학생들이 있다면 너무 감사할 것 같은데 말이죠."

그러자 열두 명의 학생들이 재니스가 기다리는 위층으로 우르르 올라갔다. 사실 놀랄 일도 아니었다. 레이크 에덴에 사는 학생들은 어린 동생들 돌보는 일에 익숙해져 있기 때문이다. 게다가 누군가를 돕는 일도 매우 좋아했다.

"허브 비즈먼이 확인해 봤는데, 유선방송은 들어오지 않는다는군요. 그래도 큰아이 중에서 영화를 보고 싶은 사람이 있거든 노인센터로 가보세요. 선반마다 무수히 많은 비디오가 쌓여 있을 겁니다. 그리고 우리, 어른들은 댄스 타임과 더불어……."

바스콤 시장이 말을 멈추자 그의 다음 말이 무엇일지 궁금해 한껏 몸을 앞으로 뺀 사람들 사이에 오묘한 긴장감이 흘렀다.

"디저트 타임을 가질 겁니다! 그리고 디저트 얘기가 나와서 말인데,

에드나가 저한테 디저트 목록을 꼭 읽어주라고 당부하더군요. 피칸 캔디, 크리스마스 데이트 케이크, 양귀비 씨 케이크, 초콜릿 과일 케이크, 초콜릿 썬샤인 케이크, 코코넛 그린 파이, 추수감사절 맞이 호박파이, 피칸 파이……, 계속 읽을까요?"

"아뇨!"

몇 사람이 합창하듯 외쳤고, 금방 웃음이 터져 나왔다.

"흠, 물론 계속할 수도 있습니다. 쿠키 부분은 아직 시작도 안 했는데, 종류가 아주 많이 있군요. 반면 건강을 생각하시는 분들을 위해서는 캘리포니아에서 직접 배송한 오렌지가 준비되어 있어요, 금귤도 함께. 근데 금귤이 뭔지 아시는 분 있습니까?"

알고 있다고 대답하는 사람은 극히 드물었다. 하긴 열대 과일에 속하는 금귤을 미네소타 사람들이 알 리가 없다.

"한나? 설명 부탁해요."

한나는 마음 같아선 시장에게 장난일랑 그만두라며 손사래를 치고 싶지만, 모두의 시선이 한나에게 꽂혀 있어 어쩔 수 없이 입을 열었다.

"껍질을 벗길 필요 없이 그대로 먹는 작은 시트러스과 열매에요. 입맛에 안 맞을지도 모르니 우선 하나씩 맛을 본 다음에 가져가세요."

한나의 대답에 사람들은 즐거운 듯 저마다 웃음을 터뜨렸고, 바스콤 시장 역시 흐뭇한 표정을 지었다.

"에드나 말이 디저트 테이블이 준비되었다고 해요. 한 부대의 병사들을 전부 먹이고도 남을 만큼 충분하니 마음껏 드세요."

"정말 환상적인 말솜씨에요!"

리시가 충격과 경이로움이 뒤섞인 눈빛으로 바스콤 시장을 바라봤다.

"예전엔 미처 몰랐어요. 시장님이 저토록……, 그러니까……."

"정치적인 줄?"

"어쩌면요. 근데 그게 무슨 말이에요?"

"그러니까, 사람들에게 센터에 갇혀 집에 돌아가지 못하게 됐다는 말을 했는데도 사람들이 좋아하고 있잖아."

"그게 바로 정치적인 거군요. 어떻게 터득했을까요?"

"수년간의 연습을 통해서."

한나가 대답했다, '마누라한테 거짓말하면서 말이시.' 라는 말은 애써 덧붙이지 않았다.

"이리와, 리사. 마이크에게 가서 너랑 허브가 위층에 있는 동안 아무도 밖으로 나가지 않았다는 얘길 해줘야겠어."

"한나!"

그때 두 사람 앞에 엄마가 갑작스럽게 뛰어들었다.

"안녕, 엄마. 윈슬롭은요?"

"급한 용무가 있어서, 얘야. 레전시 잉글랜드 문화에 익숙한 너에게 더 설명해야 하니?"

한나는 애써 대학시절의 기억을 더듬어 '급한 용무' 라는 것이 오늘날의 의미로는 '화장실' 을 뜻한다는 것을 떠올렸다.

"알았어요, 엄마. 무슨 말인지 이해했어요."

"케이크 자를 때 내가 준 나이프를 사용했니, 얘야?"

"그럼요."

한나는 진심을 담아 대답했다. 물론 그 나이프가 케이크뿐만 아니라 브랜디의 신체 일부분을 자르는 데 썼다는 말은 굳이 하지 않았다.

"노먼이 나이프 사진을 여러 장 찍었는데, 커트가 그중 하나를 요리 책에 넣겠다고 했어요."

"멋지구나! 윈슬롭이 무척 자랑스러워 할 게다."

그러자 한나의 마음이 마구 뒷걸음쳤다.

"윈슬롭이 케이크 나이프와 무슨 연관이라도 있어요?"

"아니, 하지만 나이프와 윈슬롭 모두 유서 깊은 전통이 있지 않니."

"그렇군요."

정말로 그게 사실이라면 어째서 윈슬롭이 우아한 영국의 공작부인이나 백작부인이 아닌 엄마 같은 평민과 어울리겠느냐고 한나는 속으로 생각했다.

"금방 돌아갈 수 있겠지, 애야? 리키티키가 한 얘길 들었는데……."

바스콤 시장이 어렸을 적 그의 베이비시터였던 엄마는 지금까지도 그때 별명으로 시장을 불렀다.

"그렇게 심각한 건 아니겠지?"

"심각해요."

"네 말은……, 오늘 밤 안으로 집에 돌아가기 어렵다는 게냐?"

한나가 고개를 저었다. 머릿속으로는 잡다한 의문들이 뭉게뭉게 솟아오르고 있었다.

'돌아갈 집이라뇨? 엄마의 집말인가요? 아니면 윈슬롭의 집말인가요?'

"금방은 못 돌아가요, 엄마. 고집 피우셔도 걱정돼서 안 보내드릴 거예요."

"네가 내 걱정을 한다구?"

엄마가 어쩐지 기쁜 기색을 보이며 되물었다.

"그럼요."

한나는 진심에서 우러나오는 대답을 했다. 물론 엄마에 대한 걱정이 폭풍 때문이 아니라 윈슬롭 때문이었지만.

"흠……, 그렇다면 당분간은 여기 있어야겠구나. 마침 윈슬롭이 네가 만든 초콜릿 썬샤인 케이크를 맛보고 싶다고 했으니 잘 됐다. 게다가 커비에게 얘기해서 좀 더 빠른 곡을 연주해달라고 하면 거기 맞춰 춤도 출 수 있겠어."

엄마가 자리를 뜨자 리사가 한나를 돌아보았다.

"그럼……, 허브에게 좀 알아보라고 할까요? 그리고 저도 정보를 모아보고요?"

"아직은 아니야. 뒤를 캐보고 싶은 마음은 굴뚝같지만, 윈슬롭은 정말 자기 말대로 휴가 중인 영국의 귀족일지도 몰라."

"하지만 한나는 믿지 않잖아요."

"안 믿지. 엄마에 관한 일이라면 난 천성적으로 방어적이거든. 동시에 천성적으로 황소고집이기도 하거든. 그러니까……, 윈슬롭의 얘기가 언뜻 보면 진실 같겠지만, 사실은 그렇지 않다는 것에 내 전부를 걸어도 좋아."

"잠깐만요, 한나."

한나가 돌아보니 마틴 듀빈스키가 그녀를 향해 부리나케 달려오고 있었다.

한나는 공손하게 미소를 지으려다 말고 잠시 망설였다. 만약 마이크가 브랜디의 죽음을 그에게 알렸다면 미소를 짓는 것이 실례가 될 테지만, 알리지 않았다면 심각한 표정을 지어 뭔가 좋지 않은 일이 생겼다는 인상을 주고 싶지 않았다.

고심하던 한나는 어렸을 때 안고 자던 테디 베어와 같은 순진무구한 표정을 짓기로 했다.

"찾아서 다행이에요." 마틴이 환하게 웃으며 말했다.

"브랜디 앞에서는 못할 얘기였거든요. 셜리의 케이크를 요리책에 실어줘서 정말 고마워요. 장모님이 가장 좋아하시던 레시피였는데, 셜리가 그걸 물려받은 거죠."

"맛있는 케이크에요."

마틴의 미소에 답하며 한나가 말했다.

마틴이 이렇게 미소를 짓고 있다는 건 곧 마이크가 아직 그에게 소식을 알리지 않았다는 얘기다. 그러니 한나 역시 미소로 답해주는 것이 옳은 일일 것이다.

"근데 브랜디 못 봤어요?"

한나가 미처 어찌할 새도 없이 그녀의 입가에 머물던 미소가 순식간에 사라져버렸다.

브랜디라면 물론 봤다. 별로 기억하고 싶지 않은 모습이지만 말이다.

마이크가 브랜디의 죽음을 직접 마틴에게 알리기 전까지는 한나는 아무 말도 하고 싶지 않았다.

"정말 걱정이 되는군요. 화장실에 간다고 한 게 벌써 한 시간째인데 그 후로는 도통 보이질 않으니 말이에요. 케이트 매슐러에게 화장실에 가서 브랜디에게 무슨 일이 생긴 것이 아닌지 알아봐 달라고 부탁까지 했는데, 화장실에는 아무도 없었대요."

'당연히 그랬겠지.'

한나는 한숨을 내쉬었다. 거짓말과 마틴의 부인이 죽었다는 사실 사이에 끼어버린 한나는 그야말로 난감한 상황에 직면해 있었다.

거짓말과 진실, 그 어느 것도 마음에 들지 않았다. 가장 좋은 방법은 그를 마이크가 사무실로 사용하는 방으로 데려간 뒤 경찰의 힘을 대동하는 것뿐이었다.

"혹시 브랜디 못 봤어요, 한나?"

마틴이 다시 물었다.

"사실 봤어요, 절 따라와요, 마틴. 마이크 킹스턴과 잠깐 얘기를 나눠야 할 것 같아요. 브랜디가 어디 있는지는 마이크가 잘 알고 있거든요."

너무나 감사하게도 마이크가 사무실로 사용하는 방은 계단을 올라가

얼마 멀지 않은 곳에 있었기 때문에 한나는 마틴으로부터 추후 질문을
받지 않아도 되었다.

방문을 두드린 뒤, 한나는 길 잃은 어린 양을 목자의 방으로 들여보
내고는 안드레아를 찾아 나섰다. 홀몸이 아닌 동생이 남편도 없이 언제
그칠지 알 수 없는 폭풍 속에서 어찌하고 있나 걱정이 되었던 것이다.

"안녕, 언니."

옷방 옆에 앉아 초콜릿 과일 케이크를 먹던 안드레아가 한나에게 인
사했다.

"이 케이크 정말 맛있다. 제일 마음에 드는 디저트야."

"그렇다니 다행이야. 몸은 아직 괜찮은 거지?"

"그렇고말고."

"빌이나 눈 폭풍 때문에 긴장하는 건 아니지?"

"무엇 때문에? 그이는 핸드폰도 갖고 있고, 차내용 전화기도 있고,
언제든 경찰서에 연락할 수 있는 무전기도 있는 걸. 여기로 오는 길에
차가 수로에 빠졌다고 해도 도움 요청할 데는 많을 거야."

"네 말이 맞아. 마음 편하게 있다니 다행이네. 나이트 박사님이 규제
도 풀어주셨는데, 혹시 사건 수사에 뛰어들 생각 없어?"

"수사?" 안드레아의 두 눈이 휘둥그레졌다.

"그 말은, 살인사건이 났단 말이야?"

"그래."

"여기, 파티장에서?"

"그래."

"누가 죽었는데?"

"브랜디."

"어디서? 어떻게?"

스무고개 게임을 하는 것처럼 자매의 문답은 우스꽝스러웠다.

한나는 게임일랑 그만두고 직접적으로 얘기를 털어놓기로 했다.

"주차장에서 엄마의 앤티크 케이크 나이프에 찔렸어."

"마침 초콜릿을 먹고 있어서 천만다행이야."

안드레아는 안색이 썩 좋지 못했지만, 그래도 초콜릿 케이크 먹는 일을 멈추지 않았다.

"일단 될 수 있는 한 많은 힘을 비축해 놓아야 할 것 같은 느낌이 들거든. 엄마한테도 얘기했어?"

"아니."

"할 거야?"

"지금은 말구. 브랜디가 죽었다는 사실은 꼭 필요한 몇몇 사람만 알게 하자고 마이크가 그랬어."

"내가 그중 하나야?"

한나가 고개를 끄덕이자 안드레아의 얼굴에 화색이 돌았다.

"좋아. 필요한 게 있으면 언제든 말해."

"네 냅킨."

"뭐?"

"뭔가 쓸 만한 게 필요해."

"오, 여기."

한나는 안드레아가 건넨 냅킨을 받아 볼이 통통한 천사들이 후광을 받은 채 별이 촘촘히 박힌 하늘에 떠다니는 그림이 그려진 안쪽이 보이도록 펼쳤다. 그리고는 주방에서 찾아 귀 뒤에 꽂아두었던 펜을 꺼내어 벽을 책상 삼아 준비 자세를 취했다.

"좋아, 제일 먼저 알아야 할 것은 브랜디를 죽이고 싶어할 만한 사람이 누구인가 하는 거야, 이유도 마찬가지고."

"셜리랑 로라 조젠슨. 둘 다 질투심이 일었을 테니까."

"맞아." 한나가 두 사람의 이름을 적었다.

"그리고 마틴의 어머니도 있지. 들은 얘기에 의하면 밥스는 브랜디를 며느리로 받아들일 수 없다고 했대. 근데 고작 그런 이유로 사람을 죽일까?"

"그래도 어쨌든 이름은 써두자. 그리고 이제는 우리가 쉽사리 떠올릴 수 없는 사람들을 생각해 보는 거야. 이를테면 브랜디의 과거 속 인물이라든가, 레이크 에덴 사람 중에서 예전부터 알던 사람, 하지만 우리는 브랜디가 아는 사람이라는 걸 모르는 그런 사람 말이야."

"에?"

안드레아가 어리둥절한 표정으로 되물었다.

"레이크 에덴에 사는 누군가가 라스베이거스에 갔다가 거기서 브랜디를 만났을 수도 있어. 마틴과 결혼한다는 소식이 못마땅했던 거지."

바스콤 시장을 떠올리며 한나가 말했다.

"무슨 말인지 알겠어. 그러니까 이번에도 질투심이로구나."

"매우 강력한 동기지." 한나가 강조했다.

"환상적인 외모의 브랜디를 마을 여자들이 모두 죽이고 싶어할 만큼 질투했다는 사실을 제외하고라도 뭔가 다른 동기가 있었을 거야. 넌 브랜디와 마틴이랑 적어도 30분 이상은 얘기해 봤잖아. 그녀에 대해 뭔가 중요하게 알게 된 거 없었어?"

"물론 있었지! 브랜디의 밍크코트는 그냥 보통 밍크가 아니었어. 블랙그라마(미국의 유명한 모피 브랜드) 상표의 스트롤러였다고."

"스트롤러?"

"무릎길이까지 내려오는 코트 말이야. 엄마는 그걸 꼭 스트롤러라고 하시던데. 그리고 그 코트 가격이 2만 2천 달러가 아니라 정확히 2만 2천 5백 달러였어. 혹시 코트 때문에 죽은 건 아닐까?"

"그랬다면 코트를 미처 벗기기도 전에 뭔가에 놀라 도망간 거야. 내가 브랜디를 발견했을 때는 코트를 입는 채였거든. 코트의 안감이 피를 모두 흡수하는 바람에 핏자국도 보이지 않았어."

안드레아의 얼굴이 다시 창백해졌다.

한나는 안드레아를 진정시켰다.

"괜찮아?"

"응, 생각하니 속이 메스꺼워서 그런 것뿐이야."

"너무 자세하게 묘사해서 미안. 안감 얘기까진 하지 말 걸 그랬어."

"그런 게 아니야. 난 코트가 아깝다는 생각을 했어. 마틴한테는 코트 값이 엄청난 부담이었을 텐데 이젠 다시 되팔지도 못하게 됐잖아."

안드레아는 잠시 생각에 잠겼다.

"정말 실력 있는 세탁업자라면 핏자국을 빼낼 수 있지 않을까?"

"모르지. 지금은 코트가 문제가 아니잖아. 브랜디랑 마틴과 얘기하면서 그녀의 개인적인 얘기, 뭐 들은 것 없어?"

안드레아는 또다시 골몰하더니 이내 고개를 저었다.

"별로. 줄곧 마틴과 결혼하려고 슬프지만 댄서를 그만둘 수밖에 없었다는 얘기뿐이었어."

"어디서 일했는지 얘기해?"

"아니, 전혀. 몇 살인지조차 얘길 안 했어. 자신에 대해 사람들에게
별로 알리고 싶어하지 않은 것 같더라고."

"그거 흥미로운데."

"나도 그렇게 생각했어. 무슨 증인보호 시스템에 갇혀 있는 사람 같
았다니까. 자기 배경에 대해선 전혀 얘길 안 하더라고. 온통 결혼 얘기
만 했다구. 엘비스와 똑 닮은 사람이 주례를 맡았는데, 글쎄, 새벽 3시
에 도로변에 있는 결혼식 전용 교회에서 식을 올렸다는 거야."

"그 교회 이름이 뭐였는지 기억나?"

"그건 얘기 안 한 것 같아. 주례를 맡은 사람이 남부 억양이 너무 심
해서 기타를 들고 나와서 축하곡이라며 'love me tender'를 불러줬을
땐 정말 엘비스가 살아 돌아온 줄 알았다던데."

"타이타닉 테마곡이 더 어울릴 뻔했는걸."

한나가 중얼거렸다, 하지만 이내 후회하고 말았다.

브랜디가 비록 이러저러한 핑계로 마틴의 돈을 뜯어내려고 했다지만
그렇다고 해서 죽임을 당해야 한다는 건 말이 안 된다.

"그럼 무엇부터 하면 좋을까?"

안드레아의 질문에 한나는 퍼뜩 정신을 차렸다.

"셜리 듀빈스키를 찾아보겠어? 그녀랑 얘기해 봐야겠어. 찾으면 신
호를 보내. 내가 그리로 갈 테니까."

"브랜디 얘기는 하지 않는 게 좋겠지?"

"당연하지. 마이크가 비밀로 하라고 했으니까. 범인이 뭔가 눈에 띄

는 행동이나 말을 하길 기다리는 중이야."

그러자 안드레아의 얼굴이 붉어졌다.

"그 말은……, 범인이 아직 여기 있단 말이야?"

"그래, 그래서 비밀로 해야 한다는 거야."

"그렇다면……, 은유적으로 돌려 말할게."

"은유가 아니라 비유겠지."

"뭐든. 아무튼 이제 셜리를 찾아 나설게. 근데 그전에 디저트를 좀 더
먹어야 하겠어. 내 몸이 무한량의 쵸콜릿을 원하거든."

안드레아가 셜리를 찾는 작업에 착수한 뒤 한나는 미셸을 찾아 뷔페
홀을 돌아다녔다. 그리고 마침내 로니의 자리에 우두커니 앉아 있는 막
냇동생을 발견하고 말았다.

한나를 본 미셸은 자리에서 일어나 한나의 귀에 속삭였다.

"살인사건?"

"어떻게 알았어?"

"로니가 위층에서 출입구를 지키고 있어. 마이크는 모든 출구가 다
잠겼다고 하고, 언니는 계속 안드레아 언니하고 뭔가 심각한 얘기를 나
누면서 목 잘린 닭처럼 이리저리 바쁘게 다니고 있잖아."

"안드레아와 얘기한 건 사실이지만, 목 잘린 닭처럼 다니진 않았어."

"아니, 그랬어."

"아니, 그렇지 않……, 그래, 어쩌면." 마침내 한나가 수긍했다.

"너도 수사하는 거 도울래?"

"물론이지. 근데 누가 죽은 거야?"

"브랜디. 혹시 그녀랑 얘기 좀 해 봤어?"

"엄마랑 윈슬롭에게 인사 갔다 온 다음에 조금. 윈슬롭에 대해선 나중에 다시 얘기하기로 하구. 아무튼 내가 간지 얼마 안 돼서 화장실에 가겠다며 자리에서 일어났어."

"너도 같이 갔고?"

"물론이야. 언니도 미네소타 사람들 잘 알잖아……, 절대 혼자서는 못 가지."

"잘 알지." 한나가 살짝 미간을 찌푸렸다.

여자들은 왜 꼭 화장실을 짝을 지어 가려고 하는지 한나는 도저히 이해할 수 없었지만, 어쨌든 중서부 지방 여자들의 습성이 그러했다.

"브랜디 말이야, 따로 떨어져 나오니까 마틴이나 다른 사람들과 있을 때보다 더 말이 많아지더라구."

"무슨 얘길 했는데?"

"엄청 많은 얘기. 마틴이랑 만난 지 고작 5시간 만에 결혼식을 올렸대. 그리고 여기서 별로 멀지 않은 곳에서 태어났다던데."

한나는 다시 테이블에서 냅킨을 집은 뒤 펜을 꺼내 들었다.

"거기가 어딘지 브랜디가 얘기해?"

"아니, 근데 편의점 자리가 예전에 바였다는 걸 알더라고. 여기 살았을 때 트라이 카운티 쇼핑몰을 한창 짓는 중이었대."

"그 밖에 다른 건?"

"아, 브랜디의 진짜 이름은 메리야."

"성은?"

"그건 또 말 안 했어. 16살 때 집에서 가출했대. 라스베이거스까지 가는 트럭을 히치하이킹 해서 거리에서 문신하는 나이 든 사람이랑 동거했었고. 댄서로 일하기 전까지 말이야."

"또 다른 건?"

한나가 물었다, 정보 알아내는 일에는 미셸도 가문의 피를 제대로 이어받은 것 같다.

"온갖 얘기를 다 해줬어. 브랜디의 첫 번째 룸메이트가 어떻게 해서 브랜디를 꼬여서 귀를 뚫게 했는지 얘기해줄까?"

"그건 별로 듣지 않아도 될 것 같아." 한나가 새빨리 대답했다.

"그런 얘기는 몰라도 아주 오래 살 수 있을 것 같으니 말이야."

"제일 재미난 얘기였는데. 어쨌든 브랜디는 성격이 매우 외향적인 것 같았어. 문신까지도 보여줬으니까. 아마 내가 드레스를 엄청 칭찬해줘서 그랬을 거야."

"똑똑했네."

한나가 미소를 지으며 말했다.

"난 그래도 외지에 있는 학교에 다닌다니 조금 편했던가 봐. 작은 마을이 보통 어떤지 까맣게 잊고 있었대. 밤에는 마땅히 할 일이 없어 지루하고, 사람들이 다른 사람의 일에 얼마나 관심이 많은지도 말이야."

"사실이긴 해. 또 다른 얘기는 안 했어?"

"여기로 오는 길에 마틴이랑 싸웠나 봐. 여전히 화가 나 있었어."

한나가 다시 펜을 잡았다. 뭔가 중요한 얘기가 나올 것 같았다.

"무엇 때문에 싸웠는지 알고 있어?"

"응, 브랜디가 오늘 밤에 결혼반지를 끼고 모두에게 자랑하고 싶다고 했는데, 마틴이 못하게 했대."

한나는 브랜디와 마틴의 자리에 합석할 때의 기억을 떠올려보았다. 브랜디의 반지는 본 적이 없었다.

"그럼, 넌 반지를 봤어?"

"당연하지. 장난 아니게 예뻐!"

"어떤 반지인지 좀 더 자세히 묘사해 볼래?"

한나가 펜을 좀 더 단단히 움켜쥐며 말했다.

그러자 미셸은 한숨을 내쉬며 어깨를 으쓱해 보였다.

"미안한데, 언니. 보석에 대해선 잘 몰라."

"그냥 본대로만 설명해 봐."

"가운데 커다란 녹색 보석이 박혀 있었는데, 그 주변은 다이아몬드로 두른 것 같았어."

미셸이 고개를 들어 한나의 눈을 똑바로 바라보았다.

"마틴이 왜 브랜디에게 반지를 못 끼게 했는지 얘기해줄까?"

"얼른 말해 봐."

"그러니까……, 브랜디가 비싼 밍크코트에 비싼 결혼반지까지 하고 나타나면 사람들이 너무 잘난 척한다고 생각할까 봐 그랬대."

한나는 잠시 생각에 잠겼다. 그리고는 이내 다시 냅킨을 접어 그녀의 옷 주머니에 넣고, 펜도 다시 귀에 꽂았다.

"좋아, 이제 위층에 올라가서 마이크에게 브랜디 얘기를 해줘."

"농담해?" 미셸이 충격 어린 표정을 지었다.

"뭐가 어떻게 되는 거야, 언니? 지금 물어본 건 다 언니만 아는 건 줄 알았는데."

"그랬지……, 보통은. 하지만 오늘밤은 달라. 마이크한테는 지금 도와줄 사람이 절실하단 말이야. 난 그를 돕고 싶어."

"알았어, 언니가 정 그렇다면야."

미셸은 완전히 수긍한 것으로 보이지 않았지만, 한나가 시키는 대로 계단을 올라가 마이크가 있는 방으로 향했다.

"전부 말해?"

"전부."

알 수 없는 관대함을 느끼며 한나가 대답했다.

쇼우나 리도 이제 마을로 엉엉 돌아오지 않게 되었으니 한나가 원하기만 하면 마이크는 온전히 다 한나의 차지가 될 터였다. 그리고 마음 한구석에는 정말로 그를 독차지하고 싶은 마음이 자리하는 것도 사실이었다. 마이크가 굳이 한나에게 수사에서 물러나라고 명령하지 않는다면, 한나는 가능한 모든 도움을 주고 싶었다.

안드레아가 셜리를 찾아다니는 동안 한나는 몇몇 사람들과 얘기를
나누었다.

　마틴의 새 부인에 대해 이러쿵저러쿵 얘기하는 사람들 사이에서 브
랜디가 죽었다는 사실을 감추고 있느라 한나는 진땀이 흘렀다. 셜리도
참석하는 파티에 섹시한 몸매의 젊은 여자를 데리고 왔다는 것에 대해
사람들은 마틴을 비난했다.

　대부분 남자는 그저 어깨를 으쓱해 보이며 관심 없다고 했지만, 그들
의 눈빛에서 쏟아지는 광채로 봐서는 확실히 브랜디가 강렬한 인상을
남긴 듯했다.

　"죄송하지만, 전 이만 가봐야 할 것 같아요. 저기서 안드레아가 손짓
하네요."

　코울타스 신부님의 가사 도우미인 이멜다 기즈와 대화를 나누다 디
저트 테이블 뒤에 있는 안드레아와 셜리를 발견한 한나가 양해의 말을
건넸다. 이멜다는 가톨릭에서 서로 사랑하고 용서하라고 가르치지만,
브랜디 같은 여자는 셜리가 가서 손톱으로 얼굴을 할퀴어 놓아야 한다
고 한창 열을 올리던 중이었다.

한나는 바람처럼 빠르게, 하지만 부드럽게 동생의 옆으로 다가섰다. 테이블 주변에는 디저트를 먹으러 온 사람들로 북적였기 때문에 안드레아한테 가기까지는 생각보다 시간이 오래 걸렸다.

한나는 셜리를 보며 미소를 지었다.

"안드레아가 마침 당신을 찾아내서 다행이에요. 꼭 얘기할 것이 있었거든요."

"뭔데요?" 셜리가 물었다.

"마틴과 브랜디에 대해서요."

"오."

셜리가 숨을 깊이 들이마셨다. 그런 그녀는 최근 모이쉐가 녀석의 화장실용 모래 상자를 엎어버렸을 때와 똑같은 표정을 짓고 있었다.

"조금 전까지 어디 계셨어요?"

"꼭 알아야 하나요?"

"네, 그래요."

모이쉐에게 두 번 다시 모래 상자를 엎는 짓은 하지 말라고 꾸중했을 때 짓던 것과 매우 유사한 굳고 단호한 표정으로 한나가 대답했다.

녀석에게는 통하지 않았지만, 셜리에게는 분명히 통하리라.

"그게……." 셜리가 두 손을 모으더니 이내 깊은 한숨을 내쉬었다.

"사실대로 말하는 게 낫겠네요."

안드레아가 숨이 막힐 듯한 얼굴로 한나에게 날카로운 시선을 쏘아 보냈다.

"고백하다니, 뭘요, 셜리?"

"난 아직도 마틴을 사랑하고, 마틴도 날 사랑해요. 그래서 조금 전까지 같이 있었어요. 브랜디가 화장실에 간 후에 마틴이 우리 쪽으로 와서 개인적으로 할 말이 있다고 하더군요. 그래서 계단 아래 테이블과 의자들을 넣어둔 창고로 갔어요."

"창고에서 무슨 일이 있었던 거죠?"

뭔가 위험한 일이 일어난 것은 아니었기를 바라며 한나가 물었다.

"문제가 생겼다고 했어요. 바보 같은 실수를 했다면서요."

"결혼 말이에요?" 안드레아가 물었다.

"그래요. 아직도 날 얼마나 많이 사랑하는지 깨닫지 못한 자기가 바보 천치라더군요. 브랜디를 해치우는 대로 다시 나와 결혼하고 싶다고 했어요."

"브랜디를 해치운다고 했다구요?"

불길한 의미의 표현을 집어내며 한나가 되물었다.

"네, 망설임 없이요. 그래서 나도 돕겠다고 했어요."

"오, 이런!"

충격을 받은 듯한 안드레아를 바라보며 한나가 한숨을 내쉬었다.

"마틴과 한 얘기를 다른 사람한테도 했어요?"

"당연히 안 했죠. 그건 마틴과 나만의 아주 사적인 대화였으니까요. 누군가에게 얘길 하게 되면 브랜디가 몹시 곤란해질 거라고 생각했어요. 두 사람 다 날 오랫동안 봐왔으니 잘 알겠지만, 사람들 많은 곳에서 아무나 창피 줄 사람은 아니잖아요, 내가."

"사실……, 셜리가 그렇게 하려고 했어도 불가능했을 거예요."

셜리에게 사실을 알리 때라고 생각한 한나가 입을 열었다.

"왜요?"

"브랜디는 죽었으니까요. 주차장에서 죽은 채 발견됐어요."

"뭐라고요?"

깜짝 놀란 셜리의 부츠 힐이 살짝 비틀거렸다. 한참을 한나만 멍하니 쳐다볼 뿐 좀처럼 말을 잇지 못하던 셜리가 마침내 입을 열었다.

"사고였어요?"

한나는 안드레아게 손짓해 다음번 소식에 또다시 충격을 받을 셜리의 팔을 부축하게 했다. 물론 생각하기에 따라 아주 나쁜 소식인 것만은 아닐지도 모르지만 말이다.

"사고가 아니었어요. 브랜디는 살해당했어요."

"아니……, 아니, 어떻게 그런? 정말 끔찍하네요! 내가 브랜디를 해치운다고 했을 때 날 지독한 여자라고 생각했겠어요. 내가 해치운다고 한 건 마틴과 브랜디의 이혼을 말한 것이었는데."

"그럴 줄 알았어요." 안드레아가 그녀를 토닥였다.

"살인이라니."

한나를 올려다보며 나지막이 되 읊는 그녀의 음성이 파르르 떨렸다.

"언제 그랬어요?"

"거의 1시간쯤 전에요."

"그럼 마틴이 저지른 짓은 아니에요! 20분 전까지만 해도 나랑 같이 있었으니까요."

"둘이 서로의 알리바이가 되어주고 있군요."

"하느님, 감사합니다! 마틴도 이 사실을 알아요?"

"지금쯤은 알게 됐을 거예요." 한나가 말했다.

"10분 전에 마이크에게 데려다 줬거든요. 아마 아직도 거기 있을 것 같네요. 도서관 바로 옆에 있는 회의실이에요. 올라가서 마틴의 알리바이를 증명해주면 어때요?"

"지금 바로 가겠어요."

"좋아요. 가는 동안 아무에게도 얘기하지 말아요. 마이크가 모든 것을 일단 비밀로 하자고 했거든요."

"그럴게요. 약속해요."

사람들의 무리를 빠져나와 위층으로 향하는 계단을 오르는 셜리의 뒷모습을 한나는 물끄러미 바라보았다. 그녀는 약속대로 아무에게도 말을 건네지 않았다.

"셜리는 지워도 되겠어." 안드레아가 말했다.

"마틴도 마찬가지고. 이제 또 누가 남았지?"

한나는 주머니에 손을 넣어 수첩 대신 사용한 메모 냅킨을 꺼냈다.

"밥스랑 로라 조젠슨. 우선 밥스한테 가보자."

밥스 듀빈스키는 쉽게 찾을 수 있었다. 여전히 같은 테이블에 앉아 안드레아의 젤로 케이크를 먹던 중이었다.

"안녕, 아가씨들. 이 케이크, 아주 촉촉한 게 정말 맛있어. 게다가 예쁘기도 하고."

"고맙습니다. 그거 제 레시피에요."

안드레아가 무척 기쁜 듯 활짝 웃으며 말했다.

"언니랑 리사가 만든 크리스마스 설탕 쿠키도 드셔보셨어요? 제가 제일 좋아하는 건데."

그러자 밥스가 빨강과 초록색 무늬의 접시를 가리키며 말했다.

"별 모양으로 벌써 먹어봤지. 역시 맛있던걸."

"몇 가지 여쭤볼 게 있어요."

디저트에 대한 잡담으로 이어질 것을 우려한 한나가 재빨리 나섰다.

"표정이 무척 심각한데, 한나. 뭐 안 좋은 일이라도 있어?"

"조금요. 그래서 말인데, 조금 전까지 어디 계셨는지 말씀해주실 수 있으세요?"

"나? 글쎄……, 바로 여기 있었지, 대부분. 마틴이 와서 잠깐 얘기를 나누다가 키티의 연어로프를 가지러 갔어. 그리고 돌아오는 길에 몇 사람이랑 또 얘기를 나눴고, 바스콤 시장이 디저트 타임을 알리는 소릴 듣고 다시 디저트 테이블에 가 줄을 섰지. 참, 화장실도 갔었다. 깜빡 잊고 있었네. 그리고……, 세세한 것까진 다 얘기해야 해, 한나. 중요한 거야?"

"아주 중요해요."

한나가 심호흡을 하며 참담한 소식을 알리려고 마음을 가다듬었다.

"브랜디가 주차장에서 죽었어요."

"그러니까……, 마틴의 새 여자, 그 브랜디 말이야?"

한나가 소식을 알리자 밥스는 깜짝 놀랐다.

"마틴도 같이 있었나? 그 애도 다친 거야?"

"마틴은 괜찮아요. 그는 지금 위층에서 마이크와 얘기하고 있어요. 셜리도 같이요. 그리고 마틴은 브랜디와 같이 있지 않았어요."

"하느님 감사합니다! 그럼 어떻게 된 거야?"

"누군가 저희 엄마의 케이크 나이프로 그녀를 죽였어요."

"성령이여, 우리를 보호하소서!"

밥스가 냅킨으로 마구 부채질을 해댔다.

"그럼, 그 여자가 살해됐다는 거야?"

"그런 것 같아요. 나이트 박사님의 검시 결과가 나올 때까지는 마이크가 살인사건으로 추정하게 될 거예요."

밥스의 부채질이 한층 더 빨라졌다.

"마틴이 그랬다고 생각하는 건 아닌지 모르겠어!"

"아무도 그렇게 생각하지 못할 거예요. 그때 마틴은 셜리와 같이 있었거든요. 둘의 알리바이가 저절로 증명된 셈이죠."

밥스는 잠시 안도하는 듯하더니, 이내 날카로운 표정으로 한나를 쏘아보며 말했다.

"그래서 나한테 어디 있었느냐고 물어본 거였군! 내가 그랬다고 생각한 거야?"

"가능성을 무시할 수는 없었어요."

안드레아가 밥스에게 따뜻한 미소를 지으며 나섰다.

"물론 밥스가 그런 짓을 했다고는 절대 믿지 않아요. 하지만 살인사건 수사인데, 우리가 믿지 않는다는 이유만으로 수사망에서 제외할 수 없잖아요."

한나는 벙어리처럼 입을 다문 채 머릿속으로는 안드레아를 칭찬하느라 바빴다.

'잘한다, 안드레아. 나도 너처럼 부드럽게 말할 수 있다면 얼마나 좋을까. 확실히 부드러움 유전자는 나를 비껴갔어. 나 같았으면 그녀와 맞붙어 싸우려 들었을 테니까 말이야.'

"그렇게까지 말하니 왜 나를 의심했는지 조금은 이해가 가는군."

밥스가 말했다.

"내가 마틴의 재혼을 못마땅해했던 걸 모두 알고 있었을 테니까."

"그러셨죠!"

이제 다음 질문으로 넘어갈 때라고 한나에게 눈짓을 보내며 안드레아가 맞장구를 쳤다.

"얼마나 실망이 크셨어요! 셜리를 아주 예뻐하시는데 말예요. 두 사람이 조금 안 맞는 부분이 있더라도 아이들을 위해서라도 다시 합치길 간절히 바라셨을 거예요."

"정말 그랬지." 밥스가 인정했다.

"마틴이 라스베이거스에서 돌아온다고 하면서 재혼 소식을 알려왔을 때 무척 힘드셨을 것 같아요."

"맞아. 나한테 한 마디 상의도 없이 떡 하니 브랜디를 집에 데려와서는 새 며느리라고 하지 뭐야."

"브랜디에 대해서 어떻게 생각하셨어요?"

"아예 생각조차 하고 싶지 않았어." 밥스가 기탄없이 말했다.

"물론 예의를 갖춰 대하긴 했지만, 그런 여자랑 결혼하다니. 마틴이 엄청난 실수를 했다는 생각을 지울 수 없었지. 하지만 이미 결혼해 버린 걸 어떡해. 그저 이를 꽉 깨물고 받아들이는 수밖에 없었어."

안드레아가 미소를 지으며 고개를 저었다.

"저였다면 그렇게 넉넉한 마음을 갖진 못했을 거예요. 그럼 브랜디를 가족의 일원으로 받아들일 생각을 하고 계셨던 거예요?"

"거기까진 생각 안 했어. 그래도 사랑하는 아들인데 어디 멀리할 수가 있나. 브랜디를 좋아할 필요까진 없어도 그래도 잘 지내기는 해야겠다고 생각했지."

안드레아는 한나를 쳐다보았다. 더 이상 물어볼 것이 없었던 한나는 고개를 설레설레 저었고, 안드레아는 위로의 말과 함께 브랜디가 죽었다는 사실을 아무에게도 얘기하지 말아 달라고 당부하고서 한나와 함께 자리에서 일어났다.

그런 후 안드레아는 트레시가 잘 놀고 있는지 확인하려고 아이들이 모여 있는 곳으로 가고, 한나는 조단 고등학교 재즈 연주단에 칭찬의 말을 해주려고 안드레아와 헤어졌다.

"정말 훌륭했어요."

단상 위에서 잠시 내려서는 커비 웰즈에게 한나가 말했다.

"고마워요, 한나. 디저트 타임 동안 아이들에게 잠시 휴식 시간을 주려고요. 에드나 말이 맛있는 것을 많이 남겨두었다던데요."

"다행이에요. 혹시 남은 게 없어 못 먹게 될까 봐 걱정했거든요. 연주 칭찬도 해줄 겸 오늘 밤은 무척 긴 파티가 될 거라는 얘기도 해주려고 왔어요."

"알고 있어요, 눈 폭풍 말이죠. 괜찮아요, 한나. 연주곡은 충분히 준비해왔으니까요."

"아주 넉넉하게 준비해왔길 바라요."

한나는 잠시 생각에 잠겼다.

커비라면 브랜디 살인사건의 소식을 알려도 좋을 것 같았다. 한나는 단상에 올라 그의 팔을 잡고 무대 뒤쪽으로 몇 걸음 데리고 갔다.

"할 얘기가 있어요, 커비."

"지금은 안 돼요, 한나. 정말 중요하게 할 일이 있거든요."

"이보다 더 중요한 일은 없을 걸요. 아무한테도 얘기하면 안 되는데,

사실 우리가 커뮤니티 센터를 떠나지 못하는 건 단지 눈 폭풍 때문만이 아니에요. 마틴 듀빈스키의 새 부인이 주차장에서 살해됐어요. 마이크는 살인범이 아직도 이 뷔페 홀에 있다고 생각해요."

커비의 얼굴이 창백해지더니 악보 받침대에 몸을 의지하며 물었다.

"그러니까……, 브랜디 말이에요?"

"맞아요."

커비의 두 손이 부들부들 떨리고 있었다. 의사가 아닌 한나가 보기에도 금방이라도 혼절해버릴 것만 같은 모습이었다.

"괜찮아요?"

"충격적이에요."

핏기없는 입술 사이로 커비가 간신히 대답했다.

"그러지 말고, 앉는 게 좋겠어요."

커비를 의자에 앉히고서 한나도 자리에 앉았다. 커비는 여전히 헤어드라이기 바람에도 날아갈 것 같이 유약한 모습을 하고 있었다.

살인사건이라는 말만 들어도 이런 반응을 보일 정도로 커비가 민감한 사람이었던가? 아니면 이런 반응을 보일 수밖에 없는 개인적인 이유라도 있는 것일까?

"이런 식으로 갑자기 얘기해 버려서 미안해요."

대충 상황을 마무리 짓고 의도하는 방향으로 나아가자는 생각에 한나가 선뜻 사과했다.

"브랜디와 아는 사이인 줄 몰랐어요."

커비가 몇 번 눈을 깜빡거리자 얼굴에 어느 정도 생기가 돌았다.

"그런 건 아니에요. 정말로요. 오늘 밤 마틴이 인사를 시켜줘서 처음

본 걸요. 어떻게……."

커비가 침을 꿀꺽 삼키며 목을 가다듬었다.

"어떻게 죽었나요?"

"저희 엄마의 앤티크 케이크 나이프에 찔렸어요."

커비는 도저히 통제할 수 없다는 듯 신음 소리를 냈고, 한나의 머릿속에서는 빨간색 경보 등이 마구 울려대기 시작했다. 고작 조금 전에 만났던 사람에 대한 반응치고는 지나치다고 볼 수밖에 없었다.

안드레아나 엄마였다면 부드럽게 우회하며 물었을 질문을 한나는 그녀의 성미대로 단도직입적으로 꺼냈다.

"그런데……." 한나가 커비를 뚫어져라 바라보며 입을 열었다.

"브랜디를 오늘 밤에 처음 만난 것치고는 반응이 너무 지나치다고 생각하지 않아요?"

커비가 약간 당황하며 고개를 끄덕였다.

"그런 줄은 알고 있어요. 전 그저 살인사건이라는 것 자체가 너무 끔찍해서 그런 것일 뿐이에요. 게다가 폭력적이기도 하구요. 그리고 아까 전까지만 해도 멀쩡하게 살아 있던 사람이 그렇게 죽었다니까 인생이 정말 짧구나 하는 생각에 바보같이 우울해져 버렸어요."

"이해해요." 한나가 말했다.

하지만 커비의 변명은 너무 유치해서 도저히 믿을 수가 없었다.

물론 누군가 죽었다는 소식을 듣게 되면 대부분 사람들이 울적해하곤 한다. 또한 그중 몇몇은 인생의 허망함에 대해 생각해 보게 되는 것도 사실이다.

그러나 커비는 금방이라도 기절해 버릴 것만 같은 반응을 보였다. 잘 알지 못하는 사람의 죽음에 대한 소식을 듣는 것만으로도 그렇게 민감한 반응을 보일 사람은 흔치 않다.

"커비?" 한나가 그를 일으켰다.

이제 작업에 착수해야 할 때가 돌아온 것이다.

커비의 이상한 반응은 나중에 알아봐도 늦지 않다.

"네?"

"몇 시간 더 연주를 부탁해도 될까요? 마이크가 수사하는 동안 사람들의 신경을 분산시켜야 하서든요."

"당연히 할 수 있죠."

전보다 훨씬 차분해진 표정으로 커비가 대답했다.

"그럼, 혹시 사람들에게 사실을 알릴……?"

"아뇨, 몇몇 사람을 제외하고는 아무도 몰라야 해요. 그래서 최대한 조용히 수사를 진행하려는 거예요. 그래서 또 음악이 필요한 거고요. 날씨를 제외하고는 모든 것이 아무 문제없이 잘 돌아가고 있다는 인상을 줘야 하거든요."

"무슨 말인지 알았어요." 커비가 세심하게 고개를 끄덕였다.

"걱정하지 말아요, 한나. 혹시 몰라 음악은 많이 준비했으니까요. 그래야 한다면 밤새라도 연주할 수 있어요."

한나가 사람들 사이를 돌아다니고 있는데 안드레아가 또 다른 디저트 접시를 들고 나타났다.

"언니의 피칸 파이는 정말 환상이야! 추수감사절에 아기 낳기 싫다고 했던 말 기억나? 언니 파이를 먹지 못할 테니까?"

"기억나."

"추수감사절에도 무사히 파이를 먹었고, 지금도 파이를 먹고 있잖아, 나. 그리고 여전히 아기는 태어나지 않았구!"

"자연의 섭리인 걸 재촉할 수야 없지."

한나가 말했다. 이내 자신의 말이 너무 거만하게 들렸을지도 모르겠다고 생각했지만, 어차피 주워 담을 수도 없었다.

"할 수 있어. 여기 말이라도 한 필 있었으면 리사의 어머니 제안대로 아기가 나올 기미를 보일 때까지 말을 탔을 텐데."

"널 말안장에 태우는 것부터가 큰일이야."

우스꽝스러울 장면을 상상하며 한나가 말했다. 그리고 곧 안드레아도 한나를 따라 웃기 시작했다. 예전에는 다소 소원했던 자매가 이렇게 가까워졌음을 느끼는 때만큼 멋진 순간도 없다.

킥킥 소리가 터져 나오지 않고 말할 수 있게 되었을 때 한나가 간신히 입을 열었다.

"말이 도착하길 기다리는 동안 물어볼 게 있어. 브랜디의 결혼반지에 대해서야. 미셸이 봤다고 하는데, 그냥 비싸 보인다는 것 외엔 자세하게 설명을 못 하겠대. 혹시 너도 보지 않았어?"

"당연히 봤지! 얼마나 멋졌다구. 아주 값비싼 앤티크인 것 같았어."

한나는 안드레아의 냅킨을 집어 산타클로스와 루돌프의 그림이 없는 곳을 펼친 뒤 펜을 집었다.

"좋아, 그럼 묘사해 봐."

"네모난 에메랄드가 있었는데, 적어도 2캐럿은 되어 보였어. 그 주위로는 티파니 컷팅이 된 다이아몬드들이 박혀 틀이 잡혀 있구."

한나는 낮게 휘파람을 불었다.

보석에 대해서는 아는 바가 없는 한나지만, 안드레아의 얘기만으로도 매우 값나가는 반지라는 것을 알 수 있었다.

"다이아몬드는 파란색과 백색이었는데, 아주 고급스러운 컬러감이었어. 하나에 0.5캐럿 정도 됐을 거야. 틀은 백금으로 되어 있었어. 백금이 금이나 은보다는 훨씬 비싸."

"좋아." 한나가 안드레아의 말을 모두 받아적었다.

"그런 반지는 얼마쯤 할까?"

"확실히는 모르겠지만, 브랜디가 입고 있던 밍크코트보다 비쌀걸. 브랜디와 마틴이 그 반지 때문에 싸웠잖아."

"싸워?" 한나가 앞으로 몸을 기울이며 물었다.

"브랜디는 반지를 끼려고 했는데, 마틴은 끼지 못하게 말렸나 봐. 두 사람이 잠시 서로 째려보더니 브랜디가 반지를 빼서 자기 지갑에 넣던데. 이 정도 얘기해주면 됐어? 난 피칸 파이를 더 가지러 가야겠는데."

"잠깐 기다려, 아기 돼지 양."

한나가 애정 어린 별명을 부르며 미소를 지었다.

"핸드폰 갖고 있어?"

"당연히 갖고 있지! 난 전문 부동산 중개인이니까."

"그럼 라스베이거스에 있는 모든 혼인 예배당에 전화해서 브랜디와 마틴이 어디서 결혼했는지 알아봐 줄 수 있을까? 꼭 알아봐야 할 것이 있어서 그래."

"기꺼이. 생각만큼 어렵지 않을 거야. 엘비스로 분장한 사람이 주례를 서는 곳을 찾으면 될 테니까. 찾게 되면 뭘 물어볼까?"

"브랜디가 혼인서약서에 어떤 이름을 썼는지 물어봐. 미셸 말로는 브랜디의 진짜 이름은 메리고, 우리 마을에서 그렇게 멀지 않은 곳에서 자랐대."

"어쩐지, 가명일 줄 알았어." 안드레아가 코웃음을 쳤다.

"진짜라고 하기엔 너무 달콤한 이름이잖아? 브랜디 와인이라니⋯⋯, 정말이지! 아무튼 난 로비로 올라가서 전화할게. 전화 걸기에는 거기가 여기보단 나을 테니까."

"그래, 대신 로니와 가까이 있어. 살인범이 센터 안을 돌아다닌다는 걸 잊지 말구."

"잊지 않을게." 계단을 향하는 안드레아의 표정은 매우 심각했다.

디저트 테이블로 다가간 한나는 피칸 파이가 얼마 남지 않았음을 깨달았다.

한나의 부탁을 들어주느라 피칸 파이를 먹지 못한 안드레아를 위해 한나는 줄을 서서 에드나가 내놓은 종이컵을 집은 뒤 파이를 조금 덜었다.

"헤이, 한나?"

한나가 돌아보니 마을의 제설기와 견인차를 운전하는 얼 프렌스버그가 부츠와 재킷 차림으로 서 있었다.

"안녕, 얼. 온 김에 뭣 좀 먹지 그래요?"

"에드나도 똑같은 말을 했어요. 그리고는 아예 주방에 상을 차려주던데요. 근데 먹기 전에 우선 마이크부터 찾아야 해요."

"그는 위층 도서관 옆 회의실에 있어요. 거기가 그의 임시 사무실이거든요."

"그렇군요. 마이크의 서명을 받아야 할 서류가 있어요. 병원 사람들이 들어올 수 있도록 주차장에 제설작업을 해놨거든요. 그러니까 병원에서 그걸……, 가지러…….."

얼은 얼마간을 머뭇거리더니 이내 목청껏 음성을 가다듬었다.

"말이 참 어렵네요, 그렇죠, 한나? 어쨌든 마이크의 서명을 받아야 해요."

"이해해요." 한나가 얼의 등을 토닥였다.

게임에서의 사격 승률이 마을의 누구보다 높다고 자랑하던 우락부락한 사나이가 막상 시체 앞에서 이토록 유약해질 줄이야 누가 알았던가.

얼이 계단 위로 올라가자 동시에 안드레아가 계단 밑으로 내려왔다. 얼굴에 함빡 미소를 머금는 것으로 봐선 예배당을 성공적으로 찾아낸 모양이었다.

"정말 빠른데!" 한나가 계단 끝에서 안드레아를 맞았다.

"당연하지. 카지노 한 곳에 전화해서 접수대에 있는 여자에게 엘비스가 주례 서는 예배당이 어디냐고 물어봤거든."

"예배당에 있는 사람이 브랜디의 실명을 알려줬어?"

안드레아가 거만하게 씩 웃으며 대답했다.

"물론이지. 하지만 그 피칸 파이부터 건네줘. 안 그럼 얘기 안 해줄 테야."

"당연히. 얼마 남지 않았기에 너 대신 담아놓았어."

"고마워, 언니. 신선한 커피 한 잔이랑 언니가 가져온 새 쿠키도 몇 조각 먹었으면 하는데."

"무슨 새 쿠키? 리사의 것? 아니면 천국 같은 맛의 티 쿠키?"

안드레아는 깜짝 놀랐다.

"새 쿠키가 두 종류 줄 몰랐어! 그렇다면 얘기가 달라지는데."

"그럴 줄 알았어. 둘 다 먹어보고 싶은 거지?"

"둘 다 가져다주면 고맙지. 좀 서둘러줄래, 언니? 이 피칸도 얼마 못 갈 거야. 이거 우리 아기랑 무슨 연관이 있는 게 틀림없어."

"무슨 소리야?"

"오늘 밤에 내가 먹어대는 것 좀 봐. 달콤한 것에 무슨 한이라도 맺힌 사람처럼 먹잖아. 오늘처럼 디저트를 많이 먹어본 적은 내 생에 처음이야. 아직도 부족하다고."

한나는 금세 커피와 쿠키를 대령했다.

"여기 있어." 한나는 가져온 것을 안드레아의 앞에 놓아주었다.

"이건 리사가 구운 거야?"

안드레아가 쿠키 하나를 집어 입으로 가져가며 물었다.

"응, 자, 말해주기로 약속했으니 이제 어서 말해 봐."

"밍글머버."

"뭐?"

"밍글머버."

안드레아가 고개를 설레설레 저으며 입속에 웅얼거리던 쿠키를 두 개나 삼키더니 이내 커피를 홀짝였다.

"미안해. 쿠키가 너무 맛있어서. 아무튼 브랜디의 진짜 이름은 메리 케이 힝클메이어였어."

한나는 디저트 테이블에서 가져온 냅킨에 브랜디의 실명을 메모한 뒤 안드레아에게 보여주었다.

"철자가 이렇게 되는 거 맞아?"

"맞아. 마틴과 결혼했을 때는 26살이었고, 태어난 곳은……."

"어디였는데?"

안드레아가 말을 멈추자 한나는 장난꾸러기 같은 웃음을 웃으며 재촉했다.

"제발 적당히 좀 해, 안드레아! 이거 말해주기 전에 또 쿠키를 갖다 달라고 하면 마이크에게 말해서 부당착취 죄로 널 잡아가라고 할 거야."

그러자 안드레아가 웃음을 터뜨렸다.

"말하려고 했어……, 정말로. 시간을 끌어서 더 극적인 효과를 내려고 했던 것뿐이라고. 메이 케이 힝클메이어는 미네소타 주 브로어빌에서 태어났대!"

"브로어빌?" 한나가 귀를 의심하며 되물었다.

"뭔가 진전이 있어! 뷔페 홀에 예전에 브로어빌에서 살았던 사람이나 브로어빌에 친척이 있는 사람이 분명히 있을 거야. 어렸을 때 메리 케이를 알고 있던가, 그 가족들이라도 말이야."

"나 왔어!"

그때 미셸이 한나와 안드레아가 있는 테이블로 달려오며 외쳤다.

"마이크에게 브랜디에 대해 전부 얘기해줬어."

"잘했어. 마이크가 고마워했겠네."

미셸은 어깨를 으쓱해 보였다.

"별로 그런 것 같지 않던데. 막 반지 얘기를 하려는데 전화가 와서 나보고 나중에 다시 얘기하자고 하더라구."

한나는 잠시 생각에 골몰했다.

반지는 정말 중요한 단서일지도 모르는데 마이크는 별로 관심이 없는 듯했다. 어쩌면 폭설처럼 한꺼번에 너무 많이 쏟아져 내리는 정보에 감당이 되지 않아 그런 것일지도 모른다.

한나가 도울 수 있다. 위층에 올라가서 반지가 바로 마틴과 브랜디가 다툼을 일으킨 원인이었다고 얘기해주면 된다. 게다가 안드레아 덕분에 이제 어떻게 생긴 반지인지까지 잘 묘사할 수 있다.

"다시 수사에 착수할 준비 됐어?"

안드레아가 쿠키를 다 먹고 나자 한나가 물었다.

"물론." 마지막 남은 커피를 들이키며 안드레아가 대답했다.

"티 쿠키 정말 맛있어! 그럼 이제 우린 뭘 하면 돼?"

"파티장 안을 돌아다니면서 브로어빌에 살았던 시절의 브랜디를 아는 사람이 있는지 찾아봐."

"브로어빌?"

한나가 고개를 끄덕이자 미셸의 눈이 호기심으로 반짝였다.

"나 거기서 온 애들 몇 명을 알아. 내가 물어볼게. 근데 브랜디의 성은 알아?"

"물론이지, 안드레아 덕분에. 메리 케이 힝클메이어야. 힝클메이어 가족에 대해 아는 사람이 있는지 알아봐. 나머지 질문은 우리가 할 테니까."

"좋아." 안드레아가 자리에서 벌떡 일어서며 물었다.

"언니는 뭘 할 거야?"

"난 상대하기 벅찬 사람을 찾아가서 브랜디의 결혼반지가 매우 중요한 단서일 수도 있다는 얘길 해줄 거야."

"네?"

마이크가 사무실로 쓰는 회의실의 문을 똑똑 두드리자 안쪽에서 마이크의 음성이 흘러나왔고, 한나는 반사적으로 뒷걸음질을 쳤다.

마이크의 음성에는 어쩐지 짜증이 섞여 있었다.

"방해해서 미안한데, 얘기할 게 좀 있어서요."

"들어와요."

대답 역시 짜증이 섞여 있지만 한나는 어깨를 한 번 으쓱하고는 문을 열었다.

"브랜디의 결혼반지에 대해서 말이에요. 우리가 브랜디를 발견했을 당시 그녀 손에 반지가 끼워져 있었나요?"

"한나가 알 필요 없지 않습니까."

"좋아요. 그렇다면 마이크도 그게 어떤 반지였는지 얼마나 값나가는 것이었는지 알 필요 없겠군요. 마틴과 브랜디가 그 반지를 사람들 앞에서 끼고 나와야 할지 말아야 할지로 싸웠다는 얘기에 대해서도 알 필요 없고요."

"알았어요……, 미안해요, 한나."

마이크가 한나에게 들어오라고 손짓을 한 다음 문을 닫았다.

"퉁명스럽게 말할 필요까지 없었는데 그랬군요. 사과할게요."

"괜찮아요. 스트레스 많이 받고 있다는 거 아니까요."

한나는 책상 앞에 놓인 의자에 앉았다.

"무엇부터 얘기할까요?"

"반지에 대해 설명해 봐요. 내가 받아적죠."

한나는 주머니를 뒤져 반지에 대한 설명을 적은 냅킨을 찾아 꺼냈다.

"중앙에 적어도 2캐럿짜리 에메랄드가 박혔고, 주변은 백금으로 되어 있고, 티파니 컷팅에 0.5캐럿짜리 다이아몬드들이 둘러싸여 있었어요. 매우 비싼 거죠."

"총 평가액은요?" 마이크가 한나와 시선을 맞추며 물었다.

"어……."

한나는 심호흡을 하며 울렁거리는 속을 겨우 달랬다. 피곤으로 수척해진 마이크의 모습은 지구상의 어느 남자보다 더 섹시했다.

"안드레아가 봤는데, 그 애 말로는 5만 달러 가까이 될 거라고 했어요. 브랜디가 혹시 반지 때문에 살해당한 건 아닐까요?"

"가능성이 있죠."

"그럼 손에 반지가 끼워져 있지 않았군요?"

"그렇다고는 얘기 안 했는데요."

"그럴 필요가 없었겠죠."

한나가 마이크를 향해 미소를 지어 보였다.

마이크가 이렇게 피곤할 때 그를 놀리면서 재미를 느끼는 한나는 상황이 왠지 불공평하다고 느꼈다.

"다른 얘기를 듣는 게 있으면 바로 알려줄게요. 내가 필요하면 사람을 보내고요."

"난 항상 당신이 필요해요, 한나."

마이크가 컴퓨터 위로 몸을 구부려 한나의 입술에 키스했다.

"당신이 귀찮아서라는 생각은 절대 하지 말아요. 이제 돌아가서 파티를 즐겨요. 난 할 일이 많아서요."

한나는 기뻐해야 할지 화를 내야 할지 알 수 없는 알쏭달쏭한 심정으로 회의실을 나섰다.

마이크는 항상 한나가 필요하다고 했다. 지금껏 들어본 중 가장 달콤한 칭찬이었다. 하지만 그렇게 얘기하면서 자기는 일해야 하니 다시 홀로 돌아가 즐기라고 하는 건 또 뭐란 말인가. 앞의 칭찬을 살짝 가려 버리는 비난 같은 말들. 혹시 칭찬이라고 생각했던 그 말도 실은 칭찬이 아니었던 것이 아닐까?

두 개의 채점표를 들고 여전히 갈팡질팡하면서 한나는 다시 뷔페 홀로 향했다. 그리고 계단을 내려오다가 계단 끝에서 한나를 기다리는 미셸과 맞닥뜨렸다.

"다행이야, 언니. 기다렸다구. 나, 뭔가 알아냈어. 언니가 궁금해하던 것은 아니지만 그래도 언니가 꼭 알아야 할 일이야."

"좋아, 뭔데?"

사람이 없는 곳으로 미셸을 데려가며 한나가 물었다.

"버티 스트롭에게 힝클메이어 가족에 대해 물었는데, 버티는 모른다는 거야. 그래서 막 자리를 옮기려는데, 버티가 정말 흥미로운 소문을 하나 얘기해주지 않겠어? 바스콤 부인이 지난번에 시장님이 출장차 라스베이거스에 갔을 때 브랜디를 만났다고 생각하는 것 같다더라. 둘이 그것 때문에 싸우는 소리를 들었대. 근데 아무래도 그게 사실인 것 같아, 언니. 버티가 시장님 부부랑 같은 테이블에 앉아 있었거든. 물론 두 사람 정도 사이에 두긴 했지만."

"시장님 부부랑은 얘기 안 해 보고?"

"안 했지. 언니가 올 때까지 기다렸다가 알려줘야지 생각했거든."

"현명한 결정이었어." 한나가 말했다.

"그리고 지금 생각한 건데 이 일은 엄마에게 안성맞춤일 것 같아."

"엄마?"

미셸의 음성에는 충격이 서렸다.

"그래, 엄마. 바스콤 시장님이 어렸을 때 엄마가 베이비시터였잖아. 그러니까 엄마라면 알고 싶은 사실을 알아낼 수 있을 거야."

"무서우리만큼 집요한 엄마를 바스콤 시장에게 붙이는 격이구나."

미셸이 즐거워하며 말했다.

"그런 생각을 해내다니 존경스러워, 언니. 정말 악랄한 방법이라구."

한나는 마지못해 하며 테이블로 다가갔다. 윈슬롭과 다시 내면하게 될 줄은 생각도 못했는데, 개인적으로 할 얘기가 있다며 엄마를 따로 데리고 나와도 좋으리라.

"엄마?"

"오, 안녕!"

엄마가 반갑게 한나를 맞으며 손을 뻗어 윈슬롭의 손을 잡았다.

"윈슬롭에게는 엄청난 경험이지 뭐냐. 지금껏 눈 폭풍 속에 갇힌 적이 한 번도 없다더라."

"맞아요, 사랑스러운 이."

윈슬롭은 엄마의 손을 톡톡 두드리고는 이내 잡은 손을 뺐다. 한나의 눈빛에서 뭔가 불편한 기색을 읽었거나 사람들이 많은 곳에서 손을 잡는 건 옳지 못하다고 생각한 것일 테다.

한나는 혼자 밖으로 나가 몇 블록만 걸어보면 그야말로 눈 폭풍을 제대로 경험할 수 있다고 말하고 싶은 것을 꾹 참으며 엄마에게로 고개를 돌렸다.

"잠깐 저 좀 볼래요, 엄마?"

"그러자꾸나. 앉아라, 애야."

"아뇨, 그러니까……, 개인적으로 말이에요."

그러자 엄마는 얼굴을 살짝 찌푸렸다.

"뭔지는 모르겠지만, 윈슬롭 앞에서는 얘기해도 괜찮다. 우린 서로 비밀이 없거든."

"엄마는 비밀이 없을지 몰라도 나는 아니에요."

"그래야 한다면." 윈슬롭이 엄마를 보며 말했다.

"가서 딸과 다정하게 담화를 나누다 와요, 내 사랑. 난 여기 혼자 있어도 괜찮아요."

"다정한 담화?"

엄마가 자리에서 일어나 한나를 따라 사람이 북적이지 않는 크리스마스트리 쪽으로 이동하자 한나가 중얼거렸다.

"편안하게 얘기 나누는 것 말이다. 레전시 시대 때도 많이 썼지만, 지금도 많이 쓰는 말이란다. 아주 친밀한 대화를 말하는 거지. 오, 이런!"

한나는 엄마의 시선이 닿아 있는 곳을 보고는 웃음이 나오려는 것을 꾹 참았다.

엄마가 자리를 뜨자마자 세 명의 여자가 윈슬롭에게 달라붙은 것이다. 로드 부인이 윈슬롭의 옆에 앉고 버티 스트롭이 그 반대편 옆에 앉았으며, 플로렌스 에반스가 영국 신사와 마주 보는 자리에 앉았다.

"굶주린 상어 떼 같은 여인네들 같으니라구."

엄마가 중얼거렸다.

그런 후 발작적으로 웃음을 터뜨리는 한나를 돌아보고는 얼굴을 한껏 찌푸렸다.

"엄마 말이 맞아요."

로드 부인이 윈슬롭을 향해 달콤한 미소를 보내는 것을 본 한나는 엄마를 크리스마스트리의 구석진 곳으로 데리고 갔다. 그래야 엄마가 신경을 다른 곳으로 분산시키지 않고 대화에만 집중할 수 있을 것 같았다.

"그래, 뭐가 그렇게 중요하다는 거냐?"

엄마가 날카롭게 물었다.

"살인이에요, 엄마."

"살인?"

크리스마스트리 가지 사이로 윈슬롭에게 붙어 있는 세 명의 여자를 살펴보던 엄마가 한나에게로 시선을 확 돌렸다.

"여기서 말이냐?"

"네."

엄마가 트리 꼭대기에 달린 천사를 향해 눈을 굴렸다.

"또 네가 시체를 찾은 건 아니겠지!"

"쉿!"

한나가 입술에 손가락을 갖다 댔다.

"마이크가 아직 아무에게도 얘기하지 말랬어요."

"이제 시체 찾는 일일랑 그만 해라, 한나! 윈슬롭이 널 어떻게 생각하겠니."

"알았어요."

한나는 몇 마디 더 덧붙이고 싶은 것을 꾹 참았다, 엄마에게 대꾸해 봤자 좋을 것이 없었다.

"그래, 이번엔 누구냐?"

"마틴 듀빈스키의 새 부인이요. 주차장에서 찔린 채 발견됐어요."

침착이야말로 가장 큰 용기라는 것을 잘 아는 한나는 살인 도구가 엄마의 앤티크 케이크 나이프였다는 사실은 얘기하지 않기로 했다.

"세상에! 누가 그랬는지 알고 있니?"

"아직요. 그래서 아무도 센터를 떠나지 못하게 한 거예요."

역시 눈치가 빠른 엄마는 휘둥그레진 눈으로 한나를 향해 몸을 숙이며 물었다.

"그렇다면……, 범인이 아직 이 안에 있다는 게야?"

"마이크의 생각은 그래요. 어쨌든 시장님 부부 일로 엄마가 도와줄 것이 있어요. 시장님 부부가 싸우는 소리를 버티가 들었대요. 바스콤 부인은 시장님이 라스베이거스에 출장 갔을 때부터 브랜디와 알던 사이라고 의심한다는 거예요."

"알던 사이라고? 일반적인 의미로 말이냐?"

"그런 것 같아요. 그것 때문에 바스콤 부인이 화가 난 것 같아요."

"불쌍한 스테파니." 엄마가 한숨을 내쉬었다.

"시장의 전력으로 봐서는 아마 사실일 게다. 그럼 그게 정말인지 아닌지 바스콤에게 물어봐 달라는 게로구나."

"네, 시장님이 엄마라면 조금 무서워하잖아요."

"그렇지. 내가 베이비시터 할 때 꼭 무섭게 해야만 말을 들었거든. 내 방식대로 하나씩 해결하마. 넌 여기서 기다리면서 윈슬롭을 잘 지켜보고 있어라. 혹시라도 절박해 보이거든 구해주고."

'그럴 일은 없을 것 같은데요.'

가지 사이로 윈슬롭 쪽을 흘끗 살펴보며 한나가 생각했다.

세 여자와 동시 데이트를 즐기는 윈슬롭은 무척이나 행복해 보였다.

"알았어요, 엄마. 행운을 빌어요."

"행운이 무슨 소용이냐, 이럴 때 협박이 최고야. 너도 잊지 마라!"

엄마의 부재를 무척이나 즐기는 로드 부인에게 가서 커피라도 슬쩍 흘려볼까 한나가 고심하던 찰나 엄마가 환하게 웃으며 나타났다.

"알아내셨어요?" 한나가 추측했다.

"당연하지! 처음에는 무척이나 방어적으로 나오더구나. 근데 결국은 지난 10월 라스베이거스에 갔을 때 브랜디와 몇 시간을 같이 보내려고 했던 것이 사실이라고 하더라. 근데 바에서 브랜디와 데이트를 즐기기도 전에 술에 취해서 호텔방에 뻗어버렸다던 걸."

"데이트요? 그것 참 온화한 표현이네요."

"나도 그렇게 말했지. 혹시 브랜디에게 돈을 지불한 건 아니냐고도 물어봤단다."

"엄마!"

"그냥 호기심에서."

"사실 나도 궁금해요. 그래서요? 돈을 줬대요?"

"반만 줬다는구나. 원래 선불로 반을 주고 나중에 나머지 반을 주는 거라더군."

"사실을 얘기하는 것 같았어요?"

그러자 엄마가 고개를 끄덕였다.

"그랬다고 믿는다. 차라리 거짓말로 브랜디와 같이 있었다고 하면 좀 덜 당황할 게 아니냐."

"엄마 말이 맞아요. 잘하셨어요, 엄마. 브랜디에 대해서 하나도 염려할 게 없는데 바스콤 부인이 걱정하는 게 안타깝네요."

"내가 얘기해주마. 하지만 예전에 바람 핀 경력만으로도 리키티키는 고생을 좀 더 해야 해."

"멋진 생각이에요, 엄마."

"그렇지? 그리고 바람 얘기가 나와서 말인데, 네 미래 시어머니 되실 분이 용서받지 못할 짓을 저지르기 전에 얼른 윈슬롭에게 가봐야 할 것 같구나."

생각을 정리할 수 있는 공간을 찾아 한나는 주방으로 들어갔다.

건축업자가 주방에서 일하는 사람들을 위해 설계한 둥근 공간이 비어 있는 것을 봐서는 얼 프렌스버그도 이미 음식을 먹고 돌아간 뒤인 것 같았다.

한나는 얼의 접시를 싱크대로 가져가 씻은 뒤 에드나가 거대한 영업용 식기세척기를 돌린 뒤에 들어올 접시들을 위해 따로 마련해둔 따뜻한 비누거품 물에 담갔다. 그런 후 따뜻한 커피 한 잔을 따라 휴식 공간으로 들어가 스웨터 주머니에서 온통 뒤섞여 구겨진 냅킨들을 꺼냈다.

냅킨들을 순서대로 가지런히 펼쳐 정리한 다음 한나는 지금까지의 수사 결과를 살펴보았다. 우선 마틴과 셜리, 이렇게 두 명의 용의자가 지워졌다.

밥스 역시 마땅한 알리바이가 없긴 해도 살해 동기가 미약했다. 아들을 위해 그래도 브랜디와 잘 지내야겠다고 생각했다지 않은가. 브랜디가 알아서 마틴을 떠나주기를 바랐을지는 몰라도 새로 맞이한 며느리를 밥스가 직접 찾아가 죽였을 가능성은 별로 없어 보였다.

밥스 듀빈스키의 밑에는 바스콤 시장의 이름이 적혀 있었다. 레이크 에덴의 시장 부부가 싸웠다는 얘기를 미셸에게서 듣자마자 기록한 것이었다.

하지만 시장과 전직 스트리퍼 사이에는 아무 일도 없었음을 엄마가 확인했다. 한나는 펜을 집어 바스콤 시장의 이름 위에 쭉 줄을 그었다.

둘 사이에 아무 일도 없었다면, 시장이 굳이 브랜디를 죽였어야 할 이유도 없다. 냅킨의 가장 마지막에는 지금껏 한나기 추적했던 사건의 용의자들 명단에 변함없이 끼어 있는 이름이 적혀 있었다.

바로 *알 수 없는 누군가의 이름*이었으며, 알 수 없는 *이유*가 역시 동기였다. 알 수 없는 누군가가 누구인지 알려면 브랜디의 인생을 좀 더 조사해야 할 필요가 있었다.

라스베이거스에도 만나봐야 할 사람들이 분명히 있겠지만, 그들은 거기 있고 한나는 이곳 미네소타의 눈 폭풍 속에 갇혀 있으니 어찌할 도리가 없었다.

하지만 브랜디의 최근 과거에 대해서 알아낼 수 없더라도 브로어빌에서의 학창시절에 대해서는 분명히 알아볼 수 있을 것이다.

한나는 여전히 생각에 잠긴 채 냅킨들을 다시 주머니에 집어넣고 마지 비즈먼을 찾아 나섰다.

레이크 에덴 저널에 의하면 커뮤니티 도서관을 운영하는 마지는 세 개의 카운티에 있는 학교들의 문서를 모두 보관하고 있다고 했다.

마지는 리사와 리사의 아버지와 함께 한쪽 테이블에 앉아 있었다.

한나는 그들에게 다가가 인사를 건네고 나서 리사에게 물었다.

"허브는 어디 있어?"

"여러 가지 일로 마이크를 돕고 있어요."

리사가 한나에게 가까이 다가와 거의 들릴락말락 한 음성으로 속삭였다.

"두 분은 모르고 계시거든요." 한나는 마지를 돌아보았다.

"세 개 카운티의 기록문서 관리를 맡게 되신 거, 축하해요."

"고마워. 문서 정리에 일이 무척 많긴 하지만, 덕분에 봉급도 많이 올랐어."

"잘 됐네요. 근데 혹시 문서 중에 고등학교 졸업앨범 같은 것도 포함되어 있나요?"

"그럼, 물론이지. 졸업앨범 정리는 바로 어제 끝냈는걸."

한나는 미소를 지었다, 그녀의 예감이 적중한 것이다.

"부담이 되시겠지만, 제가 뭣 좀 찾아볼 것이 있어 그러는데, 도서관 문을 열어주시면 안 될까요?"

"그렇게 해줄게. 안 그래도 올라가서 리사와 잭에게 새로 들여온 매거진 선반을 보여주려던 참이었다. 조단 고등학교 공예 반에서 만들어 줬지."

한나는 리사, 마지, 그리고 잭과 함께 계단을 올라 복도 끝에 있는 도서관으로 향했다. 그런 후 마지가 잠긴 문을 열고 불을 켰다.

"졸업앨범은 중앙 구역에서 뒤쪽 벽에 있어. 발판도 있으니까 높은 곳에 있는 것도 꺼내 볼 수 있을 거야. 근데 뭘 찾는 건데, 한나?"

"그게……, 별거 아니에요. 그냥 고등학교 때 친구들이 그때 이후로 얼마나 변했는지 궁금해서요."

한나는 손가락으로 리사를 낚아챘고, 덕분에 그녀의 동업자는 한나를 따라왔다.

졸업앨범이 꽂힌 구역에 이르자 리사가 물었다.

"정말로 뭘 찾는 거예요?"

"브로어빌 고등학교의 졸업앨범에서 메리 케이 힝클메이어의 사진을 찾는 거야. 한 10년 전쯤이 될 거야. 그녀가 16살 때 집에서 나왔다고 했으니까."

"메리 케이 힝클메이어는……, 브랜디의 진짜 이름?"

"바로 맞혔어."

"브로어빌 출신이래요?"

"그것도 바로 맞혔어."

리사는 브로어빌 졸업앨범을 하나 꺼내 페이지를 넘겼다.

"일이 쉽겠어요. 앨범에 이름과 사진들을 한눈에 볼 수 있도록 정렬해놓은 페이지가 있네요."

두 사람은 도서관 탁자에 앉아 졸업앨범을 살폈고, 역시나 메리 케이 힝클메이어의 사진을 찾아내는 일은 생각보다 오래 걸리지 않았다.

2학년 대표 치어리더인 메리 케이 힝클메이어가 다른 치어리더들과 함께 야구경기장에서 폴짝폴짝 뛰는 모습이나 다리를 찢는 모습, 양손을 허리에 댄 모습의 사진들이 실려 있었다.

리사는 말없이 사진을 물끄러미 바라보다가 한나에게 건네주었고, 한나 역시 꽤 오랫동안 아무 말 없이 사진을 관찰했다.

"브랜디가 맞을까요?"

리사가 물었다.

"그런 것 같아."

"그래도 나만 확인해서 결정 내릴 건 아닌 것 같아요. 학교 때 이후로 꽤 많이 변한 것 같으니까요."

"그렇지."

머리 염색이나 코 수술, 그리고 기타 성형수술에 대해서는 애써 언급하지 않으며 한나가 간단하게 대꾸했다.

"졸업앨범을 전부 뒤져서 또 우리가 아는 사람이 없는지 살펴보자."

그렇게 얼마간 두 사람은 말없이 졸업앨범을 살피는 일에만 열중했다. 그리고는 학교 체육관에서 열린 단합대회 사진을 발견하고 말았다.

브랜디를 포함한 치어리더들이 학생들의 앞쪽에 나와 있고, 그 뒤에는 밴드가 자리하는 사진이었다.

"여기, 내가 생각하는 그 사람이 맞나요?"

리사가 어두운 색 뿔테 안경을 쓴 채 트럼펫을 든 소년을 가리키며 물었다.

"커비 웰즈?"

한나가 뒤쪽의 정렬 페이지를 살피며 추측했다.

"여기 그의 이름이 있어. 커비가 브로어빌에서 고등학교를 다닌 줄 몰랐는데."

"저도요."

리사는 또다시 누군가 아는 사람이 있는지 졸업앨범을 계속해서 살폈지만, 한나는 앨범에는 시선도 두지 않은 채 생각에 잠겼다.

머릿속은 줄곧 커비와 나눴던 대화를 떠올리느라 분주했다.

브랜디를 오늘 밤 처음 만났다고 했는데, 그건 거짓말이었다. 그는 브랜디가 치어리더인 메리 케이 힝클메이어였을 때부터 알고 있었다.

오래전부터 알던 사이였기 때문에 브랜디의 죽음에 그토록 민감한 반응을 보였던 것이다.

"도와줘서 고마워, 리사."

한나가 자리에서 일어나며 말했다.

"천만에요. 커비 웰즈를 만나시려구요?"

"오, 그래야지."

한나가 대답한 뒤 빠른 걸음으로 도서관 밖을 나섰나.

커비의 거짓말 덕에 조단 고등학교 재즈 연주단의 리더는 이번 사건의 가장 유력한 용의자로 등극하고 말았다.

한나가 위층에 있는 동안 뷔페 홀은 약간의 변형이 이루어지고 있었다. 테이블과 의자들을 날라준 조단 고등학교 체육 팀원들 덕분에 뷔페 홀은 완벽한 댄스 플로어로 탈바꿈한 것이다.

주방 근처에 놓인 두 개의 기다란 테이블을 제외하고 모든 식사용 테이블은 다리를 접어 계단 밑 창고에 넣어서, 이제 뷔페 홀은 커다란 크리스마스트리 주변으로 열두 개의 4인용 테이블과 트리를 중앙에 놓은 채 둥근 모양의 댄스 플로어가 마련되었다.

조명도 분위기에 맞게 어두워졌고, 커피도 갓 채워놓았으며, 몇몇 사람들은 로드 메칼프가 만들어 온 영국식 에그노그가 담긴 펀치 볼에서 마음껏 에그노그를 가져다 마셨다. 럼이 들어가지 않은 두 번째 에그노그 펀치 볼에는 술을 잘 마시지 못하거나 아직 술을 마실 수 있는 나이가 되지 않은 아이들을 위한 에그노그가 담겨 있었다.

크리스마스 곡을 모두 연주한 커비 웰즈의 재즈 연주단은 이제 재즈 곡을 메들리로 연주하고 있었고, 여섯 쌍 정도의 커플이 'stranger in the night'의 곡에 맞춰 춤을 추고 있었다.

한나는 무심하게 춤추는 커플들을 바라보다 큰 키에 짙은 머리카락을 한 남자와 볼을 맞댄 채 춤추는 로라 조겐슨에게로 시선이 멈췄다.

로라와 춤추는 남자는 한나의 조단 고등학교 동창이자 미네소타 대학 동창인 드류 바브라였다. 올해 9월 드류는 보이드 왓슨을 대신해 조단 고등학교로 부임해왔다. 그는 학교에서 역사를 가르치는 동시에 레이크 에덴 미식축구팀의 수석코치 일을 맡았다.

한나는 또다시 로라의 발을 쳐다보았다. 드류는 멋진 사람이었다. 안정적이고 의지할만한 사람이었다. 외모 또한 봐줄 만했다.

한나는 로라가 그를 위해 특별한 신발을 신었기를 바랐다. 쿠키단지에 다정히 앉아 있는 두 사람에게 오늘의 쿠키가 적힌 전단지를 건네며 한나는 잠시였지만, 두 사람이 특별한 사이 이상일지도 모른다는 생각을 했더랬다.

연주가 끝나자마자 한나는 곧장 드류와 로라에게로 향했다. 그리고는 막 플로어를 떠나려는 두 사람을 잡았다. 그리고 인사를 건넨 뒤 어떻게 하면 로라를 따로 떼어내 브랜디의 살인이 일어났을 당시 어디에 있었는지 물어볼 수 있을까 고심하던 차에 로라가 알아서 고민을 해결해주었다.

"가서 에그노그 한 잔만 갖다줄래요, 드류?"

드류가 에그노그를 가져오려고 자리를 뜨자 로라가 한나를 돌아보며 말했다.

"한나한테 제일 먼저 알려주고 싶었어요. 한나가 드류의 동창이기도 하고, 한나 덕분에 대수학을 낙제 없이 통과할 수 있었다고 드류에게 얘기 들었거든요. 우리 방금 약혼했어요!"

"어머, 축하해요!"

한나가 로라를 다정히 포옹하며 기쁘게 외쳤다.

"오, 이런. 실수했어요. 축하 인사는 드류에게 먼저 해야 했는데. 어쨌든 두 사람 때문에 나도 행복해요. 또다시 드류가 2차 방정식 문제를 풀 일이 있으면 언제든 나를 찾아와요."

웃음을 터뜨리는 로라는 지금껏 봐온 중 가장 행복한 얼굴을 하고 있었다.

"데이트를 한 지 고작 3주뿐이지만, 그래도 한시도 떨어지지 않고 같이 시간을 보냈어요. 춤추기 시작하는데, 그가 내 손에 반지를 끼워주고는 결혼해 달라고 하지 뭐예요. 정말 믿을 수가 없어요."

"무척 로맨틱하네요." 한나가 진심을 담아 말했다.

"반지도 정말 예쁘고요."

"그렇죠? 지금까지 2년 동안 쓸데없이 마틴에게 목을 매다니! 내가 정말 어리석었어요. 드류를 만나면서 눈을 뜨게 된 거죠."

"음……, 어쨌든 그렇게 돼서 다행이에요!"

한나는 무대를 흘끗 올려다보았다.

연주가 끝나자 학생들 몇몇은 남은 음식을 먹으러 주방으로 가고, 다른 학생들은 펀치 볼 옆에 놓인 음료대로 향했다.

"드류가 오면 내가 정말로 축하한다고 전해줘요. 남아서 직접 인사를 전하고 싶지만, 커비랑 얘기할 게 좀 있어서요."

한나는 머릿속 용의자 명단에서 로라를 깨끗이 지우며 임시로 만든 무대로 향했다. 드류와 사랑에 빠져버린 로라가 브랜디를 죽였을 리 없다.

"커비?"

단상에서 내려오는 연주단의 리더를 한나가 불러 세웠다.

"우리, 얘기 좀 해요."

"잠시만 기다려……."

"지금 해야 해요."

한나가 그의 말을 가로막으며 단상에 올라 그의 팔을 잡았다.

"브랜디와 같은 고등학교에 다녔던 거 왜 말 안 했어요? 브랜디의 진짜 이름이 메리 케이 힝클메이어였던 것도요?"

"난……, 브랜디가 아무 얘기도 하지 말라고 했어요. 그리고 그녀를 아는 건 그녀가 집을 나기기 전 어릴 시절 때뿐이고요."

"어린 시절에 어땠는데요?"

"그게……, 왈가닥이었어요. 하지만 춤은 정말 잘 췄죠. 그래서 커플로 같이 댄스 대회에 나가기도 했어요. 우리는 나가는 대회마다 상을 휩쓸었죠. 그리고, 어……, 우린 잠시 데이트를 하기도 했어요."

"데이트라는 게 내가 생각하는 그 데이트 맞아요?"

커비의 얼굴이 빨개졌다.

"네."

"그럼, 마틴이 그녀를 인사시킬 때 이미 알던 사이라고 얘기했어요?"

"아뇨, 고등학교 시절 얘기를 하려고 하자 메리 케이가 경고의 눈빛을 보냈어요. 그녀가 여기 출신이라는 걸 마틴이 모르는 게 분명하다고 생각했죠."

한나는 작업에 착수했다.

"그럼 브랜디가 죽기 전에 혹시 그녀와 개인적으로 얘기를 나눈 시간이 있었어요?"

"어, 그게……, 사실……."

커비의 얼굴은 다시 창백해지기 시작했다.

"그랬어요. 무대로 와서 잠깐 옷방에서 얘기 좀 하자고 하더라고요."

"그래서 옷방으로 갔어요?"

"근데 별일 없었어요. 정말로. 그저 옛날 얘기를 하면서 같이 학교 다니던 친구들의 최근 근황에 대해 얘기한 것뿐이에요."

두 사람이 나눴다는 대화에 뭔가 있음이 틀림없다. 하지만 그게 뭔지 알아내는 건 쉽지 않았다.

커비는 분명히 뭔가를 숨기고 있었다.

한나의 눈을 피하는 것도 그렇고 궁지에 몰린 쥐처럼 서 있는 자세도 그랬다. 이제 진실을 밝혀야 할 때였다.

"그럼, 브랜디가 마틴과 결혼한 것에 대해선 어떻게 생각해요?"

한나가 질문을 던진 뒤 커비의 반응을 유심히 살폈다.

"크게 실수했다고 생각했어요. 사실 마틴뿐만이 아니라 메리 케이도요. 마틴은 정말 따분한 남자라고 했어요, 그리고……, 곧 그를 차버릴 거라고……."

커비가 말을 더듬으며 두려움이 담긴 눈빛으로 한나를 바라보았다.

"정말 알아야겠어요?"

"그래요. 브랜디를 죽인 범인을 잡기 위해서는 커비가 아는 사실을 모두 얘기해줘야 해요."

"좋아요. 하지만 그녀를 메리 케이라고 불러줘요. 그 이름으로 기억하고 싶거든요. 그녀는……, 그녀는 저에게 함께 레이크 에덴을 떠나자고 했어요."

한나는 힘겹게 눈을 깜빡였다.

"그러니까, 브랜……, 아니, 메리 케이가 커비 때문에 마틴을 차버리려 했다고요?"

"아뇨! 그런 게 아니에요, 한나. 내가 아니었어도 메리 케이는 어떻게든 마틴을 떠났을 거예요. 나랑 결혼하고 싶다고 한 것도 아니고, 그런 진실한 관계 같은 걸 원하지도 않았거든요. 그저 혼자 있는 것이 싫어서 나더러 같이 가달라고 한 거예요."

"그렇군요."

한나가 대답했다, 하지만 좀처럼 이해할 수 없었다.

"그럼, 음……, 메리 케이가 언제 떠날 건지 얘기하던가요?"

"오늘 밤예요. 마틴이 다른 사람들과 얘기하느라 바쁜 틈을 타 그의 차로 미니애폴리스에 있는 공항까지 가겠다고 했어요."

"그럼, 라스베이거스로 돌아간다고요?"

"아뇨, 바하마스로 간다고 했어요. 내가 같이 가겠다고 하면 내 비행기 표까지 자신이 사겠다고 하더군요. 코트 값만 2만 달러가 넘는데다가 마틴이 준 반지도 상당히 값나간다고 했거든요. 또 만만치 않은 가치가 있는 앤티크 나이프도 있다고 했어요. 이 정도면 바하마스에서 떵떵거리면서 살 수 있다고요."

"그래서 뭐라고 했어요?"

"갈 수 없다고 했어요. 레이크 에덴에서의 일도 좋고요. 처음에는 내가 농담하는 줄 알았나 봐요. 근데 진심이라는 걸 알고 나자 나한테 욕을……."

커비가 당황하며 말을 멈췄다.

"그다음은 알 필요 없겠죠?"

"네, 그건 몰라도 되겠어요. 그럼 그녀가 앤티크 나이프 얘기를 하면서 직접 보여주기도 하던가요?"

"아뇨, 한나가 그게 살인 무기였다고 말해주기 전까지 메리 케이가 한나 어머니의 앤티크 케이크 나이프를 훔치려고 했다는 것도 몰랐어요."

한나는 커비의 말에 대해 잠시 생각했다.

그는 정말 사실을 말하는 것 같았다.

"왜 이 얘기들을 처음부터 해주지 않았어요?"

"얘기할 수 없었어요! 메리 케이와 내가 알던 사이였다는 걸 알면 내가 그녀를 죽였다고 생각할까 봐요!"

"죽였어요?"

커비는 충격에 휩싸인 눈빛으로 한나를 바라보았다.

"당연히 죽이지 않았어요. 난 메리 케이를 사랑했어요. 내 첫사랑이었다고요. 연주하는 동안 그녀와 함께 행복했던 일들을 떠올렸어요. 아까 한나가 나를 붙잡아 세울 때 내가 중요하게 할 일이 있다고 했죠?"

"기억나요. 중요한 일이 뭐였는데요?"

"메리 케이를 찾아서 그녀와 함께 가겠다고 얘기하려고 했어요!"

한나는 클레어와 크누드슨 목사, 그리고 그의 할머니인 프리실라와 함께 테이블에 앉아 있는 안드레아를 발견했다.

한나는 몇 분간 무리와 얘기를 나누다 안드레아에게 고개를 돌렸다.

"5분 후에 위층 로비에서 나 좀 볼래?"

"그래."

궁금증이 가득한 눈빛으로 안드레아가 대답했다.

"난 미셸을 찾아서 그 애한테도 로비로 오라고 전할게."

궁금해 죽겠다는 안드레아의 눈길을 애써 물리치며 한나는 클레어와 목사에게 인사하고 자리에서 일어났다.

한나의 막냇동생은 루앤 행크스, 다니엘 왓슨과 함께 앉아 있었다.

"안녕." 한나가 자리에 앉으며 인사했다.

"댄스 교습소 일은 잘 돼가요, 다니엘?"

"그럼요. 섬이 볼룸댄스 반에서 보조를 맡아줄 만한 사람이 누가 있을지 루앤에게 알아봐 달라고 부탁하던 참이었어요. 세 개 반이나 운영하고 있는데, 대기자 명단이 넘쳐서 한 반 정도 더 만들어야 할 것 같거든요."

"정말 잘 됐어요."

다니엘의 놀라운 변화에 한나가 기뻐하며 말했다.

다니엘이 처음 레이크 에덴에 이사 왔을 때는 남편의 폭력에 시달리던 무능한 가정주부일 뿐이었는데, 지금은 자신감에 차 있는 성공한 비즈니스우먼이 되었다.

"설마 루앤을 고용하려는 건 아니겠죠?"

그러자 다니엘이 고개를 설레설레 저었다.

"농담해요? 루앤을 스카우트했다간 한나 어머님과 로드 부인이 날 죽이려 드실 거예요."

"맞아요." 루앤도 웃음을 터뜨리며 동의했다.

"그리고 다음 주부터 제 몸값은 더욱 올라갈 테니까요."

"다음 주에 무슨 일이 있는데?"

한나가 물었다.

"엄마랑 수지랑 다 함께 네티의 아파트로 이사 가요. 그렇게 되면 겨울에도 늦은 시간까지 일할 수 있어요. 제설기 운영시간에 맞춰 집에 돌아가야 할 필요가 없게 되었으니까요."

"정말 잘 됐다!"

한나가 활짝 웃으며 말했다.

루앤의 가족이 올드 베일리 로드의 외딴 집에서 나와 마을로 들어오게 되었다니 정말 반가운 소식이 아닐 수 없었다.

그리고 네티 그랜트가 손녀인 수지와 더 많은 시간을 함께 보낼 수 있게 되었으니 더욱 기뻤다. 지난 3년을 가족을 잃는 슬픔에서 벗어나지 못한 전 경찰서장의 부인인 네티에게는 햇살처럼 따사로운 수지 같은 아이가 함께 있어야 했다.

"미셸?" 한나가 막냇동생을 돌아보았다.

"5분 후에 위층 로비에서 나 좀 볼래?"

고개를 끄덕이는 미셸의 눈빛에도 궁금증이 잔뜩 서려 있었다.

호기심에 목말라 하는 스웬슨가의 여자는 비단 안드레아뿐만이 아니었던 것이다.

"그럼, 전 이만 가볼게요, 숙녀들. 그리고 이따 봐, 미셸."

한나는 동생들을 만나기 위해 계단을 올랐다. 그리고는 밖에서 출입문을 지키는 로니에게 손을 흔들어 보이고는 미니 크리스마스 마을 주변에 놓인 의자로 다가갔다.

마을 뒤쪽 벽에 걸린 금색 틀의 커다란 거울에 비친 자신의 머리 모양을 본 한나는 얼굴을 찌푸렸다.

아까 주차장에 나섰을 때 눈바람 때문에 머리카락이 온통 엉망이 되어버린 것이다. 마치 몇 달 동안 빗질 한 번 하지 않은 사람 같았다.

한나는 서둘러 머리카락을 정돈한 다음 노먼이 선물한 스웨터를 비추어보며 감탄했다. 어깨 위로 부드럽게 흘러내리는 스웨터는 길이 또한 적당해 한나의 체구를 아담하게 보이게 해주었다.

"멋져."

한나가 제자리에서 한 바퀴를 돌자 스커트가 그녀의 다리께에서 둥글게 휘날렸다.

하지만 오동통한 엉덩이는 어찌한단 말인가? 그녀의 모습은 꼭 양볼이 허리보다 더 낮게 내려온 비정상적인 줄다람쥐 같았다.

한나는 주머니에서 열두 개도 넘는 종이 냅킨을 꺼냈다.

스웨터 주머니에 넣기에는 많은 양이었다. 단정하게 접어 두 개의 주머니에 나눠 넣기는 했지만, 자꾸만 분량이 늘어나 이제 주머니 안은 산타클로스와 루돌프, 눈송이, 크리스마스트리, 천사와 스노우맨으로 넘쳐났다. 아무래도 수첩이 하나 있어야 할 것 같았다. 그리고 수첩이 있을만한 곳은 한 곳밖에 없다.

잠시 후, 한나는 재니스의 유치원 책상 앞에 서서 문구류를 요청하고 있었다. 어린아이들은 크리스마스트리 주변에 모여 앉아 조단 고등학교 학생 한 명이 읽어주는 이야기를 열심히 듣고 있었고, 트레시처럼 조금 큰아이들은 도서관에서 역시 고등학교 학생들과 함께 디즈니 만화 영화를 보고 있었다.

"이건 어때요?"

재니스가 그녀의 가운데 서랍에서 네오핑크 빛의 수첩을 꺼내며 물었다.

"초록색을 더 좋아하는 건 알고 있지만, 지금은 이것밖에 없네요. 여기 펜도 있어요. 뚜껑에 접착테이프도 달렸어요, 보이죠?"

"완벽해요."

눈에 조금 덜 뛰는 것이었으면 더 좋았을 텐데 생각했지만, 그래도 한나는 감사하게 받아들었다.

엄마가 말씀하시는 그대로다. 구하는 자는 기호를 따질 수 없다.

"마침 찾아와서 다행이에요, 한나. 보여줄 게 있었거든요."

재니스는 서랍을 열어 편지 묶음을 꺼냈다.

"큰아이들에게 산타클로스에게 보내는 편지를 쓰게 했어요. 철자 같은 건 고등학생들이 도와주었고요. 린다 넬슨이 제게 와서는 트레시가 산타에게 쓰는 편지에 정말 이상한 단어를 쓰려 한다고 말하더군요."

"뭐였는데요?"

"이를테면 눈 폭풍 같은 거요. 물론 우리가 지금 눈 폭풍에 갇혀 있으니 그건 전혀 이상할 게 없지만, 다음 단어가 좀 이상했어요. 트레시가 탐정이라는 단어를 쓰고 싶어했대요. 그리고 베스에게 시체body에 d가 두 번 들어가는지를 물었다고 하네요."

"어-오."

"맞아요. 저도 읽어보긴 했는데, 한나도 한 번 읽어보세요. 트레시는 정말 귀여운 아이이기도 하지만, 어떤 때는 지나치게 똑똑해요!"

한나는 재니스가 건넨 편지를 받아 칠판 앞에 있는 조그마한 의자에 앉았다. 의자가 어찌나 작던지 무릎에 볼에 닿을 지경이었지만 편지를 읽기 시작하자 불편한 의자 같은 건 안중에도 없었다.

사랑하는 산타클로스에게

잘 지내요? 난 잘 지내요. 이때가 되면 아주 많은 아이가 편지를 보내겠지만 그래도 나를 기억하고 계셨으면 좋겠어요.

내 이름은 트레시 토드고 미네소타 레이크 에덴에 살아요. 우리 아빠는 위넷카 카운티 경찰서의 서장이고 엄마는 전문 부동산 중개인이에요. 작년에 인형의 집을 선물해달라고 했는데, 정말로 주셔서 너무 좋았어요.

지금은 한나 이모를 두우려고 편지를 써요. 산디할이버지도 아나 알 거예요. 내가 산타할아버지 주려고 크리스마스트리 밑에 두었던 쿠키가 바로 우리 이모가 구운 거였거든요.

우리 모두 크리스마스 파티가 끝난 다음에도 커뮤니티 센터에 갇혀 있어요. 음식도 정말 맛있고, 재밌었는데, 집에 갈 수가 없어요. 엄청난 눈 폭풍 때문이래요. 근데 단지 그것 때문만이 아니에요.

에드나 아줌마가 케이크를 자른 다음에 한나 이모가 주차장에서 들어오는 걸 봤는데, 아주 이상한 표정을 짓고 있었어요. 그런 다음에 이모는 마이크 삼촌(삼촌은 우리 아빠의 가장 믿음직스러운 동료 형사에요)을 구석으로 데리고 가서 이야기를 했어요.

이모랑 삼촌 표정이 아주 안 좋았는데, 그래서 난 한나 이모가 또 시체를 찾은 거라고 생각했어요. 한나 이모는 시체를 아주 잘 찾거든요. 아무튼 이모랑 삼촌은 아이들에게 편지를 쓰게 하고 만화 영화를 보여주면서 정신없게 만들었어요. 그렇게 해야 아무도 나쁜 일이 생겼다는 걸 모를 거라고 생각했나 봐요.

이제 크리스마스 선물로 갖고 싶은 걸 쓸게요. 그래야 산타할아버지가 갖다 주죠. 우선은 엄마가 빨리 동생을 낳았으면 좋겠어요. 엄마는 이제 배가 풍선만 해졌는데, 빨리 낳게 해주시면 안 돼요?

아빠도 엄청 걱정이 많아요. 빨리 아기가 나와야 우리 가족이 행복해질 거예요. 엄마는 아기가 남자아이고 이름도 빌리라고 했어요. 정말 멋진 일이긴 하지만 산타할아버지가 할 수 있으시다면 빌리를 여자아이로 바꿔주면 안 될까요? 여동생이 더 갖고 싶거든요.

그리고 다음으로 바라는 건 '홀 앤 로즈' 카페의 로즈 아줌마가 유명한 코코넛 케이크 레시피를 요리책에 넣을 수 있도록 한나 이모에게 레시피를 주는 거예요. 불쌍한 이모가 몇 번이나 부탁했는데도 로즈 아줌마는 레시피를 안 주려고 해요. 산타할아버지가 대신 가져다주면 안 될까요? 오늘 밤이 요리책에 들어가는 레시피를 시험해 보는 마지막 날이지만, 한나 이모의 편집장 아저씨는 아주 착한 사람이니까 나중에 줘도 넣어줄 거예요.

다음 건 나의 커다란 부탁이에요. 아주 바쁘신 건 알지만, 혹시 시간이 있으시면 마이크 삼촌에게 한나 이모는 완벽한 신붓감이니까 꼭 청혼하라고 얘기해주세요. 그리고 노먼 삼촌에게도 꼭 한나 이모에게 청혼하라고 얘기해주세요.

그래야 이모가 빨리 마음을 정해서 내가 또 결혼식에 갈 수가 있잖아요. 난 리사 언니랑 허브 오빠 결혼식에도 갈 거예요. 원래는 새해 전날에 결혼식을 하려고 했는데, 리사 언니랑 허브 오빠는 결혼식을 준비할 시간이 없어서 우리 엄마한테 도와달라고 했어요. 그리고 결혼은 밸런타인데이에 하기로 했대요. 엄마가 그러는데, 나는 아주 예쁜 빨간색 벨벳 드레스를 입고 가시가 없는 흰색 장미를 들 거래요.

그리고 또 바라는 게 있어요, 산타할아버지.

엄마랑 한나 이모가 할머니랑 윈슬롭 할아버지에 대해 아주 많이 걱정하고 있어요. 윈슬롭 할아버지가 사기꾼이래요. 그게 정말이면 윈슬롭 할아버지가 할머니를 더 괴롭히지 않게 해주세요. 하지만 사기꾼이 아니라면 이대로도 난 괜찮아요. 윈슬롭 할아버지가 썩 마음에 들진 않지만요.

　이제 강아지 말고는 크리스마스 선물로 갖고 싶은 거 없어요. 강아지는 지금이 아니라도 언젠가 갖게 될 거예요.

사랑을 담아,

트레시

　추신: 비밀이 아니라면 작년 크리스마스 때 어떻게 인형의 집을 우리 집 거실에 갖다놓았는지 알려주실래요? 너무 커서 우리 집 굴뚝에는 안 들어갔을 텐데.

"늦어서 미안."

한나가 동생들이 앉아 있는 자리로 달려가며 말했다.

"유치원에서 수첩을 빌리느라 지체됐어."

"트레시도 봤어?"

안드레아가 물었다.

"아니, 트레시는 친구들이랑 도서관에서 디즈니 영화를 보고 있대."

한나는 트레시가 산타클로스에게 쓴 편지에 대해 말하려다 입을 꾹 다물고 말았다. 트레시가 살인사건에 대해 걱정하고 있다는 걸 알려봐야 좋을 게 없었다.

"메리 케이 힝클메이어를 아는 사람이 또 있었어?"

"아니, 한 명도 없었어." 안드레아가 풀죽은 목소리로 대답했다.

"조 디에츠랑 얘기했을 때 또 한 사람 찾았구나 했지. 군대에 있을 때 샘 힝클메이어라는 사람을 알았다고 하잖아, 글쎄. 근데 그 샘은 아이다호 출신이라네."

"나도 마찬가지야. 힝클메이어를 아는 사람은 아무도 없었어."

미셸이 보고했다.

"좋아. 새로 알아낸 것이 하나도 없으니까 다시 재정리를 해 보자."

한나는 주머니에서 잘 정돈한 냅킨을 꺼냈다.

"제일 먼저 할 일은 여기 냅킨에 적힌 걸 재니스가 준 수첩에 옮겨 적는 거야."

안드레아가 냅킨 한 장을 집어 내용을 읽었다.

"여기 이 얼룩은 언니 펜에서 나온 거야? 아니면 음식 자국이야?"

"몰라. 내가 냅킨을 읽어줄 테니까 네가 수첩에 받아적어."

한나가 안드레아에게 수첩을 건네며 역할을 위임했다.

"미셸은 잘 듣고 있다가 내가 빠뜨리는 것이 있거든 말해줘."

"알았어."

미셸은 자리에서 일어나 출입문 쪽에 있는 쓰레기통을 가지고 왔다. 가져오는 길에 출입문을 지키는 로니의 어깨를 톡톡 두드려주는 일도 잊지 않았다.

"여기, 언니. 읽고 난 다음에는 여기다 버려."

한나는 첫 번째 냅킨을 집어 눈을 가늘게 뜨고 살펴보았다.

안드레아의 말이 맞았다. 흘러내린 잉크가 얼룩진 곳과 만나 마치 로르샤 카드(심리검사에 사용되는 물감 카드) 같은 효과를 발하고 있었다.

"이건 꼭……,"

한나는 꽃병이나 사람의 형상이라고 말하고 싶은 것을 꾹 참으며 글자를 읽어내려 애썼다.

"커비, 커비 웰즈야. 내가 알기로는 브랜디가 살해당하기 전에 마지막으로 얘기했던 사람이 커비니까. 커비가 그러는데 저녁 7시 30분이 넘은 시각에 옷방에서 짧게 브랜디를 만났대."

"그때는 나랑 같이 화장실에 갔다가 나온 바로 뒤야."

미셸이 지적했다.

"그것도 써두는 게 좋겠어."

안드레아는 약간 짜증이 난 듯 보였다.

"알았어. 사실 두 개로 나눴어. 여기에 시간대를 만들었거든. 화장실에 갔던 게 몇 시야, 미셸?"

"7시 15분. 시계를 봤거든."

"좋아, 그럼 브랜디는 7시 15분까지는 마틴과 함께 테이블에 앉아 있었던 거야. 그런 다음 미셸이랑 화장실에 갔고, 7시 30분까지 거기서 얘길 한 거지, 미셸?"

"맞아. 라스베이거스에서의 생활에 대해 몇 가지 물어봤어."

"알게 된 거라도 있어?"

"잠깐!" 한나가 제동을 걸었다.

"장난감 병사를 찾는 중이야."

"뭘 한다고?" 두 여동생이 동시에 물었다.

"장난감 병사. 미셸이 얘기한 걸 장난감 병사가 그려진 냅킨에 받아 적었거든. 여기 있다!"

한나가 볼품없는 전리품을 높이 치켜들고 깃발처럼 흔들어댔다.

"찢어지려고 하잖아."

안드레아가 말했다. 그러자 미셸도 동의했다.

"그리고 누군가 설탕장식을 흘려서 가장자리가 들러붙었어."

"그래도 읽을 수 있어."

한나가 볼멘소리로 말하고는 마치 개미의 가슴을 열어 심장수술을 하려는 사람처럼 조심스럽게 냅킨을 펼쳤다.

"'반지, 초록색 돌, 가장자리에 다이아몬드, M이 코트와 마찬가지로 반지를 보이는 걸 두려워하다.' 라고 쓰여 있어."

"언니도 반지 봤잖아." 미셸이 안드레아에게 말했다.

"언니가 더 잘 설명할 수 있을 거야. 그리고 또 다른 메모는 마틴이 브랜디가 반지를 끼지 않기를 바랐다는 내용이고. 두 개 다 너무 값나가는 거라면 사람들이 오히려 싫어할 수 있다고 했대."

"사람들은 셜리를 좋아하지." 한나가 집어냈다.

"근데 셜리는 브랜디를 해치우는 일이라면 뭐든 돕겠다고 하면서 마틴과 다시 합치기를 고대했어."

"동기!"

미셸이 큰 소리로 외쳤다.

"알리바이." 그러자 한나가 맞대응했다.

"브랜디가 살해당했을 당시 셜리는 계단 밑 창고에서 마틴과 함께 있었어. 그건 즉 두 사람 다 범인이 아니라는 얘기야."

"그것도 전부 적었어."

안드레아가 펜을 내려놓고 손가락을 주무르며 말했다.

"다시 시간대로 돌아가 봐. 브랜디가 몇 시 경에 살해당했는지 알고 있어?"

"내가 저녁 8시 15분에 브랜디를 발견했고, 나이트 박사님이 죽은 지 30분이 지나지 않을 거라고 했으니까 죽은 시간은 7시 45분에서 내가 발견한 시각, 그 사이쯤이 될 거야."

"그렇다면 7시 45분에서 8시 15분 사이네."

안드레아가 다시 펜을 날리며 되 읊었다. 펜의 잉크색은 꼭 펩토-비스몰(미국의 위장약) 약병 색깔과 똑같았다.

"그렇게 되면 범위가 훨씬 줄어들어. 커비는 어떻게 된 거야? 왜 옷방에서 브랜디와 있었던 거야?"

"브랜디가 거기서 만나자고 했대."

"그래서 자꾸만 그렇게 시계를 봤구나!"

미셸이 외쳤다.

한나는 자꾸만 막냇동생의 머리 위에 뭉게구름이 피어올라 그 속에서 작은 전구 하나가 반짝이는 만화 같은 장면이 떠올랐다.

"난 마틴에게 빨리 돌아갈 걱정을 하는 줄 알았는데, 커비에게 만날 시간을 알려준 거였어."

"말 되네." 한나가 말했다.

"무슨 얘길 했대?"

안드레아가 펜을 손에 단단히 쥐며 물었다.

"고등학교 시절 친구들 얘기랑……."

"커비가 브랜디와 같은 고등학교에 다녔어?"

하마터면 펜을 떨어뜨릴 뻔한 안드레아가 물었다.

"그래, 메리 케이 힝클메이어와 같이 학교에 다녔대. 그녀가 커비의 첫 번째 여자 친구였어."

"어쩜!" 미셸이 숨을 몰아쉬었다.

"그럼 커비가 자기가 아닌 마틴과 결혼한 데 대해 격분해서 그녀를 죽인 게 아닐까?"

그러자 한나가 고개를 저었다.

"그건 불가능해. 우선 재즈 연주단은 내내 연주를 하고 있었기 때문에 커비가 몰래 빠져나갈 수 없었을 거야. 커비가 없으면 바로 티가 났을 테니까. 그리고 또 한 가지, 커비는 전혀 질투하지 않았어."

"확실해?"

안드레아가 물었다.

"사실이라고 믿어. 그리고 브랜디가 커비에게 곧 마틴을 떠날 거라고 했대. 그의 차로 미니애폴리스 공항까지 가서 바하마스로 가는 비행기를 탄다며 커비더러 같이 가자고 했대."

"그것 참……, 로맨틱하네."

미셸이 또다시 숨을 몰아쉬었다.

"불법에다가 지나치게 비도덕적이기도 하지."

한나가 꼬집어 말했다.

"브랜디가 자기 반지랑 밍크코트, 그리고……, 앤티크 나이프만 있으면 호화롭게 살 수 있을 거라고 했다나 봐."

"무슨 앤티크……."

안드레아가 질문을 하다말고 말을 멈췄다. 이번에는 안드레아의 머리 위에 밝게 불을 밝힌 전구가 두둥실 떠올랐다.

"엄마의 앤티크 케이크 나이프 말이야?"

"그렇지."

"그럼, 브랜디가 그걸 훔친 거야?"

미셸이 얼굴을 찡그리며 물었다.

"시나리오상으론 그래."

"그럼 범인이 브랜디가 가지고 있던 나이프를 뺏어서 그걸로 그녀를 찌른 거로구나?"

안드레아가 다시금 얼굴이 창백해졌다.

"지금까지 얘기한 건 시나리오 일부야. 잠깐만 기다려. 캐럴을 부르는 펭귄들을 찾아볼 테니까. 거기다가 용의자 명단을 적었거든."

한나는 남은 냅킨들을 뒤져 몇 개를 안드레아에게 읽어주었다.

거기에는 셜리와 나눈 대화와 마틴과의 대화, 그리고 엄마가 바스콤 시장을 구워삶아 그가 브랜디의 스트립쇼에 가서 그녀와 하룻밤 '데이트'를 하려고 했다는 사실을 인정한 내용도 포함되어 있었다.

"난 정말 브랜디가 댄서인 줄 알았는데."

미셸이 한숨을 내쉬며 말했다.

"내가 물어봤던 질문들이 새삼 민망하네."

한나는 막냇동생의 어깨에 따뜻하게 팔을 둘렀다.

"너무 실망하지 마, 미셸."

"오, 실망한 게 아니야. 단지 진작 스트리퍼라고 얘기했으면, 완전히 다른 질문을 해서 연극에서 색다른 역할을 맡아볼 수도 있었을 텐데!"

10분 뒤, 세 자매는 막다른 길에 다다르고 말았다.

한나가 캐럴을 부르는 펭귄을 찾아내긴 했지만, 알 수 없는 이유를 가진 알 수 없는 누군가를 제외하곤 모든 용의자들이 혐의를 벗은 현실을 새삼 깨닫고 만 것이다.

"이제 어쩌지?"

동생들 중 누군가 정답을 말해주길 바라며 한나가 질문을 던졌다.

"모르겠어." 미셸이 고개를 저으며 말했다.

"이제 포기야."

"나도." 안드레아가 한숨을 내쉬었다.

"이 시간대에 벌어진 일들을 한눈에 볼 수 있는 자료라도 있으면 좋을 텐데."

"자료라니?"

"왜, 보이드 왓슨 살인사건 수사 때 우리가 썼던 방법 말이야. 하트랜드 밀가루 회사 주관의 요리경연 대회 비디오를 샅샅이 살펴봤잖아."

"하지만 아무것도 찾지 못했지."

한나가 말했다.

"그래도 그런 게 있으면 좋을 거야. 오늘 밤 파티를 촬영한 사람이 아무도 없다는 게 아쉬워. 뭔가 단서를 발견할지도 모르는데."

"잠깐." 미셸이 환한 표정으로 말했다.

"노먼이 계속 사진을 찍고 다녔잖아. 나이프를 훔쳐서 주차장으로 달아나는 브랜디를 뒤쫓는 사람이 찍혔을 수도 있지 않을까?"

그러자 안드레아가 고개를 저었다.

"노먼이 그런 걸 봤다면, 진즉에 알렸을 거야."

"하지만 인식을 못 하고 있었을 수도 있잖아. 생각해 봐. 노먼이 디저트 테이블을 배경으로 음식을 덜어다 먹는 사람에게만 집중해 사진을 찍었을지도 몰라. 노먼은 사진의 주인공만 신경 쓰고 배경은 전혀 신경 쓰지 않은 거지. 그러는 새 나이프를 훔치는 장면이 찍힌 거구. 노먼도 모르는 사이에 단서를 손에 넣은 거야."

"그것도 말이 돼."

한나가 막냇동생의 열정에 합류하며 말했다.

"노먼을 찾아서 얼른 사진을 현상해보라고 해야겠어. 하지만 곧장 집으로 돌아가 암실에서 작업한다고 해도 몇 시간은 족히 걸릴 텐데."

"그렇지 않아, 언니. 즉시 결과를 확인할 수 있을 거야."

"어떻게?"

"노먼의 카메라를 봤는데, 디지털 카메라였어."

노먼을 찾는 일은 그다지 쉽지 않았다. 하지만 한나는 에드나가 노먼을 위해 주방에 따로 마련해둔 음식들(미식축구팀 전원이 와도 충분히 먹을 만한 양이었다)을 먹는 노먼을 발견하고야 말았다.

"안녕, 노먼."

한나가 주방의 휴식 공간으로 들어가 그에게 인사를 건넸다.

"안녕, 한나. 크리스마스 파티는 성공적으로 끝난 것 같아요. 다들 음식이 정말 맛있다고 하던데요."

"그랬다니 다행이에요."

브랜디의 살인사건에 대해 금방이라도 노먼에게 털어놓고 싶은 마음을 한나는 간신히 달랬다. 좀 더 빨리 알렸으면 좋았을 걸 수사에 정신이 팔려 상황이 여의치 못했다. 한나는 심호흡을 하며 노먼에게 충격적인 소식을 알릴 마음의 준비를 했다.

"당신이 필요해요, 노먼."

"그럴 것 같았어요."

노먼의 대답에 한나의 마음은 한두 걸음 뒤로 물러섰다.

"하지만……, 내가 당신을 왜 필요로 하는지 모르잖아요."

"그게 중요한가요?"

"글쎄요." 한나는 잠시 생각에 잠겼다.

"그렇게 중요한 건 아닌 것 같아요."

"나도 그렇게 생각해요. 그 정도면 됐어요. 자, 누가 좋아요?"

"좋다니요?"

"브랜디 살인사건 말이에요. 경찰들은 그렇게 얘기한다더군요. 마이크가 알려줬어요."

"살인사건에 대해 알고 있었어요?"

"그럼요. 과학수사대가 이리로 오지 못해서 마이크가 나에게 현장 사진을 대신 찍어달라고 부탁했어요. 정말 예술 사진 찍기처럼 어렵더군요. 마이크의 지시 없이는 해내지 못했을 거예요."

노먼의 얼굴을 바라보며 한나는 거의 울고 싶은 심정이었다.

마이크가 이미 노먼의 사진을 다 검토한 건 아닐까? 노먼이 찍은 필름 혹은 디스크, 디지털 카메라에서는 뭐라고 부르든, 아무튼 그 기록에 아무것도 특이점이 없었다면? 그리고 보니 한나의 첫 번째 질문은 이것이 되어야 할 것 같았다.

"오늘 밤에 디지털 카메라로 사진을 찍었어요?"

"네, 기술력이 대단하죠. 수동 카메라로 찍은 것 못지않게 잘 나오니 말이에요. 정말 놀라워요, 한나."

"즉시 확인할 수도 있고요?"

"맞아요. 찍은 다음 바로 확인하는 거죠. 그리고 나서 보관할지 지울지를 결정해요. 암실에 들어가는 비용을 생각할 때는 무척 저렴하죠."

한나의 인내심이 바닥을 보였다.

"좋아요, 멋져요. 이젠 그 카메라 들고 나랑 같이 가요. 위층에서 안드레아와 미셸이 기다리고 있어요. 오늘 밤에 찍은 사진들을 좀 봐야겠어요."

"아직은 안 돼요."

노먼이 테이블 저편에 놓인 커피잔을 당기며 말했다.

"이걸 마셔요. 그리고 초콜릿을 바른 배도 한 조각 먹고요. 신경이 날카로워진 것 같아요."

"아니에요!"

한나는 자신의 신경질적인 대답에 슬며시 웃음을 터뜨리고 말았다.

"훨씬 낫네요."

커피와 배 조각을 받아드는 한나를 보며 노먼이 만족스러운 미소를 지었다.

"초콜릿을 좀 가져갈까요? 동생들도 간식거리가 필요할 텐데."

"좋은 생각이에요."

한나가 달콤하게 대답했다.

물론 대답만 그러했다. 한나는 정말 한결 나아진 기분을 느끼고 있었다. 그리고 그것이 초콜릿 때문인지 노먼 때문인지 알 수 없었다.

"아주 긴긴 밤이 우리를 기다리는 것 같은 느낌이 드네요."

"이제 됐어?"

안드레아가 외쳤다. 그녀는 커뮤니티 센터 소강당의 앞줄 세 번째 자리에 앉아 있었다. 안드레아만이 노먼이 카메라를 연결하는 동안 텔레비전의 커다란 스크린 뒤에서 도구들을 잡고 있을 수 없는 유일한 사람이었다.

"됐어!" 미셸이 환하게 웃으며 불쑥 모습을 보였다.

"이제 선을 끌러서 카메라의 출력기에 꽂기만 하면 돼."

미셸의 뒤에서 한나가 모습을 보였다.

온통 먼지가 묻은 손을 내려다보며 한나는 얼굴을 찌푸렸다.

"저 뒤는 아무도 청소를 안 했나 봐."

"아마 그랬을 거야."

안드레아가 노먼이 과일 접시와 함께 가져온 냅킨을 집어 한나에게 건넸다.

"이 텔레비전은 바스콤 시장님이 애지중지 하는 거야. 빌이 그러는데, 여기서 매일 바이킹 경기를 시청한대. 테일게이트 파티(스테이션왜건 등의 뒤판을 펼쳐 음식을 간단히 차린 파티)를 열기도 하구."

"테일게이트? 주차장에서 말이야?"

미셸이 물었다.

"아니, 바로 여기 강당에서 한대. 엄연히 말하면 테일게이트 파티는 아니지만, 먹을 것에 음료도 있고, 친구들을 모두 불러서 함께 경기를 본다고 하기에. 슈퍼볼 같은 중요한 경기가 있을 때는 초청장을 돌리기도 한대. 이제 빌도 경찰서장이 됐으니까 초청장을 받을 수 있을 거야."

"받으면 갈 거야?" 한나가 물었다.

마을에서 안드레아만큼 스포츠를 재미없어하는 사람도 없을 것이다. 그런데도 고객과 대화를 나눌 때 쓰려고 중요한 경기의 스코어는 꼭 메모를 해서 다니는 안드레아였다.

"갈 수 없어. 그건 남자들만의 모임이라 부인들은 낄 수 없거든. 그래서 그렇게들 모이면 왁자지껄해지는가 봐."

"아마도."

안드레아의 말에 적당히 대꾸하며 한나는 혹시 바스콤 시장이 부인이나 여자 친구가 아닌 여자들을 모임에 부르는 건 아닐까 생각해 보았다.

하지만 그럴 가능성은 희박했다. 만약 그랬다면 그 소식이 레이크 에덴의 소문 라인을 타고 결국 스테파니 바스콤과 그녀의 친구들 귀에까지 들어갔을 테니 말이다. 그리고 그 후엔 제아무리 슈퍼볼 파티라고 해도 흔적 없이 사라져버리고 말았을 것이다.

"텔레비전 좀 켜줄래요?"

스크린 뒤쪽에서 목소리가 들려오자 한나는 서둘러 텔레비전을 켰다.

잠시 후, 크리스마스트리 옆에 서 있는 에드나의 사진이 떠올랐다.

"됐어요."

거의 실제 에드나의 크기만 한 영상을 보려고 텔레비전으로 다가서며 한나가 노먼을 향해 외쳤다.

"잠시였지만, 잘 안 될 거라고 생각했어요."

노먼이 밖으로 나오며 안도의 한숨을 내쉬었다.

"막 포기하려는 순간 출력과 입력 연결 부분을 발견했죠."

노먼이 하는 말을 잘 이해하지 못하는 한나는 아무런 대꾸도 하지 말기로 했다.

"사진들을 정말 잘 찍었어요, 노먼. 하지만 단서기 될 민한 사진은 어떻게 찾……."

"잠깐만 기다려요. 내가 날짜와 시간별로 정렬해 볼게요."

"완벽해요."

한나가 안드레아의 옆자리에 앉아 화면 밑에 떠오른 숫자들을 바라보며 말했다.

"노먼이 찍은 나이프 사진 쪽으로 넘길 수 있어요?"

"그럼요. 근데 이건 넘긴다고 하는 게 아니에요."

"알아요, 아무튼 내 말이 무슨 뜻인지 알잖아요."

노먼이 사진을 앞쪽으로 돌리는 가운데 한나는 지나가는 사진들을 날카롭게 관찰하며 화면에서 시선을 떼지 않았다.

"6시 20분."

케이크 나이프 사진이 화면에 떠오르자 미셸이 외쳤다.

한나가 나이프를 들고 찍은 사진을 비롯해 몇 장이 더 있었고, 그 후로는 노먼이 주방에 들어가 에드나와 주방 도우미들이 애피타이저를 준비하는 모습을 찍은 사진들이었다.

"저녁 6시 23분까지는 나이프가 제자리에 있었다는 건데."

안드레아가 분홍색 수첩을 넘겨 시간을 적은 뒤 한나를 돌아보았다.

"다음에는 무슨 사진을 보면 돼지?"

"브랜디가 커비 웰즈를 만난 다음에 찍은 사진은 모두. 그게 7시 30분이었지?"

안드레아가 시간대를 기록한 페이지를 넘겼다.

"맞아."

"디저트 테이블이 배경으로 들어간 사진이나 브랜디가 주방으로 들어가는 모습이 나온 사진은 모두 찾아야 해. 운이 좋으면 누군가 그녀의 뒤를 쫓는 모습이 찍혀 있을지도 몰라."

"살인범 말이지."

미셸이 숨죽여 말했다.

"그래."

노먼은 시간 기록이 저녁 7시 29분인 데까지 카메라를 돌렸다.

"좋아요……, 여기서부터 봐요."

몇 분간 네 사람의 눈은 모두 화면으로만 쏠려 있었다.

마침내 한나가 외쳤다.

"저기 디저트 테이블이야! 근데 너무 멀어. 나이프가 있는지 없는지 모르겠어."

"잠깐만요. 내가 조절해 볼게요." 노먼이 말했다.

사진이 줌인으로 당겨지자 한나가 감탄했다.

"그렇게도 할 수 있는 줄 몰랐어요!"

"디지털 카메라의 예술이라고 할 수 있죠."

또다시 침묵이 흐르고 어느 순간 네 사람이 동시에 입을 떡 벌렸다.

"저것 봐!" 제일 먼저 입을 연 건 미셸이었다.

"나이프를 집는 손이 찍혔어!"

"브랜디의 손인가?" 한나가 안드레아를 돌아보며 물었다.

"네가 매니큐어 같은 걸 유심히 봐뒀잖아."

"맞는 것 같아."

안드레아가 대답했지만 그녀의 표정은 그다지 확신하는 것 같지 않았다

"사진 속 손은 진주 빛 매니큐어를 칠한 것 같은데, 브랜디도 똑같은 매니큐어를 바르고 있었거든. 근데 진주 빛은 지금 한창 유행하는 색이라 브랜디가 아닐 수도 있어. 게다가 손을 뒤집고 있어서 반지를 낀 건지도 잘 모르겠는 걸."

"미셸은 어떻게 생각해?"

한나가 막냇동생을 불렀다.

"브랜디가 맞는 것 같긴 한데, 확신은 못하겠어."

그러자 한나가 한숨을 내쉬었다.

"그걸로 수사에 진전이 있다고 볼 순 없어. 여기서 확실한 건 진주 빛 매니큐어를 칠한 여자가 나이프를 집었다는 거야."

"하지만 다시 제자리에 놓았을 수도 있잖아."

안드레아가 말했다.

"그래, 맞아. 자세히 살펴보려고 잠깐 집었을 수도 있어. 우리, 이제 다음 사진 봐요, 노먼. 다음 사진을 보면 답을 알 수 있을지도 몰라요."

그러자 노먼이 다음 사진을 화면에 띄웠다. 두 번째 사진은 앞의 사

진과 매우 유사했지만, 시간 기록은 2초 뒤로 되어 있었다.

노먼이 사진을 줌인하더니 이내 휙 하고 휘파람을 불었다.

"나이프가 없어졌어요. 디저트 테이블에 가까이 다가오는 사람도 없었는데, 누구인지 몰라도 아까 그 여자가 가져간 것이 분명하네요."

"이건 뭐죠?" 한나가 자리에서 일어나 화면을 가리키며 물었다.

"그 여자 다리인가? 테이블에서 멀어지는?"

"그게 아니라면 달리 설명할 게 없겠는데요."

"브랜디는 은색 부츠를 신고 있었어."

한나가 모두를 향해 말했다.

"그녀의 종아리 부분이 보이도록 화면을 내릴 수는 없어요, 노먼?"

"미안하지만, 그건 못해요. 정면에 놓인 화분에 다리가 가려졌기 때문에 조금 더 줌인할 수는 있어도 아래로 내리는 건 불가능해요."

"다리에 뭔가 있는데."

안드레아가 브랜디의 허벅지로 추정되는 줌인 화면을 뚫어져라 바라보며 말했다.

"좀 더 당겨볼 수 있나 볼게요." 노먼이 카메라를 조작했다.

"이제 어때요?"

"브랜디야!"

별안간 미셸이 자리에서 폴짝 뛰어내리며 소리쳤다.

"어떻게 알아?" 한나가 물었다.

"확실한 것만 말해야 해, 미셸."

"확실해. 내가 브랜디의 문신을 봤다는 얘길 했지? 저기 제일 처음 새겼다고 한 문신이었어. 조그마한 브랜디 잔말이야."

"미셸 말이 맞아. 내가 결혼할 때 브랜디 잔이 네 개 들어 있는 세트를 선물 받았는데, 그중 하나가 저런 모양이었어."

안드레아가 한나를 바라보며 말을 이었다.

"수첩에 브랜디가 저녁 7시 42분에 나이프를 훔쳐서 달아났다고 기록할까?"

"마땅히 그래야지. 이제 다음 사진들을 보도록 해요, 노먼. 이제 브랜디가 주방으로 들어가는 장면을 잘 포착해 보자구요."

"이거면 될 거예요."

노먼이 다음 사진을 화면에 띄우며 말했다.

"에드나와 주방 도우미들이 크리스마스트리 옆에서 찍은 사진인데, 배경에 누군가 주방으로 들어가고 있어요."

노먼이 사진을 줌인하는 동안 한나는 숨죽이고 있다가 마침내 외쳤다.

"브랜디야, 맞았어! 이제 누군가 그녀 뒤를 쫓는 사진만 찾으면 돼."

다음으로 나온 몇 장의 사진들은 아무것도 건질 것이 없었다.

하지만 3분 후, 노먼이 음식 테이블의 모습을 찍은 사진 배경으로 주방 문이 살짝 열려 있는 것이 눈에 띄었다.

"잠깐만……, 줌인을 해 볼게요."

노먼이 말하고는 이내 한숨을 쉬었다.

"여자예요. 하지만 모습은 거의 가려져 있군요. 분명히 말할 수 있는 건 검정 치마를 입었다는 것뿐이에요."

그러자 안드레아가 흥분에 겨워 낮은 소리로 탄성을 내지르며 말했다.

"하지만 그것만으로도 충분해요! 우리가 실마리를 또 하나 풀었어, 언니! 이제 검정 치마를 입은 여자를 찾기만 하면 되는 거야. 그 여자가 바로 브랜디를 죽인 범인이라구!"

"꼭 그렇지만은 않아. 검정 치마를 입은 여자는 그 시간에 주방에 갔어야만 하는 합당한 이유가 있을지도 모르니까. 주방에 들어가서 손만 씻고 바로 다시 나왔을 수도 있잖아."

"그렇다면 얼마나 오래 그 안에 있었느냐가 관건이네."

미셸이 골똘한 얼굴로 말했다.

"사람을 죽이는 데는 시간이 얼마나 걸릴까?"

그러자 한나가 어깨를 으쓱해 보였다.

"주방으로 들어가서 저장실을 지나 주차장으로 통하는 문을 열고 마틴의 차로 가는 브랜디를 따라잡는 데 몇 분은 족히 걸렸을 것이고, 나이프로 찌르는 데도 몇 분이 걸렸을 거야. 대략적이긴 하지만, 5분이 넘게 돌아오지 않았으면 유력한 용의자야."

"그렇다면 용의자가 맞네요."

노먼이 말하자 세 명의 스웬슨 자매들이 일제히 그를 쳐다보았다.

"숙녀분들이 추측하는 동안 카메라 화면으로 사진들을 훑어봤어요. 그렇게 하면 더 빨리 볼 수 있거든요. 그 후 5분 동안, 사진에 그 여자가 주방에서 다시 나오는 장면은 찍히지 않았어요. 그리고 불행히도 그 뒤론 사진을 찍은 게 없네요."

"왜요?" 한나가 물었다.

"자리를 옮겨서 재즈 연주단을 찍었거든요. 그런 다음 크리스마스트리 앞에서 플랫닉 부부를 찍고, 위층으로 올라가 크리스마스 마을 사진을 찍었어요. 미안해요, 한나. 한나가 브랜디의 시체를 발견하기 전까지는 주방 근처 사진은 한 장도 찍지 못했네요."

"노먼이 미안해할 일이 아니에요. 그래도 유일한 단서를 찾게 해준 사람이 노먼인 걸요."

한나가 노먼에게 미소를 지으며 말했다.

"노먼은 정말 훌륭한 사진작가에요."

"고마워요. 그럼 이제 무얼 하면 좋죠?"

"논리적으로 생각해야죠. 검정 치마를 입은 여자가 만약 범인이 아니라고 한다면 사건의 목격자예요. 그 여자가 브랜디를 죽인 게 아니라면 누가 죽였는지 알고 있을 거라고요. 분명히 주방에서 두 사람과 만났을 테니까요. 그러니까 우선 그녀를 찾아서 얘기해 봐야죠. 하지만 그 여자가 정말 브랜디를 죽인 범인일지도 모르니 항상 조심해야죠."

"맞는 말이야." 미셸이 재빨리 고개를 끄덕이며 말했다.

"그럼. 우린 뭘 할까?"

"주변을 잘 관찰해. 커뮤니티 센터 전체를 돌아다니면서 검정 치마나 드레스를 입고 있는 여자를 찾는 거야."

"우리가 모두 흩어져서 찾으면 오래 걸리진 않을 거예요."

노먼이 그의 카메라 가방에서 수첩을 꺼내며 말했다.

"마침 내게 펜도 여러 개 있으니까 누구, 필요하면 말해요. 작년 크리스마스 때 병원에서 만들어 사람들에게 나눠주고 남은 거예요."

그러자 미셸이 손을 들었다.

"저 하나 필요해요. 전에 받은 건 룸메이트에게 5달러 주고 팔았어요. 칫솔 모양으로 생긴 펜은 처음 본다면서 자기한테 팔라잖아요."

"아무래도 병원은 그만두고 펜 제조업에나 뛰어들까 봐요."

노먼이 재치 있게 말했다.

"난 어디서부터 볼까요, 한나?"

"뷔페 홀 남쪽 끝에서부터 중앙까지 살펴줄래요? 미셸은 북쪽 끝에서 시작해 두 사람이 중앙에서 만나는 거야."

그러자 안드레아가 얼굴을 찌푸렸다.

"나는? 나도 도울 수 있는 거지?"

"물론이지. 여기에 있는 방들을 하나씩 살펴볼 사람이 필요해. 그러면 트레시도 만날 수 있을 거야. 조단 고등학교 학생들이랑 같이 도서관에서 만화 영화를 보고 있다는 거 안 잊어버렸지? 이제부터 모두 명단을 만드는 거야. 대신 아무에게도. 아무 질문도 해서는 안 돼. 20분 후에 로비에서 만나 서로 명단을 교환해 보자."

"언니는 뭘 할 거야?" 미셸이 물었다.

"난 주방이랑 화장실, 옷방, 그리고 댄스 플로어를 볼 거야. 하지만 그전에 마이크에게 가서 검정 치마의 여자에 대해 알려주려고. 그래야 공평하잖아. 일단은 우리가 탐문 수사를 한다는 걸 알리고, 진짜 심문은 마이크에게 넘길 거야."

"마이크가 한나 말을 믿을 거라고 생각해요?"

노먼은 아무렇지도 않은 표정을 지으려 애쓰는 것 같았지만, 한나는 그의 속마음이 모두 들여다보였다.

"그럼요, 날 믿어줄 거예요. 사실을 얘기하는 거니까요. 미셸과 안드레아에게 얘기했던 그대로의 사실 말이에요. 이번은 상황이 예전과 달라요. 마이크는 현재 도와줄 사람이 부족하다고요. 그러니 내가 할 수 있는 한은 있는 힘껏 돕고 싶어요."

마이크가 사무실로 사용하는 회의실의 굳게 닫힌 문 앞에서 한나는 얼굴을 찌푸린 채 서 있었다.

정말이지 마이크를 방해하고 싶진 않았다. 하지만 한나가 알아낸 정보는 브랜디를 죽인 범인을 잡는 데 아주 중요한 키워드가 될 수도 있다.

아까의 태도라면 마이크는 일을 방해한 것에 대해 한나에게 화를 내겠지만, 왜 방해할 수밖에 없었는지를 설명하면 금방 누그러질 것이다.

한나는 노크를 한 뒤 얼굴에 한가득 친절한 미소를 떠올렸다.

그녀의 방문에 마이크는 사뭇 놀라겠지. 하지만 알아낸 사실을 모두 얘기해주면 틀림없이 좋아할 것이다.

한나는 발을 동동거리며 달칵 소리와 함께 문이 열리길 기대했지만, 문은 여전히 굳게 닫힌 채였다.

"어서요, 마이크."

한나는 중얼거리며 또다시 노크를 했다.

이번엔 더 세게. 또다시. 그리고 기다렸다.

한나의 미소는 여전했지만, 여전히 문 안쪽에서는 대답이 없었다.

마이크가 사무실을 비운 모양이었다. 단서를 수집하러 커뮤니티 센터의 다른 장소로 이동했을지도 모르겠다. 마이크가 없다면 그에게 급히 전해야 할 메시지가 있다고 메모를 남기는 것이 좋겠다.

한나는 혹시나 하는 마음에 손잡이를 돌려 문을 열어보았다.

마이크는 안에 있었다.

하지만 그는 누군가를 심문하는 중이었다.

잔뜩 찌푸린 얼굴을 봐서는 섣불리 방해해선 안 될 것 같았다.

"좀 바쁜데요, 한나."

마이크가 나가라는 손짓을 하며 한나에게 말했다.

"그런 것 같네요. 방해해서 정말, 정말 미안한데, 급하게 할 말이 있어요. 복도로 잠깐 나와 보면 안 될까요? 1, 2초밖에 안 걸릴 거예요."

"아니요."

"1,2초보다 더 걸릴 거란 말이에요? 아니면 안 된다는 말이에요? 잠깐만 나와 볼 수 없어요?"

"둘 다 안 돼요. 지금 심문 중이잖아요. 나중에 얘기합시다, 한나."

"정말 이해를 못 하는군요. 당신을 도우려는 거예요. 아주 중요한 일이란 말이에요, 마이크!"

"나중에 얘기하자고 했잖습니까, 한나. 제발 방해하지 말아요. 지금 수사가 한창입니다. 당신과 얘기 나눌 시간이 없어요. 얼른 그 문 닫고 나가요, 알았어요?"

한나는 문을 닫았다.

어쩌면 필요 이상의 힘이 들어갔는지도 모르겠다.

마이크에게 기회를 주었다, 그것도 아주 정중하게. 이제는 한나 스스로 브랜디를 죽인 범인을 잡게 되더라도 마이크에게 전혀 미안할 것 같지 않았다.

계단을 내려설 때까지도 한나는 단단히 회가 나 있었다. 스트레스를 받을 때면 늘 그렇듯 한나는 곧장 주방으로 향했다. 커뮤니티 센터에서 한나가 제일 좋아하는 공간인 주방에 둘러싸여 울적한 기분도 풀 겸 주방에서 내내 일하던 도우미들의 옷차림도 확인할 겸이었다.

주방에서는 에드나와 도우미들이 주방을 정리하느라 분주했다. 그릇들을 씻고, 남은 음식은 스트랜드버그 목사님의 교회나 레이크 에덴 요양소로 보내질 때까지 냉장실에 보관했다.

하지만 한눈에 보기에도 검정 치마를 입은 사람은 없었다. 다음은 댄스 플로어였다. 한나는 가장자리에 있는 테이블을 찾아 자리에 앉은 뒤 춤추는 커플들을 유심히 지켜보았다.

희미한 불빛에 셰릴 쿰스가 검정 치마를 입은 것처럼 보여 한나는 도대체 무슨 이유로 셰릴이 마틴의 새 부인을 죽였을까 고심했지만, 셰릴의 파트너가 한나가 있는 곳 가까이로 셰릴을 이끌었을 때 그녀의 치마를 다시 자세히 보니 그건 검정이 아니라 짙은 녹색이었다. 다음 목표는 옷방이었다.

한나는 길고 넓은 방 안으로 들어가 천장에 달린 등을 켰다. 그러자 옷방 구석에서 놀란 듯한 소리가 들렸고, 한나가 뒤를 돌아보니 그녀가 본의 아니게 방해하고만 고등학생 커플이 서 있었다.

여자아이는 헝클어진 머리를 애써 매만지고 있고, 남자아이는 침을 꿀꺽 삼키고 있었다.

"죄송해요, 스웬슨 양. 우린 그저, 그러니까……."

"괜찮아, 설명하지 않아도 돼."

로맨틱했을 순간을 애써 변명하려는 남자아이의 노력을 다독이며 한나가 말했다.

"나가서 춤을 추거나 아니면 다른 놀이를 찾는 게 어때?"

"좋은 생각이에요. 안녕히 계세요, 스웬슨 양."

여자아이가 말하며 상황이 더욱 난처해지기 전에 남자아이의 손을 잡고 옷방 밖으로 이끌었다.

어린 커플이 서둘러 옷방을 나서는 모습을 보며 한나는 씩 웃었다.

여자아이는 파란색 옷을 입고 있었다.

옷방에 다른 누군가가 더 숨어 있는 건 아니겠지? 한나는 여자 화장실을 확인하러 옷방을 나가다 말고 종이 가방 옆에 아주 조그맣게 물웅덩이가 생긴 것을 눈여겨보았다. 종이 가방은 부츠를 신고 온 여자들이 보통 신발을 따로 담아올 때 사용하는 종류의 것이었다.

호기심이 발동한 한나는 가방을 열고 신발을 살폈다. 여자들이 드레스에 맞춰 많이 신곤 하는 낮은 굽의 검정 펌프스였다. 신발 자체에는 특이한 것이 없었지만 자세히 보니 신발은 흠뻑 젖어 있었다.

한나는 한 줄로 걸려 있는 코트 밑으로 부착된 고리에 걸려 있는 누군가의 부츠를 집었다. 부츠는 완전히 말라 있었다. 다른 신발도 한 켤레 더 살펴본 한나의 의심은 더욱 증폭되었다. 이 젖은 신발을 신었던 여자는 그리 오래지 않은 시간 전에 밖에 나갔다 온 것이 틀림없다.

하지만 부츠가 있는데도 왜 굳이 펌프스를 신고 밖에 나갔을까? 의문 속의 여인은 부츠로 갈아 신을 시간도 없었을 정도로 뭔가 급한 일이 있었던 모양이다.

두 번째로 습득한 정보다.

한나는 두 번째 정보까지 모두 활용해 보기로 마음먹었다. 이제 검정 치마나 드레스를 입은 채 부츠를 신고 커뮤니티 센터를 돌아다니는 여자를 찾기만 하면 된다. 그런 사람이 그렇게 많진 않을 것이다.

한나는 사람들도 확인하고, 옷매무시도 가다듬을 겸 화장실로 향했다. 하지만 불행하게도 한나의 빗은 주방 서랍에 넣어둔 가방 안에 있었기 때문에 머리를 매만진다고 해도 손가락을 이용해 빗어 내리는 것이 전부였고, 화장이라고는 립스틱만 칠했기 때문에 화장을 고칠 필요는 없었다.

그나마도 지난번 한나가 그래니의 앤티크에 갔을 때 루앤에게서 산 프리티 걸 립스틱은 한나의 집 화장대에 고이 모셔져 있어 모양 좋게 덧바를 수도 없었다. 반면 운 좋게도 화장실에 있는 사람들을 확인하는 건 그리 오래 걸리지 않았다.

한나는 각각 붉은색과 푸른색 드레스를 입는 샬롯 로스코와 샐리 래플린에게 인사를 했다. 그리고 겨울날 눈밭처럼 새하얀 의상을 입은 로드 부인이 한나에게 다가오자 부인에게도 인사를 건넸다.

그런 후 막 화장실을 나서려는데 화장실의 구석 칸 밑으로 부츠를 신은 발이 한나의 눈에 띄었다.

"참, 노먼이 사진을 참 잘 찍던데요."

한나가 발걸음을 멈추고 로드 부인에게 말했다. 이럴 때는 흐르는 물처럼 자연스럽게 대화를 이끌어나갈 수 있는 안드레아의 능력이 부러울 따름이었다.

"그렇지? 노먼은 뭐든 잘하니까."

"맞아요." 한나가 눈치껏 맞장구를 쳤다.

"제가 왜 갑자기 그런 말씀을 드렸느냐면, 만약 사보리 출판사가 노먼이 찍은 음식 사진을 요리책에 싣게 되면 그야말로 노먼은 사진작가로 첫 데뷔를 하게 되는 셈이잖아요."

"그 애도 분명히 좋아할 거야."

로드 부인이 한나를 구석으로 이끌며 말했다.

"근데 무슨 일이야? 화장실 칸막이 밑은 왜 자꾸 흘끗거리는 거지?"

한나는 한숨을 내쉬었다. 그녀의 시선이 너무 노골적이었던 모양이다.

"저 여자분이 혹시 검정 치마를 입었나 해서요."

"그건 왜?"

"여자 친구가 화장실에 갔는데 괜찮은지 확인해 달라고 어떤 남자분에게 부탁받았거든요. 그 여자가 검정 치마를 입었다고 해서요."

"네 엄마 말이 맞구나. 네 피에는 거짓말 유전자가 흐르지 않아."

"네?"

"사실대로 말해 봐, 한나. 남자에게 부탁받았다느니, 여자 친구이니 하는 거 다 지어낸 얘기지?"

"아, 그게……"

"됐다. 뭔가 그럴만한 이유가 있겠지. 잠깐만 기다려 보렴. 내가 알아봐 줄 테니."

한나는 기다렸다. 달리 무엇을 할 수 있겠는가?

그리고 1, 2분이 지난 후 로드 부인이 돌아왔다.

"줄무늬 치마야. 은색과 파란색 줄무늬."

로드 부인이 쉿 소리에 가까운 낮은 소리로 한나에게 말했다.

"그것만 알면 되니?"

"네, 고맙습니다. 로드 부인."

한나는 인사를 남긴 채 몸을 돌려 문쪽을 향했다.

"물어볼 게 있어, 한나."

필요하다면 한나는 또다시 거짓말을 해야 할 것이다.

"뭔데요?"

"윈슬롭에 대해서 어떻게 생각하는지 궁금해."

"아, 흠……, 아주 잠깐 만나봤을 뿐이라……."

한나는 뜸을 들이며 대충 얼버무릴 수 있는 표현을 생각해냈다.

"아무튼 첫인상은 매우 강렬했던 것 같아요."

로드 부인은 한나의 대답이 만족스러웠는지 한나를 무사히 보내주었
고 덕분에 한나는 화장실에서 빠져나올 수 있었다.

다시 뷔페 홀에 들어가며 한나는 손목시계를 확인했다.

로비에서 동생들과 노먼을 만나 서로 정보를 교환하기로 한 시간까
지는 5분이 남아 있었다. 그 정도면 커피 한 잔 하기에는 충분했다. 주
방으로 향하던 한나는 밥스 듀빈스키가 홀로 앉아 있는 것을 보았다.
몹시 침울한 그녀의 표정도 무리는 아니었다.

이번 한 주가 그녀에게는 충격의 연속이었을 테니 말이다. 우선 마틴

의 갑작스러운 재혼이 있었고, 라스베이거스 출신의 새 며느리가 생겼으며, 마틴이 손자들의 양육비나 교육비로 썼어야 할 돈을 모두 브랜디에게 써버린 것도 몹시 화가 나는 일이었을 것이다.

게다가 이제 브랜디가 죽기까지 했으니 이것 또한 충격적이지 않을 수 있겠는가? 비록 밥스가 브랜디를 좋아하지 않았다고 하더라도 말이다.

한나는 밥스가 앉은 테이블로 다가서며 살짝 손을 흔들어 보였다.

"안녕하세요, 밥스. 지금 갓 내린 커피를 가지러 가던 참이었는데, 밥스 것도 갖다줄까요?"

"그래 주면 고맙지." 밥스가 한나에게 빈 컵을 건넸다.

"새 컵을 또 꺼내느니."

밥스가 건네는 컵을 받아들던 한나는 그녀가 짙은 빨간색 실크 블라우스에 검정 치마를 입고 있다는 사실을 새삼 깨닫고는 그만 깜짝 놀라 컵을 떨어뜨릴 뻔했다. 하지만 바로 그때 아주 좋은 생각이 떠올랐다.

"어머!"

한나는 다시 일부러 공을 들여 컵을 떨어뜨렸다.

"비어 있어서 다행이네요. 잠깐만 기다리세요. 제가 치우고 새 걸로 갖다 드릴게요."

이게 모두 밥스가 신은 신발을 확인하기 위한 작업이라는 것을 그녀가 눈치 채지 않기를 바라며 한나가 허리를 구부렸다.

그렇게 밥스의 신발을 확인한 한나는 하마터면 외마디 소리를 지를 뻔했다. 부츠! 밥스는 검정 치마에 부츠를 신고 있었다!

'검정 치마를 입은 사람을 보거든 아무 질문도 하지 말고 이름만 적어와.'

한나의 머릿속에 스스로 일러두었던 지시 사항이 둥실둥실 떠올랐다.

'정말 조심해야 해. 우리가 생각하는 그 사람이 사건의 목격자인지 브랜디를 죽인 범인인지 알 수 없으니까.'

한나는 허리를 곧게 펴고 밥스를 잠시 쳐다보다가 자신이 내렸던 지시 따위는 모두 무시한 채 그녀의 옆자리에 앉았다.

밥스가 살인범이라니, 좀처럼 믿어지지 않았지만, 여러 정황이 그녀가 범인이라고 말해주고 있었다.

지금은 한가하게 동생들과 노먼을 기다릴 때가 아니다.

한나는 뭔가 짚이는 것이 있을 때 바로 치고 나가자고 결심했다.

"왜 그래, 한나?"

밥스가 염려스러운 얼굴로 물었다.

"이건 정말 심각한 일이에요, 밥스. 브랜디와 주차장에서 무슨 일이 있었던 건지 정확하게 말씀해주세요."

"브랜디라니? 그게 무슨……."

밥스는 모르는 척 사실을 부인하려다 말고 이내 한숨을 내쉬며 어깨를 으쓱해 보였다.

"알았어. 이제 더 이상 혼자 비밀로 할 순 없겠어. 그래, 내가 브랜디를 죽였어. 하지만 그건 사고였어. 내 말을 믿어줘, 한나!"

한나는 앞면에 포인세티아 그림이 그려진 깨끗한 냅킨을 손에 꼭 잡아 쥐었다. 해석은 나중에 안드레아에게 맡기면 될 터였다.

"있는 그대로만 말해주세요, 밥스. 그럼 믿을게요."

"브랜디가 마음에 들지 않았던 이유 중 하나는 그녀가 믿을 만하지 못했기 때문이었어. 마틴이 그녀를 처음 집으로 데려오던 날, 내 시계를 훔쳤거든."

"정말로 브랜디가 가져간 게 확실해요? 오해하신 건 아니고요?"

"물론 100% 확신할 수는 없었기 때문에 브랜디에게 대놓고 묻진 않았어. 그 시계는 줄이 조금 조여서 외출할 때만 차고, 보통 때는 거실에 있는 의자 옆이나 화장대에 있는 액세서리 접시, 혹은 주방 창틀에 놓아두곤 했지. 근데 마틴과 브랜디가 다녀간 후에 아무리 찾아도 시계가 없는 거야. 집을 거의 뒤집어엎었지만, 어디서도 찾을 수가 없었어. 내가 그걸 엉뚱한 곳에 두었을 리는 없는데 말이야."

"그랬군요."

"그래서 오늘 밤에는 브랜디를 유심히 지켜보고 있었지. 혹시 또 뭐라도 훔쳐서 우리 마틴까지 욕 먹이는 게 아닐까 하고."

"그래서 정말로 브랜디가 뭘 훔쳤나요?"

이미 답을 알고 있으면서도 한나가 물었다.

"한나 어머니의 앤티크 케이크 나이프를 훔치더군. 내가 그 장면을 똑똑히 봤어, 한나. 팔에 밍크코트를 걸치고는 자연스럽게 디저트 테이블로 가서는 한나와 리사가 구운 쿠키를 구경하는 척하더니 쿠키를 두어 개 집더라구. 그런 후에도 내가 계속 지켜봤는데 케이크가 있는 곳으로 가더니, 동작이 너무 빨라서 하마터면 못 볼 뻔했지만, 나이프를 집어서는 코트 안에 숨겨서 주방으로 들어가더라고."

"그녀를 쫓아가셨어요?"

밥스가 고개를 끄덕였다.

"하지만 처음에는 마틴을 찾았어. 어쨌든 브랜디는 그 애의 부인이니까. 우리 마틴한테 알리면 그 애가 알아서 할 수 있으리라고 생각했지.

근데 마틴과 셜리, 둘 다 보이지 않는 거야. 그래서 할 수 없이 내가 직접 브랜디를 쫓아 주방으로 갔어. 나이프를 제자리에 갖다놓으라고 할 작정이었지."

"브랜디가 주방에 있던가요?"

"아니, 주방엔 아무도 없었어. 저장실 불이 켜져 있기에 안을 들여다봤더니 주차장으로 통하는 문이 제대로 닫혀 있지 않은 거야. 저장실로 들어가 주차장 밖을 내다봤더니 주차장을 가로질러 가는 브랜디가 보이더라구."

"그래서 쫓아가셨군요."

"그래. 들어가서 코트랑 부츠를 챙겨 나올까도 생각했지만, 그러는 동안에 브랜디가 나이프를 다른 곳에 숨겨놓을까 봐 걱정이 되더라구. 얼마 후, 차 문이 닫히는 소리가 들리면서 시동 거는 소리가 들리더군. 브랜디가 마틴의 차를 탄 거야. 그녀가 왜 차를 탔겠어? 이유는 하나야. 여기에서 달아나려 했던 거지. 난 그런 그녀를 막아야만 했어."

한나는 손을 뻗어 밥스의 손을 토닥였다. 밥스는 마음이 상할 대로 상해 있었다.

"계속 말씀해 보세요."

"마구 달렸지. 간신히 브랜디가 탄 차가 출발하기 전에 그녀를 잡을 수 있었어. 내가 쫓아오는 걸 보지 못했는지 운전석을 잠그지 않았더군. 문을 열었더니 브랜디가 차를 예열하면서 한나의 쿠키를 먹고 있더라구. 난 당장 시동을 끄고 그녀의 팔을 잡아 차 밖으로 끌어냈지. 브랜디는 완강히 저항했지만, 내 힘도 만만치 않았어."

"그런 다음에는?"

"그때 그녀가 우리 증조할머니 반지를 낀 걸 봤어. 에메랄드와 다이아몬드가 박힌 건데 마틴과 셜리가 결혼할 때 내가 선물로 줬던 거야. 반지를 보자마자 난 너무 화가 나 이성을 잃었어. 반지를 빼내려고 애를 썼지."

"브랜디는 저항하구요?"

"마치 호랑이처럼 무섭더군. 주먹으로 내 가슴을 치는 바람에 내가 눈밭에 나동그라졌어. 내가 간신히 일어서니까 차로 달려가서는 딜로어의 케이크 나이프를 들고 나한테 휘두르더라구."

"칼에 맞으셨어요?"

"아니, 빗나갔어. 내가 그녀의 손목을 잡았고 나이프를 사이에 둔 채서로 그렇게 맞붙어서 씨름을 했어. 그러는 와중에 우리 둘 다 눈에 미끄러져 넘어지고 어쩌다가 내가 브랜디 위에 올라타게 됐지."

"그럼, 그때 찌르신 거군요?"

"아니! 그렇지 않아! 내 손은 나이프가 아니라 브랜디의 손목을 잡고 있었으니까. 처음에는 그녀가 정신을 잃은 줄 알았어. 그래서 일어서서는 그녀의 손가락에서 반지를 빼고 다시 제자리에 갖다놓으려고 나이프를 찾았지. 눈밭을 몇 분 동안 뒤지다가 마침내 그게 그녀의 가슴에 꽂혀 있는 걸 보고 말았어!"

"그래서 어떻게 하셨어요?"

"맥을 짚어봤는데, 집히지 않았어."

"그래서 구급차도 부르지 않았어요? 안에 들어가서 도움을 요청하지도 않구요?"

그러자 밥스가 고개를 저었다.

"그다음 일에 대해서는 스스로도 부끄러워. 그때는 나도 너무 춥고 충격을 받아서 정신없이 옷에 묻은 눈발을 털어내고는 주방으로 돌아와 버렸어."

"아무도 밥스를 보지 못했어요?"

"주방엔 아무도 없었어. 얼른 싱크대로 가서는 따뜻한 물에 손을 녹였지. 핏자국 같은 건 묻어 있지도 않았어. 단지 신발만 젖었을 뿐이라 옷방에 가서 부츠로 갈아 신었지."

한나는 진술을 기록한 냅킨을 접어 주머니에 넣었다.

"제가 어떻게 하라고 말씀드릴 건지 잘 알고 계시죠?"

"알아. 마이크에게 가서 자백해야겠지. 하지만 그전에 마틴에겐 내가 직접 사실을 털어놓을 수 있도록 해줘."

한나는 잠시 생각에 잠겼다. 그건 변칙적인 방법인데다가 경찰 규율에 어긋나는 일이기도 했다. 하지만 한나는 더 이상 마이크와 함께 일하지 않으니 굳이 그의 규칙을 따라야 할 필요가 없었다.

"좋아요." 한나가 말했다.

"그럼 저랑 같이 마틴과 셜리를 찾아봐요."

마틴과 셜리를 찾아 조용한 자리에서 밥스가 사실을 털어놓기까지는 그리 오랜 시간이 걸리지 않았다.

고백을 모두 마치자 마틴은 메인 목소리로 말았다.

"어머니가 브랜디를 죽였단 말이에요?"

"브랜디를 죽이신 게 아니에요." 셜리가 나섰다.

"그냥 사고였을 뿐이라구요. 브랜디를 쫓아가신 건 그녀가 훔친 나이프를 제자리에 갖다놓기 위해서였잖아요."

밥스가 고개를 끄덕였다.

"셜리의 말이 맞아. 미안하지만, 그건 정말 사고였어. 브랜디가 나이프를 들고 와서는 같이 눈밭에 넘어졌거든. 마이크가 내 말을 믿어줬으면 좋겠구나. 이제 가서 자백할 참이야."

"안 돼요!" 마틴이 밥스의 팔을 붙잡으며 반대했다.

"말하지 마세요, 어머니. 그는 분명히 어머니를 살인죄로 체포할 거예요!"

"아닐 거야. 그건 사고였잖니. 그리고 무기를 가지고 있던 건 내가 아니라 브랜디였다는 걸 기억해라."

"하지만 마이크는 그 말을 믿지 않을 거예요. 브랜디가 나이프를 훔친 걸 아무도 본 사람이 없잖아요. 머리 좋은 검사라면 어머니가 반지를 뺏으려고 나이프를 들고 브랜디를 쫓아갔다고 말하겠죠. 분명히 유죄 선고를 받을 거예요. 감옥에 갈 거라구요!"

"진정해요, 마틴." 한나가 말했다.

"브랜디가 케이크 나이프를 훔치는 장면을 찍은 사진이 노먼에게 있어요."

"노먼이? 그렇다면……, 그렇다면 정말 다행이군요! 그럼 아무 문제 없는 거지?"

"그럴 거예요. 나이프에서는 밥스의 지문이 나오지 않을 테니까요. 나이트 박사님의 검시 결과가 나와 밥스의 진술을 뒷받침해줄 때까지 경찰서에서 몇 시간 정도 머무르셔야 하겠지만 결국 결백을 인정받으실 거예요."

"그럼 저희도 함께 가겠어요."

마틴이 밥스의 팔을 잡으며 말했다. 그러자 셜리도 밥스의 다른 쪽 팔을 잡았다.

"당연히 그래야죠. 이 고비를 넘기고 나면 마틴과 함께 좋은 소식을 전해드릴게요."

"정말이니?" 오늘 밤 처음으로 밥스가 미소를 보였다.

"뭔지 알 것 같구나. 정말 잘된 일이야!"

밥스와 마틴, 셜리를 마이크에게 데려다 준 뒤 한나는 동생들과 노먼이 기다리는 로비로 서둘러 달려갔다. 그리고는 그들에게 무슨 일이 있었는지 설명했다.

"한나가 내린 지시를 스스로 저버렸단 말이죠?"

노먼은 화가 났다기보다는 뭔가 즐거워하는 표정이었다.

"맞아요."

그러자 안드레아의 눈이 휘둥그레졌다.

"우리가 그랬으면 아마 펄펄 뛰었을 테지?"

"그것도 맞아."

"자자, 여러분." 노먼이 평화 유지인의 역할을 맡았다.

"어서 가서 남은 초콜릿이 있나 봅시다. 난 슬슬 출출해지기 시작하는데, 폭풍이 멎기 전까진 집에 돌아가지 못하잖아요."

네 사람은 뷔페 홀로 통하는 계단을 향해 걸어갔다.

한나가 흘끗 출입문 쪽을 바라보았지만, 역시 노먼의 말대로 눈 폭풍의 기세는 아직도 꺾일 줄 모르고 있었다. 바람 역시 전에 없이 날카로

윘으니 그런 바람 속에서 운전한다는 건 신에게 목숨을 맡기는 일과도 같을 터였다. 지금까지 미네소타의 혹독한 겨울 중 최악을 기록할만한 날씨를 물끄러미 바라보는데 눈에 덮인 무언가가 인도 쪽에서부터 출입문 쪽으로 걸어오는 것이 보였다.

"저기 누가 있어." 한나가 내리는 눈발 사이를 가늠했다.

"빌인 것 같아!"

"어디?"

안드레아가 한나에게로 달려와 합류했다.

"저기 인도 끝에 말이야. 로니에게 얼른 나가서 데려오라고 해야겠어. 넌 미셸에게 가서 따뜻한 커피 준비해놓으라고 해."

로니는 망설임 없이 밖으로 나가 빌을 데려왔다. 빌이 안으로 들어서자 안드레아는 그가 파카를 벗는 것을 도왔고, 한나는 빌의 파카를 출입문 옆에 서 있는 나무에 걸쳤다.

반은 고드름이 되어버린 빌은 미셸이 따뜻한 커피를 가져다주자 고마워하며 두 손으로 잔을 감싸쥐었다.

"밖에 너무 추워. 여기 오는 길에 차에 히터까지 나가버려서 얼마나 고생했다구."

"오, 여보." 안드레아가 포근하게 그를 보듬어 안으며 말했다.

"여기까지 올 필요 없었는데. 이제 거의 끝났어요."

"뭐가 끝나?"

"사건 말이에요." 미셸이 말했다.

"약 15분 전에 우리가 사건을 해결했어요. 그러니까 커피 마시면서 몸이나 녹여요. 이따가 마이크가 심문실로 사용하는 방으로 데려다 줄게요."

"무슨 사건? 무슨 심문? 뭐가 어떻게 된 거야?"

"무전으로 연락 못 받았어?" 한나가 얼굴을 살짝 찡그리며 물었다.

"내가 시체를 발견하자마자 마이크가 빌에게 여러 번 연락을 취했었는데."

"무슨 시체?"

빌은 안드레아에게로 고개를 돌렸다가 한나를 쳐다봤다가 다시 미셸을 보았다. 그렇게 그는 몇 분간 세 사람을 번갈아 쳐다보있다.

"마틴의 새 부인인 브랜디 와인 듀빈스키. 주차장에서 죽은 채 발견됐어요. 일단 몸부터 녹여요. 다 설명해줄 테니까."

안드레아가 약속했다.

"우리가 정말 시급하게 알아야 할 건 엄마의 앤티크 케이크 나이프가 언제쯤 석방될 것이냐 하는 거야. 엄마가 알기 전에 빨리 제자리에 갖다놓아야 하거든."

"뭘 알기 전에?"

"그게 살인 도구로 쓰였다는 것 말이야……, 물론 엄연히 말하면 살인 도구는 아니지만."

한나가 설명했다. 그리고는 노먼이 남은 초콜릿을 좀 찾았는지 알아봐야겠다고 생각하며 자리에서 일어섰다. 설명을 완벽하게 이해할 필요가 있는 빌에게는 지금 초콜릿이 절실히 필요한 듯 보이니 말이다.

"어쩜 그렇게 춤을 잘 춰요."

노먼을 따라 테이블로 돌아오며 미셸이 감탄했다.

"특별히 배웠어요. 한나가 내 춤 신청을 거절할까 봐서요."

한나는 웃음을 터뜨렸다. 파티가 막 시작되었을 때의 밝고 생생한 기분이 다시 돌아오고 있었다.

레이크 에덴이 또다시 흉악 범죄의 무대가 되지 않았다는 사실이 한나는 내심 기뻤다. 이제 편한 마음으로 파티를 즐기기만 하면 되었다.

"난 파블로바(제정 러시아 시대의 유명한 발레리나)가 아니에요. 엄마가 내 이름을 그레이스라고 짓지 않은 건 다 그럴만한 이유가 있다니까요."

"그건 한나의 또 다른 동생과 춤을 춘 후에 알아보기로 하죠."

노먼이 안드레아에게 손을 내밀었다.

"춤추시겠어요?"

그러자 안드레아가 미소를 지었다.

"정말로 춤추고 싶은데……, 오늘 밤은 아무래도 안 될 것 같아요. 지금 몸이 너무 무겁고 불편하거든요. 디저트를 스무 종류도 넘게 먹은 것 같아요."

"더 될 걸." 한나가 중얼거렸다.

한나가 본 것만 해도 여섯 개인데, 그건 빙산의 일각일 뿐, 안드레아가 실제로 먹어치운 건 그보다 훨씬 더 많을 것이다.

"몸은 괜찮은 거지?"

"괜찮아, 조금 피곤한 것뿐이야. 다리도 많이 부었고. 나 언니 의자에 다리 올려놓고 앉아 있을게. 가서 춤추고 와."

"내가 오리털 재킷을 가지고 올게. 그걸 밑에 깔고 다리를 올려."

미셸이 말했다.

"그러면 훨씬 더 편안할 거야."

그때 노먼이 한나에게 손을 내밀었고, 한나는 노먼의 손을 잡았다. 하지만 댄스 플로어로 나가기 전 한나는 물어볼 것이 떠올랐다.

"혹시 우리가 자리를 비운 새 무슨 일이 있진 않겠지?"

"오, 그럴지도."

안드레아가 말했다. 그리고는 깜짝 놀란 한나의 표정을 보고는 까르르 웃기 시작했다.

"언니가 생각하는 것 말고 말이야. 난 노먼이랑 춤추는 걸 말하는 거였어."

노먼과 한나가 댄스 플로어에 나섰을 때 커비의 재즈 연주단은 한창 '문 리버moon river'를 연주 중이었다.

한나는 노먼에게 바짝 붙어 춤을 췄다. 안드레아에게 춤을 가르칠 때, 안드레아가 남자와 여자 역을 섞어서 연습하면 헷갈린다고 하는 통에 한나가 매번 '남자' 역을 맡아 몸에 밴 리드 습관이 이번에는 전혀 나오지 않았다.

따뜻한 안정감이 느껴지는 노먼은 볼을 맞대고 춤추기에는 아주 완벽한 파트너였다. 물론 지금은 볼과 볼이 아니라 볼과 어깨지만. 그야말로 로맨틱과는 거리가 먼 풍경이었다. 어떻게 보면 볼과 가슴이라고 해도……

"실례해요."

그때 귀에 친숙한 낮은 음성이 더 이상 진도를 나가서는 안 될 한나의 생각에 제동을 걸었다.

노먼은 한나를 한 바퀴 돌려 자기 쪽으로 살짝 잡아당겼고, 한나는 자신도 모르게 마이크와 마주하는 모양새가 되고 말았다. 물론 정확히 말하면 마이크의 얼굴이 아닌 가슴과 마주한 꼴이었지만. 마이크가 한나보다 키가 컸기 때문이다.

"끼어드는 건가요?"

노먼이 물었다, 그는 조금 질투하는 것 같았다.

"아뇨."

마이크가 대답했다, 그리고는 한나를 향해 미소를 지었다.

"그러기 싫어서가 아니라 아직 일하는 중이거든요. 빌과 함께 지금 밥스 듀빈스키를 경찰서로 연행한다고 한나에게 말해주러 왔습니다."

"한나도 경찰서에 데려가는 건 아니겠죠?"

"아뇨, 그냥 일반적인 비디오테이프 형식의 진술만 받을 겁니다. 나이트 박사님의 검시 결과가 브랜디의 죽음에 대한 한나의 설명과 크게 다르지 않은 이상은 특별히 한나를 경찰서로 부를 이유가 없어요."

"좋은 소식이네요." 노먼이 한나의 손을 꼭 쥐며 말했다.

"말해줘서 고마워요, 마이크."

"별말씀을. 모두 수사를 도와줬는데, 제가 감사하죠."

한나는 마음에 고인 말들을 내뱉지 않도록 입을 굳게 다물고 있어야만 했다.

'마이크가 도대체 무슨 소리를 하는 거지? 수사를 돕다니? 우린 수사를 도운 게 아니라 거의 사건을 도맡아 해결했다구!'

"아무튼 셜리와 마틴도 셜리의 차로 우리와 함께 갈 겁니다. 얼 프렌스버그가 앞에서 제설차를 몰기로 했고요."

"허머는 안 가지고 가구요?"

한나가 깜짝 놀랐다.

"안 가져가요. 허머는 전천후이기 때문에 여기서 누구든 급하게 필요한 사람이 있으면 그녀를 쓰게 할 겁니다."

그러자 한나가 씩 웃었다.

"생명체가 아닌 것은 의인화시킬 수 없어요."

"네?"

"마이크의 허머말이에요. 그녀가 좋아하지 않을 걸요."

마이크는 여전히 알쏭달쏭한 표정이었지만, 노먼은 한나의 말을 알아채고는 이내 킥킥거리기 시작했다. 하지만 그의 웃음은 금세 잦아들었다. 노먼이 아직도 한나에게 팔을 두르고 있었기 때문에 그의 킥킥거림으로 한나는 마치 지진을 만난 것 같은 진동을 느껴야만 했다.

"어쨌든." 마이크가 손을 휘휘 저으며 말했다.

"요점은, 얼이 다시 돌아오려면 적어도 1시간은 더 걸릴 테니까 급한 일이 있으면 허머를 사용하라는 거예요."

한나는 귀를 의심할 수밖에 없었다.

마이크는 허머를 마치 친자식처럼 아꼈다. 그렇게 애지중지하는 것을 한나에게 맡긴다는 건 그녀를 아주 많이 신뢰한다는 뜻이었다.

"여기요."

마이크가 한나의 손에 자동차 열쇠를 떨어뜨렸다.

"한나, 당신 손에 맡기는 거예요. 한나의 판단이라면 언제든 믿을 수 있으니까요. 누군가 급히 떠나야 한다면 즉시 허머를 운전해줄 수 있을 만한 남자를 찾아봐요."

한나는 피가 거꾸로 솟는 것을 느꼈다.

'허머를 운전할 수 있는 남자를 찾으라고?'

한나는 화가 단단히 났다. 뒤돌아 댄스 플로어를 가로질러 가는 마이크의 등을 쏘아보는 한나의 눈에서는 광선처럼 불이 활활 타올랐다.

그럼에도 불구하고 마이크 킹스턴은 키 크고, 잘 생겼으며 믿을 수 없을 만큼 매력적인 남자였다. 게다가 그 어느 남자도 따라올 수 없을 만큼 섹시하기까지 했다.

"왜요?"

자신의 표정을 살피는 노먼에게 한나가 물었다.

"마이크가 저런 결정을 내리다니 마음이 참 넓군요. 마이크가 허머를 얼마나 아끼는지 마을에서 모르는 사람이 없을 걸요."

"그렇죠, 많이 아끼죠. 그리고 생각이 깊은 것도 맞고요. 허머를 운전해달라는 부탁받을 남자도 당연히 그렇게 생각할 거예요!"

"오,"

노먼은 더 이상 아무 말도 덧붙이지 않았지만, 한나의 생각을 눈치챈 듯했다.

"우리, 추던 춤이나 계속 춰요. 한나, 당신과 계속 춤추고 싶어요."

"나도 그래요."

한나를 잡아당기는 노먼을 따라 그의 품에 가까이 다가서며 한나가 미소를 지었다.

두 사람은 다시 플로어 위를 부드럽게 미끄러졌다. 그렇게 어느새 한나가 춤의 세계에 빠져드는 찰나 누군가 그녀의 어깨를 톡톡 두드렸다.

한나가 고개를 돌려보니 안드레아였다.

"안드레아, 춤추기로 마음을 바꾼 거야?"

"아니, 끼어들고 싶지 않아. 이제 때가 된 것 같단 얘길 하려구."

한나는 믿을 수 없다는 표정으로 한참 동안 안드레아를 쳐다보았다.

"내가 생각하는 그것?"

"그래, 언니가 생각하는 바로 그것이야. 어서 서둘러야겠어."

1분도 지나지 않아 세 사람은 코트와 부츠를 챙겨서 계단으로 향하고 있었다. 한나와 노먼이 양쪽에서 안드레아를 부축했다.

　다행히 엄마는 한창 윈슬롭과 춤추고 있었기 때문에 분만이 가까워온 둘째 딸이 큰딸과 치과의사를 대동한 채 긴급히 탈출하는 장면을 눈치 채지 못했다.

　마침 미셸은 눈 폭풍도 아랑곳하지 않고 밖으로 뛰쳐나갈 사람이 있을 것을 대비해 여전히 출입문을 지키는 로니와 이야기꽃을 피우고 있었다. 한나는 마지막 계단에 올라서서는 미셸을 불렀다.

　안드레아를 본 미셸의 얼굴이 백지장처럼 창백해졌다.

　"혹시……."

　"그래." 한나가 대답했다.

　"노먼과 함께 마이크의 허머로 안드레아를 병원까지 데려가야 해. 그러니까 넌 여기 남아서 우리 부탁 하나만 들어줘."

　"뭐든지 말해."

　"넌 엄마를 맡아. 우리가 모두 없어진 걸 아시면 분명히 궁금해하실 거야. 그러니까 엄마가 괜히 눈발 속에 병원으로 뛰어오시지 않도록 애기 좀 잘해."

"설마 엄마가 눈 폭풍 속에 병원에 가려고 하실까?"

"당연히 그러실 걸."

안드레아가 희미하게 웃었다.

"엄마와 이름이 똑같은 손주이니, 제일 먼저 보고 싶어하실 거야."

그러자 미셸의 얼굴이 굳어졌다.

"그 얘긴……, 아기 이름을 딜로어로 짓겠단 말이야?"

"여자아이면 그렇게 한 거야. 근데 그럴 일은 없을걸."

"그럴 일 없을 거라고? 그걸 어떻게 알아?"

"테스트해 봤거든. 결과가 남자아이라고 나와서 자신 있게 엄마한테
제안했지."

"멋진데." 미셸이 말했다.

"여기 일은 걱정하지 마. 엄마가 차의 50피트(15m) 이내에는 얼씬도
못하게 할게."

"네가 해줘야 할 것이 하나 더 있어. 엄마가 너무 흥분하셔서 트레시
를 제대로 돌보지 못하실 지도 모르니까, 네가 트레시도 챙겨줘. 할 수
있지?"

"당연하지!" 미셸이 안드레아를 살짝 포옹했다.

"너무 신나. 내가 또다시 이모가 된다니!"

한나는 로니를 돌아보았다.

"안드레아를 마이크의 허머에 태우는 것 좀 도와줄래요? 차 높이가
높아서 안드레아를 살짝 들어야 할지도 모르겠어요. 그동안은 미셸에
게 출입문을 지키라고 하구요."

로니의 도움을 받아 안드레아를 허머의 뒷좌석에 태우는 일은 금방 끝났다.

로니가 다시 안으로 들어가자 한나는 노먼에게 차 열쇠를 건넸다.

"운전할래요?"

"한나가 해요. 난 안드레아와 함께 뒷좌석에 탈게요."

"그렇지만 허머를 운전해 보고 싶지 않아요?"

"운전해 보고 싶죠. 하지만 한나가 직접 운전했다고 할 때 마이크의 표정이 보고 싶은데요."

차에 시동을 걸고서 담요처럼 하얀 눈이 깔린 도로로 나서며 한나는 안드레아의 헐떡거리는 숨소리를 들을 수 있었다.

"뒤에서 뭐 하는 거야?"

"심호흡. 이렇게 해야 분만을 늦출 수 있거든. 그래도 노먼이 여기 있어서 다행이야."

"왜?"

"치과의사도 의사들이 받는 수업을 몇 개는 같이 듣잖아. 그러니까 내 생각엔……, 아기도 받을 줄 알죠, 노먼?"

오랜 침묵이 흐르더니 마침내 노먼이 킥킥거렸다.

"어떻게든 할 수 있을 것 같아요. 치아 근관수술과 뭐, 크게 다르겠어요?"

몇 블록을 달린 뒤, 한나는 마이크의 허머가 악천후에는 아주 안성맞춤인 차라는 결론을 내렸다. 보통 트럭이라면 그 자리에서 꽁꽁 얼어버렸을 짙은 눈보라에도 거침없이 달렸으며, 정지마찰력도 좋아 빙판길도 문제없었다.

보통 상황 같으면 마이크의 값비싼 차를 운전하는 걸 매우 즐겼겠지만, 지금처럼 위험한 상황에서는 차마 그럴 수 없었다. 시내를 운전하는 건 그다지 어렵지 않았다. 올드 레이크 로드에 접어들어서는 조금씩 자신감이 붙기까지 했다.

하지만 자신감 넘치던 상황도 잠시, 올드 레이크 로드의 상황은 심각했다. 평평한 대지에 바람을 막아줄 건물도 하나 없었을 뿐더러 가시거리도 고작 1, 2피트(3~60㎝)가 전부였으며 어느 곳이 얼음이 꽁꽁 언 갓길인지 어느 곳이 도로인지도 구분하기가 어려웠다.

한나는 운전대를 단단히 잡고서는 자신이 바른길로 가는 것이기를 간절히 기도했다. 눈발이 마구 날리고 있었기 때문에 헤드라이트의 불빛도 아무런 소용이 없었다. 눈보라 때문에 한나는 어느 쪽이 왼쪽이고 오른쪽인지, 어느 곳이 오르막길이고 내리막길인지의 방향 감각을 완전히 잃고 말았다.

하지만 그런 와중에서도 한나는 자신도 모르게 레이크 에덴 메모리얼 병원을 찾아내고 말았다.

마침내 한나는 원형의 진입로를 거쳐 응급실 문에 가까이 차를 세우고는 한 맺힌 사람처럼 클랙슨을 눌러댔다.

"우리가 왔어요!" 체격이 좋은 남자 간호사가 뒷문을 열며 외쳤다.

"로니 머피가 전화해서 당신들이 올 거라고 했거든요."

"언니?"

"그래, 안드레아."

한나는 고개를 돌려 간호사가 안드레아를 들것에 옮기는 과정을 지켜보았다.

"나 케이크를 굽지 않았어."

"무슨 케이크?"

"젤로 케이크. 사실은 빨간부엉이 식료품점에서 파운드 케이크를 사서 썼어. 언니한테 꼭 고백하고 싶었어. 양심에 거짓말을 품은 채 분만실에 들어갈 순 없으니까."

안드레아가 안으로 들어가자 노먼과 한나는 아무 말도 없이 각각 대기실 앞줄과 뒷줄 의자에 앉아 얼마간을 보냈다.

마침내 침묵을 깬 건 노먼이었다.

"커피 할래요?"

"네."

"안에서?"

"네, 긴장했어요?"

"그럼요. 난 치과의사이지, 산부인과 의사가 아니니까요."

또다시 아무 말 없이 두 사람은 대기실을 나와 응급실을 지나 로비에 있는 커피 자판기로 향했다.

"여기요, 한나." 노먼이 한나에게 동전을 쥐여주었다.

"커피 뽑아서 마시고 있어요. 난 안드레아가 어디로 갔는지 알아보고 올게요."

커피가 식어 타르로 변하기 전에(병원 커피는 식으면 정말 타르처럼 변해버린다) 노먼이 돌아왔다.

"안드레아는 지금 병원 남쪽 끝에 있는 분만실에 있어요. 간호사가 그쪽으로 가서 아버지용 대기실에서 기다려도 된다고 하네요."

"좋아요."

한나가 노먼에게 커피가 담긴 종이컵을 건네주며 대답하고는 그를 따라 복도를 걸었다.

"공중전화를 찾아서 빌에게 연락부터 해야 하는 건데 그랬어요."

"그건 내가 벌써 했어요. 이제 기다리기만 하면 될 것 같아요."

"기다리는 게 제일 싫어요."

대기실에 들어선 한나가 대기실 안을 둘러보며 말했다.

구석 테이블 위에는 조그마한 크리스마스트리가 놓여 있었고, 천장에는 누군가가 빨간색과 초록색의 종이 체인을 주렁주렁 걸어놓았다.

"멋지네요. 크리스마스 장식을 했나 봐요. 근데 아기가 나오려면 얼마나 걸릴까요?"

그러자 노먼이 어깨를 으쓱해 보였다.

"간호사한테 물어봤는데, 경우에 따라 다르대요. 아기가 태어나면 나이트 박사님이 나와서 알려주신대요."

날짜가 한참이나 지난 잡지를 흥미로운 척 뒤적이면서 두 사람은 10분을 보냈고, 멍하니 크리스마스트리만 쳐다보며 또다시 5분의 시간을 보냈다.

의자도 폭신폭신하니 편했고, 텔레비전도 놓여 있어서 '아기의 첫 번째 목욕', '아기 트림시키기' 등의 제목이 달린 짤막한 프로그램도 시청할 수 있었지만, 노먼과 마찬가지로 한나 역시 별로 보고 싶은 마음이 들지 않았다.

"불안해요?"

한나의 기분을 눈치 챈 노먼이 물었다.

"네, 좀 걷는 게 좋겠어요."

복도는 길고 넓었다. 예비 아빠들이 아기가 태어나기를 기다리는 동안 다리 운동이라도 할 수 있도록 특별히 그렇게 만든 것이 아닐까 한나는 생각했다. 걷고 있으니 긴장이 조금 풀리는 것 같아 한나는 노먼의 팔짱을 낀 채 그가 한나의 보폭에 맞춰 걷게 했다.

복도 역시 산타클로스와 루돌프, 호랑가시나무, 화환, 스노우 맨, 그리고 크리스마스트리 등의 장식으로 꾸며져 있었다. 한나는 빨간 목도리를 두른 스노우 맨의 수를 세기 시작했다. 그리고 그 수가 100에 가까워졌을 때 마이크가 복도 끝에서 뛰어왔다.

"어떻게 돼가고 있어요?"

마이크가 물었다.

"모르겠어요." 한나가 대답했다.

"노먼이 간호사에게 물어봤는데, 아기가 태어나면 나이트 박사님이 나와서 알려주실 거라고 했대요. 빌도 같이 왔어요?"

"아직……, 그 친구는 아직 밥스를 심문하고 있어요. 하지만 끝나는 대로 최대한 빨리 올 겁니다. 허머를 두고 가길 정말 잘했군요."

마이크가 노먼을 돌아보았다.

"정말 잘 나가죠?"

"훌륭하던데요. 한나가 아무런 어려움 없이 운전하더라구요."

마이크의 입이 떡 벌어지는 것을 본 한나는 박수라도 치고 싶은 심정이었다.

노먼은 역시 재치가 넘치는 사람이었다.

한나는 마이크의 등 뒤에서 노먼에게 살짝 윙크를 보내고는 마이크의 팔을 붙잡았다.

"우리랑 같이 걸어요. 여기선 복도를 걷는 거 말곤 할 게 없거든요."

세 사람이 함께 걸으며 이야기를 나누다 보니 시간은 훌쩍 흘러갔다.

마이크가 빌이 운전하던 차를 어떻게 해서 경찰서 바로 앞에 멈추게 했는지 한창 얘기 중에 얼 프렌스버그가 복도를 달려왔다.

"세상에, 드디어 만났군요!"

얼이 한나의 손을 덥석 잡으며 말했다.

"커뮤니티 센터로 돌아갔더니 한나의 막냇동생이 한나가 여기에 있다고 말해주더군요. 커피 한 잔만 얼른 마시고 곧장 뒤를 밟았어요. 혹시라도 도랑에 빠지면 꺼내주려고요."

"위기를 여러 번 넘기긴 했어요."

한나가 마이크의 얼굴을 흘끗 훔쳐보며 말했다.

마이크의 얼굴은 결코 밝지 못했지만, 허머에 어디 흠집 난 곳이 없는지를 물어볼 만큼 속이 좁은 남자는 아니었다. 물론 이리로 들어오기 전에 이미 밖에서 차를 다 살펴보고 왔는지도 모르지만.

"에드나가 이걸 보냈어요."

얼이 두꺼운 파카 주머니에서 커다란 금속제의 보온병을 꺼냈다.

"한나가 병원 커피에 고문을 당하고 있을 거라면서요."

"내가 컵을 가져올게요."

노먼이 예비 아빠 대기실로 들어가 종이컵 네 개를 들고 돌아왔다.

모두 커피를 한 잔씩 받아들자 한나가 컵을 높이 들며 외쳤다.

"진정한 구세주, 에드나를 위해!"

"동생은 좀 어때요?"

커피를 다 마시고 나자 얼이 물었다.

"괜찮은 것 같아요. 문제가 있었으면 진작 우리에게 알렸을 거예요. 간호사가 아기가 태어나면 나이트 박사님이 나와서 말씀해주실 거라고 했어요."

안드레아에 대한 얘기가 나오자 한나는 또다시 초조해져 복도를 서성이기 시작했다.

그런 한나의 한쪽 팔을 마이크가 잽싸게 잡았고, 다른 한쪽 팔을 노먼이 붙들었다. 얼은 세 사람을 잠시 바라보다가 이내 마이크의 옆에 자리를 잡고 그들과 함께 걸었다.

복도가 넓은 것이 다행한 일이었다. 왜냐하면 얼마 지나지 않아 리사가 나타났기 때문이다.

그녀는 한나에게 달려와 물었다.

"아기는 아직 태어나지 않았나요?"

"아직. 여기는 어떻게 왔어?"

"허브가 주차장에서 가장 큰 트럭을 빌려서 같이 타고 왔어요. 허브도 금방 올 거예요."

"안드레아는 어때요?"

때맞춰 달려온 허브가 리사의 팔짱을 끼며 물었다.

"아직 몰라."

한나는 아이용 대기실에서 크레파스라도 가져와 아예 칠판에 커다랗게 공지를 하는 편이 낫겠다고 생각했다.

"아마 모든 것이 잘 진행되는 중일 겁니다. 아니라면 벌써 연락이 왔을 테니까요. 아기가 태어나는 대로 나이트 박사님이 나와 말씀해주실 겁니다." 라고 말이다.

리사와 허브는 한나 무리가 걷는 것을 잠시 바라보다가 이내 그들도 무리에 합류했다.

노먼의 옆에 허브가 서고, 허브의 옆에 리사가 자리를 잡았다. 한나가 314번째 빨간 목도리의 스노우 맨을 세고 나자 저 멀리서 빌이 달려오는 것이 보였다.

"빌이 와요!"

"안드레아는 어때?"

이곳까지 몇 야드를 뛰어온 그는 숨을 헐떡이고 있었다.

한나는 예비 아빠가 마음을 진정시킬 수 있도록 따스한 미소를 지어 보였지만, 속으로는 진작 공시를 했어야 하는 건데 하며 후회했다.

"괜찮을 거야. 아니면 벌써 소식이 왔을 테니까. 아기가 태어나면 나이트 박사님이 나오셔서 알려주신다고 했어."

"다행이야. 근데 뭐 하는 거야?"

"걷기. 달리할 게 없어서."

"솔깃한데." 빌이 리사의 팔짱을 끼며 말했다.

"속도를 조금 올립시다. 난 긴장하기 시작했거든요."

대기실 앞 복도는 음악만 있으면 카바레 장이 따로 없을 정도였다.

빌이 합류한 후에도 수평으로 줄을 서 콩가를 추는 토드 사람들이 복도의 코너를 정확히 43번째 돌았을 때 나이트 박사님이 복도 끝에서 모습을 보였다.

"우리 병원 바닥은 인제 그만 닳게 하라고."

박사가 활짝 웃으며 말했다.

"딸이야. 산모도 아주 건강하고!"

"딸!" 입이 귀에 걸릴 듯 좋아하며 빌이 외쳤다.

"잘됐어!"

"딸이라고요?"

나이트 박사가 장시간 환자를 돌본 나머지 너무 피곤해서 다른 산모의 딸을 안드레아의 아기라고 착각한 것은 아닐까 한나는 의아했다.

모두 빌의 등을 두드리며 축하의 인사를 건네는 동안 한나는 나이트 박사가 보통 의사들이 아기를 받고 난 후에 하는 일들을 하러 사라져버리기 전에 그를 붙잡아 세웠다.

"무슨 일이지, 한나?"

"안드레아가 딸을 낳았다고 했잖아요. 정말이에요?"

"정말이고말고. 여자아이를 남자아이라고 착각하는 실수 같은 걸 저질렀으면 지금 이날까지 의사 노릇 못했을 거야."

"전 그게……, 그러니까……, 안드레아가 테스트해 봤다고 했는데, 결과가 99%는 정확하다고 해서요."

"맞아. 헌데 그 1%에 한나 동생이 걸려든 거지. 동생은 정확히 7파운드 3온스(3.26kg)의 여자아이를 낳았어. 자네를 실망시켰다면 미안하네만, 그건 분명한 사실이야."

"실망한 게 아니라요." 한나는 설명하려 애썼다.

"안드레아가 딸을 낳으면 저희 엄마나 안드레아의 시어머니 이름 중 하나를 따서 아기 이름으로 짓겠다고 했거든요. 애초에 그런 약속을 했던 것이 아들일 거라고 확신해서였는데, 이제 딸이라고 판명이 났으니……."

"큰일이 났군." 나이트 박사가 한나 대신 말을 매듭지었다.

"딸이란 얘길 듣고 왜 그렇게 울먹였는지 이제야 이해가 가."

"울었어요?"

한나 역시 울고 싶은 심정으로 물었다.

"그렇게 오래 울진 않았어. 아기를 한 번 보더니 이내 방실방실 웃더군. 하지만 아기 아빠를 포함한 친구들에게 축하 인사를 받고 나면 바로 자네와 머리를 맞대고 양쪽 집 어머니들을 다 만족할 수 있는 이름부터 고민해 봐야겠어."

"괜찮아?"

한나가 안드레아의 병실로 들어서며 물었다.

"괜찮아. 하지만 엄마랑 어머님은 괜찮지 않을 거야. 우리 예쁜 딸 이름을 딜로어 레지나나 레지나 딜로어로 지을 순 없어!"

"그래, 이해해." 한나가 대답했다.

"그러니 이제 어쩌지? 언니가 나 좀 도와줘!"

안드레아의 볼 위로 눈물방울이 또르르 굴러 내렸고, 한나는 그런 안드레아를 꼭 안아주었다.

"내가 좋은 방법을 생각해볼 테니까 조금만 기다려. 두 어머니들께 구체적으로 성이 아닌 이름을 따겠다고 말씀드렸어?"

"아니."

"그렇다면 다행이야. 그럼 고려할 수 있는 이름이 두 개가 더 생기니까. 엄마의 중간 이름은 엘리자베스인데, 너희 시어머니는 뭐야?"

"아나톨리아." 안드레아가 바로 대답했다.

"성이 너무 흔해서 어머님의 어머니가 아이들에게는 각각 독특한 이름을 지어주셨대. 레지나 아나톨리아는 이탈리아식 이름이고, 빌의 이모인 마르티니끄 르네는 프랑스식 이름이야. 그리고 그 아래 동생이 도나 에스메랄다인데, 그 이모님은……."

"가족력은 그만하면 됐어."

한나가 그만 됐다는 손짓을 하고는 말했다.

"모두가 마음에 들어 해야 할 텐데, 너까지 포함해서 말이야."

"뭐가 있을까?"

안드레아가 애절한 눈빛으로 물었다.

"베서니."

"내가 좋아하는 이름 중 하나야! 근데 레지나 아나톨리아와 딜로어 엘리자베스라는 이름에서 어떻게 베서니가 나올 수 있지?"

한나는 뿌듯한 마음으로 씩 웃어 보였다.

새로 탄생한 이름의 구조를 이해하려면 빠른 두뇌력이 필요했다.

"베스는 엘리자베스의 애칭이고, 애니는 아나톨리아의 애칭이잖아. 그 둘을 합치면 베스-애니 혹은 베서니가 되지."

"완벽해." 안드레아가 팔을 뻗어 언니를 꼭 안으며 말했다.

"언니가 해냈어. 엄마도 그렇고 어머님도 무척 좋아하실 거야. 언니는 정말 나한테 기적의 구세주야. 지금 당장 병원 어딘가에서 초콜릿을 구해준다면 더더욱."

행운의 여신이 한나에게 미소를 보낸 덕분에 한나는 입고 있던 코트 주머니에서 만약을 위해 비닐랩으로 포장해 넣어두었던 초콜릿칩 크런치 세 개를 발견할 수 있었다.

　한나는 군소리 없이 그것을 안드레아 앞에 대령하고는 베서니의 얼굴을 보려고 서둘러 신생아실로 향했다. 마이크를 찾아 차 열쇠를 돌려주려고 막 돌아서는데, 신생아실 유리창 앞에 서 있는 한나를 마이크가 먼저 발견했다.

　"저 아기인가요?"

　평소와 달리 따사로운 마이크의 음성에 한나가 미소를 지었다.

　"베서니에요. 안드레아가 방금 이름을 지었어요."

　"맘에 들어요. 우리가 지으려던 아기 이름 중의 하나……."

　마이크가 말을 멈추었고, 한나는 그런 그의 팔을 꼭 껴안았다.

　마이크의 부인이 첫 아기를 임신 중에 차를 타고 다니며 무작위로 총을 쏘아대는 불량배의 총격에 사망했다는 사실을 한나도 알고 있었다.

　"아기가 예쁜 것 같아요?"

　"신생아실에서 제일 예쁘군요."

마이크가 미소를 지으며 대답했다.

"당연하죠. 신생아실에는 베서니 혼자뿐인 걸요. 하지만 중요한 건 그게 아니죠."

마이크의 팔이 한나를 단단히 감쌌고, 그러는 동안 한나는 마이크에 대한 공격 모드를 바꾸려고 애썼다.

복수극이 완전히 끝나진 않았지만, 쇼우나 리도 조지아로 돌아가고 없는 지금 브라우니 전쟁은 더 이상 의미가 없었다. 어떻게 해서든 마이크가 맛보기 전에 핫 브라우니를 돌려받아야만 했다.

"오늘 아침에 경찰서로 갖다준 브라우니 말이에요."

한나가 뛰어들었다.

"아직 맛보지 말아요. 아무래도 깜빡하고 재료를 하나 빠뜨린 것 같아서요. 다시 돌려주면, 버리고 새로 또 구워줄게요."

"그럴 순 없어요!" 마이크가 얼굴을 찌푸리며 말했다.

"왜요?"

"아까 먹어봤는데, 정말 환상의 맛이었거든요. 할라피뇨, 맞죠?"

"아……, 맞아요."

한나가 침을 꿀꺽 삼키며 대답했다.

마이크는 전혀 화난 것으로 보이진 않았지만, 직업상 감정을 숨긴 채 사람들을 심문하는 일이 많은 그의 속까지 확신할 순 없었다.

"정말 천재적인 창조품이에요. 브라우니에 할라피뇨를 넣을 생각을 할 수 있는 사람은 아마 한나밖에 없을 겁니다. 물론 조금 맵긴 했지만, 우유랑 같이 먹으니 아주 맛이 좋았어요. 내일은 바닐라 아이스크림을 사다가 얹어서 먹을 생각이에요."

한나는 동그랗게 입을 벌리고는 그 자리에 선 채 굳어버렸다.

갓 태어난 베서니 토드도 이모인 한나와 똑같은 표정을 짓고 있다는 것도 모른 채 말이다.

"그러니까……, 아……, 그게 맛있었다고요?"

"칠리 때문에 초콜릿 맛이 더 진하게 나던데요. 쇼우나 리의 브라우니는 한나가 만든 것에 비하면 새 발의 피예요!"

한나는 멍하니 마이크의 얼굴을 바라보았다.

그는 심각했다. 정말로 할라피뇨 브라우니를 좋아하는 것이나.

이런 그에게 원래는 못된 질투심의 분풀이로 만든 브라우니라고 고백해야 할까? 오, 좋다. 토끼가 달나라 가거든 고백하자.

한나는 태연하게 미소를 지으며, 조금 망설여지긴 했지만 마이크에게 다가가 포옹했다.

"칭찬해줘서 고마워요."

그리고는 엄마의 황금 법칙을 고분고분히 따랐다.

"브라우니가 입맛에 맞았다니 정말 다행이에요."

애피타이거

구운 브리

리사 허먼의 레시피입니다. 리사가 만들어본 것 중 가장 쉬운 애피타이저라고 해요.

오븐은 190℃로 예열합니다. 틀은 오븐의 중앙에 둡니다.

재료

6인치 크기의 신선한 브리 치즈(5인치도 가능해요)

지름이 10~12인치의 둥근 빵 한 덩어리(썰지 않은 것)

잘게 다진 파 1/4컵(깨끗이 씻어 껍질을 벗긴 다음 줄기를 2인치 크기로 잘라 사용하면 될 거예요)

잘게 다진 샬롯(서양 파 재배종) 1/4컵

백후추 1/4티스푼

백포도주 2테이블스푼(물 1테이블스푼과 식초 1테이블스푼을 섞어 사용해도 됩니다)

양념 소금 2테이블스푼(프리실라 크누드슨이 집에서 직접 만든 양념 소금이 요리책 마지막에 나와 있어요)

만드는 법

1. 빵의 윗부분을 잘라낸 뒤 따로 보관합니다(나중에 쓸 곳이 있답니다). 가장자리를 3/4인치, 바닥을 1인치 정도 남긴 뒤 빵의 가운데 부분을 파냅니다. 브리 치즈의 겉 부분을 칼로 살짝 벗겨 낸 뒤(칼을 찬물에 담갔다가 사용하면 치즈가 달라붙지 않아요), 빵의 구멍 낸 부분에 넣습니다.

2. 작은 그릇에 다진 파와 샬롯, 백후추, 백포도주, 그리고 양념 소금을 넣고 잘 섞어줍니다. 섞은 것을 브리 치즈 위에 얹고 따로 떼어놓았던 빵의 윗부분을 덮은 다음 전체를 쿠킹호일로 감쌉니다.

3. 오븐에 넣고 190℃에서 30분간 구워줍니다.

깍둑썰기른 한 빵이나 크래커와 같이 냅니다.

마이크 킹스턴의 레시피입니다. 사실 그의 누나 레시피죠. 마이크도 가끔 요리한다지만요.

재료

브라운슈바이크(훈제한 간 소시지) 1팩(8온스-약 227g)
양고추냉이(고추냉이 무 혹은 와사비 무) 소스 1/4컵

양고추냉이 소스를 구하기 어려우면 양고추냉이
1테이블스푼에 마요네즈 3테이블스푼을 섞어서
쓰면 됩니다.

만드는 법

1. 브라운슈바이크를 잘라서 그릇의 바닥에 나란히 담은 후 전자레인지에 넣고 '강'에서 45초 정도 돌립니다. 살짝 저어보고 아직도 차가우면 포크로 눌렀을 때 잘 으깨질 때까지 10초에서 15초 정도 더 돌립니다.
2. 브라운슈바이크를 골고루 으깬 다음 양고추냉이 소스를 넣고 잘 섞어줍니다. 이렇게 완성된 따뜻한 파테를 그릇에 담아 비닐랩을 씌운 뒤 식탁에 내어놓기 전에 적어도 3시간은 냉장보관해줍니다.
3. 내어놓기 1시간 30분 전에 냉장고에서 꺼낸 파테는 실온에서 차츰 녹여줍니다.

예쁜 크래커 광주리와 함께 내면 정말 좋아요.

캐비어 파이

로드 부인이 휴가차 LA에 갔다가 에스테잇 세일에서 만난 준 피어스라는 숙녀에게서 얻은 레시피랍니다. 로드 부인이 진짜 은으로 만든 것도 아닌 꽃병을 비싼 돈을 주고 사려는 걸 말리면서 대신 이 레시피를 쥐어줬다죠?

재료

럼피쉬(새알고기) 캐비어 1병(약 227g, 레드 캐비어를 사용하셔도 됩니다)

신선한 올리브 오일 1과 1/2티스푼

삶은 계란 4개를 주사위 모양으로 자른 것

주사위 모양으로 자른 양파 1/3컵(파도 괜찮습니다)

마요네즈 2테이블스푼(1/8컵)

사우어 크림 1/2~1컵   소금 1티스푼

만드는 법

1. 캐비어를 그릇에 담고 올리브 오일을 넣고 저어준 뒤 잠시 냉장고에 보관합니다. 계란을 삶아서 껍질을 벗긴 뒤 주사위 모양으로 자릅니다(날이 잘 드는 칼을 사용하시는 것이 좋아요).

2. 유리로 된 9인치 파이 접시나 오목한 유리 접시에 자른 계란을 담고 쇠로된 주걱으로 꾹꾹 눌러줍니다. 주사위 모양으로 자른 양파를 그 위에 뿌린 다음 다시 한 번 눌러줍니다. 사우어 크림과 마요네즈, 소금 섞은 것을 보기좋게 층이 나도록 그 위에 골고루 펴 바릅니다.

3. 사우어 크림 위에 아까 전 냉장고에서 넣어두었던 캐비어를 숟가락으로 떠서 올린 뒤 조심스럽게 펴 바릅니다. 그렇게 완성된 접시를 비닐랩으로 덮어 냉장고에서 4~6시간 정도 보관합니다.

토스트나 크래커와 함께 내면 아주 고급스러운 애피타이저가 된답니다.

피에스타 딥 플래터

레이크 에덴 호텔의 주인인 샐리 래플린은 손님들이 바에서 축구 경기를 볼 때면 이 요리를 만들어준답니다.

재료

튀긴 양념 콩 1캔(약 453g)
아보카도 큰 것 3개 으깬 것
매운 살사 소스 1/3컵　　　　　다진 양파 1컵
물기를 뺀 다진 흑올리브 1캔(약 120g)
잘게 다진 체다 치즈 1컵　　　　잘게 다진 상추 1컵
잘게 다진 토마토 1컵　　　　　사우어크림 1컵

만드는 법

1. 9×13 크기 유리 케이크 팬이나 둥근 접시를 사용하면 됩니다.
2. 우선 접시 밑에 튀긴 양념 콩을 깝니다. 그런 다음 아보카도 으깬 것에 살사 소스를 섞어 그 위에 발라줍니다. 그리고는 양파 다진 것을 올립니다.
3. 그리고 사우어크림과 흑 올리브 다진 것을 섞어 잘게 다진 양파 위에 잘 펴 바릅니다. 그 위로 잘게 다진 체다 치즈를 뿌리고 다시 잘게 다진 상추를 얹은 후 마지막으로 토마토를 뿌립니다.
4. 쇠주걱으로 잘 눌러준 다음에 비닐랩으로 꼼꼼히 포장해 재료들의 맛이 서로 잘 어우러질 수 있도록 적어도 4시간은 냉장보관해야 합니다.
5. 찍어 먹을 수 있도록 토르티야 칩 광주리와 함께 내면 좋습니다.

청어 애피타이저 * 이 요리는 적어도 3일 전에 만들어두어야 합니다.

크누드슨 목사님의 어머니이신 프리실라 크누드슨이 매번 포트락 때면 만들어 오시는 요리입니다. 언젠가 한 번은 다른 요리를 만들어오셨는데, 아드님인 목사님을 포함한 모든 사람들이 청어 애피타이저 외에 다른 요리는 절대 만들지 말아달라고 신신당부했다죠.

재료

약 1ℓ 용량의 유리병
매리네이드*에 청어 담근 것 12온스 (약 340g)짜리 2병
피멘토 나무로 만든 향신료 2비스푼
액체 소스(식초 3/4컵, 물 1/2컵, 백설탕   1/2컵을 섞은 것)
얼린 당근 얇게 자른 것 3/4컵   붉은 양파 작은 것 2개
노란 겨자 씨앗 2티스푼   신선한 딜의 잔잎 6~9개
*매리네이드 만드는 법
생강 2톨 / 껍질을 벗기고 곱게 간 것 / 레몬 1개와 라임 2개 제스트
간장 1병 / 맛술(미린) 약간

*딜; 미나릿과의 식물로 열매나 잎을 향신료로 씁니다.

만드는 법

1. 액체 소스를 소스 팬에 넣고 끓입니다. 그리고 설탕이 잘 녹아들 때까지 계속 저어줍니다. 어느 정도 잘 끓었으면 소스 팬을 불에서 내려 실온에서 서서히 식힙니다.

2. 청어 토막을 꺼내 차가운 물에서 잘 씻어줍니다.

3. 당근은 종이 포장에 쓰인 대로 조리하되 아직은 조금 단단한 상태여야 합니다. 붉은 양파의 껍질을 벗겨 얇게 썰어놓습니다.

4. 1ℓ 용량의 유리병 바닥에 양파 썬 것의 1/4가량을 깝니다. 그 위에 청어 토막의 전체 분량의 1/3을 얹고 당근을 올린 다음 딜 잎을 2, 3개 정도 올리고 그 위에 피멘토 나무 향신료와 겨자 씨앗을 얹습니다. 그리고 재료가 다 떨어질 때까지 같은 층 쌓기를 반복합니다. 단, 제일 위에 올라오는 재료는 양파가 되어야 합니다.

5. 아까 만들어둔 소스를 재료들이 모두 잠기도록 병 안에 붓습니다. 소스가 조금 모자라는 것 같으면 식초를 조금 더 부어주면 됩니다.
6. 병에 뚜껑이 달렸으면 뚜껑을 닫고 뚜껑이 없으면 비닐랩을 두텁게 씌운 후 고무줄로 단단히 매둡니다.
7. 그렇게 완성된 병을 냉장고에 3일간 보관합니다.

크누드슨 부인은 어느 집 창고세일 때 청어 애피타이저를 만들기 아주 안성맞춤인 병을 찾아 단돈 10센트에 샀다고 자랑하셨어요. 그리고 포트락에 가지고 갈 목적으로 만드실 때는 지금 재료 분량의 세 배씩 만든다고 하시네요

못된 버섯

이 레서피는 찰리 제섭의 조카이자 형사인 빌 제섭의 것입니다. 요리 이름을 '못된 버섯'이라고 지은 것은 이렇게 맛있는 음식이 합법적인 과정으로 만들어질 리 없다는 우스갯소리에서 시작되었다고 합니다.

오븐은 160℃로 예열합니다. 틀은 오븐의 중앙에 둡니다.

재료

돼지고기 소시지 2파운드(약 907g)
마늘 3쪽 다진 것
세이지 간 것 3테이블스푼
크림치즈 8온스(약 227g)
파슬리 1테이블스푼
마르살라 와인 1온스(선택 사항)
중간 크기의 버섯 1파운드(약 453g)
파마산 치즈가루

만드는 법

1. 스튜용 큰 냄비에 소시지와 마늘, 세이지를 넣습니다. 그런 후 소시지가 갈색이 되고, 마늘이 살짝 투명해질 때까지 기름에 볶습니다. 다 볶아졌으면 기름을 따라내고, 크림치즈와 파슬리를 넣고. 거기에 와인을 넣어 10분 동안 끓인 후 불에서 내려 뚜껑을 덮어둡니다.

2. 버섯을 깨끗이 씻어 줄기와 머리 부분을 따로 떼어놓습니다. 줄기는 잘게 다져 소시지와 치즈 혼합물에 넣습니다. 머리 부분에는 녹인 버터를 칠해서 제빵용 시트 위에 뾰족한 부분이 밑으로 가게끔 놓습니다(꼭지 부분을 살짝 잘라주면 버섯 머리가 넘어지지 않고 잘 설 수 있을 거라고 빌이 조언해줬답니다). 그리고 머리 안쪽에 아까 만들어둔 따뜻한 소시지 혼합물을 채워 넣고, 그 위에 파마산 치즈가루를 뿌립니다. 모자 채워 넣기가 다 되었으면, 160℃에서 15분 동안 굽습니다.

씨푸드 브레드 딥

로드 부인이 주신 레서피입니다. 그녀는 애피타이저를 즐겨 만드신다죠.

오븐을 150℃로 예열합니다. 틀은 오븐의 중앙에 둡니다.

재료

부드러운 크림치즈 32온스 (약 907g)
잘게 다진 게살 혹은 새우살 1/2파운드 (약 227g)
다진 파 4개 분량   마늘 소금 1티스푼
흑후추 1티스푼   말린 양파 다진 것 1/4컵
마요네즈 1/3컵   레몬주스 2티스푼
지름 10~12인치의 둥근 빵
계란 1개

만드는법

1. 크림치즈를 그릇에 넣고 전자레인지 '강'에서 40초간 돌립니다. 부드럽게 저어질 때까지 계속 전자레인지에 돌려줍니다. 계란과 빵을 제외한 다른 재료들을 녹인 크림치즈에 모두 넣고 잘 섞어줍니다.
2. 빵의 윗부분을 잘라내고 나중을 위해 한쪽에 치워둡니다. 그런 후 빵의 속을 바닥과 옆면 모두 1인치가 남도록 파냅니다. 빵의 안쪽을 계란 물로 발라준 뒤 계란 물이 마를 때까지 오븐에서 5~10분 정도 굽습니다.
3. 그런 후 크림치즈 혼합물을 빵 안에 채워 넣은 후 아까 잘라낸 빵 윗부분을 덮습니다. 빵을 호일로 두세 번 단단히 감싼 후 쿠키틀에 얹어 오븐에 넣은 후 150℃에서 2시간가량 굽습니다(손님들이 예정보다 늦게 오실 때는 1시간 정도 더 구워도 괜찮습니다).

손님들께 내갈 때는 찍어 먹을 수 있는 빵조각이나 크래커,
채소 스틱 같은 것과 함께 장식하면 아주 좋습니다.

시금치키시 (치즈, 베이컨 파이의 일종)

이건 제 레시피입니다. 얇게 잘라서 접시에 내면 애피타이저로 손색이 없어요. 주요 요리로도 괜찮구요.

오븐을 190℃로 예열합니다. 틀은 오븐의 중앙에 둡니다.

재료

굽지 않은 9인치짜리 패스트리 껍질 1개
계란 노른자 1개 분량 (흰자도 따로 분류해두세요)
얼린 시금치 10온스 (약 283g)   소금 1/2티스푼   후추 1/2티스푼
고추냉이 소스 3테이블스푼   스위스 치즈 2온스 (약 56g)
카옌 후추 (생칠리를 잘 말려 가루를 낸 것) 1/8티스푼
육두구 열매 간 것 1/8티스푼   소금 1/8티스푼
라이트 크림 1과 1/2컵   계란 4개

만드는법

1. 계란 노른자를 그릇에 담아 포크로 잘 휘저어줍니다. 그런 후 패스트리 껍질 안쪽에 계란 노른자 물을 발라준 후 한쪽에서 잘 말립니다.
2. 시금치를 끓인 다음 물을 버리고 남은 물기를 꾹 짜낸 후 수건으로 털어줍니다. 그릇에 물기를 뺀 시금치를 담고 소금과 후추, 고추냉이 소스를 넣고, 패스트리 바닥에 잘 깔아줍니다. 그리고 위에 치즈가루를 뿌려줍니다.
3. 남겨준 흰자와 계란 4개를 모두 깨 넣고, 크림과 소금, 카옌 후추를 넣은 뒤 잘 섞어서 치즈가루 위에 얹습니다. 그 위에 육두구 열매 간 것을 골고루 뿌립니다.
4. 완성된 것을 190℃에서 40분간 굽습니다. 가운데 부분에 칼을 찔러봐서 묻어나오는 것 없이 깨끗하면 다 구워진 것입니다. 10분 정도 식힌 다음 가장자리부터 떼어낸 뒤 잘라냅니다.

따뜻할 때 먹거나 약간 미지근할 때 먹으면 좋습니다. 전 냉장고에서 바로 꺼낸 것도 먹어봤는데, 브런치나 게으름피기 싫은 주말의 아침식사 대용으로두 아주 좋은 것 같아요.

수프

콘 차우더

루앤의 어머니인 마조리 행크스의 레시피입니다. 보통 가스난로를 사용해서 만들곤 했는데, 루앤이 전기냄비를 사다 드린 이후부터는 가스난로는 안 쓰신답니다.

재료

조리된 햄 또는 베이컨 1/2컵   깍둑썰기를 한 감자 2컵
얼린 옥수수 10온스짜리 2팩(약 567g)
크림 스타일의 옥수수 1캔(약 453g)
황설탕 1테이블스푼   다진 양파 1/2컵
타바스코 소스 1티스푼   양념소금 1테이블스푼
흑색 후추 1/2티스푼   치킨수프 1컵

만드는법

1. 전기냄비에 들러붙는 것을 방지해주는 스프레이를 뿌린 다음 모든 재료를 넣고 잘 섞어줍니다.
2. 뚜껑을 덮고 온도를 '낮음'으로 설정해 6~7시간 동안 끓입니다.

버섯 크림수프

에드나 퍼거슨의 레시피입니다.

재료

치킨 수프 2컵   얇게 썬 버섯 8온스 (약 227g)

장식용으로 쓸 버섯 슬라이스 12조각

치킨 크림수프 1캔   버섯 크림수프 1캔

두꺼운 크림 1컵   스위스 치즈 8온스 (약 227g)

흑후추 1/2티스푼

만드는 법

1. 치킨 수프에 버섯을 넣고(장식용 12조각은 제외합니다), 믹서에 갈아줍니다. 그리고 치킨 크림수프를 넣고 다시 갈아줍니다.

2. 전기냄비에 요리가 달라붙지 않게 방지해주는 액체를 뿌린 다음 믹서에 간 것을 붓습니다. 거기에 버섯 크림수프를 넣고, 치즈와 후추를 넣은 다음 잘 저어줍니다.

3. '낮음'에서 4~5시간 정도 요리합니다. 완성된 수프를 접시에 담은 다음 파슬리를 뿌리고 장식용 버섯을 올려줍니다.

이 레시피는 어마 요크가 시험 삼아 만들어 보았는데,
그녀의 남편인 거스가 전기냄비에서 계속 훔쳐 먹는 바람에
정확히 몇 그릇 분량인지 끝내 알아내지 못했답니다.

손쉬운 아일랜드식 칠리

브리짓 머피의 레시피입니다. 사실은 그녀의 언니인 팻시의 조카의 이웃집에 사는, 존 브래디라는 남자의 레시피지만요.

재료

햄버거 스테이크용 다진 고기 2파운드(약 907g)
껍질을 벗겨 잘 조리된 토마토 3개 분량

마늘 2쪽 다진 것　　　　　잘게 다진 양파 1개 분량
토마토소스 8온스(약 227g)　　기네스 맥주 1병(약 340g)
칠리 파우더 3티스푼　　　　홍후추 3/4티스푼
녹색 후추열매 2티스푼　　　쿠민(미나릿과 식물) 간 것 2티스푼
소금 1티스푼　　　　　　　황설탕 1테이블스푼

만드는법

1. 커다란 스튜용 냄비에 햄버거 스테이크용 다진 고기를 노릇노릇하게 구운 뒤 마늘과 양파를 넣고 양파가 투명해질 때까지 볶습니다.
2. 거기에 토마토소스와 토마토를 넣고 잘 저어줍니다.
3. 나머지 재료들을 모두 넣고 중불에서 끓인 다음 뚜껑을 덮고 불을 낮춘 뒤 20분 동안 끓입니다.

토핑용 재료

기름에 살짝 튀긴 셀러리 다진 것 조금
흑 올리브 다진 것 조금
사우어크림 조금　　　파 다진 것 조금
치즈가루 조금

만드는법

1. 토핑으로 재료중 하나든 여러 개든 자유대로 선택해서 올리세요.
2. 가족들이 매운 것을 잘 먹지 못하면 홍후추를 조금만 넣든가 사우어크림을 많이 넣어주면 매운맛이 조금은 가신답니다.

이 요리는 몇 시간을 전기냄비에 보관했다 먹어두 맛있어서 추수감기 진반진 준료 때 꺼내 먹으면 가장 안성맞춤이랍니다. 아니면 하루 전날 만들었다가 냉장고에 보관한 뒤 먹기 4~5시간 전에 전기냄비에 넣고 낮음에서 데워서 먹어두 좋아요.

샐리의 무 수프

레이크 에덴 호텔에 갈 때면 제가 늘 주문하는 수프입니다. 샐리 얘기론 이 수프를 만들려면 믹서가 있어야 한다고 하네요. 없으면 빌려서라도 사용하세요.

재료

빨간 무 4묶음(한 묶음에 대략 12개의 무가 달렸어야 해요)
중간 크기의 양파 2개를 큼지막하게 썬 것
치킨 수프 5와 1/2컵   버터 6테이블스푼
우스타 소스 6테이블스푼   밀가루 6테이블스푼
가벼운 크림 4컵   소금 1티스푼   백후추 1/2티스푼
고추냉이 소스 3테이블스푼

만드는 법

1. 무의 밑동과 윗동을 잘라 깨끗하게 씻은 뒤 커다란 소스 팬에 넣고, 양파를 넣습니다. 거기에 치킨 수프를 넣고 35분 동안 끓입니다.

2. 끓인 것을 조금 식힌 다음 믹서에 넣고 갈아줍니다(한 번에 모든 내용물을 다 갈지 못할 테니 조금씩 부어서 갈아주세요). 갈아진 것을 커다란 그릇에 담고 비닐랩으로 덮어서 따뜻한 온도를 유지할 수 있도록 해주세요.

3. 다시 커다란 소스 팬을 불 위에 올려 버터를 넣고, 중불에서 녹입니다. 그런 후 밀가루를 뿌리고 거품이 생길 때까지 저어줍니다. 그렇게 계속 저으며 1분간 끓이다가 크림을 넣고 내용물이 두터워질 때까지 재빨리 휘저어줍니다. 5분 정도면 완성이 될 거예요.

4. 완성된 소스 팬에 우스터소스와 소금, 백후추와 고추냉이 소스를 넣고 아까 믹서에 갈아둔 것을 부어 잘 저어줍니다. 그런 다음 다시 불에 올려 천천히 가열해주세요.

5. 모양을 생각한다면 무를 얇게 썰어서 수프 그릇에 올리면 멋진 장식이 된답니다. 파슬리를 뿌려도 색감이 아주 좋구요.

샐리의 조언입니다. 뷔페에 내기 위해 만든 것이라면 사용할 소스 팬이 전에 매운 소스로 요리했던 팬이 아닌지 꼭 확인해 보래요. 만약 그렇다면 전기냄비를 사용하고, 바닥에 들러붙는 것을 방지해주는 스프레이를 뿌리는 걸 잊지 말래요. 포트럭에 가져가실 때도 전기냄비를 잊지 마세요. '낮음'으로 해두면 3시간 아니, 그 이상도 따뜻하게 먹을 수 있답니다.

여름날의 가스파초 (잘게 썬 채소와 올리브 등을 넣어 만든 걸쭉한 스페인 수프)

베라 올슨의 레시피입니다. 토마토가 제철일 때만 만드는 수프라 이름을 '여름날의 가스파초'라고 지었다고 하네요.

재료

껍질을 벗겨 씨를 빼낸 오이 1개
깍둑썰기를 한 중간 크기 양파 1개
와인으로 만든 식초 3테이블스푼
껍질을 벗긴 중간 크기 토마토 6개
향이 짙은 올리브 오일 1/2컵　　　　　굵은 소금 1티스푼
마늘 파우더 1티스푼　　　　　　　　　칠리 파우더 3/4티스푼
핫 V-8주스 2캔*

*재료; 채소주스 1캔(46온스; 1.3kg) / 핫소스 2티스푼 / 레몬주스 1/4컵 / 식초 1테이블스푼 / 셀러리 소금 1/2티스푼 / 칠리 파우더 1/4티스푼 / 마늘 파우더 1/4티스푼 / 흑후추 1/4티스푼 / 고추냉이 1/2티스푼
재료를 모두 섞으면 완성입니다. 직접 만드는 것도 여의치 않으면 보통 토마토주스에 핫소스만 조금 섞어서 사용하세요.

만드는 법

1. 오이와 양파를 썰어 믹서에 갈아줍니다.
2. 토마토는 끓는 물에 넣어 몇 초 뒤 껍질이 갈라지면 꺼내 차가운 물이 담긴 그릇에 담가두면 껍질이 저절로 벗겨진답니다. 껍질 벗긴 토마토를 썰어 중심 부분은 잘라낸 뒤 양파와 오이가 있는 믹서에 같이 넣어줍니다.
3. 가장 낮은 속도로 갈다가 올리브 오일과 칠리 파우더, 마늘 파우더, 식초, 그리고 굵은 소금을 넣고 다시 갈아줍니다. 커다란 그릇에 내용물을 붓고 V-8주스를 첨가합니다. 잘 저어서 냉장고에 6시간 이상 저장해둡니다(밤새 저장해도 좋아요).

손님에게 내갈 때는 마지막으로 한 번 더 저어준 뒤 간이 제대로 되었는지 확인하고 조금 심거운 것 같으면 소금을 더 넣습니다.
수프 위에 사우어크림을 얹거나 곱파 등을 뿌려주면 아주 좋습니다.

샐러드

딜리어니언링

엘리 퀜의 레시피입니다. 버티넬리의 레스토랑에서 소시지 피자 위에 얹어서 냈더니 반응이 무척 좋았다고 해요!

재료
크고 달콤한 양파 1개 (붉은 양파면 더 좋아요, 색감이 더 좋으니까요)
갓 자란 딜 1티스푼 (말린 딜을 사용하셔도 좋아요)
백설탕 1/3컵 / 소금 2티스푼 / 식초 1/2컵 / 물 1/4컵
선택 재료: 큰 토마토 4개

만드는법
1. 양파를 링 모양으로 잘게 썬 다음 분리해서 그릇에 담습니다.
2. 작은 그릇에 설탕, 소금, 딜, 식초, 그리고 물을 넣고 잘 저어줍니다. 그리고 그것을 양파를 담은 그릇에 붓습니다.
3. 그릇을 덮은 다음 적어도 5시간 정도 냉장고에 저장하는데, 1시간마다 한 번씩 저어주어야 합니다.
4. 토마토를 옆으로 자른 다음 접시 위에 나열합니다. 그리고 소스에 절여둔 양파를 꺼내 토마토 위에 적당히 얹습니다. 그런 다음 필요하다면 신선한 파슬리로 장식합니다.

당근이나 콩 요리, 심지어는 으깬 감자 요리에 같이 곁들여도 안성맞춤입니다. 일반 샐러드 장식으로도 아주 잘 어울리죠. 꼼꼼히 포장해서 냉장고에 보관하되 하루에 두 번 정도 섞어주기만 하면 한 주 정도는 거뜬히 먹을 수 있답니다.

진저에일 젤로

젤로의 여왕인 안드레아의 레시피입니다. 코울타스 신부님의 가사도우미인 이멜다 기즈에게서 받은 레시피라고 하네요. 원래는 포도 통조림을 써야 하는데, 빨간부엉이 식료품점에는 포도 통조림이 없었나 봐요. 대신 후르츠 칵테일을 사서 포도만 골라내다가 나중에는 배도 집어넣었다고 해요. 그런데 이멜다는 배가 들어간 게 더 맛있다고 했다네요.

재료

레몬 혹은 복숭아 맛 젤로 파우더 6온스(약 170g)
차가운 진저에일(생강 맛이 나는 탄산 청량음료) 2컵
파인애플 통조림 16온스(약 453g, 물은 버리세요)
배 통조림 2컵(물은 버리세요)

얇게 썬 아몬드 2/3컵	끓인 물 1과 1/2컵
파프리카 1/2티스푼	소금 1/4티스푼

만드는 법

1. 끓는 물에 젤로를 넣고 용해시킵니다. 그런 후 소금과 파프리카를 넣고 실온에서 잠시 식히세요.
2. 진저에일을 넣고 살짝 굳어질 때까지 냉장고에 넣어둡니다.
3. 다시 배와 파인애플, 아몬드 조각을 넣고 2쿼트(약 1.8ℓ)짜리 틀에 젤로를 붓고 냉장고에 밤새 보관합니다.

드레싱

마요네즈 1컵
두터운 크림 1/4컵
꿀 1테이블스푼

마요네즈와 크림, 꿀을 섞은 뒤 숟가락으로 떠서 젤로 옆에 같이 세팅합니다. 아니면 뷔페식으로 사람들에게 접시를 나눠준 뒤 썰어놓은 젤로와 드레싱을 맘껏 퍼가도록 해도 좋습니다.

끔찍한 코울슬로 (다진 양배추 샐러드)

안드레아가 '그린 젤로'라고 부르는 요리의 레시피입니다. 특별한 때 만드는 요리죠.

재료

라임 젤로 파우더 12온스(약 340g)   끓인 물 4컵

식초 1/2컵(안드레아는 라즈베리 식초를 사용하곤 해요)

다진 양배추 4컵(안드레아를 미리 다져서 파는 것을 사죠)

얇게 저민 셀러리 2컵   얇게 썬 양파 1/4컵

마요네즈 2컵   소금 1티스푼   차가운 물 2컵

만드는 법

1. 큰 그릇에 끓는 물을 넣고 젤로를 녹인 뒤 살짝 식힙니다. 거기에 마요네즈, 소금, 식초를 넣고 잘 섞이도록 저어줍니다. 마지막으로 차가운 물을 넣고 단단히 굳지는 않고 살짝 끈끈해질 때까지 냉장 보관합니다(1시간에서 1시간 30분 정도 걸립니다).

2. 젤로 틀에 들러붙음 방지 스프레이를 뿌립니다(안드레아는 케이크 틀을 사용하기도 하죠). 젤로가 살짝 부들부들해질 때까지 젓다가 다진 양배추, 셀러리, 양파를 넣고 섞어줍니다.

3. 젤로 틀에 완성된 것을 붓고 2시간을 더 냉장 보관합니다. 그런 후 위를 비닐랩으로 덮어 4시간을 더 냉장 보관합니다.

젤로를 틀에서 꺼내는 방법에는 두 가지가 있습니다. 안드레아는 젤로 틀을 그녀의 붐붐 뒷자리에 놓고 10분가량 마을을 한 바퀴 돕니다. 그러면 젤로가 차의 진동에 흔들리면서 저절로 틀에서 빼내기 좋은 형태가 되죠. 이 방법은 레이크 에덴 커뮤니티 센터에서 열리는 포트럭에 가거나 누군가의 집에 저녁식사 초대를 받았을 때 아주 효과적입니다. 하지만 그렇게 할 상황이 못 되면 저처럼 하셔야 해요.

전 바느질장갑을 끼고 틀의 가장자리부터 아주 조심스럽게 들어냅니다. 그게 부드러워지지 않으면 따뜻한 물에 틀을 몇 초 정도 담가놓은 후에 꺼내 밑바닥을 닦은 뒤 접시에 뒤집습니다(국물이 흐를지도 모르니 싱크대 위에서 하세요).

간편한 피클 샐러드

크누드슨 목사님의 레시피입니다. 아침에 만들면 저녁 손님상에 낼 수 있다고
해요. 다음날 내면 더 좋겠지만, 그렇다고 해서 오래 보관해서 먹을 수 있는 건
아니라고 하시네요.

재료

껍질 벗기고 씨를 뺀 뒤 반으로 잘라 얇게 썬 오이 1개

얇게 썬 양파 작은 것 1개   얇게 썬 무 34온스 (약 964g)

백식초 2/3컵   설탕 2/3컵   무 주스 2/3컵

피클양념* 2티스푼

*피클양념은 시나몬과, 겨자 씨, 고수풀, 생강, 칠리, 정향, 흑후추, 메이스(육두구 씨
껍질을 말린 향미료), 월계수 잎을 넣어서 만듭니다. 재료 중 별로 내키지 않는 것이
있으면 빼고 만들어도 좋다고 하네요.

만드는 법

1. 물기를 뺀 무와 썰어놓은 오이, 양파를 커다란 소스 팬에 넣고 불에 올립니
   다. 나무 주걱으로 골고루 섞어줍니다.
2. 무명천에 액만 우러나도록 피클 양념을 봉해서 소스 팬에 넣습니다.
3. 식초 2/3컵을 팬에 붓습니다.
4. 백설탕 2/3컵을 팬에 넣습니다.
5. 무 주스 2/3컵을 팬에 붓고 잘 섞어줍니다.
6. 끓을 때까지 중불에서 계속 저어줍니다. 끓기 시작하면 즉시 불에서 내려
   유리병이나 사기그릇에 옮겨 담습니다. 그런 뒤 비닐랩으로 봉하여 적어도
   6시간을 냉장고에 보관합니다.
7. 피클 양념은 미리 빼둡니다.

크누드슨 목사님 말로는 이 모든 것을 전자레인지 하나로도 충분히 할 수 있다고
해요(목사님은 정말 그렇게 만드신대요). 모든 재료를 그릇에 다 담고 강으로
12분 정도 돌리면 된다고 하네요. 4분마다 한 번씩 그릇을 꺼내 저어주는 것 잊지 마시구요.
충분히 끓었으면 비닐랩으로 덮어서 냉장 보관하면 됩니다.

발도르프 샐러드 젤로

안드레아의 또 다른 레시피입니다. 젤로 레시피 중 이것이 제일 맛있는 것 같아요.

재료

레몬 젤로 파우더 6온스(약 170g)   끓인 물 2컵

마요네즈 1컵   차가운 물 1컵

셀러리 얇게 썬 것 1컵   월넛 다진 것 1/2컵

사과 얇게 썬 것 2컵(기호에 따라 껍질을 벗기지 않아도 상관없습니다)

만드는 법

1. 큰 그릇에 젤로를 넣고 끓인 물에 녹입니다. 거기에 마요네즈를 넣고 잘 저어줍니다. 그런 후 찬물을 넣고, 저은 뒤 살짝 굳어질 때까지 냉장고에서 45분간 보관합니다.

2. 살짝 굳은 젤로를 꺼내 부들부들해질 때까지 거품기로 저어줍니다(숟가락을 사용해도 되긴 하지만 팔이 무척 아플 거에요).

3. 사과와 셀러리, 월넛을 넣고 저어줍니다. 젤로 틀에 들러붙음 방지 스프레이를 뿌려준 뒤 젤로를 붓습니다.

4. 냉장고에서 4시간 이상 보관합니다. 밤새 넣어두는 편이 가장 좋아요.

5. 다 완성됐으면 틀에서 빼내어 자른 다음 빨간 상추잎 위에 올려놓습니다. 접시에 올려놓고 사람들이 먹고 싶은 만큼 가져가도록 해도 좋아요.

이렇게 만들면 대략 7컵 정도의 아주 맛있는 젤로를 맛볼 수 있습니다.

빵

이건 내 친구, 테리 소머스의 레시피입니다. 정말 환상적인 맛의 머핀이죠. 크리스마스 포트락에서 처음 먹어봤는데, 어찌나 맛있는지 다들 디저트 테이블에서 떨어질 줄을 몰랐답니다.

오븐은 200℃로 예열해둡니다. 틀은 오븐의 중앙에 둡니다.

재료

육두구 씨 간은 것 1/2티스푼	베이킹파우더 2티스푼
소금 1/2티스푼	밀가루 1과 1/2컵
껍질을 벗기고 속을 파낸 사과를 잘게 썬 것 1과 1/2컵(썰고 난 뒤 측량)	
설탕 1/2컵	녹인 버터 1/3컵
거품 낸 계란 1개 분량	우유 1/2컵
녹인 버터 1/4컵 설탕 1/2컵 시나몬 1티스푼	

**늘어나는 뱃살에 엄청난 범죄를 저지르고 싶거든 버터의 분량을 배로 늘려서 1/2컵을 사용하셔도 됩니다. 정말 환상적인 맛이 탄생하죠!

만드는 법

1. 밀가루, 베이킹파우더, 소금, 그리고 육두구 씨 간은 것을 넣고 잘 섞은 다음 한쪽에 밀어둡니다.
2. 그릇에 설탕과 녹인 버터를 넣고 잘 섞어준 후, 실온에서 잠시 식혀둡니다.
3. 거품 낸 계란과 우유, 그리고 잘게 썰어놓은 사과를 2번에 넣고 잘 저은 다음 1번에 붓습니다.
4. 기름칠한 머핀 틀에 바닥에서 2/3 정도 올라오도록 반죽을 붓습니다. 그런 후 200℃에서 20~25분간 구워줍니다. 굽기가 끝나면 틀 위에서 10분 식힌 다음 틀에서 머핀을 꺼냅니다.
5. 얇은 접시에 녹인 버터를 붓고, 설탕과 시나몬은 한데 섞어 또 다른 얇은 접시에 담습니다. 그런 다음 완성된 머핀을 녹인 버터 위에 굴린 다음 설탕과 시나몬이 담긴 접시에 한 번 더 굴려줍니다.

따뜻할 때 먹어도 맛있지만 실온이나 심지어는 냉장고에 보관했다가 먹어도 맛이 좋아요! 어떻게 해서 먹어도 나름의 풍미가 느껴진답니다.

캔 브레드

셰릴 쿰스의 레시피입니다. 빵을 한 번도 구워본 적이 없는 사람도 손쉽게 만들 수 있을 만큼 간단한 레시퍼라고 해요.

오븐은 예열해두지 마세요. 오븐에 굽기 전 반죽이 충분히 부풀어야 하거든요.

재료

건조한 이스트 1/2온스(약14g)

밀가루 4와 1/2컵　　계란 2개

버터 1/2컵　　　　끓인 물 2컵

소금 1티스푼　　　황설탕 1/2컵

오트밀 1컵

만드는 법

1. 소스 팬에 끓인 물을 넣고 버터를 녹인 뒤 그릇에 옮겨 담아 소금, 황설탕, 그리고 오트밀을 넣고 잘 저어줍니다.

2. 혼합물이 식기 전에 재빨리 이스트를 넣습니다.

3. 다른 그릇에 계란을 깨어 넣고 포크로 잘 저어준 뒤 이스트를 첨가한 그릇에 넣어 잘 섞어줍니다.

4. 빵 반죽으로 적당하다고 생각될 때까지 한 번에 1컵씩 밀가루를 넣습니다 (습기 정도는 머핀 반죽과 쿠키 반죽의 중간 정도입니다).

5. 완성한 반죽은 그릇에서 꺼내 밀가루를 뿌린 도마나 작업대 위에 놓고 몇 분간 휴지시킵니다(막간을 이용해 당신도 조금 쉬시구요).

6. 다시 반죽을 시작하는데, 반죽이 너무 끈끈하면 밀가루를 조금 더 넣습니다 (반죽하는 방법은 주먹으로 몇 번 내리친 다음에 뒤집어서 여러 번 접어주듯이 주무르세요. 건강에도 아주 좋은 반죽법이죠). 5분 정도 반죽했으면 거기서 멈추세요. 반죽이 끈적이지 않으면 아주 잘된 것이랍니다.

7. 손을 씻고, 그릇도 씻은 뒤 잘 닦아 안에 들러붙음 방지 스프레이를 뿌려줍니다. 거기에 반죽을 넣고 물에 적신 수건을 덮어준 뒤 따뜻한 곳(뜨거운 곳은 안 돼요)에 두어 반죽이 두 배로 부풀어 오르게 합니다(1~2시간 정도 걸릴 거에요).

주의할 점 : 오늘 당장 빵을 구울 것이 아니면 반죽을 부풀리지 말고 반죽이 담긴 그릇을 비닐랩으로 싸서 냉장고에 넣어두세요. 12시간 정도는 보관해도 괜찮습니다. 아침에 그릇을 꺼내 비닐랩을 벗긴 다음 축축한 수건으로 감싸서 따뜻한 곳에 두면 잘 부풀어 오를 겁니다.

8. 반죽이 다 부풀었으면 다시 밀가루를 뿌린 작업대에 놓고 주먹으로 몇 번 두드립니다. 그런 후 반죽을 떼어 둥근 모양, 롤 모양, 동물 모양 등으로 마음껏 모양을 냅니다. 기름칠 한 쿠키틀에 모양낸 반죽을 놓는데, 그냥 덩어리 빵으로 만들었으면 빵틀에 넣어도 되고, 커피 캔 안에 기름칠을 한 뒤 그 안에 반죽을 넣으면 아주 동그란 샌드위치 빵을 만들어 친구들을 놀라게 할 수도 있습니다.

9. 반죽을 놓은 쿠키틀이든 빵틀이든 커피 캔이든 상관없이 다시 물에 적신 수건으로 덮어 약 45분 동안 부풀게 합니다.

10. 오븐을 170℃로 예열한 뒤 오븐의 중앙에 틀을 넣습니다.

11. 빵의 윗부분에 코팅 효과를 주고 싶으면 계란 노른자에 약간의 물을 더해 섞은 뒤 굽기 전에 빵 위에 발라주면 됩니다.

12. 큰 빵틀이나 커피 캔은 60분 동안 굽고, 작은 빵틀이나 커피 캔은 45분 동안 굽습니다.

13. 팬에 담긴 채 선반 제일 위에서 15분 동안 식히고, 그 후에는 팬에서 꺼내 선반에 얹은 뒤 식힙니다.

치즈맛의 스파이스 콘 머핀

다니엘 왓슨이 준 레시피에요. 처음부터 밀가루로 만든 머핀이 아니라 이런 레시피를 주어도 괜찮을지 다니엘은 걱정했지만, 전 아무 상관없으니 걱정하지 말라고 답해줬답니다.

재료

옥수수 머핀 믹스 1팩(12개를 만들 분량)
청고추 절임(다니엘은 ortega 상표를 산다
고 해요) 4온스(약 113g)
체다 치즈가루 1/2컵

만드는 법

1. 콘 머핀 포장에 적혀 있는 대로 오븐을 예열합니다.
2. 역시 포장의 방법을 따라 머핀 믹스를 준비하고, 거기에 청고추와 치즈가루를 넣은 뒤 잘 저어줍니다.
3. 머핀용 팬에 컵케이크용 기름종이를 두 겹으로 깔고 들러붙음 방지 스프레이를 뿌려줍니다.
4. 숟가락으로 반죽을 떠서 컵케이크 종이 위에 올려놓습니다.
5. 포장에 쓰인 방법대로 콘 머핀을 굽습니다.

매운 것을 좋아하지 않는 손님일 경우에는
고추 절임의 절반 분량은 옥수수로 대신해도 좋아요.

크랜베리 머핀

베키 서머스의 레시피입니다. 추수감사절 저녁식사 때 만들어서 선보이면 아주 좋아요.

오븐은 190℃로 예열합니다. 틀은 오븐의 중앙에 둡니다.

재료

크랜베리 소스 1/2컵 (크랜베리 100%를 쓰세요)

거품 낸 계란 2개 분량 (포크로 서어수세요)

녹인 버터 3/4컵 　　　　　　베이킹파우더 2티스푼

밀가루 2와 1/4컵 (체질하지 않아도 됩니다) 　　 우유 1/2컵

백설탕 1컵 　　소금 1/2티스푼 　　말린 크랜베리 1컵

빵 조각 토핑용 재료:

설탕 1/2컵 　　밀가루 1/3컵 　　부드러운 버터 1/4컵

만드는법

1. 머핀 틀에 기름칠을 합니다 (아니면 제가 쿠키단지에서 하는 방법대로 일반 틀 위에 머핀용 기름종이를 놓아도 됩니다). 녹인 버터에 말린 크랜베리를 넣고, 한쪽에 두고 식힙니다. 커다란 그릇에 설탕을 넣고, 거품 낸 계란, 베이킹파우더, 소금을 넣고 잘 저은 뒤 크랜베리를 넣은 녹인 버터에 붓고 밀가루 분량의 반과 우유 분량의 반을 넣습니다. 그런 후 다시 나머지 밀가루와 우유를 넣고 잘 반죽합니다. 마지막으로 크랜베리 소스 1/2컵을 넣고 골고루 반죽합니다.
2. 머핀 틀에 3/4 정도 차오르게 반죽을 붓습니다. 혹시 반죽이 남으면 티 브레드 틀에 넣고 구우면 됩니다.

빵 조각 토핑

1. 설탕과 밀가루를 넣고 섞습니다. 거기에 부드러운 버터를 넣고 골고루 잘 섞어줍니다(버터가 굳은 것일 때는 날이 달린 믹서를 사용해도 좋아요).
2. 머핀 틀의 남은 공간에 빵 조각 토핑 반죽을 올립니다. 그런 후 190℃에서 25분~30분 동안 굽습니다(티 브레드는 머핀보다 10분 더 구워야 해요).
3. 머핀을 굽는 동안 남은 크랜베리는 반 컵 분량씩 종이컵에 담아 냉동실에 보관합니다. 그래야 다음번 크랜베리 머핀을 만들 때 또 쓸 수 있으니까요. 머핀이 다 구워졌으면, 팬을 선반으로 옮겨 30분 동안 식힙니다(그래야 나중에 잘 떨어져요). 완성된 것은 컵에서 떼어 맛있게 먹으면 됩니다.

살짝 따뜻할 때 먹으면 가장 맛있지만, 뚜껑이 달린 용기에
밤새 보관했다 먹으면 크랜베리 맛이 더 짙게 느껴진답니다.

지나의 스트로베리 브레드

코울타스 신부님의 조카인 지나의 레시피입니다. 그녀는 레이크 에덴에 올 때면 꼭 이 빵을 구워서 가져온답니다. 지나 말에 의하면 빵을 구워서 밀폐된 용기에 하루 동안 보관했다 먹으면 맛이 더 좋다고 하네요. 토스트를 해먹거나 버터를 발라 먹어도 좋구요.

오븐을 180℃로 예열합니다. 틀은 오븐의 중앙에 둡니다.

재료

딸기 다진 것 1컵(얼린 딸기를 써도 좋아요)

베이킹파우더 1티스푼　　　　베이킹소다 1티스푼

딸기 향료 1/2티스푼　　밀가루 2컵　　계란 2개

소금 1티스푼　　　　버터 1/2컵　　백설탕 1컵

만드는법

1. 버터를 녹인 뒤 설탕과 딸기 향료를 넣고 잘 섞은 후 식힙니다.
2. 계란을 흰자와 노른자로 분리합니다. 버터 혼합물을 살짝 찍어봐 뜨겁지 않으면 계란 노른자를 한 개씩 넣고 잘 섞이도록 저어줍니다.
3. 베이킹파우더, 베이킹소다, 소금을 더합니다. 딸기 분량의 반을 넣고 밀가루를 넣은 뒤 젓습니다. 다시 나머지 딸기와 밀가루를 넣고 잘 저어줍니다.
4. 흰자가 걸쭉해질 때까지 잘 저은 뒤 반죽에 더합니다.
5. 빵 팬에 들러붙음 방지 스프레이를 뿌리고 기름종이를 깐 뒤 한 번 더 스프레이를 뿌려줍니다. 팬에 반죽을 붓고 주걱으로 표면을 부드럽게 만듭니다.
8. 180℃에서 50~60분 동안 굽습니다. 나무 꼬챙이로 가운데를 찔러봤을 때 묻어 나오는 것이 없이 깨끗하면 잘 구워진 것입니다.

팬을 선반으로 옮겨 15분 동안 식힌 다음 틀에서
빵을 빼내 선반에서 나머지 식힘 과정을 거칩니다.
10분 정도 더 기다렸다가 기름종이에서 빵을 떼어냅니다.

샐리의 바나나 브레드

빌의 어머니, 그러니까 안드레아의 시어머니인 레지나 토드가 그녀의 조카인 샐리 헤이즈에게서 배운 레시피입니다. 샐리는 그녀 남동생의 이웃인 코니에게서 받은 것이라고 하네요. 레지나가 안드레아에게 이 레시피를 가르쳐주려고 여러 번 시도했지만, 결국엔 두 손 두 발 다 들고 말았다죠.

오븐을 180℃로 예열합니다. 틀은 오븐의 중앙에 둡니다.

재료

바나나 으깬 것 1과 1/2컵(검은 반점이 생긴 잘 익은 바나나 3, 4개 정도)
버터우유 1/2컵(없으면 홈메이드 플레인 요거트로 대체하셔도 됩니다)
부드러운 버터 3/4컵　　　　　　　백설탕 1과 1/2컵
거품 낸 계란 2개(포크로 저어주세요)　베이킹소다 1티스푼
밀가루 2컵(체질할 필요 없습니다)　　　소금 1티스푼
다진 월넛 혹은 피칸 1/2컵(선택 사항입니다)

만드는 법

1. 버터와 설탕을 넣고 부들부들해질 때까지 섞어줍니다. 그런 다음 거품 낸 계란을 넣고 다시 저어줍니다.
2. 바나나 껍질을 벗겨 으깹니다(잘 익은 것이면 포크로도 손쉽게 할 수 있어요). 정확히 1과 1/2컵을 측량하여 앞의 혼합물에 넣고 잘 섞습니다.
3. 또 다른 그릇에 밀가루와 베이킹소다, 소금을 넣고 섞어줍니다.
4. 그렇게 섞어둔 밀가루의 반을 앞의 혼합물에 넣고 저은 뒤 버터우유 분량의 반을 넣고 또 한 번 저어줍니다. 그리고 나머지 밀가루를 넣고, 나머지 버터우유를 넣고 골고루 섞이도록 저어줍니다. 이때 월넛이나 피칸을 넣는데, 이건 선택 사항이랍니다.
5. 빵 틀에 들러붙음 방지 스프레이를 뿌리고 반죽을 부은 뒤 180℃에서 약 1시간, 혹은 꼬챙이로 가운데 부분을 찔렀을 때 아무것도 묻어 나오는 것이 없을 때까지 굽습니다. 좀 더 작은 팬에서 구울 때는 45분만 구워주세요.

6. 팬에서 잠시 식히면 20분 정도 후에는 가장자리가 잘 떨어질 거예요. 그때 팬에서 빼내 선반으로 옮겨줍니다.

레지나는 늘 이 바나나 브레드를 빌의 손에 들려 보내오곤 해요(빌이 어머니를 흉내어도 먹을 수 있는 유일한 메뉴가 아닐까 생각합니다). 안드레아는 이 빵을 아침으로 즐겨 먹는데, 얇게 잘라서 토스트를 해먹거나 버터를 발라먹거나 하지요.

소다 브레드

브리짓 머피의 레시피입니다. 매년 성 패트릭의 날이면 빠짐없이 만드는 빵이기도 하지만, 그 외의 날에도 자주 만들곤 한답니다.

오븐은 190℃로 예열합니다. 틀은 오븐의 중앙에 둡니다.

재료
실온에 둔 버터 1/2스틱
밀가루 1컵

커다란 그릇에 밀가루를 넣고 버터를 넣은 뒤 포크로 버터를 조각조각 자릅니다.

그릇에 첨가될 재료는 아래와 같아요.

재료
밀가루 3컵
소금 1티스푼
베이킹파우더 3티스푼
베이킹소다 1티스푼
백설탕 1/4컵
고수풀 1/2티스푼

또 다른 그릇에 섞을 재료는 아래와 같아요.

재료
버터우유 1과 3/4컵
거품 낸 계란 2개 분량
황금빛 건포도 2컵 (선택 사항이에요)

만드는법

1. 밀가루를 담은 그릇에 우유와 거품 낸 계란을 넣고(건포도를 넣으실 분들은 이때 넣으면 돼요) 잘 반죽한 뒤 밀가루를 뿌린 작업대에 올려놓습니다.
2. 브리짓의 말이 반죽하는 걸 너무 두려워하지 말라는군요. 그저 작업대에 기름종이를 깐 다음 밀가루만 조금 뿌려주면 된다구요.
3. 2~3분 동안 열심히 반죽합니다(찰흙놀이를 하듯이 두드리고, 굴리고, 접으면 돼요). 만약 반죽이 너무 끈적거리면 밀가루를 더 넣어주세요. 반죽이 다 되었으면

공 모양으로 다듬은 뒤 들러붙음 방지 스프레이를 뿌린 칼을 사용해 반으로 자릅니다. 그런 후 다시 각각 공 모양으로 굴려줍니다.

4. 9인치 크기 파이용 틀에 들러붙음 방지 스프레이를 뿌린 다음 반죽을 넣고 꾹꾹 눌러준 뒤 칼로 X자 표시를 합니다. 반죽 깊이의 반 정도로 깊이 말이 죠(이때도 칼에 스프레이를 뿌려주셔야 할 거예요).

5. 190℃에서 40분 동안 구운 뒤 완성된 빵은 실온에서 얼마간 식힌 뒤 틀에서 꺼내어 먹기 좋게 자릅니다.

이 소다 브레드는 존 브래디의 손쉬운 아일랜드식 칠리나 아일랜드식 로스트 비스트와 함께 먹으면 아주 좋아요.

주요 요리

구운 생선 요리

제랄딘 게츠가 기꺼이 기증해주신 레시피랍니다. 그녀의 남편은 리사의 아버지인 잭 허먼과 자주 낚시하러 다니세요.

오븐은 180℃로 예열합니다. 틀은 오븐의 중앙에 둡니다.

재료

가시를 발라낸 생선 토막 9~12개(살이 단단한 흰살 생선이면 됩니다)
드라이 백포도주(단맛이 거의 없는 와인) 1/2컵
녹인 버터 4테이블스푼(혹은 1/4컵)
파슬리 다진 것 2테이블스푼   파 다진 것 2테이블스푼
빵가루 2테이블스푼   양념 소금 2티스푼
후추 2티스푼   마늘 2쪽 다진 것   레몬주스

만드는 법

1. 생선 토막을 깨끗이 씻어 종이 수건으로 물기를 닦아줍니다. 그런 후 레몬주스로 문지른 후 소금과 후추를 뿌려둡니다.
2. 기름칠 한 제빵용 팬에(9×13인치 케이크용 팬이면 될 거예요) 다진 마늘을 뿌린 후 생선 토막을 팬에 놓고, 파슬리와 파 다진 것과 빵가루를 뿌려줍니다. 마지막으로 숟가락으로 녹인 버터를 떠서 부어줍니다.
3. 쿠킹호일로 약간 여유 있게 팬을 포장합니다.
4. 180℃에서 50분 정도 굽습니다. 그런 다음 호일을 벗겨 내고 15분 더 굽습니다.

굽는 과정에서 생긴 국물은 생선을 담을 접시에 모두 부어줍니다. 이 요리는 겉이 바삭바삭한 빵이나 톡 쏘는 맛이 있는 샐러드와 함께 내면 아주 좋답니다.

바비큐 요리

노먼의 말에 따르면 이렇게 쉬운 바비큐 요리법은 처음일 거라고 하네요. 그가 구운 바비큐 립을 저도 맛본 적이 있는데, 정말 환상적인 맛이었어요.

오븐은 200℃로 예열합니다. 틀은 오븐의 중앙에 둡니다. 5~6쿼트(약 4.7~5.7ℓ)의 냄비에 들러붙음 방지 스프레이를 뿌립니다.

재료

립(갈비뼈) 4~5파운드(약 1.8~2.3kg, 2개로 분리합니다)

바비큐 소스

리퀴드 스모크(훈제 향을 더해주는 감미료) 1/2티스푼

다진 양파 1/2티스푼(노먼은 바쁠 때면 말린 양파를 쓴다고 해요)

와인 식초 2테이블스푼(혹은 사과주스)

스테이크 소스 1/4컵	허니머스타드 1/4컵
황설탕 2테이블스푼	양념 소금 1티스푼 케첩 1/2컵

만드는법

1. 제빵용 팬에 고리를 건 뒤 립을 얹고 200℃에서 15분 동안 노릇노릇하게 굽습니다. 그리고 뒤집은 뒤 다시 15분을 더 굽습니다. 그렇게 하면 기름이 쪽 빠지게 되죠.
2. 커다란 그릇에 소스를 모두 넣어 섞은 뒤 립은 전기냄비에 넣고 소스를 부어줍니다. 뚜껑을 덮어 '낮음'에서 6~8시간 요리합니다. 전기냄비에서 요리하는 립은 정말 최고입니다. 그릴을 이용하고 싶으면 전기냄비에서 5시간을 미리 요리한 뒤 냉장고에 보관했다가 꺼내어 그릴에 구우면 됩니다.

노먼이 그러는데, 이 바비큐 소스는 그릴에 닭고기나 소시지를 구울 때 사용해도
아주 좋대요. 닭고기는 스테이크 소스를 조금 덜고 대신 머스타드를 1/2컵 더 늘이세요.
또 한 가지 노먼이 덧붙인 것은 소스를 만들 시간이 없으면 아무 거나
하나만 선택하라고 하네요. 이 요리법의 비밀은 전기냄비에
있기 때문에(부드러운 맛이 깊게 배여요) 어느 소스를 사용하더라도 맛이 있을 거예요.

치킨 파프리카쉬

재니스 콕스의 레시피입니다. 일리노어와 오티스는 이 요리 하나면 금세 사윗감을 얻을 수 있다고 장담한답니다.

5쿼트(약 4.7ℓ)의 전기냄비를 사용해도 되지만, 오븐을 사용할 때 160℃로 맞추세요.

재료

닭 가슴살 12개 (허벅지살이나 치킨텐더, 아니면 다 섞어서 사용해도 됩니다)
면적이 넓은 계란 국수 조리한 것 1파운드 (약 453g)
물을 섞지 않은 버섯 크림수프 2캔 (1캔당 약 320g)
양파 파우더 1/2티스푼   사우어크림 1컵   소금 약간
파프리카 2테이블스푼   홍고추가루 1/4티스푼

만드는 법

1. 5쿼트의 전기냄비나 커다란 로스트용 팬에 들러붙음 방지 스프레이를 뿌립니다. 그런 다음 수프를 넣고, 사우어크림과 기타 양념 재료를 넣고 잘 저어줍니다. 거기에 닭고기를 넣고 소스가 골고루 베이도록 합니다.

2-1. 전기냄비를 사용할 때; '낮음'에서 5~6시간 동안 요리합니다. 시간이 부족할 때는 '높음'으로 해서 4시간 동안 요리하세요.

2-2. 오븐을 사용할 때; 로스트용 팬을 꼼꼼하게 덮은 뒤 160℃에서 4시간 동안 굽습니다. 그런 다음 뚜껑을 벗겨 30분 정도 더 구워줍니다.

3. 완성된 닭고기를 계란 국수 위에 얹어서 내면 훌륭한 치킨 파프리카쉬가 만들어집니다.

주의: 종이 받침을 하나 둘어온 사람들을 대접하는 것이 아니라면 이 정도 분량은 여덟 명이 충분히 먹습니다.

카운티 햄 캐서롤

로레타 리차드슨의 레시피입니다. 그녀의 딸인 칼라는 고등학교 친구들을 집으로 초대할 때면 꼭 이 요리를 만든다고 해요.

오븐을 160℃로 예열합니다. 틀은 오븐의 중앙에 둡니다.

재료

빵 4조각(1인치 큐브 모양으로 잘라주세요)

계란 12개(정말 열두 개예요. 오타가 아닙니다)

사우어크림 1컵(혹은 사우어크림 1/2컵과 크림치즈 1/2컵)

치즈 간 것 1컵(체다 치즈도 괜찮습니다)

조그맣게 썬 햄 1파운드(약 453g)

대충 다진 시금치 잎사귀 24개

마늘 파우더 1/2티스푼 스위스

양파 파우더 1/2티스푼

후춧가루 1티스푼

라이트 크림 1컵

만드는법

1. 9×13 크기 케이크 팬에 기름칠을 한 뒤 큐브 모양으로 자른 빵조각을 뿌립니다. 그 위에 햄을 덮고 햄 위에 시금치 잎사귀를 덮습니다.
2. 계란, 사우어크림, 가벼운 크림, 후춧가루, 양파 파우더, 마늘 파우더를 한데 넣고 잘 섞습니다.
3. 1의 팬에 다진 파를 뿌리고 위에 치즈가루를 뿌린 뒤 2에서 만들어둔 계란 혼합물을 붓고 호일로 팬을 덮은 뒤 냉장고에서 20분 동안 보관합니다.
4. 20분이 지나면 냉장고에서 팬을 꺼내 호일을 벗기고 160℃에서 약 1시간 정도 구워줍니다. 칼로 가운데 부분을 찔러봤을 때 묻어나오는 것 없이 깨끗하면 잘 구워진 것입니다.
5. 손님상에 내기 전에 10분 정도 식힙니다.

8인용 브런치로 아주 좋아요.

엄마는 공로가 돌아가야 할 곳에 공로를 돌려야 한다고 말씀하셨어요. 이 레시피는 엄마의 친구인 루이스 메이스터의 레시피입니다.

재료

라자냐 국수 8온스(약 227g, 조리된 것 말구요!)

말린 양파 다진 것 2테이블스푼(생 양파를 쓰셔도 좋아요)

로즈마리 간 것 2티스푼(오레가노도 괜찮아요)

스파게티 소스 32온스(약 907g)　　　　　마늘 파우더 1티스푼

소고기 다진 것 1파운드(약 453g)　　　　코티지치즈 2컵

얇게 썬 모차렐라 치즈 6온스(약 170g)　　후추 1/2티스푼

거품 낸 계란 2개 분량(포크로 저으면 됩니다)

파마산 치즈 간 것 1/2컵　　　소금 1티스푼　　　우유 1컵

만드는 법

1. 소고기 다진 것을 먹음직스러운 황갈색이 돌 때까지 볶다가 물기를 뺍니다 (생양파를 사용할 때는 고기와 함께 볶아도 됩니다). 커다란 그릇에 볶은 고기를 넣고, 양파와 스파게티 소스, 우유, 소금과 후추를 넣은 뒤 잘 섞어줍니다.

2. 9×13 크기 케이크 팬에 기름칠을 한 뒤(들러붙음 방지 스프레이를 뿌려주세요), 바닥에 국수 분량의 반을 깔아줍니다. 그 위로 소스의 반을 부어준 뒤 모차렐라 치즈 분량의 반을 뿌립니다.

3. 또 다른 그릇에 코티지치즈, 파마산 치즈 간 것, 계란, 마늘 파우더와 로즈마리를 넣고 잘 섞어줍니다. 허브는 싱싱한 것을 사용하는 게 가장 좋지만, 신선한 허브를 구하기가 어려우면 말린 허브도 괜찮습니다.

4. 코티지치즈 혼합물을 팬에 넣은 뒤 다시 국수를 얹고, 남은 소스 혼합물을 부은 후 남은 치즈로 덮습니다.

5. 비닐랩을 씌우지 않은 채로 176℃에서 1시간 동안 굽습니다.

엄마는 미리 라자냐를 만들어서 냉장고에 6~8시간 정도
보관했다가 보통 요리 시간에 20~30분을 더 해 요리하곤 한답니다.

페스티브 베이크 샌드위치

루앤 행크스가 작년 포트락 때 만들어 온 샌드위치인데, 얼마나 맛이 있던지 우리 모두 감탄을 금치 못했답니다. 바스콤 시장님이 종종 열곤 하는 테일게이트 파티(스테이션왜건의 뒤편을 펼쳐 음식을 차린 간단한 야외 파티)에 아주 잘 어울리는 메뉴입니다.

재료

햄, 터키, 로스트비프 등의 차가운 육류를 얇게 썬 것 30~36개
8인치 둘레에 3인치 깊이의 둥근 팬(2인치도 괜찮긴 하지만, 사용하기에는 조금 불편할 거예요)
시금치 잎 2컵(깨끗이 씻어서 수건으로 닦아주세요)
치즈(체다, 모차렐라, 스위스 등) 썬 것 24~30장
허니머스타드 2티스푼   말린 양파 다진 것 1/2컵
얼린 빵 반죽 1덩어리   9인치 파이 접시   1회용 쿠키시트

만드는법

1. 빵팬 대신 기름칠 한 그릇에 놓고 얼린 반죽을 부풀립니다. 반죽이 2배로 부풀었으면 반으로 접어서 밀가루를 뿌린 작업대 위에 파이 껍질 모양으로 굴리고 눌러줍니다.
2. 8인치 팬에 들러붙음 방지용 스프레이를 뿌리고 그 위에 쿠키시트를 올리고 반죽을 펼친 다음 가장자리가 늘어지도록 잡아줍니다.
3. 팬 바닥에 치즈를 깔고 그 위에 양파 다진 것을 올립니다(고기 육수에 양파 다진 것이 흠뻑 젖어야 합니다). 그 위에 고기를 얹고 허니머스타드를 한 번 발라줍니다. 그 위에 시금치를 올린 뒤 똑같은 층을 반복합니다. 가능하면 마지막 층은 치즈로 끝내는 것이 좋습니다.
4. 가장자리에 늘어뜨린 반죽을 조심스럽게 위로 잡아당겨 표면을 덮습니다. 그러면서 반죽이 흐트러지지 않도록 반대 방향의 반죽과 합쳐줍니다. 시계 모양을 생각하면 쉬워요. 12시와 6시 방향의 반죽을 한데 묶고, 2시와 8시, 마지막으로 4시와 10시를 함께 묶는 겁니다. 반죽이 조금 찢어지거나 구멍이 나도 크게 상관없어요. 어차피 구우면 다 부풀어 오를 테니까요.

5. 팬을 오븐의 중앙에 넣고 180℃로 예열한 뒤 50분 동안 굽습니다. 다 구웠
   으면 팬 뚜껑을 열고 먹음직스러운 황갈색이 돌 때까지 15분 더 굽습니다.
6. 팬 위에서 45분 동안 식힌 다음 손님상에 내는데, 그전에 치즈가 흐르지
   않도록 조치해야 합니다. 손가락으로 팬을 뒤집어 도마 위에 얹은 뒤 파이
   를 자르는 모양으로 조심스럽게 잘라 접시에 냅니다. 손님들이 나이프를 사
   용해 적당하게 잘라 먹을 수 있도록 말이죠. 케첩이나 고추냉이 소스, 피클,
   양배추 샐러드나 감자 샐러드와 함께 내면 아주 좋아요.

차가울 때 먹어도 맛있고 뜨거울 때 먹어도 맛있습니다.
소풍갈 때 준비해도 아주 좋고요. 먹을 때까지 팬에 두고 보관하면 돼요.
따뜻하게 먹고 싶으면 전자레인지에 돌리면 되고요.
복잡해 보이지만 아주 간단한 레시피랍니다.

하와이언항아리 로스트

4쿼터(약 3.8ℓ)의 전기냄비 안에 들러붙음 방지 스프레이를 뿌리거나 오븐을 사용할 때는 160℃로 예열하고 오븐의 중앙에 틀을 둡니다.

재료

생강가루 1/2티스푼(아주 잘게 다진 생강 2티스푼도 괜찮아요)
파인애플 20온스(약 567g) 캔 1개에서 주스를 뺀 파인애플 조각(파인애플 주스는 나중을 위해 따로 보관하세요)
육즙소스 1~2개(한 팩이 약 24g)
로스트용 소고기 4~5파운드(약 1.8~2.3kg)

레드와인 식초 1/2컵	초록색 피망 다진 것 2컵
말린 양파 다진 것 1/3컵	옥수수 녹말 1/3컵
신선한 버섯 1컵	간장 1/3컵 황설탕 2컵

만드는법

1. 옥수수 녹말과 황설탕과 생강가루를 넣고 섞은 뒤 파인애플 주스를 넣고 저어줍니다. 거기에 식초와 간장을 넣고 부드럽게 한 번 더 저은 뒤 파인애플 조각과 양파, 잘게 다진 초록색 피망을 넣습니다.
2. 전기냄비에 들러붙음 방지 스프레이를 뿌리고 위의 양념을 조금 담은 다음 그 위에 소고기를 얹고 나머지 양념을 붓습니다. 그런 후 뚜껑을 닫고 '낮음'에서 8~10시간 정도 요리합니다.
3. 손님상에 내기 1시간 전에 버섯을 첨가하세요(엄마는 외출하기 전에 전기냄비에 요리를 올려두곤 해요. 집에 돌아올 시간쯤이면 다 완성되어 있거든요).
4. 전기냄비를 사용하기에 시간이 부족하신 분들은 '높음'에서 처음 2시간을 요리하고, 그 후에 '낮음'으로 내려서 요리하세요. 이렇게 하면 고작 6시간 정도밖에 걸리지 않는답니다.

만약 오븐을 사용하기로 하셨다면: 로스트용 팬에 기름칠을 한 뒤 전기냄비에서 했던 방법대로 양념과 고기를 넣습니다. 그런 후 두터운 호일로 단단하게 감싸주세요.

160℃에서 5~6시간을 굽습니다. 포크로 고기를 찔렀을 때 쉽게 푹 들어가면 다 구워진 것입니다(시간을 초과하여 굽게 되는 경우는 아마 거의 없을 거예요 - 고기가 쉽게 분리되어도 잘 구워진 것입니다). 1차 굽기가 끝났으면 호일을 벗기고 오븐에서 45분~1시간 정도 더 노릇노릇하게 굽습니다.

5. 나머지 굽기도 끝났으면, 전기냄비나 오븐에서 꺼내 15분 동안 식힙니다.

6. 요리 위에 육즙소스 .88온스(약 24g)를 뿌려주세요. .88온스(약 24g)를 더 뿌려도 괜찮습니다. 소스는 늘 따뜻하게 보관하시구요.

고기를 잘라서 속이 깊은 접시에 담고
그 위에 갖가지 양념이 밴 소스를
예술적으로(엄마의 표현대로 하자면 말이죠) 뿌린 다음 손님상에 내세요.

독일식 뜨거운 (hot) 감자 샐러드를 곁들인 브라트부르스트

트루디 슈만의 레시피입니다. 여기서 'hot'이라는 건 맵다는 게 아니라 뜨겁다는 걸 말한다네요. 혹시 매운 것을 좋아하시면 일반 소시지 대신 매운맛이 도는 소시지를 사용하시면 돼요.

재료

브라트부르스트 (프라이용 돼지고기 소시지) 큰 것 6~10개 (폴란드 소시지나 일반 핫도그용 소시지도 괜찮습니다)

식초 2/3컵 (백포도주나 적포도주 식초, 발사믹 식초도 괜찮습니다)

베이컨 6장 (주사위 크기 썰어주세요)

감자 큰 것 4개 (작은 것으로는 6개)	말린 겨자 2티스푼
양파 큰 것 1개 다진 것	흑후추 2티스푼
셀러리 씨 2티스푼	황설탕 2테이블스푼
소금 2티스푼 마늘가루 2티스푼	밀가루 1/4컵
양파가루 2티스푼 물 2/3컵	

만드는 법

1. 4쿼터(약 3.8ℓ)의 전기냄비에 기름칠을 합니다 (혹은 들러붙음 방지용 스프레이를 뿌립니다).
2. 감자를 깨끗이 씻어 칼로 구멍을 낸 다음에 전자레인지에 넣고 '강'으로 15분간 돌립니다. 포크로 찔러봤을 때 아직 먹기에는 속이 살짝 덜 익은 상태여야 합니다 (하루 전날 만들어서 냉장고에 보관해도 됩니다). 감자가 식으면 껍질을 벗겨서 얇게 자른 뒤 기름칠 한 전기냄비 바닥에 놓습니다.
3. 베이컨을 다져 1쿼터(약 1ℓ)의 측량컵에 넣고 전자레인지에서 '강'으로 3분간 돌립니다. 중간에 한 번 저어주는 것 잊지 마시구요. 다 됐으면 베이컨을 꺼내 2테이블스푼만 남기고 모두 전자냄비의 감자 위에 얹습니다.
4. 남긴 베이컨을 다시 전자레인지에 돌릴 때 썼던 그릇에 넣고 밀가루, 황설탕, 소금, 말린 겨자, 흑후추, 식초, 물, 셀러리 씨, 양파가루, 마늘가루를 더합니다. 잘 섞어준 뒤 전자레인지 '강'에서 1분간 돌립니다. 거기에 다진 양파를 넣고 한 번 더 섞은 뒤 추가로 1분을 더 돌립니다.

5. 완성된 것을 감자와 베이컨이 담긴 전기냄비에 넣고 '낮음'으로 1시간 동안 요리합니다.
6. 따뜻하게 완성된 감자 샐러드를 저은 뒤 포크로 구멍을 낸 브라트부르스트를 얹습니다(미리 구멍을 내야 소시지가 터지지 않거든요). 그리고 뚜껑을 닫아주세요.

전기냄비를 '높음'으로 해서 1~2시간 정도 더 요리합니다.
감자 샐러드와 브라트부르스트가 충분히 뜨거워질 때까지요.

사냥꾼의 스튜

위니 헨더슨의 레시피입니다. 그녀의 두 번째 남편이 전문 사냥꾼이었는데, 남편을 위해 항상 이 스튜를 끓여줬다고 하죠.

5쿼터(약 4.7ℓ)의 전기냄비에 들러붙음 방지용 스프레이를 뿌립니다.

재료
깍둑썰기를 한 소고기 2파운드(약 907g)
깍둑썰기를 한 다른 고기류 1파운드(약 453g, 사슴고기, 돼지고기, 칠면조,
닭고기, 소고기, 심지어 살찌는 것이 두렵지 않은 사람은 소시지도 가능합니다)
중간 크기 감자 2개 껍질 벗기고 1인치로 깍둑썰기 한 것
중간 크기 양파 2개를 대략 다진 것
아기 당근 2컵(혹은 일반 당근을 1인치로 자른 것)
버섯 통조림 3캔(약 595g, 절대 물은 버리지 마세요!)
소고기 육즙소스 .88온스짜리 2개(약 48g)　　　후추 1티스푼
토마토 스튜 통조림 1캔(약 397g)　　　　양파가루 1티스푼
황설탕 1/4컵(혹은 4테이블스푼)　　　　파프리카 1티스푼
1/2인치로 자른 셀러리 4개　　　　마늘가루 1티스푼

만드는법
1. 전기냄비 바닥에 다진 양파를 넣고 고깃덩어리를 그 위에 올립니다(미리 조리
   된 소시지를 사용할 때는 이때 넣지 말고 1시간 정도 기다렸다가 손님상에 내기 전에 넣어주세요).
2. 당근과 셀러리를 그 위에 올리고 '높음'에서 5시간 동안 요리합니다.
3. 마늘가루, 양파가루, 파프리카와 후추를 넣고, 황설탕과 토마토, 버섯, 버섯
   통조림에서 나온 물도 함께 넣은 뒤 잘 섞이도록 저어주다가 깍둑썰기 한
   감자를 넣습니다.
4. 고기와 채소가 살짝 잠길 정도로 물을 부은 다음 육즙소스 한 팩(약 24g)을 넣
   고 다시 저어줍니다.

5. 뚜껑을 덮고 '낮음' 에서 6~7시간을 더 요리합니다. 요리에 11~12시간을 소비할 여유가 없다면, 전기냄비의 온도를 '높음' 으로 두면 8~9시간으로 단축할 수 있습니다.

6. 완성된 스튜가 너무 물이 많으면 스튜가 걸쭉해질 때까지 나머지 육즙소스를 조금씩 넣어가며 저어주세요.

커다란 그릇에 담아 바삭바삭한 빵과 함께 냅니다.
겨울날 저녁식사 메뉴로는 그만이죠(사슴고기로 만든 스튜라면 안드레아에게는
말하지 않는 편이 좋아요. 아기 엄마가 된 지금까지도 디즈니랜드의
만화 영화 주인공에 대한 환상을 버리지 못하는 녀석이거든요).

아일랜드식 로스트비프

바바라 도넬리가 그녀의 어머니에게서 물려받은 레시피랍니다.

4쿼터(약 3.8ℓ)의 전기냄비에 들러붙음 방지용 스프레이를 뿌리거나 오븐을 160℃로 예열한 뒤 오븐의 중앙에 틀을 둡니다.

재료

스타우트 맥주 1병(약 340g, 바바라는 기네스를 사용하더군요)
로즈메리 2티스푼(신선할수록 좋아요!)
흑후추 1티스푼(신선한 것일수록 좋답니다)
크랜베리 소스 16온스(약 453g)
로스트용 고기 4~5파운드(1.8~2.3kg)   세이지 1티스푼
토마토소스 6온스(약 170g)   스위트 바실 1티스푼
육즙소스 .88온스(약 24g)   오레가노 1티스푼
타임 1티스푼   소금 1티스푼

만드는 법

1. 고기와 육즙소스를 제외한 나머지 재료를 그릇에 모두 넣고 섞습니다. 섞은 것의 반을 전기냄비에 담고, 고기를 얹은 다음 육즙소스를 뿌립니다.
2. 전기냄비를 '낮음'으로 두고 8~10시간 정도 요리합니다('높음'으로 두고 요리하면 6~7시간만 요리해주면 됩니다).
3. 고기를 포크로 찔러봤을 때 잘 찔러지면(바바라는 고기가 부드럽게 찢어질 정도로 연하게 요리하는 것을 좋아한대요), 고기만 꺼내 접시에 놓고 잘게 자른 다음 접시를 호일로 덮어 따뜻하게 유지합니다.
4. 전기냄비의 온도를 '높음'으로 두고 남은 소스에 육즙소스를 더하여 넣은 뒤 걸쭉해질 때까지 저어줍니다. 접시에 낼 때 소스를 떠서 접시 위로 군데군데 뿌려주세요. 남은 소스는 그릇에 따로 담아 테이블에 함께 냅니다.

오븐에 구울 때;
로스트용 팬에 들러붙음 방지용 스프레이를 뿌리거나 기름칠을 합니다. 전기냄비에 구울 때와 똑같은 과정을 거친 후 팬에 담고 두터운 호일로 단단히 감싸줍니다. 160℃에서 5~6시간 동안 굽습니다. 포크로 찔러봤을 때 쉽게 들어가면 잘 구워진 것입니다. 다 구워졌으면 호일을 벗기고 노릇노릇해질 때까지 오븐에서 45분 동안 더 굽습니다. 구우면서 생긴 육수는 소스 팬에 부어 중불에서 살짝 졸입니다. 그런 후 육즙소스를 넣고 걸쭉해질 때까지 저어줍니다.

미트 로프

디거 깁슨의 부인인 에스더 깁슨의 레시피입니다.

오븐은 180℃로 예열합니다. 틀은 오븐의 중앙에 둡니다.

재료

소고기 간 것 1과 1/2파운드(약 680g, 소고기 1파운드와 돼지고기 1/2
파운드를 섞어서 사용하셔도 돼요)
크래커 조각 2/3컵(혹은 밀가루 빵 같은 것도 괜찮아요)
거품 낸 계란 2개 분량(포크로 저으면 됩니다)
중간 크기의 양파 1개 다진 것   라이트 크림 1컵
오레가노 간 것 1/2티스푼   마늘가루 1/2티스푼
파프리카 1/2티스푼   양파가루 1/2티스푼
후추 1/2티스푼   세이지 1/2티스푼   소금 1티스푼

만드는 법

1. **빵 팬**(에스더는 4×8인치 팬을 사용한다고 해요)에 기름칠을 합니다(들러붙음 방지용 스프
   레이를 뿌려도 좋구요).
2. 큰 그릇에 크래커 조각을 넣고, 거품 낸 계란과 우유, 양념을 넣습니다. 그
   리고 양파 다진 것도 넣고 잘 섞어줍니다. 자, 여기서부터 약간 물렁물렁한
   부분입니다.
3. 손을 깨끗이 씻은 뒤에 고기를 넣고 주물러줍니다(물렁물렁한 부분 맞죠? 물렁물렁
   한 감촉 말이에요. 그래도 감수할 만한 가치가 있답니다).
4. 손으로 완성된 고기 반죽을 떠서 준비해둔 팬에 3/4 정도 차게 담습니다.
   단, 가운데 부분은 빵처럼 봉긋하게 솟는 모양으로 다듬어주세요. 남은 고
   기는 동그랗고 납작하게 만들어서 비닐팩에 넣은 다음 냉동보관하시면 언
   제든 꺼내서 햄버거 고기로 사용하실 수 있답니다.

미트로프 토핑용 매콤 소스; 매콤 소스 덕분에 에스더의 가족들이 미트로프를 더
좋아하는 거라고 하네요. 정말 맛있는 소스거든요!

황설탕 3테이블스푼
육두구 씨 간 것 1/4티스푼
마른 겨자 1티스푼
케첩 1/4컵

만드는 법

1. 작은 그릇에 황설탕이랑 육두구 씨 간 것, 마른 겨자를 넣고 섞습니다(에스더는 포크로 싶는다고 해요). 케첩을 넣고 섞은 뒤 숟가락으로 떠서 미트로프 위에 끼얹습니다.

2. 밑에 받침 팬을 두고 미트로프 팬을 오븐에 넣고 180℃에서 1시간 30분 동안 굽습니다.

3. 팬 위에 올린 채로 15분간 식힌 다음 도마 위에 꺼내놓고 5분을 더 식힌 뒤 썰어냅니다.

마을 사람들 모두 에스더가 만드는
미트로프보다 더 맛있는 미트로프는 먹어본 적이 없다고 해요!

미네소타 핫디쉬

대학에서 학생들을 가르치기 위해 캘리포니아에서 미네소타로 이사 온 루엘은 미네소타 '핫디쉬' 수가 해변의 모기 수만큼이나 많은 것 같다고 했어요. 핫디쉬는 만들기 쉬운 음식들이니까 언제든 솜씨를 발휘해 보세요. 다른 세련된 도시에서 온 사람들은 이 핫디쉬를 일컬어 보통 '캐서롤' 이라고 하죠.

재료

햄버거 고기 1파운드(약 453g, 돼지고기 1파운드나 돼지고기와 반씩 섞은 것도 좋아요)

냉동실에 남아 있는 고기 아무 거나(소고기, 돼지고기, 햄, 치킨, 소시지 등) 1파운드(약 453g)

버섯 통조림 8온스(약 227g, 물은 버리고 버섯은 얇게 썰 것)

냉동 채소 2파운드(좋아하는 것을 골라 사용하셔도 됩니다)

흑후추 간 것 1티스푼(신선할수록 좋습니다)

중간 크기 새우(꼬리 뗀 것) 2파운드(약 907g)

큰 양파 2개 다진 것	양념 소금 1티스푼	
간장 1/2컵	마늘가루 1티스푼	밥 2컵
핫소스 약간(선택 사항이에요)	버터 1/2컵	꿀 1/3컵

만드는 법

1. 커다란 팬을 중불에 올리고 양파와 함께 햄버거용 고기를 굽습니다. 고기가 부들부들해지고 양파가 투명해지면 불에서 내리고 국물은 버립니다.

2. 버터를 넣고 완전히 녹을 때까지 저어줍니다. 남은 고기를 한입에 먹기 좋은 크기로 잘라 넣습니다. 그런 후에 새우를 넣고, 꿀과 간장을 넣습니다. 그리고 맛이 서로 잘 어우러질 때까지 10분 동안 끓입니다. 끓인 후에도 국물이 약간 자작할 정도가 되어야 하는데, 만약 그렇지 않다면 간장을 더하거나 기호에 맞는 식초를 넣으세요(전 라즈베리 식초를 넣곤 해요).

3. 마늘가루, 양념 소금, 흑후추와 핫소스(매운 것을 좋아하시는 분들만 넣으세요)를 넣어 양념합니다.

4. 채소를 찌거나 끓이거나 전자레인지에 돌립니다. 물을 버리고 버섯과 함께 팬에 넣습니다.

5. 밥을 넣는데, 만약 팬에 공간이 충분하지 않으면, 큰 로스트용 팬으로 옮겨 고기 혼합물과 함께 섞어줍니다. 로스트용 팬에도 미리 들러붙음 방지용 스프레이를 뿌려주시는 것 잊지 마시구요.

아직 선님상에 낼 준비가 되지 않았으면
160℃에서 1시간 30분 정도 보관하면 따뜻하게 유지하실 수 있답니다.

27. 푸짐한 스위스식 미트볼

원래 에드나 퍼거슨은 손으로 미트볼을 만들었지만, 환상적인 맛의 버섯 소스를 개발한 뒤 그 맛의 차이를 깨닫고는 전기냄비를 이용해 미트볼을 만든답니다. 전기냄비는 그 안에 음식을 몇 시간을 보관해도 문제가 없을뿐더러 포트락에 가져가기도 아주 편하거든요.

재료

우유 혹은 크림 1컵(어느 정도의 깊은맛을 원하느냐에 따라 택일하세요)
육즙소스 .88온스(약 24g; 필요해질 때를 대비해서입니다)
조리된 계란 국수, 리본 모양 파스타, 으깬 감자 혹은 밥
말린 양파 1/3컵(혹은 커다란 양파 1개 다진 것)
냉동 미트볼 5파운드(120개 정도)
양념 후추 1티스푼(혹은 흑후추)　　　　　　양파가루 1티스푼
버섯 크림수프 1캔(약 1.4kg)　　　　　　마늘가루 1티스푼

만드는법

1. 5쿼트(약 4.7ℓ)의 전기냄비나 로스트용 팬에 들러붙음 방지 스프레이를 뿌립니다. 그리고는 냉동 미트볼을 제외한 나머지 재료를 모두 전기냄비나 로스트용 팬에 넣고 섞습니다. 그런 후에 미트볼을 넣는데, 미트볼 위에까지 소스가 골고루 스미도록 소스를 잘 끼얹어주세요.
2. 전기냄비에서는 '낮음'으로 6~7시간 요리하고, 오븐에서는 팬을 단단히 감싼 뒤 180℃에서 5~6시간 굽습니다.
3. 완성되기 30분 전에 미트볼을 살짝 확인해 보세요. 육즙이 너무 많이 생겼으면 육즙소스를 넣고 한 번 저어주면 되구요. 육즙이 별로 많이 생기지 않았으면 우유나 크림을 더 넣어줍니다. 이때 소금도 같이 넣어주세요.
4. 요리가 끝났으면 계란 국수와 파스타, 으깬 감자 혹은 밥을 넣어줍니다.

육즙만 조금 덜어내면 애피타이저로 손님상에 내도 손색이 없는 요리입니다.
손님들에게 작은 접시와 포크를 나눠주고 양껏 덜어서 먹게끔 하세요.

로즈의 터키 (칠면조) 요리

이 요리는 로즈가 그녀의 카페에서 만드는 핫 터키 샌드위치라는 메뉴입니다. 육즙소스를 얹은 으깬 감자와 터키 샐러드가 터키 샌드위치와 함께 나오죠.

오븐은 135℃로 예열합니다. 틀은 오븐의 제일 밑에 둡니다.

재료

털을 뽑고 깨끗이 씻은 후 손질한 칠면조
칠면조를 구울 수 있을 만큼 큰 로스트 오븐
칠면조를 걸어놓을 수 있을 만큼 큰, 하지만
오븐에 들어길 만큼은 작은 걸이

주의; 칠면조 안을 채워 넣지 마세요!!! 칠면조 안은 내장이나 모래주머니 등을 제외하고는 텅 비어 있어야 합니다.

만드는법

1. 칠면조의 내장까지 모두 요리해서 먹고 싶다면 칠면조 안에도 소금과 후추로 간을 해줍니다.
2. 선반과 로스트 오븐에 들러붙음 방지 스프레이를 뿌려줍니다.
3. 칠면조에도 스프레이를 뿌린 뒤 소금과 후추로 표면을 양념합니다. 가슴을 밑으로 향하게 하여 (일반적인 방향이 아닌 줄은 알지만 로즈 맘대로 해보세요) 칠면조를 오븐 안의 걸이에 겁니다.
4. 135℃에서 아무것도 씌우지 않을 채 1파운드(약 453g)당 23분씩 굽습니다.
5. 오븐에서 칠면조를 꺼내 약간 여유 있게 호일로 싼 다음에 30분 정도 그대로 놓아둡니다.

반드시 주방에서 칠면조 살을 바르세요***
***이 터키 요리는 남편들이 저녁식사 테이블 위에서 우아하게 칼을 들고 살을 발라내는 먹음직스러운 황갈색의 터키요리와는 전혀 다르다고 로즈는 말하고 있어요. 주방에서 미리 살을 다 발라내어 테이블에 내놓아야 하는 이 요리는 기존의 터키요리에 비해 훨씬 촉촉하고 감미로운 맛이 돈다고 합니다.

연어로프

스탠 크래머의 동생인 키티의 레시피입니다(어린 시절 스탠은 그의 여동생에게 넌 나중에 꼭 캐츠라는 이름을 가진 남자한테 시집가게 될 거라고 놀리곤 했다죠(한국으로 치면 순이와 철수 정도 의 이름 조합). 키티의 말이 분홍색 연어를 사용해도 되지만 다 굽고 나면 회색이 되니 조금 비싸더라도 붉은색 연어를 사용하는 게 좋다고 하네요.

오븐은 176℃로 예열합니다. 팬은 오븐의 중앙에 둡니다.

재료

붉은 연어 통조림 2캔(약 836g)
거품 낸 계란 2개 분량(포크로 저어주세요)
냉동 콩 1팩(약 227g)
빵가루 1컵(크래커 부순 것도 좋아요)　　　라이트 크림 1컵
오레가노 간 것 1/2티스푼　　　　　　소금 1티스푼
후추 1/2티스푼　　　　　　　　　　양파가루 1/2티스푼
세이지 1/2티스푼　　녹인 버터 1/4컵　　다진 양파 1/4컵

만드는법

1. 빵 팬에 들러붙음 방지용 스프레이를 뿌립니다(키티는 4×8인치의 팬을 사용한다고 해요).
2. 연어 통조림에서 물을 버린 뒤 가시는 빼고, 은색의 표면도 벗깁니다. 다른 재료의 요리과정을 마칠 때까지 연어를 체에 밭쳐 물기를 빼주세요.
3. 커다란 그릇에 빵가루를 넣고 우유와 거품 낸 계란, 양념들을 넣은 뒤 버터 와 다진 양파를 넣고 잘 섞어줍니다.
4. 그런 후 연어와 냉동 콩을 넣고 커다란 나무 숟가락으로 잘 섞어줍니다(더 잘 섞기 위해서는 손을 사용하시는 편이 좋을 거예요).
5. 완성된 연어 혼합물을 팬에 옮겨 팬 높이에 반 정도 차게 담습니다. 혹시 남 은 것이 있으면 손바닥 크기만 하게 만들어서 기름종이로 감싼 뒤 비닐팩에 넣어 냉동실에 보관하면 훌륭한 연어 패티가 된답니다. 언제든 꺼내서 버터 에 구워먹으면 아주 맛있어요.

6. 180℃에서 1~1시간 30분 동안 굽습니다. 윗부분이 지나치게 빠른 속도로 노릇해지면, 중간에 꺼내서 호일을 한 번 씌워줍니다.

7. 팬에서 10분 정도 식힌 후 손님상에 냅니다. 그때 딜 소스를 함께 곁들이면 그 맛이 한층 업그레이드된답니다.

딜 소스; 4시간 전에는 미리 만들어두어야 해요.(하루 전에 만들어두면 더욱 좋구요)
신선한 딜 새싹 다진 것 1티스푼
(딜 새싹이 없으면 말린 딜 잎사귀 1/2티스푼을 사용해도 되지만, 맛은 새싹만 못하답니다)
두터운 크림 2테이블스푼
마요네즈 1/2컵

만드는 법 :

크림과 마요네즈를 딜에 넣고 부드러워질 때까지 섞어줍니다. 완성된 소스는 작은 그릇에 담아 비닐랩을 씌운 뒤 냉장고에 4시간 동안 보관합니다.

스탠의 아내인 로리의 조언입니다. 파이처럼 빵 그릇을
만들어 안에 혼합물을 넣은 뒤 다시 그 위에 반죽을
덮어 누른자에 물은 섞은 계란 물을 발라준 뒤 가운데 십자 모양을
내고 구우면 멋진 안어로프 파이가 된답니다.

자우어브라텐(식초 등에 절인 쇠고기를 볶은 다음 지진 독일 요리)

*** 이 요리는 반드시 3일 전에 미리 만들어두어야 해요!

마가리타와 클라라 홀른벡 자매가 레이크 에덴 포트락 때면 만들어오는 요리
랍니다. 사람들이 서로 더 많이 가져가려고 줄을 서서 먹는 요리라죠.

재료

로스트용 소고기 3과 1/2~4파운드(약 1.6~1.8kg; 우둔살이나 허
리고기가 좋아요)

절임용

껍질을 벗겨서 얇게 썬 라임 2개(혹은 레몬 1개)

멕시칸 오레가노 간 것 2티스푼   녹후추 열매 10개

정향 갈은 것 1티스푼   소금 2테이블스푼

설탕 2테이블스푼

당밀 2테이블스푼

생강 간 것 1티스푼

나중을 위한
다진 양파 1컵
버섯 통조림 16온스(약 453g)
육즙소스 .88온스(약 24g; 1컵
은 충분히 나올 분량)

물 1컵   식초 1컵

생강쿠키 12개 으깬 것

계란 국수 16온스(약 453g)

만드는법

1. 유리나 사기로 된 오목한 그릇에 고기를 담습니다. 윗부분에 2인치 정도 깊
   이의 여유가 있어야 합니다.

2. 절임용 재료를 큰 소스 팬에 모두 담아 끓입니다.

3. 완성된 절임용 소스를 고기에 부은 뒤 비닐랩으로 단단히 감싸 냉장고에
   24~36시간 동안 보관합니다. 단 6시간마다 한 번씩 고기를 뒤집어주어야
   합니다(아주 정확할 필요는 없습니다). 혹시 그 방법이 번거롭다면 클라라가 하는
   방법대로 절임용 소스를 두 배의 분량으로 넉넉하게 만들어서 고기가 모두
   잠기도록 하면 고기를 뒤집어줄 필요가 없습니다.

4. 고기가 잘 절여졌으면, 기름칠 한 전기냄비에 넣고 고기를 절였던 그릇에서 1컵 정도 소스를 퍼내 고기 위에 붓습니다.

5. 뚜껑을 덮고 '낮음' 으로 6시간 동안 요리합니다.

6. 6시간이 지났으면 전기냄비에서 고기를 꺼내 다시 절임용 소스 그릇에 넣은 뒤 다진 양파와 버섯 통조림(버섯 크림수프 통조림 2개를 넣어도 되는데, 물을 통조림 하나 분량만큼 넣어주세요.)을 붓습니다(통조림의 물까지 모두 부어주세요).

7. 육즙소스 .44온스(약 12g)를 뿌린 뒤 나머지는 나중을 위해 따로 보관합니다. 그렇게 해서 새로 양념한 고기를 다시 전기냄비에 넣고 고기가 다 잠길 정도로 물을 부은 뒤 '낮음' 으로 2시간을 더 요리합니다.

8. 냄비에서 고기를 꺼낸 뒤 냄비에 남은 소스를 '높음' 으로 해서 끓입니다. 거기에 생강쿠키 으깬 것을 넣고 저은 뒤 뚜껑을 덮고 다시 10~15분 정도 끓여줍니다(걸쭉해지지 않으면 육즙소스를 넣은 뒤 잘 저은 후 다시 끓여줍니다).

9. 소스가 요리되는 동안 소금물을 끓여 계란 국수를 조리한 뒤 물을 버리고 버터를 섞은 다음 고기를 썰어서 함께 접시에 담습니다. 그런 뒤 고기 위로 조리한 소스를 얹고 원한다면 파슬리를 뿌립니다. 남은 소스는 다른 그릇에 따로 담아 손님상에 같이 냅니다.

대부분 사람들이 계란 국수 위에 고기를 올려 육즙소스를 듬뿍 뿌려 먹는 걸 좋아해요.

닭고기 찜요리

로라 조젠슨이 텍사스에 사는 디 애플톤이라는 친구에게서 배운 레시피입니다. 정말 환상적인 맛이에요!

재료

뼈 없는 닭고기 가슴살 4파운드(약 1.8kg)

달콤한 바질 1티스푼(필수 재료는 아니지만 많이 넣으면 좋아요)

차빌(향이 강하지 않은 파슬리의 한 종류) 1티스푼(필수 재료는 아니지만 많이 넣으면 좋아요)

드라이 백포도주 1컵(혹은 적포도주와 식초 1테이블스푼을 섞은 물)

양념 소금 1테이블스푼	흑후추 갈은 것 1티스푼
파프리카 1티스푼	오레가노 간 것 1/2티스푼
타임 간 것 1/2티스푼	마늘가루 1/2티스푼
말린 양파 다진 것 1/2컵	파슬리 가루 1테이블스푼
버터 1/2컵	밀가루 1/2컵

만드는 법

가장 큰 프라이팬에 중불로 버터를 녹입니다. 큰 그릇에 밀가루, 소금, 후추, 파프리카, 오레가노, 타임과 마늘가루를 넣고 섞습니다. 닭고기를 그릇에 넣어 골고루 양념을 무친 다음 버터를 녹인 팬에 굽습니다(그릇에 남은 양념이 있다면 고기 위에 모두 얹어주세요). 닭고기 살을 양쪽 모두 노릇노릇하게 구워주세요. 다 구워졌으면 고기 위에 말린 양파와 파슬리, 바질과 차빌을 뿌립니다. 그런 후 포도주를 담은 냄비에 넣고 불을 낮춰 뚜껑을 덮은 다음 은근하게 끓입니다. 45분 정도면 충분히 조리가 될 겁니다.

로라는 이 요리를 계란 국수와 함께 낸다고 해요. 소스도 따로 만들고 말이죠. 완성된 닭고기를 접시에 옮겨 담은 뒤 냄비에 남은 와인을 살짝 걸쭉해질 때까지 2~3분 정도 더 끓이면 훌륭한 소스가 완성된다고 하네요. 이걸 다른 접시에 담아 닭고기와 함께 내면 손님들이 취향대로 국수나 고기에 뿌려 먹는 것이죠.

사이드 요리

애플 앤 어니언 드레싱 볼스

리사의 고모인 이다는 이 요리를 터키 안에 넣으면 소가 되고, 터기 밖에 따로 두면 드레싱이 된다고 하셨다죠. 이건 그런 이다 고모의 레시피랍니다.

재료

껍질을 벗겨 잘게 다진 사과 1컵(당연히 씨는 빼야겠죠)
닭 살코기가 들어간 치킨 수프 1/4컵
멕시칸 오레가노(향신료) 간 것 1/2티스푼
거품 낸 계란 2개 분량(포크로 저어 주세요)
세이지(향미료) 1/2티스푼
타임 1/2티스푼   흑후추 간 것 1/2티스푼
녹인 버터 1/2컵   다진 양파 1컵
각종 향신료 혼합양념 6온스(약 170g) 용량 1팩

만드는 법

1. 약 1ℓ 의 전기냄비에 내용물이 들러붙지 않도록 기름칠을 합니다.
2. 커다란 그릇에 다진 양파와 사과를 넣습니다.
3. 작은 그릇에 치킨 살코기를 건져내어 넣고, 세이지, 오레가노, 타임, 그리고 흑후추를 넣어 잘 섞은 뒤에 다진 양파와 사과 섞은 것에 부은 후 한 번 더 잘 섞어줍니다.
4. 거품 낸 계란과 향신료 혼합양념을 넣고 내용물이 촉촉하게 잘 섞일 때까지 저어줍니다. 완성된 것을 공 모양으로 8개 정도 나눈 다음 전기냄비에 넣고 녹인 버터를 그 위에 부어줍니다.
5. 뚜껑을 덮고 온도를 '낮음' 으로 설정해 3~4시간 요리합니다. 다 구워졌으면 테이블에 내기 전에 잘게 다진 파슬리나 파프리카를 뿌려줍니다.
6. 전기냄비만 있으면 어떤 종류의 소도 간편하게 만들 수 있답니다. 그저 기름칠을 하고, '낮음' 에 맞춘 뒤 완성되면 파슬리나 파프리카를 뿌리고 버터를 부어주면 되죠. 3시간에서 4시간이면 충분하답니다.

이다 고모의 손자들이 늘 그랬듯 손님들 도착 시각이 늦어지면
적어도 1시간 정도는 전기냄비에서 더 요리해도 된답니다.

옥수수 푸딩

케시 퍼비스가 준 레시피입니다. 그녀의 가족들은 매해 추수감사절에 이 푸딩을 만들었다고 해요. 오븐으로도 만들 수 있는 방법이 있는 것 같은데, 아무도 정확히 알지 못하고 있다네요.

4쿼트(약 3.7ℓ) 전기냄비에 기름칠을 하거나 들러붙음 방지용 스프레이를 뿌립니다.

재료

옥수수 머핀 혹은 옥수수 빵 믹스 1팩(8과 1/2온스; 약 240g)

거품 낸 계란 2개 분량(포크로 저어줍니다)

세 가지 색 고추 다진 것 1컵　　　우유 1컵(크림도 괜찮아요)

냉동 옥수수 알 2와 1/3컵　　　양념 소금 1티스푼

크림치즈 8온스(약 226g)　　　녹인 버터 1/4컵

육두구 씨 간 것 1/2티스푼　　황설탕 1/3컵

옥수수 크림 16온스(약 453g)

만드는 법

1. 전자레인지를 '강'으로 설정해놓은 뒤 30초간 크림치즈를 돌려 부드럽게 녹입니다. 숟가락으로 한 번 저어준 뒤 손가락으로 만져도 뜨겁지 않을 때까지 식힙니다.
2. 황설탕과 거품 낸 계란을 한데 섞어줍니다. 거기에 옥수수 머핀이나 옥수수 빵 믹스를 넣고 골고루 섞습니다.
3. 옥수수 크림을 넣고 얼린 옥수수 알을 넣은 뒤 고추 다진 것을 넣습니다.
4. 재료들이 잘 섞였으면 우유와 녹인 버터를 넣고, 양념 소금과 후추를 넣은 뒤 다시 한 번 섞어줍니다.
5. 4쿼트 전기냄비에 들러붙음 방지용 스프레이를 뿌리고 섞은 것을 넣습니다. 그런 뒤 육두구 씨 간 것을 제일 위에 살살 뿌립니다.
6. '높음'에서 3~4시간 동안 요리합니다.

10~12명 정도 먹기에 딱 좋은 분량입니다.

살짝 변형된 전통 콩 요리

엘리노어 콕스가 전통방식으로 만드는 초록색 콩 캐서롤 요리를 약간 변형시킨 것이랍니다. 포트락 때면 늘 두 개의 캐서롤을 만들어오는데 금방 동이 나버리곤 하죠.

오븐은 160℃로 예열합니다. 틀은 오븐의 중앙에 둡니다.

재료

냉동된 초록색 콩 16온스(약 453g)

냉동된 노란 강낭콩 16온스(약 453g)

버섯 크림수프 1캔(10과 3/4온스; 약 304g)

치킨수프 1캔(10과 3/4온스; 약 304g)

소금과 후추 약간(저는 소금 1테이블스푼, 후추 2티스푼을 넣었어요)

체다 치즈가루 1컵   양파 다진 것 1/4컵

마늘가루 1/2티스푼   튀긴 양파 6온스(약 170g)

만드는법

1. 휴대용 보온 팬(스팀테이블 팬)에 들러붙음 방지용 스프레이를 뿌립니다. 그런 후 바닥을 좀 더 안정적으로 자리 잡게 팬을 쿠키틀 위에 올려놓습니다.
2. 전자레인지에 익지 않을 정도로만 살짝 콩을 녹입니다. 그런 후 팬에 담고 두 개의 수프를 부은 뒤 치즈, 양파 다진 것, 마늘가루를 넣은 뒤 소금과 후추를 넣고 튀긴 양파 3온스(약 85g) 를 넣고 잘 섞어줍니다.
3. 팬을 호일로 두 겹 감싼 뒤 160℃에서 1시간 동안 굽습니다(1시간 30분을 구워도 좋아요–손님들이 늦으실 때도 이 요리라면 문제없습니다).
4. 호일을 윗부분만 벗기고 나머지 튀긴 양파를 넣습니다. 그리고 호일을 다시 덮지 않은 채로 30분 혹은 양파가 노릇노릇하고 바삭해질 때까지 오븐에서 더 굽습니다.

홀리데이 쌀 요리

조단 고등학교의 가정 선생님인 팸 백스터의 레시피입니다. 학생들에게 가르쳤던 레시피라죠.

오븐을 180℃로 예열합니다. 틀은 오븐의 중앙에 둡니다.

재료

닭고기 육수 3과 1/3컵(소고기 육수도 괜찮아요)

세 가지 새 냉동 피망 16온스(약 153g; 냉동 옥수수나 고추를 사용하셔도 되고, 냉동이 아닌 생 피망을 사용하셔도 되요)

양파 수프 1온스(약28g)   말린 양파 1/3컵

흑후추 2티스푼   버터 1/2컵

혼합 쌀 2와 2/3컵***

*** 동남아산 기다란 쌀을 사용하시면 되는데, 1컵은 야생 쌀을 사용하고, 2/3컵은 갈색의 바스마티 쌀(길쭉하고 향기로운 인도산 쌀)을 사용하세요. 만약 쌀을 구하는 것이 여의치 않다면 아무 쌀이나 상관없답니다.

만드는 법

쌀을 체에 담아 깨끗이 씻은 뒤 잘 두드려 말려줍니다. 커다란 그릇에 버터를 제외한 재료를 모두 넣고 쌀과 함께 잘 섞어줍니다. 그런 후 기름칠 한 캐서롤용 접시에 담은 뒤 버터를 8조각 내어 캐서롤 위에 얹습니다. 캐서롤에 뚜껑이 없다면 두터운 호일로 덮은 뒤 180℃에서 2시간 동안 굽습니다. 2시간이 지나면 호일을 벗기고 20~30분 동안 더 굽습니다.

에드나 퍼거슨의 레시피입니다. 에드나는 새신부라면 결혼반지와 함께 이 요리를 선물 받아야 한다고 주장하곤 하지요.

전기냄비를 사용하세요. 없으시다면 오븐도 괜찮구요.

재료

껍질 벗긴 감자 약 8파운드(약 3.6kg)

크림치즈 24온스(약 680g)

말린 양파 다진 것 1컵

장식을 위한 파슬리나 파프리카

인스턴트 으깬 감자 가루분말(필요할 때만)

크림 혹은 우유 여유분(필요할 때만)

고농축 크림 1/2컵　　　　　소금

차가운 버터 1스틱　　　　　후추

만드는법

1. 소금물에 감자를 푹 삶은 뒤 물을 버립니다. 크림치즈는 전자레인지에 돌려 부드럽게 만든 뒤 삶은 감자에 넣고 잘 으깹니다(손으로 으깨는 편이 좋아요. 어쩌다 덩어리라도 나오면 손님들이 집에서 직접 만든 감자 요리라며 감탄해하시거든요).

2. 소금과 후추로 맛을 더하고, 그 외 개인 취향대로 양념을 합니다(마늘가루, 양파가루 등). 그런 후 말린 양파 다진 것을 넣고 잘 섞습니다.

3. 5쿼트(약 4.7ℓ) 전기냄비에 들러붙음 방지용 스프레이를 뿌리고 감자를 떠넣습니다. 그런 뒤 파슬리나 파프리카로 장식하고 버터를 8조각으로 잘라서 으깬 감자 곳곳에 박아둔 뒤 전기냄비의 뚜껑만 닫으면 끝입니다.

4. 전기냄비를 '낮음'으로 해서 최소 4시간 최장 5~6시간 정도 요리합니다. 요리가 끝나기 30분 전에 뚜껑을 열고 잘 되어가는지 확인합니다. 만약 물

이 너무 많이 생겼으면, 인스턴트 감자분말을 넣고, 물이 너무 적으면 크림을 더 넣습니다. 원하신다면 버터를 더 넣어 콜레스테롤 함유량을 높여도 좋아요. 하지만 굳이 버터를 더 넣지 않더라도 감자는 충분히 맛이 있을 겁니다(전 저녁에 먹을 걸 점심때부터 요리한답니다).

에드나가 하는 말이 전기냄비가 없다면 이번 기회에 하나 장만하라는군요. 인생이 훨씬 편해진다나요. 물론 오븐을 이용해서도 만들 수 있습니다. 호일로 두 겹을 감싸 150℃에서 3시간 동안 김기만 하면 되는 겁요. 손님들이 늦으실 때는 한 시간 정도는 더 오븐에 두어도 괜찮다고 하네요.

풍미 좋은 국수 요리

게일 핸슨의 레시피입니다. 정말 맛있는 요리에요!

오븐을 180℃로 예열합니다. 틀은 오븐의 중앙에 둡니다.

재료

계란 국수 12온스(약 340g)

소금 1/2티스푼	백설탕 1/2컵
사우어크림 1컵	계란 8개
휘핑크림 1/2컵	우유 3컵
바닐라 1티스푼	콘플레이크 1컵
녹인 버터 1/2컵	

추수감사절을 기념하여 만들 때 전 특별히 말린 크랜베리를 추가한답니다. 모두들 얼마나 좋아하는데요.

만드는법

1. 9×13 크기 케이크 팬에 들러붙음 방지용 스프레이를 뿌립니다. 커다란 그릇에 계란을 깨 넣고, 소금과 설탕을 넣은 뒤 잘 섞습니다. 그런 후 사우어크림, 휘핑크림, 우유, 바닐라를 넣고 다시 한 번 잘 섞습니다.
2. 케이크 팬에 국수를 넣고 위에 계란 혼합물을 붓습니다. 국수가 다 잠길 만큼 양이 넉넉하지 않으면 우유를 좀 더 넣으세요.
3. 비닐팩에 콘플레이크를 넣고 손으로 주물러 부스러뜨립니다(부서뜨린 양이 1/2컵 정도가 되어야 합니다). 콘플레이크 조각을 국수 위에 뿌립니다.
4. 전자레인지에 버터를 녹인 뒤 콘플레이크 위로 붓습니다.
5. 위를 덮지 않은 채로 180℃에서 윗부분이 노릇한 황금색을 띨 때까지 혹은 약 1시간 30분 동안 굽습니다.

파티용 감자구이

앤드류 웨스트콧(아이디: 은빛 여우)과 약혼한 베라 올슨(아이디: 뜨거운 것이 좋아)의 레시피입니다.

오븐은 180℃로 예열합니다. 틀은 오븐의 중앙에 둡니다.

재료

냉동 해시브라운(감자를 잘게 썰어 기름에 튀긴 후 으깨서 동그랗게 만든 것) 1컵

치즈가루 2컵(어느 종류든 상관없어요)   파프리카 1/2티스푼

베이킹파우더 1/2티스푼   마늘가루 1/2티스푼

큰 양파 1개 간 것   양파가루 1/2티스푼   계란 4개

녹인 버터 1/2컵   소금 2티스푼   후추 1티스푼

밀가루 1/3컵

만드는 법

1. 9×13 크기 케이크 팬에 들러붙음 방지용 스프레이를 뿌립니다.

2. 밀가루와 베이킹파우더, 소금, 후추, 그리고 기타 양념을 큰 그릇에 모두 넣고 포크로 휘젓습니다. 거기에 계란을 넣고 다시 한 번 저은 뒤 양파, 버터, 치즈와 감자를 넣고 잘 섞어줍니다.

3. 완성된 것을 케이크 팬에 넣고 호일로 감싼 뒤 180℃에서 1시간가량 굽습니다. 그런 후 호일을 벗겨내고 200℃에서 추가로 15~30분 정도 더 굽습니다. 윗부분이 바삭바삭하니 먹음직스러운 황갈색 빛이 될 때까지 말이죠.

특별히 파티용으로 굽고 싶다면 베라 올슨의 조언에 따라 오븐에서 감자를 꺼내 10분 동안 식혀줍니다. 계란과 치즈가 서로 굳고 굳어있도록 말이죠. 그런 다음 보기 좋게 사각형으로 잘라 접시에 담은 뒤 사우어크림을 얹고 그 위에 쪽파 여러 올 뿌립니다(쪽파 여러 올을 좋아하지 않는 사람은 베이컨 조각으로 대신해도 됩니다).

스칸디나비아식 붉은 양배추 요리

미니 홀츠마이어의 레시피에요. 너무 쉬워서 누구라도 만들 수 있다고 장담하던 걸요(안드레아의 요리 솜씨에 대해서 전혀 모르시나 봐요!)

재료

붉은색 양배추 1개 다진 것(6~8컵)
드라이 적포도주(단맛이 거의 없는 와인) 3/4컵
밀가루 1/8컵(2테이블스푼)
소금 2티스푼   후추 1티스푼
녹인 버터 1/4컵   양파 1개 다진 것
베이컨 6조각   황설탕 1/4컵

만드는 법

1. 베이컨을 네모난 조각으로 썰어서 그릇에 담아 전자레인지에 '강'으로 2분간 돌립니다. 중간마다 한 번씩 섞어주는 것 잊지 마시구요. 다 돌렸으면 기름기는 빼내고 베이컨은 따로 놓아둡니다.
2. 4쿼트(3.7ℓ) 전기냄비에 기름칠을 합니다(들러붙음 방지용 스프레이를 뿌려도 돼요).
3. 전기냄비에 베이컨 조각, 황설탕, 밀가루, 소금, 후추, 적포도주와 버터를 넣고 잘 섞습니다.
4. 양배추와 양파 다진 것을 전기냄비에 넣고 기존의 내용물과 골고루 섞은 뒤 뚜껑을 덮고 '낮음'으로 3~4시간 요리합니다.

손님상에 내기 전에 물기는 냄비에서 조금 따라 내거나
구멍이 뚫린 숟가락을 이용해 내용물만 떠냅니다.

바보도 할 수 있는 당근 요리

어마 요크의 레시피입니다. 지니 리달지라는 친구에게 배운 거라고 하네요.

재료

농축 토마토 수프 10과 3/4온스(약 304g)

겨자 2티스푼 셀러리 썬 것 2컵

백설탕 3/4컵   와인식초 3/4컵

올리브오일 1/4컵   소금 1티스푼

후추 1/2티스푼

껍질을 벗겨 요리한 뒤 얇게 썬 당근 2파운드(약 907g)***

*** 시중에서 파는 냉동 당근을 사용하셔도 돼요.

만드는 법

당근을 제외한 모든 재료를 소스 팬에 넣은 뒤 끓입니다. 그러다 끓기 시작하면 불을 낮춰 10분간 더 끓여줍니다. 그런 후 미리 조리한 당근을 넣습니다.

아주 뜨거울 때 내거나 차가울 때 내면 됩니다. 차갑게 먹고 싶다면
아침에 미리 만들어서 냉장고에 보관했다가 저녁식사 때 꺼내면 되겠죠?

시금치 수플레

미셸의 레시피입니다. 정말 나무랄 데 없이 훌륭한 레시피에요. 언니로서 동생이 참 자랑스럽습니다.

오븐은 176℃로 예열합니다. 틀은 오븐의 중앙에 둡니다.

재료

잘 익혀서 물기를 뺀 뒤 다진 시금치 2컵
밀가루 2/3컵(체질할 필요 없습니다)
양파 간 것 2테이블스푼   크림 혹은 우유 2컵
체다 치즈 가루 2컵   양념 소금 2티스푼
백후추 1/4티스푼   버터 1/2컵   계란 6개

만드는법

1. 커다란 소스 팬에 버터를 녹입니다. 거기에 양파를 넣고 살짝 튀긴 뒤 밀가루를 넣고 최소 2분 동안 저어줍니다(원래는 거품이 생겨야 한다고 하는데, 전 아무리 해봐도 거품이 생기지 않더라구요). 2분이 지나면 크림이나 우유를 넣고 걸쭉해질 때까지 계속 저어줍니다. 충분히 걸쭉해지면 불에서 내리시구요.
2. 1의 소스 팬에 시금치(말린 양파를 사용한다면 이때 넣으세요), 치즈, 소금과 후추를 넣고 저어줍니다. 그런 후 계란 노른자만 구분해서 소스 팬에 넣습니다.
3. 완성된 것은 나중을 위해 냉장보관해도 좋습니다. 하룻밤 보관하셔도 문제 없구요. 분리된 계란 흰자도 따로 그릇에 담아 냉장고에 보관해주세요.
4. 혼합물과 계란 흰자가 실온에 녹을 동안 오븐을 180℃로 예열합니다. 흰자에 어느 정도 찬기가 없어졌으면 부드러운 거품이 올라올 때까지 치댄 후 시금치 혼합물에 넣고 미리 기름칠 한 오븐용 팬에 옮겨 담습니다.
5. 윗부분이 먹음직스러운 황갈색 빛을 띨 때까지 180℃에서 1시간 동안 굽습니다.

수플레는 오븐에서 꺼내도 가운데 부분이 쉽게
꺼지지 않으니 포트락에 가지고 가기에도 아주 좋아요.

달콤한 감자 캐서롤

루실 란의 레시피입니다. 뉴욕에 사는 친구, 메릴에게서 받았대요. 메릴은 또 해즐이라는 친구에게서 알게 되었구요. 루실이 메릴에게 부탁해 해즐이 처음에 이 레시피를 누구한테 배웠는지 물어봐 달라고 했는데, 기억이 나지 않는다고 했다네요.

오븐은 180℃로 예열합니다. 틀은 오븐의 중앙에 둡니다.

재료

삶아서 으깬 감자 혹은 얌(마와 같은 종류의 식물) 3컵
부드러운 버터 1/2컵   녹인 버터 1/4컵
바닐라 추출액 1티스푼   휘핑크림 1/2컵
거품 낸 계란 2개 분량   피칸 다진 것 1컵
밀가루 1/2컵   황설탕 1컵   백설탕 2/3컵

만드는법

1. 9×13 크기 팬에 들러붙음 방지용 스프레이를 뿌립니다.
2. 큰 그릇에 으깬 감자와 설탕, 녹인 버터, 바닐라와 크림을 넣고 섞어줍니다. 그리고 거품 낸 계란을 넣은 뒤 골고루 섞고, 오븐용 팬에 옮겨 담습니다.
3. 사용한 그릇을 깨끗이 씻어 종이타월로 닦습니다. 거기에 황설탕과 다진 피칸, 밀가루를 넣고 포크로 저어줍니다. 그런 후 버터를 넣고 다시 한 번 포크로 젓습니다.
4. 칼날이 달린 믹서를 사용하셔도 되는데, 믹서를 사용하실 때는 피칸만은 제일 나중에 손으로 쪼개어 넣어주세요.
5. 황설탕 혼합물을 감자가 담긴 팬에 넣고 섞은 뒤 위를 덮지 않은 채 오븐에서 30~45분 동안 굽습니다. 나머지 요리가 준비될 때까지 호일로 감싸 그냥 오븐 안에 넣어두면 따뜻하게 보관이 되어 바로 손님상에 낼 수 있어요.

한나의 잠깐 노트:
디저트 부분에 왜 쇼우나 리 퀸의 브라우니가 빠졌는지 궁금해하실
분들이 많으실 것 같아요. 레이크 에덴 요리책 출간위원회의 결정에
따라 그녀의 레시피도 포함하기로 한 마당에 말이죠. 자초지종을 간
단하게 설명하자면, 리사의 어머니가 갖고 계시던 요리책 사본을 리
사가 살펴보다가 맛있을 것 같은 브라우니 레시피를 발견하고는 시
험 삼아 한 번 만들어 봤는데, 그게 글쎄 쇼우나 리의 브라우니와
완벽하게 똑같지 뭐예요. 재료의 양이며 방법이며 순서까지 모두 쇼
우나 리가 건네준 레시피와 똑같았어요. 당연히 요리책 출간위원회
에서는 먼저 세상에 발표된 레시피에 우선권이 있다고 판단했죠. 하
지만 쇼우나 리는 위원회의 결정을 못마땅해했고, 그렇다면 자신의
브라우니 레시피는 책에서 빼달라고 했답니다.

디저트; 케이크

대추야자로 만든 크리스마스 케이크

이건 우리 잉그리드 할머니의 레시피랍니다. 매년 크리스마스 때마다 만드셨던 케이크죠.

오븐은 160℃로 예열합니다. 틀은 오븐의 중앙에 둡니다.

재료
씨를 발라 잘게 다진 대추야자 2컵
베이킹소다 2티스푼
끓는 물 3컵

손질한 대추야자에 뜨거운 물을 붓고 베이킹소다를 넣은 다음 잠시 식힙니다. 식는 동안 큰 그릇에 옆의 재료를 모두 넣고 골고루 섞어줍니다.

재료
녹인 버터 1컵	백설탕 2컵	계란 4개
소금 1/2티스푼	밀가루 3컵(체질하지 **않아도 됩니다**)	

만드는 법

1. 재료들이 잘 섞였으면, 식힌 대추야자를 넣고 다시 한 번 섞어줍니다.
2. 9×13 크기 케이크용 팬에 버터를 바르고 밀가루를 뿌립니다(케이크가 구워지면 1.5인치 정도 부풀어 오르니 높이를 잘 고려해야 합니다). 팬에 반죽을 붓습니다. 그리고 굽기 전에 아래 재료들을 위에 뿌려줍니다.

재료
초콜릿칩 2컵　　　백설탕 1컵
다진 땅콩 1컵(어떤 종류의 견과류든 상관없습니다)

3. 160℃에서 1시간 20분 굽습니다. 케이크 중앙에 막대기를 찔러봐서 묻어나오는 것이 없이 깨끗해야 다 구워진 것입니다(물론 초콜릿칩이 얹혀 있는 부분을 찌르면 초콜릿이 묻어나오겠죠? 그럼 팬 막대기를 씻어서 케이크만 있는 부분을 다시 찔러보세요).

완성된 케이크는 선반으로 옮겨 식혀줍니다. 살짝 온기가 남아 있을 때 내거나 아니면 실온에서 완전히 식힌 다음에 내어도 좋습니다.

초콜릿 과일 케이크

이 케이크의 위력은 대단해요. 금방 배가 부른다니까요. 크리스마스 선물용으로 구울 생각이라면 적어도 3주 전에는 구워놓으세요. 추수감사절이 끝난 바로 직후에 말이죠.

오븐은 150℃로 예열합니다. 틀은 오븐의 중앙에 두세요.

재료

말린 자두 다진 것 1컵(말린 과일이면 어느 것이든 상관없어요)

카르다몸(생강과의 향신료) 1/2티스푼(시나몬 1티스푼으로 대신해도 좋지만,
카르다몸을 사용하시는 편이 더 나아요)

거품 낸 계란 8개 분량(포크로 저어주세요)

달지 않은 코코아분말 1/2컵   베이킹파우더 2티스푼

우유 1컵(혹은 가벼운 크림)   코코넛 가루 1과 1/2컵

녹인 버터 1과 1/2컵   육두구 간 것 1티스푼

다진 땅콩 2와 1/2컵   초콜릿 칩 1컵

밀가루 4와 1/2컵(체질하지 마세요)   당밀 1/2컵

백설탕 4컵   소금 1티스푼   베이킹소다 1티스푼

케이크를 감쌀 무명천   브랜디 혹은 럼 1컵***

*** 알코올 종류를 사용하고 싶지 않다면, 브랜디 대신 과일주스를 넣으셔도 됩니다.
하지만 만약 과일주스를 넣었다면, 케이크를 무명천으로 감싸지 말고, 케이크를 구운
이틀 안에는 누군가에게 선물하지도 마세요. 그냥 호일로 단단히 포장해 비닐팩에 넣
은 다음 냉동실에 보관하세요.

만드는 법

1. 식빵용 팬에 들러붙음 방지용 스프레이를 뿌립니다. 팬 바닥에 기름종이를 까는데 팬의 양쪽 귀퉁이만 놔두고 가로 모서리 면은 팬의 바닥 면적에 맞춰 잘라냅니다. 모서리 부분은 걱정하지 마세요. 들러붙음 방지용 스프레이를 한 번 더 뿌려주거나 밀가루를 뿌려놓으면 되니까요(쓰레기통 위나 싱크대 위에서 뿌리세요). 그렇게 하면 케이크와 닿는 부분은 스프레이가 뿌려져 있는 기름종이거나 밀가루 위겠죠. 밀가루는 여분을 남겨두세요.

2. 전자레인지에 버터를 녹이고, 녹인 버터에 설탕을 섞습니다. 그리고 다른 그릇에 계란을 깨뜨려 넣을 동안 잠시 식힙니다.

3. 버터와 설탕의 혼합물이 만져 봐도 그렇게 뜨겁지 않을 정도로 식으면 계란을 넣고 섞어줍니다. 그런 후 베이킹파우더, 베이킹소다, 소금, 육두구 간 것, 카르다몸, 코코아 분말을 넣는데, 재료를 하나씩 넣을 때마다 저어줍니다. 마지막으로 당밀과 우유를 넣고 또 한 번 섞습니다.

4. 밀가루 역시 1컵씩 넣는데 넣을 때마다 잘 섞어주세요. 밀가루를 다 넣었으면 브랜디를 넣습니다. 그런 후 말린 자두와 땅콩, 초콜릿 칩, 코코넛을 넣고 골고루 섞이도록 합니다.

5. 팬 높이 3/4 정도가 차도록 반죽을 붓습니다. 지금까지 분량의 반죽으로 8~9개의 미니 케이크를 만들 수 있을 거예요.

6. 150℃에서 1시간 동안 굽습니다. 다 구워졌으면 오븐에서 꺼내 선반으로 옮겨 10분간 식힌 후 부드럽게 팬에서 케이크를 때어 다시 선반으로 옮긴 뒤 10분 더 식혀줍니다. 충분히 식은 후에는 기름종이를 떼어내세요.

작업대 근처에 있는 창문을 활짝 열어놓으세요. 뜬금없이 무슨 소리인가 하시겠지만, 다음 단계에서는 엄청난 향 때문에 머리가 조금 어지러울 수도 있거든요.

7. 브랜디 1컵을 그릇에 따릅니다. 무명천을 두 겹으로 접어 케이크를 감쌀 만큼만 자른 뒤 한 번에 한 개씩 브랜디에 천을 담급니다. 그렇게 적신 무명천을 도마나 기름종이 위에 꺼낸 뒤 케이크를 감쌉니다. 그리고 비닐팩에 담아 냉동실에 넣습니다(팩 하나에 두 개씩 들어가던 걸요). 최소 3주 정도 보관하는데, 매주 한 번씩 꺼내서 브랜디를 새로 적셔주어야 합니다(전 조그마한 벌브 배스터(스포이트 모양의 요리 도구)를 사용했어요. 그렇게 하면 천을 떼어낼 필요가 없거든요).

크리스마스 선물로 한다면 냉동실에서 꺼내어 무명천으로 둘러싸인 채 비닐랩 포장을 한 뒤 다시 호일로 한 번 더 포장하세요. 조각으로 잘라 위에 아이스크림을 얹어 먹으면 더욱 좋답니다!

주의; 무명천이 조금 비싸요. 싸게 구입할 수 없다면 천 가게에 가서 표백하지 않은 모슬린(평직의 부드러운 면직물)으로 대체하세요. 그저 뜨거운 물에 비누 없이 빨아서 건조한 뒤에 사용하시면 됩니다. 꼭 세탁하고 건조한 뒤에 재단하세요(세탁기에 돌리는 동안 천이 줄어들 수가 있거든요). 그렇게 하면 무명천만큼 효과를 보실 수 있습니다.

오븐은 180℃로 예열합니다. 틀은 오븐의 중앙에 두세요.

주의; 경우에 따라 커피 케이크가 그저 달달한 종류의 빵으로 분류될 수가 있는데, 레지나 토드의 커피 케이크는 진짜 케이크랍니다. 그래서 요리책 출간위원회에서는 이 레시피를 케이크 부분에 포함하기로 했죠.

재료

밀가루 3컵(체질할 필요 없습니다)　　　　　부드러운 버터 1컵

베이킹파우더 1과 1/2티스푼　　　　　　　백설탕 1과 3/4컵

소금 1티스푼　　　　　바닐라 2티스푼　　　　　계란 6개

빵조각 토핑:

황설탕 1/2컵　　　　밀가루 1/3컵　　　　부드러운 버터 1/4컵

속:

다진 과일 3컵(다진 딸기–생과일이나 얼린 것, 통조림 과일도 가능합니다***)

백설탕 1/3컵　　　　　　　밀가루 1/3컵

***통조림 과일을 사용할 때는 제 과일에 맞는 주스나 그것이 아니라면 맹물이 들어 있어야 합니다.

만드는법

1. 9×13 크기 케이크 팬에 기름칠을 하거나 들러붙음 방지용 스프레이를 뿌립니다.
2. 백설탕과 함께 부드러운 버터를 넣고 부들부들해질 때까지 저어줍니다. 거기에 소금, 바닐라, 베이킹파우더를 넣고 골고루 섞습니다.
3. 계란을 1개씩 넣고 넣을 때마다 한 번씩 저어줍니다. 밀가루 역시 한 번에 1컵씩 넣으면 잘 섞어줍니다.
4. 숟가락으로 반죽의 절반을 케이크 팬에 떠 담은 뒤 주걱으로 잘 펴 바릅니다. 나머지는 나중을 위해 따로 보관하세요.

속; 그릇에 과일, 설탕, 밀가루를 넣고 섞습니다(다진 사과나 복숭아 혹은 배를 사용한다면, 시나몬을 1/2티스푼 첨가해주세요). 섞은 것을 숟가락으로 떠 아까의 반죽 위에 옮겨 담습니다.

5. 남은 반죽을 과일 반죽 위에 부은 뒤 고무 주걱으로 조심스럽게 펴 바릅니다(과일이 완전히 덮여 있지 않더라도 걱정하지 마세요. 빵 위에 빵조각 토핑을 얹어서 구우면 자연스레 덮여 있게 될 테니까요).

6. 빵조각 토핑: 황설탕과 밀가루를 섞습니다. 거기에 부드러운 버터를 넣고 부들부들해질 때까지 섞어줍니다(딱딱한 버터를 사용할 때는 갈날이 달린 믹서를 사용하셔도 됩니다).

7. 토핑용 빵조각 반죽을 팬 위에 뿌립니다.

8. 오븐에서 180℃에서 45~60분 동안 굽습니다. 다 구워졌으면 오븐에서 꺼내 선반으로 옮긴 뒤 식힙니다.

안드레아와 빌, 그리고 빌의 아버지는 팬에서 방금 꺼내 따뜻하게 온기가 남아 있는 커피 케이크를 좋아합니다. 반면 레지나는 차갑게 해서 먹는 것을 더 좋아하지요.

언젠가 한 번 레지나가 이 커피 케이크를 만들려고 보니 저장고에 체리 파이용 속이 담긴 통조림밖에 없더랍니다. 그래서 속을 과일 다진 것 대신 체리 파이용 속 통조림 한 통을 전부 털어 넣고 구워봤는데, 그래도 맛이 아주 좋았다고 하네요.

젤로 케이크

안드레아는 매년 트레시의 생일 케이크로 이 젤로 케이크를 만든답니다. 알록달록한 색깔 때문에 트레시 친구들이 매우 좋아하죠. 둘째가라면 서러울 정도로 젤로를 사랑하는 젤로의 여왕 안드레아도 만들기 쉬운 이 케이크를 무척이나 좋아해요.

오븐은 케이크 믹스 포장용기에 쓰여 있는 온도에 따라 예열하세요.

재료
케이크 믹스 1통(약 517kg)
케이크 믹스 포장 용기에 써 있는 재료들
다양한 색깔의 젤로 가루 6온스(약 170g; 한 색깔에 3온스씩)
휘핑크림 1통

만드는 법
1. 9×13 크기 케이크 팬에 기름칠을 합니다.
2. 믹스 용기의 지시에 따라 반죽을 한 뒤 역시 적혀 있는 시간대로 오븐에 굽습니다. 그런 뒤 실온에서 완성된 케이크를 식힙니다. 케이크가 충분히 식었으면, 젤로를 작은 그릇에 담고 끓는 물을 1컵 부은 뒤 가루가 잘 녹을 때까지 저어줍니다(약 1분 정도).
3. 포크로 케이크 위에 약 30개 정도의 구멍을 냅니다. 바닥이 닿을 정도로 깊게요. 그런 뒤 케이크 위에 젤로를 붓고 구멍에 젤로가 잘 스며들 때까지 1~2분 정도 기다립니다.
4. 완성된 케이크는 1시간 정도 냉장보관해주세요.

이제 두 번째 젤로를 준비합니다.

4. 이것 역시 뜨거운 물을 붓고 녹을 때까지 저어줍니다. 케이크 위에 첫 번째 구멍들과는 십자 모양으로 반대되는 부분에 구멍을 낸 뒤 두 번째 젤로를 붓습니다. 그리고는 구멍에 젤로가 스며들 때까지 1~2분을 기다린 뒤 비닐 랩이나 호일로 잘 감싸서 냉장고에 적어도 4시간 동안 보관합니다. 밤새 보관해도 좋구요.

안드레아의 말에 따르면 케이크 표면이 그다지 예쁘지 않을 거라고 해요. 그래서 나중에 휘핑크림으로 덮어주는 거라면서 말이죠.

5. 손님상에 낼 때가 되면 케이크 표면에 휘핑크림을 바른 뒤 조심스럽게 조각 냅니다.

층이 진 케이크를 만들고 싶다면; 환상에 가까운 케이크를 굽고 싶다면 반죽을 8인치 크기의 둥근 팬 2개에 나누어 담아 믹스 포장 용기의 지시대로 굽습니다. 그런 다음 젤로 역시 두 군데로 나눠서 담는 거죠.

6. 팬에서 꺼낸 케이크 윗부분에 휘핑크림을 바른 뒤 다른 케이크를 올려놓고 전체적으로 휘핑크림을 골고루 발라줍니다. 케이크를 자를 때 단면을 보고 손님들이 감탄해 마지 않을 겁니다.

사실 크리스마스 맞이 포트락 저녁식사 전날 안드레아가 제게 이 케이크를 자신이 직접 굽지 않고 빨간부엉이 식료품점에서 구워서 파는 케이크(아무 장식도 없는 것)를 사서 젤로 부분과 휘핑크림만 자신이 했다고 고백했답니다. 뭐, 생각해 봤는데, 그 방법도 나쁘진 않을 것 같아요.

한나표 초콜릿 썬샤인 케이크

오븐은 160℃로 예열합니다. 틀은 오븐의 중앙에 둡니다.

재료

달지 않은 제빵용 초콜릿 4온스(약 113g)
오렌지 추출액 1/2티스푼(혹은 바닐라 1/2티스푼)
오렌지 농축액 1컵　　　　　　부드러운 버터 1/2컵
백설탕 2와 1/2컵　　　　　　베이킹파우더 2티스푼
밀가루 2컵(체질할 필요 없습니다)　소금 1/2티스푼
피칸 다진 것 1컵(혹은 호두)　계란 2개　　　우유 1/2컵

만드는 법

1. 도넛모양의 틀에 기름칠을 합니다(들러붙음 방지용 스프레이를 뿌리거나요). 그런 후 밀가루나 코코아 가루를 뿌려줍니다.

2. 그릇에 초콜릿과 오렌지주스 농축액을 넣고 전자레인지에 '강'으로 1분간 돌립니다. 한 번 저어주고 1분 더 돌립니다. 그런 후 초콜릿이 완전히 녹을 때까지 저은 뒤 한쪽에 밀어넣고 충분히 식힙니다(중탕법을 이용하셔도 됩니다).

3. 다음 단계는 전자믹서를 사용하면 훨씬 간단해요. 버터와 설탕을 섞고, 베이킹파우더, 소금, 오렌지 추출액을 넣은 뒤 섞고, 계란을 1개씩 깨뜨려가며 잘 섞어줍니다.

4. 위의 그릇에 밀가루 분량의 반을 넣고 잘 반죽한 뒤 우유를 넣고 나머지 밀가루 분량을 모두 넣은 뒤 잘 섞어줍니다.

5. 초콜릿이 만져봐도 뜨겁지 않을 정도로 충분히 식었으면 반죽한 그릇에 부어 잘 저어줍니다. 고무 주걱으로 긁어가며 꼼꼼하게 부어주세요. 그리고 마지막으로 피칸을 넣고 섞습니다.

6. 반죽을 몇 분간 휴지시켰다가 미리 준비해둔 도넛 모양의 틀에 조심스럽게 붓습니다.

7. 그런 후 오븐에 넣고 160℃에서 60~70분 동안 굽습니다. 가운데 부분을 찔러보았을 때 묻어나오는 것이 없이 깨끗하면 알맞게 구워진 것입니다.

8. 선반으로 옮겨 25분 동안 식힌 다음 잘 드는 칼을 이용해 가장자리와 가운데 동그란 부분을 틀과 미리 잘 분리시킨 뒤 빼냅니다.
9. 케이크가 완전히 식었으면 이제부터 코팅을 입힙니다(만약 코팅이 싫으시다면 그냥 설탕가루 정도만 뿌려주시면 됩니다).

초콜릿 코팅!
초콜릿칩 1컵
크림 1/3컵
바닐라 1티스푼

그릇에 재료들을 모두 넣고 전자레인지에 '강'으로 1분간 돌립니다. 그런 후 초콜릿이 완전히 녹을 때까지 잘 저어주세요. 너무 뻑뻑하다 싶으면 크림을 더 넣어주시면 되고, 너무 묽다 싶으면 초콜릿 칩을 더 넣어주시면 됩니다.

케이크 위에 뜨거운 초콜릿 코팅을 넉넉하게 바른 뒤 자연스럽게 가장자리로 흘러 내려오게 합니다.

양귀비 씨 케이크

셜리 듀빈스키의 레시피입니다.

오븐은 180℃로 예열합니다. 틀은 오븐의 중앙에 둡니다.

재료
케이크 믹스 1통 (약 517g)
레몬푸딩 혹은 레몬파이 속 1통 (약 122g)
양귀비 씨 1테이블스푼　　　레몬주스 1/2컵
채소오일 1/2컵　　　물 1/2컵　　　계란 4개

바닐라 코팅
설탕가루 1컵
바닐라 1티스푼
크림 6테이블스푼

만드는 법

1. 도넛 모양의 팬에 기름칠을 하고 밀가루를 뿌립니다.
2. 커다란 그릇에 케이크 믹스를 붓고 레몬푸딩이나 파이 속을 넣습니다. 거기에 양귀비 씨, 레몬주스, 물, 오일을 넣고 잘 섞어줍니다. 계란은 1개씩 넣는데, 넣을 때마다 잘 저어주세요. 전자믹서를 사용할 때는 중간 속도로 2분 동안 반죽하고, 손으로 직접 할 때는 3분 정도 반죽해주세요. 반죽을 도넛 모양의 팬에 붓습니다.
3. 180℃에서 45~50분 동안 굽습니다. 가운데 부분을 찔러보았을 때 묻어나오는 것이 없이 깨끗하면 알맞게 구워진 것입니다. 선반으로 옮겨 15분 동안 식힙니다. 팬과 잘 떨어지도록 가운데 부분과 가장자리를 느슨하게 만든 다음에 팬에서 빼내어 조금 더 식힙니다.
4. 케이크가 다 식었으면 윗부분에는 리본 모양으로, 그리고 옆면에도 바닐라 코팅을 입힙니다(코팅이 싫으시다면 그냥 설탕가루 정도만 뿌려주셔도 돼요).
5. 작은 그릇에 설탕가루를 넣고 바닐라와 크림을 넣은 뒤 골고루 섞어줍니다. 코팅액은 케이크 위로 흘러내릴 만큼의 농도여야 합니다. 너무 뻑뻑하다 싶으면 크림을 더 넣고 너무 묽다 싶으면 설탕가루를 더 넣으세요. 케이크 위로 바닐라 코팅을 입힌 뒤 자연스럽게 흘러내리도록 둡니다.

손님상에 내기 전까지는 냉장보관하세요.

맛있기로 유명한 로즈의 코코넛 케이크

오븐은 160℃로 예열합니다. 틀은 오븐의 중앙에 둡니다.

하나의 잠깐 노트 :

편집자에게 원고를 넘기기 하루 전에 로즈 맥더멋에게서 연락이 왔어요. 이로써 빨간 옷을 입고 루돌프 썰매를 타고 다닌다는 할아버지의 존재는 입증된 것 같아요. 트레시가 산타 할아버지에게 보내는 편지에 무려 여덟 개나 되는 소원을 적었는데, 그중 세 개를 들어주셨답니다. 만약 트레시가 그토록 원하던 강아지까지 받게 된다면 전 산타의 맹신자가 되어버릴 생각이에요.

재료

사우어크림 1컵(좀 더 가벼운 느낌의 케이크를 원한다면 플레인 요구르트로 대체하세요)

코코넛 추출액 1티스푼(쉽게 구할 수 없다면 바닐라로 대신하셔도 됩니다)

밀가루 1과 3/4컵(체질할 필요 없어요)   백설탕 2컵

코코넛 가루 2컵(많을수록 좋아요)   계란 4개

베이킹파우더 1/2티스푼   부드러운 버터 1과 1/2컵

*** 사우어크림을 측량 하는 일은 정말 어려워요. 아예 0.35ℓ 용기에 든 사우어크림을 사서 몽땅 넣는 편이 쉬울 것 같네요.

만드는 법

1. 도넛 모양의 팬에 기름칠을 합니다(들러붙음 방지용 스프레이를 뿌려도 돼요). 그런 후 밀가루도 뿌려주세요.

2. 그릇에 버터와 설탕을 넣고 전자믹서로 골고루 섞습니다(손으로 해도 되지만 꽤 힘들어요). 계란을 1개씩 깨뜨려 넣고, 거품이 올라올 때까지 믹서를 돌립니다. 그런 후 사우어크림과 베이킹파우더, 코코넛 추출액을 넣고 섞습니다.

3. 밀가루와 코코넛을 또 다른 믹서에 넣고 칼날을 단 뒤 잘 돌려줍니다. 마치 옥수수 분말처럼 곱게 보일 때까지 말이죠(믹서가 두 대씩 있지 않다면 굳이 사용하지 않아도 되지만, 믹서를 사용하는 편이 더 쉬워요).

4. 밀가루와 코코넛 혼합물의 반을 그릇에 담고 잘 섞습니다. 그리고 나머지도 넣고 반죽이 부드러워질 때까지 섞습니다.

5. 5분간 반죽을 휴지시킨 뒤 도넛 모양의 틀에 붓고 윗부분을 고무 주걱으로 정돈합니다.

6. 160℃에서 60~70분 동안 굽습니다. 다 구워졌으면 칼로 가장자리를 느슨하게 떼어낸 다음에 팬에서 빼냅니다. 가운데 부분도 먼저 느슨하게 해주는 것 잊지 마시구요. 케이크는 선반으로 옮겨 완전히 식힙니다.

7. 케이크가 다 식었으면, 코코넛 코팅을 해줍니다.

코코넛 코팅
설탕가루 1컵
두터운 크림 1/4컵
코코넛 추출액 1티스푼(혹은 코코넛 추출액 1/2티스푼과 바닐라 1/2티스푼)
코코넛가루 1/4컵

만드는 법

1-1. 설탕가루에 큰 알갱이가 있으면 체로 한 번 걸러주시고 그렇지 않으면 그냥 사용하세요. 작은 그릇에 설탕가루를 담고 두터운 크림과 코코넛 추출액을 넣은 뒤 부드럽게 저어주세요(부드럽게 저어지지 않으면 전자레인지에 넣고 '강'으로 30초 돌린 다음 다시 한 번 저어보세요).

1-2. 코팅액이 너무 뻑뻑하면 크림을 더 넣고, 너무 묽으면 설탕가루를 더 넣으시면 됩니다.

1-3. 케이크 위에 코팅액을 붓고 양쪽으로 자연스럽게 흘러내리도록 두세요. 그런 뒤 코팅액이 다 마르기 전에 코코넛가루를 뿌립니다.

엄마는 로즈의 케이크에 제 초콜릿 코팅액을 입혀서 만들곤 하셨어요(한나의 초콜릿 썬샤인 케이크 레시피를 보면 나와 있습니다). 심지어는 로즈에게 가르쳐주기까지 하셨다니까요. 로즈도 초콜릿 코팅을 한 케이크를 무척이나 마음에 들어 해서 이제 그녀의 카페에서는 코코넛 코팅을 한 코코넛 케이크와 초콜릿 코팅을 한 코코넛 케이크, 이렇게 두 가지 종류를 팔고 있답니다.

디저트: 파이

코코넛 그린 파이

오븐은 180℃로 예열합니다. 틀은 오븐의 중앙에 둡니다.

참고: 브리짓 머피는 성 패트릭의 날이면 매년 이 파이를 굽곤 합니다. 파이의 초록색 때문에 입맛이 떨어지면 겉 부분을 휘핑크림으로 덮거나 먹을 때 눈을 감고 먹으면 된다고 하네요.

이 파이를 만들려면 믹서가 있어야 합니다. 그래야 나중에 다 구웠을 때 바삭바삭한 맛을 낼 수 있거든요.

믹서에 들어가야 할 재료

비스퀵(팬케이크나 비스킷을 만들 때 쓰는 미국 파우더 상표) 1/2컵
초록색 식용염료 3~4방울(이건 넣어도 되고 안 넣어도 됩니다─단, 브리짓에게는 비밀이에요)
농축우유 1캔(약 396g)
녹인 버터 1/4컵
물 1과 1/2컵   계란 3개

만드는 법

1. 낮은 속도로 3분간 갈아줍니다.
2. 10인치 크기 파이 팬에 반죽이 들러붙지 않게 해주는 스프레이를 뿌린 후 믹서에 간 것을 붓고 실온에서 아무것도 덮지 말고 5분 정도 그대로 둡니다(이 과정을 통해 비스퀵이 바닥으로 가라앉아 바삭바삭한 맛을 내주는 것이랍니다).
3. 파이 반죽 위에 코코넛 가루 1컵을 뿌려줍니다.
4. 조심스럽게 팬을 오븐에 넣고(손에 균형을 잘 잡아서 반죽이 쏟아지는 일이 없도록 주의해야 합니다) 180℃에서 40~45분간 굽습니다. 칼로 가장자리를 찔러봤을 때 아무것도 묻어나오는 것이 없이 깨끗하면 잘 구워진 것입니다.
5. 완성된 파이는 선반으로 옮겨 식힙니다.
6. 살짝 따뜻할 때 내어도 좋고, 실온에 두었다가 내놓거나 차게 해서 먹어도 좋습니다.

진한 아이리시 커피와 함께 먹으면 안성맞춤이라고 브리짓이 말하더군요.
아, 그리고 남은 것은 꼭 냉장보관해야 한다고 합니다.

홀리데이 피칸 파이

오븐은 180℃로 예열합니다. 틀은 오븐의 중앙에 두세요.

재료

첫 번째 단계:

부드러운 버터 1컵　　　　　　황설탕 3/4컵

밀가루 2컵(체질할 필요 없습니다)

두 번째 단계:

거품 낸 세 탄 5개 분량(포크로 저어주세요)

다진 피칸 1과 1/2컵　　　　밀가루 1/8컵(2테이블스푼)

황설탕 1컵　　　　　　　　　녹인 버터 1/2컵

옥수수시럽 1과 1/2컵　　　　소금 3/4티스푼

만드는법

첫 번째 단계:

1-1. 부드러운 버터와 황설탕, 밀가루를 넣고 잘 섞습니다. 그런 뒤 3컵 분량 만 기름칠을 한 9×13 크기 케이크 팬에 넣고 손으로 잘 두드려줍니다. 나머지는 빵조각 토핑용으로 따로 둡니다.

1-2. 180℃에서 15분 동안 구운 뒤 오븐에서 꺼냅니다. 그리고 오븐은 절대 끄지 마세요!

두 번째 단계:

2-1. 계란을 넣은 뒤 황설탕과 함께 섞어줍니다. 거기에 녹인 버터를 넣고 잘 젓습니다. 그런 후 옥수수 시럽과 소금, 피칸을 넣고 밀가루를 넣은 뒤 잘 반죽합니다.

2-2. 이것을 좀 전에 구운 파이 껍질에 붓습니다. 그런 뒤 아까 남겨두었던 빵 조각 토핑용 반죽을 위에 뿌립니다(파이를 좀 더 예쁘게 장식하고 싶다면 피칸을 몇 조각 남겨두었다가 함께 뿌려도 되겠죠. 하지만 이렇게 맛이 좋은 파이에 굳이 장식까지 할 필요 있겠어요?).

2-3. 180℃에서 30~35분 동안 굽습니다. 그런 뒤 선반으로 옮겨 식힙니다.
팬이 만질 수 있을 만큼 식으면 냉장고에 보관했다가 손님상에 냅니다.
3. 손님상에 낼 때는 피칸 파이를 16조각으로 나누세요. 위에는 원하신다면 휘
핑크림을 얹어도 됩니다.

빌은 냉장고에서 바로 꺼내 차갑게 먹는 것을 좋아합니다.
안드레아는 실온에 가까운 걸 좋아하구요. 로드 부인은
따뜻할 때 바닐라 아이스크림을 얹어 먹는 것을 좋아하죠.
엄마도 따뜻하게 먹는 걸 더 좋아하시는데
바닐라 대신 초콜릿 아이스크림을 얹는답니다.
전 아무렇게나 해서 먹어도 다 맛있고 좋아요.

추수감사절 맛있는 호박 파이

오븐은 180℃로 예열합니다. 틀은 오븐의 중앙에 둡니다.

재료

설탕가루 1/2컵 (큰 덩어리가 눈에 띄지 않으면 체질하지 않아도 됩니다)

카르다몸 1/2티스푼 (시나몬 1티스푼으로 대신해도 되지만 그래도 카르

다몸이 더 나아요)

밀가루 1과 1/2컵 (체질할 필요 없습니다)

증류한 우유 24온스 (약 680g) 혹은 라이트 크림 3컵

육두구 열매 간 것 1/2티스푼

호박 통조림 3과 1/2컵　　　　　　　버터 3/4컵

소금 1티스푼　　　계란4개　　　　백설탕 1과 1/2컵

만드는법

1. 버터를 12조각으로 잘라서 밀가루와 설탕과 함께 믹서에 넣습니다. 그런 후 옥수수 전분 정도의 밀도가 생길 때까지 돌려줍니다.

2. 9×13 크기 케이크 팬에 들러붙음 방지용 스프레이를 뿌린 후 믹서로 돌린 혼합물을 넣고 바닥까지 반죽이 완전히 닿게 한 다음 철제 주걱으로 잘 눌러줍니다.

3. 180℃에서 15분 동안 구운 뒤 오븐에서 꺼내 이제 호박 파이 속을 만들 준비를 합니다. 오븐은 절대 끄지 마시구요!

4. 커다란 그릇에 계란을 깨서 넣고 설탕, 소금, 육두구 열매 간 것, 카르다몸을 넣고 섞습니다. 그런 다음 호박을 넣고 골고루 섞이도록 한 뒤 우유를 넣습니다.

5. 미리 구워놓은 파이 껍질에 섞은 것을 넣고 다시 오븐에 넣어 60~70분 동안 굽습니다. 가운데 부분을 칼로 찔러봤을 때 묻어나오는 것이 없이 깨끗하면 잘 구워진 것입니다.

완성된 파이는 방새 식힌 다음 16조각으로 잘라
달콤한 휘핑크림을 하나씩 얹어서 손님상에 냅니다.

디저트: 쿠키

체리 밤 쿠키

이것도 잉그리드 할머니의 레시피입니다. 특별한 날에만 구우셨던 쿠키죠.

오븐은 180℃로 예열합니다. 틀은 오븐의 중앙에 둡니다.

재료

밀가루 3컵 (체질할 필요 없습니다)
꼭지가 달린 체리 2병 (각 28g; 65개 정도)
베이킹소다 1/2티스푼
부드러워진 버터 1컵   베이킹파우더 1/2티스푼
거품 낸 계란 2개 분량   소금 1/4티스푼
설탕가루가 담긴 작은 그릇   백설탕 1컵

만드는 법

1. 체리 병을 열고 물은 모두 버리고 반죽을 만드는 동안 체에 담아둡니다.
2. 밀가루와 베이킹파우더, 베이킹소다, 소금을 그릇에 넣은 후 포크로 골고루 잘 섞어줍니다. 부드러운 버터를 넣고 두 개의 포크를 사용해 옥수수 알갱이처럼 보일 때까지 잘게 잘라줍니다(칼날이 달린 믹서를 사용해도 됩니다).
2. 중간 크기 그릇에 계란을 깨 넣고 설탕을 넣은 다음 앞의 혼합물과 섞어줍니다. 완성된 반죽을 손가락으로 조금씩 떼어 체리 주변에 체리 꼭지가 위로 가도록 한 다음 둘러줍니다. 그런 후 기름칠 한 틀에 살짝 눌러 올려놓습니다(네 줄로 네 개씩 놓으면 될 거예요).
3. 180℃에서 10분 정도 굽습니다(색이 하얗게 될 겁니다─만약 황색으로 변하기 시작하면 굽는 시간을 조금 줄이세요). 틀 위에서 식힌 다음 설탕가루에 한 번 굴려줍니다. 그럼 체리를 제외한 나머지 부분에는 골고루 설탕가루가 묻게 될 거예요.

꼭지를 집어 간편하게 입에 쏙 넣은 뒤 꼭지만 빼내면 되기 때문에 아이들이 특히 좋아하는 쿠키랍니다. 크리스마스 때 붉은 체리 한 병 분량과 푸른색 체리 한 병 분량을 만들어 레이스 냅킨 위에 가지런히 놓았었는데 너무너무 예뻤어요.

크리스마스 설탕 쿠키

쿠키 레시피는 제 것이지만 장식은 리사가 했답니다.

오븐은 예열해두지 마세요. 굽기 전에 반죽을 충분히 숙성시켜야 합니다.

재료

녹인 버터 1과 1/2컵	베이킹파우더 2티스푼
감미료 1티스푼(레몬, 아몬드, 바닐라, 오렌지, 럼 등 취향에 따라 선택하세요)	
거품 낸 계란 4개 분량	소금 1과 1/2티스푼
밀가루 5컵(체질할 필요 없습니다)	백설탕 2컵

만드는 법

1. 녹인 버터에 설탕을 넣고 섞은 뒤 충분히 식힌 다음 거품 낸 계란과 베이킹파우더, 소금, 감미료를 넣습니다.
2. 밀가루를 1컵씩 넣습니다. 반죽을 적어도 2시간 이상 숙성시킵니다. 밤새 숙성시켜도 좋구요.
3. 구울 준비가 되었으면 오븐을 190℃로 예열합니다. 틀은 오븐의 중앙에 두세요.
4. 밀기 좋게 반죽을 네 등분한 뒤 밀가루를 뿌린 도마 위에 올려놓고 약 1/8인치의 두께가 되도록 밀어줍니다. 모양을 찍어내는 절편으로 반죽에서 가능한 많은 쿠키를 찍어냅니다(쿠키 절편이 없으면 칼로 원하는 모양을 잘라내면 됩니다).
5. 찍어낸 반죽은 기름칠하지 않은 쿠키틀에 올립니다. 반죽 사이의 간격이 적어도 1.5인치는 되어야 서로 들러붙지 않아요.
6. 장식을 위해 색깔이 있는 설탕을 사용하고 싶다면 굽기 전에, 바로 지금 뿌려주세요. 하지만 따로 장식하려면 미리 하지 말고 다 구워진 뒤 충분히 식을 때까지 기다리세요.
7. 190℃에서 8~10분 동안 굽습니다. 먹음직스러운 황갈색이 돌기 시작하면 다 구워진 거예요. 틀 위에서 1~2분 정도 식힌 다음 석반으로 옮겨 나머지 식힘 과정을 거칩니다.

만드는법

1. 재료들을 모두 섞는데, 너무 **뻑뻑**하면 크림을 더 넣고 너무 묽으면 설탕가루를 더 넣으세요.

2. 다양한 색으로 장식을 하고 싶다면, 아이싱을 여러 개로 나눠서 원하는 색깔의 식용 색소를 첨가합니다.

3. 장식을 할 때는 칼이나 솔을 사용해서 쿠키를 칠해주면 **됩**니다.

재료

체질한 설탕가루 2컵
소금 약간
바닐라 1/2티스푼(다른 감미료도 괜찮아요)
크림 1/4컵

천국 같은 맛의 티 쿠키

오븐은 예열하지 마세요. 굽기 전 반죽이 충분히 숙성되어야 합니다.

재료

말린 과일 다진 것을 밀가루 2테이블스푼과 섞은
것 1과 1/2컵 (과일은 다진 후에 측량하세요)
거품 낸 계란 2개 분량 (포크로 저어주세요)
바닐라 1티스푼 (다른 감미료도 괜찮아요-전 레몬 추출액을
썼어요)
녹인 버터 1과 1/2컵
베이킹파우더 2티스푼
밀가루 3컵   황설탕 2컵

만드는 법

1. 전자레인지를 '강'으로 두고 버터를 2분 30초 동안 녹입니다. 거기에 황설탕을 넣고 섞은 뒤 잠시 식힙니다. 적당히 식었으면 거품 낸 계란과 베이킹파우더, 바닐라를 넣습니다.

2. 말린 과일을 다지는데 칼날이 달린 믹서를 사용하면 훨씬 쉽게 할 수 있습니다. 믹서에 말린 과일을 넣고 (전 복숭아와 사과, 배, 그리고 자두를 넣었어요), 밀가루 2테이블스푼을 뿌린 뒤 돌립니다. 약간 끈적끈적해지는 것 같으면 밀가루를 조금 더 놓습니다. 믹서에 돌린 것을 정확히 1과 1/2컵으로 측량합니다.

3. 앞의 혼합물이 담긴 그릇에 과일 다진 것을 넣고 밀가루를 1컵씩 넣으며 골고루 섞어줍니다.

4. 반죽은 약 20분 동안 냉장고에서 숙성시킨 뒤 4등분을 합니다. 기름종이를 깔고 4등분한 반죽을 각각 지름이 2인치 정도 되게 말아줍니다 (반죽이 너무 끈적거리면 다시 냉장고에 넣고 10분간 더 숙성시켜주세요). 그렇게 만든 반죽을 기름종이로 싸서 비닐팩에 넣은 뒤 냉장고에 적어도 4시간 동안 보관합니다 (밤새 보관하셔도 됩니다-일주일 정도면 거뜬히 보관이 가능하니까요).

5. 쿠키를 구울 준비가 되었으면 오븐을 190℃로 예열한 뒤 틀을 오븐의 중앙에 둡니다.

6. 냉장고에서 반죽을 꺼내(하나만 꺼내세요) 기름종이를 벗기고 바닥이 너무 눌려 있으면 작업대 위에서 다시 말아주세요. 그런 뒤 두께가 1/4인치 정도 되도록 칼로 잘라 기름칠 한 쿠키틀 위에 올려놓습니다. 나머지 반죽은 다시 냉장고에 넣으면 됩니다.

7. 190℃에서 10분 동안 굽습니다. 틀 위에서 1~2분 동안 식힌 다음 선반으로 옮겨 완전히 식힙니다.

주의: 이 쿠키는 그렇게 달지 않아요-만약 달달한 쿠키를 원한다면, 손님상에 내기 전에 설탕가루를 뿌려주세요.

리사의 창작 쿠키

오븐은 180℃로 예열합니다. 틀은 오븐의 중앙에 둡니다.

재료

초콜릿칩(중간 정도의 단맛) 1컵   진한 커피 1/4컵

대추 다진 것 1컵(그냥 다진 것을 써도 되고 밀가루와 함께 믹서에 돌린 다음

에 뿌려도 됩니다)

거품 낸 계란 2개 분량(포크로 저어주세요)

밀가루 3과 1/2컵(체질할 필요 없습니다)   바닐라 1티스푼

백설탕 1과 1/2컵   밀크 초콜릿칩 1컵

소금 1티스푼 녹인 버터 1컵

베이킹소다 1티스푼

호두 혹은 피칸 다진 것 1컵(다진 후에 측량하세요)

만드는법

1. 초콜릿칩과 버터, 커피를 그릇에 담아 재료가 녹을 때까지 전자레인지에 돌립니다('강'으로 2분간 돌리면 됩니다). 돌린 후에도 초콜릿칩이 형태를 갖추고 있을 수 있으니 부드럽게 저어주세요. 거기에 다진 대추를 넣고 잘 섞습니다.
2. 설탕을 큰 그릇에 담고 거품 낸 계란을 넣은 뒤 바닐라, 베이킹소다, 소금을 넣고 골고루 섞어줍니다.
3. 거기에 녹인 초콜릿 혼합물을 넣고 다진 견과류와 밀크 초콜릿칩을 넣은 뒤 잘 섞어줍니다. 그런 후 밀가루를 1컵씩 넣으며 넣을 때마다 한 번씩 섞어줍니다.
4. 반죽을 10분간 휴지시킨 뒤 티스푼으로 떠서 기름칠 한 쿠키틀에 올려놓습니다. 그런 뒤 손바닥으로 살짝 눌러주세요(반죽이 끈적거리면 몇 분 더 식혀주세요).
5. 180℃에서 10~12분 동안 굽습니다. 다 구워진 쿠키는 틀 위에서 1~2분간 식힌 뒤 선반으로 옮겨 완전히 식혀줍니다.

블루베리 쇼트브레드 바 쿠기

베티 잭슨의 레시피입니다. 설탕가루가 보통 양의 3/4밖에 들어가지 않기 때문에 다이어트에 아주 좋은 쿠키라고 하네요(사실입니다. 하지만 파이용 소에 들어가는 어마어마한 설탕은 어쩌라구요).

오븐은 180℃로 예열합니다. 틀은 오븐의 중앙에 둡니다.

재료

설탕가루 3/4컵(덩어리가 없으면 체질하지 마세요)

블루베리 파이용 소 통조림 1개(약 595g)

밀가루 3컵(체질할 필요 없습니다)

부드러운 버터 1과 1/2컵

만드는 법

첫 번째 단계:

1-1. 부드러운 버터에 설탕가루와 밀가루를 넣고 잘 반죽합니다(차가운 버터를 사용할 때는 칼날이 달린 믹서를 쓰면 편합니다). 반죽의 반(약 3과 1/2컵)을 기름칠 한 9×13 크기 팬에 발라줍니다(가장 표준적인 케이크 팬 사이즈에요).

1-2. 그런 후 180℃에서 15분 동안 굽습니다. 다 구워졌으면 오븐에서 팬을 꺼내세요. 단 오븐은 절대 끄지 마시구요!

1-3. 파이 껍질은 5분 동안 식힙니다.

두 번째 단계:

2-1. 구워놓은 파이 껍질에 파이용 소를 채워 넣고 처음에 만들어두었던 남은 반죽을 위에 살살 뿌린 뒤 철제 주걱으로 부드럽게 눌러줍니다.

2-2. 그런 뒤 오븐에 넣고 30~35분 동안 굽습니다. 윗부분이 살짝 황금빛이 돌기 시작하면 아주 잘 구워진 것입니다. 완성된 것은 오븐에서 꺼내 선반으로 옮깁니다.

2-3. 충분히 식었으면 브라우니 크기로 잘라줍니다. 취향에 따라 설탕가루를 뿌려도 좋습니다.

한나표핫브라우니

브라우니 믹스 포장 용기에 쓰여 있는 대로 오븐을 예열하세요.

이 레시피에 대해서는 죄송한 마음을 금할 길이 없어요. 보통 믹스는 쓰지 않는데, 제가 자랑하는 최고의 브라우니 레시피에 매운 고추를 넣어보자고 생각하니 왠지 망설여지더라구요. 매운 고추라니, 브라우니 계의 혁명과도 같은 일이 아니겠어요? 원래는 요리책에 이 레시피를 넣을 생각이 아니었는데, 마이크와 빌을 포함한 몇몇 사람들이 맛있으니 넣는 것이 좋겠다고 하도 얘기하는 통에 결국 이렇게 포함하게 되었답니다.

만드는법

재료

브라우니 믹스 1통

할라피뇨(멕시코 고추)

통조림 1개(4온스-약 113g)

1. 믹스 포장 용기에 쓰여 대로 반죽과 팬을 준비합니다.

2. 할라피뇨 통조림의 물을 따라 버리세요(매운 기운에 하수구 소독도 겸할 수 있지 않을까요). 썰어놓은 고추를 브라우니 반죽에 넣고 잘 저어줍니다.

3. 팬에 반죽을 붓고 포장 용기에 쓰여 대로 구우세요.

마이크는 이 브라우니를 우유와 같이 먹는 걸 좋아해요.
빌은 네모나게 잘라서 바닐라 아이스크림을 얹어먹는 것을 좋아하구요.
반면 로니는 커피와 함께 먹는 것이 제일 맛있다고 하네요(그 얘길 듣고
전 로니가 미셸의 짝으로 손색이 없겠다고 생각했답니다).

루바브 (대황) 바 구기

오븐은 180℃로 예열합니다. 틀은 오븐의 중앙에 둡니다.

한나의 잠깐 노트:
이 레시피는 레이크 에덴에 사는 열두 명이 넘는 숙녀분들이 제공해주신
것입니다. 이것뿐만 아니라 루바브 파이, 루바브 빵, 루바브 쿠키,
루바브 잼, 루바브 타르트, 루바브 케이크, 그리고 루바브 소스 레시피까지
건네주셨답니다. 덕분에 요리책 출간위원회가 긴급 소집되고, 요리책은
전국적으로 출간이 될 텐데, 루바브가 자라는 지역은 한정되어 있다는
의견에 따라 딱 하나의 루바브 레시피만 책에 넣기로 결정되었어요.
여러 가지 레시피 중에 제일 추천을 많이 받은 레시피가 바로 이것이랍니다.

재료

껍질을 벗겨 깍둑썰기를 한 루바브 1컵

스트로베리 젤로 3온스(약 85g; 무가당은 안 돼요)

밀가루 1컵(체질할 필요 없어요)

밀가루 1/2컵(체질할 필요 없습니다)

베이킹파우더 1티스푼

부드러운 버터 1/2컵   설탕 1컵

거품 낸 계란 1개 분량   소금 1/2티스푼

우유 1테이블스푼   시나몬 1티스푼

부드러운 버터 1/2컵   백설탕 1/2컵

만드는 법

1. 밀가루에 설탕, 베이킹파우더, 소금을 넣고 섞습니다. 버터가 보들보들하게 잘 섞일 때까지 말이죠. 거품 낸 계란을 유리 그릇에 우유와 함께 넣고 섞은 뒤 앞의 그릇에 넣어 골고루 섞이도록 합니다(버터가 차가우면 칼날이 달린 믹서를 사용하셔도 됩니다).

2. 9×9 크기 팬에 들러붙음 방지용 스프레이를 뿌립니다(8×8 크기 팬도 사용할 수 있지만 반죽이 꽉 차오르는 것 같을 기예요).

3. 반죽을 팬에 붓고 주걱이나 손으로 살짝 눌러줍니다.

4. 썰어놓은 루바브를 위에 뿌리고 젤로 가루 역시 뿌려줍니다.

5. 그릇에 설탕과, 밀가루 1/2컵, 시나몬을 넣고 섞은 뒤 버터를 넣습니다(적은 양이니까 포크로 섞어줘도 됩니다).
6. 섞은 것을 역시 팬 위에 뿌립니다.
7. 180℃에서 45분 동안 굽습니다. 루바브가 알맞게 익고, 토핑도 먹음직스러운 황갈색을 띠면 잘 구워진 것입니다.
8. 선반으로 옮겨 식힙니다. 충분히 식었으면 브라우니 크기로 잘라줍니다. 좀 더 달콤하게 먹고 싶다면, 설탕가루를 뿌려줍니다.

이 쿠키는 따뜻할 때 먹어도 맛있고,
실온이나 차게 해서 먹어도 아주 맛이 좋습니다.

디저트:다른 간식

루이스의 피칸 캔디

샐리 래플린의 어머니인 프랜신이 그녀의 친구, 루이스 메린에게서 얻은 레시피랍니다.

오븐은 160℃로 예열합니다. 틀은 오븐의 중앙에 둡니다.

재료

반으로 쪼갠 피칸 2파운드(약 907g)
계란 흰자 2개 분량
백설탕 1컵   녹인 버터 1/2컵
소금 약간

만드는법

1. 9×13 크기 팬 2개에 들러붙는 것을 방지해주는 스프레이를 뿌리고 피칸의 절반을 하나의 팬에 나머지 절반을 다른 하나의 팬에 담습니다. 그리고 160℃에서 5분 동안 굽습니다.
2. 계란 흰자에 소금 약간 넣고 너무 건조해지지 않을 때까지 저어줍니다. 그런 후 설탕을 넣고 구운 피칸을 넣습니다.
3. 하나의 팬에 녹인 버터 반 분량을 넣고 다른 팬에 나머지 반 분량을 넣습니다. 그런 후 계란 흰자의 혼합물 역시 두 개의 팬에 나눠 담습니다. 숟가락이나 주걱으로 녹인 버터와 잘 섞이게 저어줍니다.
4. 160℃에서 아무것도 씌우지 않은 채 10분간 굽고 한 번 저어줍니다. 또 10분 굽고 저어줍니다. 추가로 10분 더 굽고 저어줍니다.
5. 오븐에서 팬을 꺼내어 왁스 종이에 내용물을 펴서 바릅니다. 어느 정도 식힌 다음에 떼어 마무리 식힘 과정을 거칩니다.

샐리는 이것을 작은 깡통에 담아 크리스마스 선물로 나눠주곤 한답니다.
너무 달콤해서 한 번 맛보면 중독이 되어버리고 말죠.

초콜릿을 곁들인 과일 디저트

보니 서마의 레시피입니다. 보기에도 좋고 준비하기도 아주 손쉬운 디저트라고 하네요.

재료

초콜릿칩 2컵(16온스-약 453g)

말린 과일(자두, 복숭아, 대추, 무화
과 열매, 배가 가장 좋을 거예요)

만드는 법

1. 초콜릿칩을 중탕으로 녹이며 잘 저어 줍니다.
2. 쿠키틀에 기름종이를 깔고 과일을 늘어놓습니다.
3. 그런 뒤 과일의 반만 초콜릿에 담가 코팅을 입힙니다. 담갔다 뺀 과일은 바로 기름종이 위에 올려놓습니다.
4. 완성된 것을 틀 채로 냉장고에 1시간 이상 보관하다가 손님상에 내기 30분 전에 꺼냅니다(초콜릿은 조금 덜 차가워야 더 달콤하거든요). 상에 낼 때가 되면 예쁜 접시에 담아 진한 커피와 함께 냅니다.

보니는 딸기도 이런 방법으로 초콜릿에 찍어 먹는다고 하는군요.
꼭지 채로 찍어먹어도 좋지만, 만약 꼭지를 모두
떼어버렸다면 이쑤시개로 윗부분을 꽂아찍어 먹으면 됩니다.
지난여름 레이크 에덴 레전시 로맨스 클럽 모임 때 보니가
아주 사랑스러운 과일 디저트를 선보였었다며 엄마의 자랑이 대단했어요.
밀크 초콜릿과 화이트 초콜릿으로 코팅을 입힌 딸기였다죠.

음료

버티 스트롭의 레시피입니다. 미용실에 늦은 시간까지 남아 있는 손님에게 내주는 음료라고 해요. 엄마의 얘기로는 소문에 불과한 얘기라 믿을 수 없다고 하셨지만, 도나 렘크의 밝은 오렌지색 머리카락은 바로 이 음료 때문에 탄생한 것이라고 하네요.

이 음료를 만들려면 믹서가 필요합니다. 재료는 1인 기준이죠.

재료

아마레또 리큐르(살구와 아몬드로 만든 이태리 리큐르) 1온스(2테이블스푼)

딸기 아이스크림 4온스(약 113g; 1/2컵)

아이스크림과 리큐르를 믹서에 넣고 잘 섞은 다음 예쁜 와인잔에 따릅니다.

버티 말로는 이 보조개 소녀 두 잔이면 내리운전을 불러야 할 정도라고요.

영국식 에그노그

윈슬롭 해링턴 2세가 기증해준 레시피입니다. 레이크 에덴 사람은 아니지만, 엄마가 하도 고집을 피우시는 바람에 요리책에 넣게 되었어요.

재료
브랜디 2컵 (혹은 럼이나 위스키도 좋아요)
휘핑크림 1파인트 (약 1.8ℓ)
가벼운 크림 1파인트 (약 1.8ℓ)
우유 1쿼트 (약 1ℓ)　　　계란 12개
백설탕 1/4컵

만드는 법
1. 계란을 흰자와 노른자로 분리하여 흰자 부분만 모두 모은 뒤 거품이 생길 때까지 잘 저어줍니다.
2. 휘핑크림 역시 거품이 생길 때까지 저은 뒤 거품 낸 계란 흰자와 합쳐서 다시 한 번 저어줍니다.
3. 계란 노른자도 잘 저어 거품을 낸 뒤 설탕과 우유, 가벼운 크림, 브랜디를 넣고 앞의 휘핑크림 혼합물에 골고루 섞어줍니다.
4. 이때 비닐랩 등으로 단단히 감싸 냉장고에 넣으면 12시간 정도 보관할 수 있습니다.

손님에게 대접할 때는 냉장고에서 에그노그를 꺼내
유리잔에 따른 뒤 육두구 열매 간 것이나 시나몬 가루를 뿌리면 좋습니다.
영국식 에그노그는 미국식 에그노그만큼 달지 않아요. 만든 다음에
맛을 보고 만약 손님이나 가족들이 달콤한 것을 좋아한다면
설탕을 더 첨가하세요. 알코올이 들어가지 않은 에그노그를 만들고 싶다면,
우유 2컵과 럼 추출액 2티스푼 혹은 바닐라 추출액을 넣으세요.

기타

크누드슨 부인표 양념 소금

매번 빨간부엉이 식료품점에서 값비싼 양념 소금 사는 일에 질력이 난 프리실라 크누드슨이 집에서 직접 만든 양념 소금입니다. 맛도 파는 것 못지않게 아주 좋을뿐더러 돈까지 절약할 수 있으니 일석이조라고 하네요.

재료
옥수수 녹말 1/2티스푼
셀러리 소금(셀러리 씨를 갈아서 소금을 섞어 만든 조미료) 1테이블스푼
마늘 소금(마늘을 건조해 고운 가루로 만든 것을 소금에 섞은 조미료) 1테이블스푼
잘게 간 오레가노 1/2티스푼

파프리카 1테이블스푼	식탁용 소금 1/2컵
건조한 겨자 1티스푼	양파가루 1티스푼

만드는법
믹서에 모든 재료를 넣고 몇 초간 돌립니다. 그런 후 밀폐용기에 담아 잘 보관합니다.

꼭 믹서가 있어야 하는 건 아니니 성급하게 믹서를
사러 나가지 마세요. 크누드슨 부인은 병 하나에 재료들을
다 담은 다음 잘 섞일 때까지 여기저기 굴리셨다고 하네요.

워너 허먼의 고양이용 요리*** 사람이 먹으면 안 됩니다.

워너의 아들인 잭 허먼이 제공해준 레시피입니다. 누군가 집 주방에서 이 요리를 만들려고 하면 절대 못하게 하라고 리사가 조언하더군요. 꼭 집 밖에서 만들고 사용했던 그릇도 바로 버리라구요. 게다가 꼭 밖에서만 보관하라고 해요! 절대 그 누구도 냉장고 안에 이 음식을 넣어놓지 못하도록 말이죠!

재료

다진 간 1파운드(약 450g; 애피타이저로 먹는 종류 말고 오래된 간이면 어느 것이든 괜찮습니다)

젤로 가루 작은 것 1통(잭이 그러는데, 고양이는 포도맛 젤로만 싫어한대요. 잭도 마찬가지로 포도맛을 싫어한다고 하네요)

기름에 튀긴 베이컨 6조각에서 나온 기름(베이컨은 먹어도 돼요)

벨비타 치즈 녹인 것 2컵

냄새 지독한 고양이 통조림 1개

만드는법

간을 다진 다음 젤로 가루와 냄새가 지독한 고양이 통조림, 베이컨 기름을 넣고 섞어줍니다. 그런 뒤 녹인 치즈를 붓고 골고루 섞습니다.

서늘한 곳에서 한 주 동안 그대로 보관합니다(냉장고는 절대 안 돼요-뒷마당이나 창고 등을 활용하세요).

주의: 낚시용 미끼로 사용해도 좋답니다.

설탕 쿠키 살인사건

2007년 12월 25일 초판 발행
2009년 12월 20일 중쇄 발행

지은이   조앤 플루크
옮긴이   박영인
펴낸이   이경선
펴낸곳   해문출판사

등 록   1978년 1월 28일 제3-82호
주 소   서울시 서초구 서초동 1328-11 도씨에빛 2차 1420호
전 화   325-4721(대표)
팩 스   325-4725

값 12,000원
ISBN 978-89-382-0415-8
ISBN 978-89-382-0400-4(세트)

※ 잘못 만들어진 책은 구입하신 곳에서 바꾸어 드립니다.

국립중앙도서관 출판시도서목록(CIP)

설탕 쿠키 살인사건 / 조앤 플루크 지음 ; 박영인 옮
김. -- 서울 : 해문출판사, 2007
p. ;   cm. -- (코지 미스터리; 6)

원제: Suger Cookie murder
원저자: Joanne Fluke
ISBN 978-89-382-0415-8 04840 : ₩12000
ISBN 978-89-382-0400-4(세트)

843-KDC4
813.54-DDC21   CIP2007003726